漫娱文化
悬疑小说系列

the creator

造物者 3

邓龙啊,我相信你是主角,你一定不会死在这里。活下去吧,替所有人活下去。

——黄兴

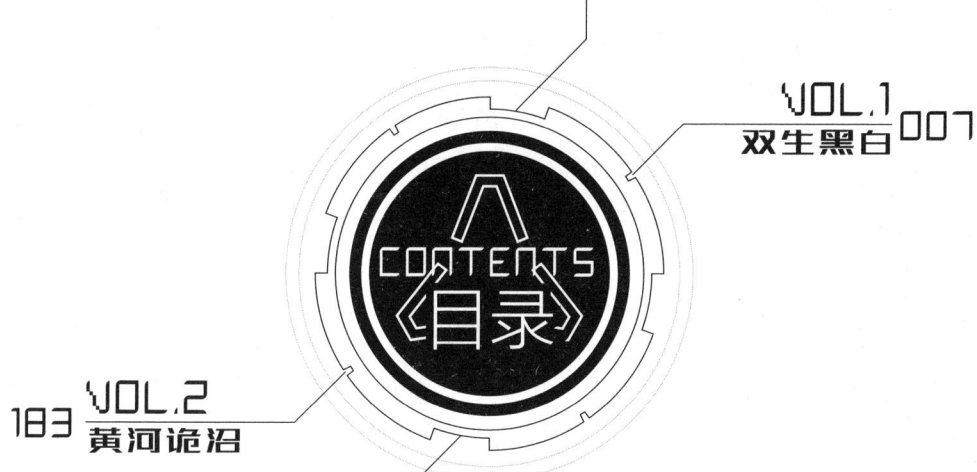

VOL.1 007
双生黑白

183 VOL.2
黄河诡沼

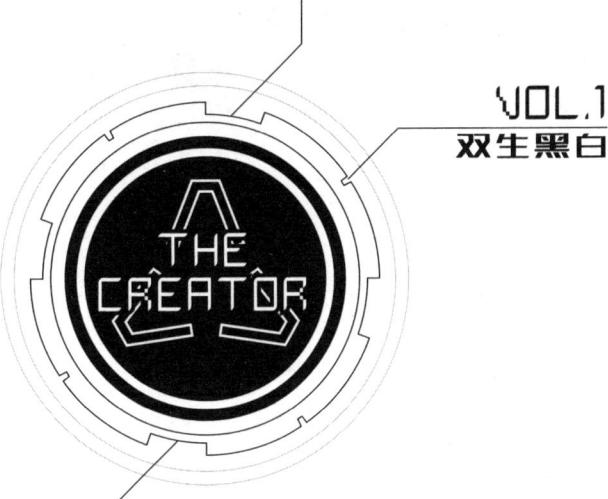

VOL.1
双生黑白

突然到访

9月17日，阴。

外面的天空有些阴霾，从早上开始就一直这样，我起床的时候差点以为天还没亮，想回身再睡一个回笼觉，但是去厕所经过客厅时又看见我家的时钟清楚地显示出现在是早上9点半。

我打了一个哆嗦，天气似乎有些微微转凉了，昨天还万里晴空，今天突然就迎来了犹如末日般的潮湿气息，只不过雨还没有落下来，只是在天空上累积成为黑压压的一片，看起来有些吓人。

打开电视，天气预报说今天可能会迎来今年暑期过后的第一场大幅度降温，伴随而来的还将会有一场暴雨，同时一股新的小型台风也在向这里逼近，专家们给它起了一个好听的名字：夜薇，它是在夜里突然出现的，犹如骤然绽放的蔷薇花。

"天气预报在这里提醒您注意保暖，出行请记得带伞。台风可能会在几个小时内降临本市，届时还请大家尽量不要外出，在家中等待台风过去……"电视喋喋不休地说着，我想关掉，却在拿遥控器的时候一不小心打翻了茶几上的一只杯子。

"咔嚓。"清脆的响声，将我的心脏狠狠挤压了一下，与此同时，我的眼皮轻轻地一跳。

"呼——"我舒了一口气,忙将杯子的碎片一块块捡到了垃圾桶里。

"这天气,不会出什么事情吧?"我站在窗户前自言自语道。

而那黑沉沉的乌云,仿佛听懂了我的叹息,又向下逼近了一步。我觉得有些心慌,重新回到房间内,开启了所有的电灯,似乎这样可以让我压抑的心情稍微好受一些。

"邓龙。"郑青芸从背后轻轻地抱住我,她的手滑过我的背和腰,将我环住,"你把灯都打开干吗?"

我无言以对,只好干笑了下,转过去一把将她抱起:"嗯,饿了没?我去做面条吧。"

她的眼睛里似乎还有着困意,这种天气也确实让人容易瞌睡。如果在平时,我差不多也是她现在的这个状态,懒懒的不太想动,只想把这阴沉的日子不知不觉地混过去。可是现在,我却一反常态的有些清醒。

"我去吧。"郑青芸在我嘴角点了一下,然后跑进了厨房。我笑了笑,重新回到了沙发上,躺在柔软的地方享受生活真的是一件很美妙的事情。

"呀!"我听见郑青芸在厨房里惊叫,还以为她又不小心切到了自己的手指,可是做面条也会切到手吗?

"你看你看!"她拿出一个小碗,里面装着一颗被打碎磕进碗里的鸡蛋。

我低头一看,只看见白花花透明的蛋清中间飘着两块黄透的蛋黄。果然是虚惊一场。

"双黄蛋,哈哈,运气不错啊。"她美滋滋地把蛋下进了煮开了水的锅里,里面扑腾起一阵白色的雾气,那透明的蛋清翻滚几下,变成乳白色,将蛋黄包裹在了里面,就像一层白色的保护壳。

"出去,出去,出去。"郑青芸往外推我,"你在这我做不好面条的,一会这个双黄蛋就赏给你啦,你就乖乖坐着等着吧。"

我笑了,点头准备离开,却被窗外划过的亮光吓了一跳。

那是一条近乎粉红色的闪电,带着不规则的划痕割裂了整片天空,阴霾的空气一下子被它照得通透,整片大地在那一瞬间被全部照亮。郑青芸也是惊了半天,躲在我的怀里。

"轰隆!"雷声在漫长的等待以后滚滚而下,仿佛它才是这世间的主宰。我小心地帮郑青芸捂住耳朵，直到不再有回声传来。

"可以了吧，你害怕打雷啊？"我嬉笑着回道。

"喊，就该劈你这样的坏人。"郑青芸白了我一眼，又去忙活她的面条了。与此同时，我听见窗外传来稀疏的雨声，滴答滴答，逐渐变大。随着这一声惊雷，电视里预报了很久的暴雨终于降临了。

"啪啪啪。"它们打在窗户上，发出噼啪的响声，我这才意识到这雨真的很大。不到十分钟，地面上已经积攒了厚厚的一摊水渍。

这么大雨，今天怕是不会出去了，宅家里吧。我默默地想，然后准备趁这点时间去赶一下稿子。

上次的事件我还没做出总结，而且吕布韦好像也不太愿意我拿这个写故事，所以我还得另外再想情节。写故事是一件很累的事情，尤其是编一个自己没有经历过的故事，这让我想得头疼欲裂。

"下吧，下吧。"我刚坐上书房里的电脑椅，门铃却突然地响了起来。我有些纳闷，这么大的雨，还会有人来找我？难道是邻居有了困难？也不对，郑青芸已经买下了隔壁的套间，中间连通的墙被打穿，这两套房子已经连成一家了，没有所谓的邻居一说啊。

是谁呢？

我站起身，听见郑青芸的声音："邓龙，你去开一下门，我这走不开。"

我应了一声，走过去。打开门，门外站着一个湿漉漉的男人，他的头发已经全部被雨水打湿，覆盖在他的眼睛上，我一时没有看出来他是谁，但是，他真的被淋得很惨。

"邓龙。"他开口了，我这才反应过来，赶紧把他拉到了屋子里，给他拿来了干净的毛巾。

"怎么回事？下这么大雨突然跑来干什么？"我把毛巾递给他，替他晾起了湿透的衬衫。

吕布韦甩了甩被水淋湿的眼镜，他的眼睛仍然遮蔽在头发背后的阴霾里，我看不见他的表情。

我感觉似乎发生了些什么不太妙的事情。

"是谁啊？"郑青芸探出头来，见到是吕布韦，问了句："怎么突然过来了，吃早饭没？要不要一起，我刚好在做面条哦。"

"谢谢了。"吕布韦回答了郑青芸，但却有气无力的样子，这不像他的性格。

"怎么了，有事说事，从来没见过你受这么大的打击，失恋啦？"我自顾自地猜测着。

"邓龙。"他终于开口了。

"嗯？"我对他这种要说不说的态度十分不满，搞什么嘛，哪怕是有新任务要找我帮忙你也要说出来啊。

"我想，请你帮我一个忙。"吕布韦咬咬牙，似乎很难开口。

"嗯？什么，SPIN机构的案子？"我漫不经心道，这也不是第一次了，我自然不会轻易拒绝，不知道为什么他显得如此为难。

"不是，算是私人的事吧。"他将头发上的水渍擦干，重新戴上眼镜，恢复了平时的样子。

"那就说，私人的事情我一定帮，只要不是杀人放火都好说。"听说是私事，那我就轻松多了，很容易就可以做到才对。

"你知道吗？"他抬起头，眼睛里全是血丝，让我看得一阵心慌。

"嗯？"

"黄兴死了。"他一字一顿地说出这句话，不再言语，整个人似乎陷入了一种极度抑郁的状态。

"咔嚓。"那是瓷碗跌落地面摔碎的声音，他的这句话，刚好被走出来的郑青芸听见了。她手里那盛满面条的碗掉在了地上，面条撒了一地，此刻正翻腾着滚滚的热气，我只看见里面那被煮得通红的鸡蛋，炸裂开来，破成两块。

"你再说一遍！"我抓住他的肩膀，想让他重复一遍，我想让他告诉我这都是假的。

"我说，黄兴死了。十七局的黄兴，他昨天，死了。"吕布韦的话静静地绽放在潮湿的空气里，伴随着窗外偶尔响起的雷声，给了我平地惊雷的感觉。

死了？

对于黄兴，我对他的印象更多停留在那个仿佛会变脸的怪人一样的小青年身上。他跟普通人有不同，因为大脑皮层的异样，导致他天生的脑子里就装着两个完全不同的人格，一个严肃认真，不苟言笑，属于那种疯狂的科学工作者；还有一个天真散漫，喜欢玩笑，更像是一个爱闹腾的小痞子。这两个性格在他身上同时存在，也导致他拥有一种远超出常人的能力，他的超强记忆力让任何一个认识他的人都会直呼变态。

我跟他在近一年前的郑青芸的那件案子里相识，之后更是一起深入过外星植物的腹地，经历过生和死的较量。而现在，几个月没有见到他，吕布韦竟然会在这个时候跑来告诉我，黄兴死掉了！

"不可能的，上次你不是还说他们十七局得到了那个山洞里的阵法，然后拿去研究了吗，这才过了不到一个月，黄兴怎么可能就死了！"我一把提起吕布韦的衣领，"你给我说清楚，到底怎么回事？"

"我不知道，我不知道啊。帮帮我，邓龙。"吕布韦没有任何的反抗，他就好像一只任人宰割的羔羊，没有一丝抵抗的力气，他只是在对我说话，"帮帮我，我需要知道这件事情的真相，邓龙！"

我想到了之前被打碎的杯子，还有微微跳动的眼皮——我突然很恨自己，拥有这种乌鸦嘴一般不祥的预感。

可是无论我怎么看待我的这项能力，黄兴，这个会笑得特别坏的小痞子，真的已经不在这个世界上了。

"站好了，吕布韦。"我放开了吕布韦，"说吧，怎么回事，我会负责到底的！"

诡笑

窗外的雨一直淅淅沥沥地下个不停。闪电和雷声倒是慢慢隐匿了踪影，只是天空越发阴沉，给人一种"黑云压城城欲摧"的错觉，我看着这漆黑的天空，突然觉得古人的诗句确实完美。

一边的电视还开着，我没有刻意将它关掉，上面一直喋喋不休地发出橙色预警，每一个电视台上方都闪烁着一个旋转的橙色小台风，告诉我们即将到来的不可抗拒因素。

郑青芸泡了一杯热茶，端给了吕布韦，让他原本因为湿透而冰冷的身子有了轻微的热度，只是他的脸色仍然苍白，似乎对某些事情耿耿于怀。我站在他的身边不语，只是看着窗外大片的雨花打落在这座城市，浇灌出一副渺无人烟的抽象画。

"什么时候的事情？"我突然想抽烟，却反应过来自己很久以前就把烟戒掉了。

"大概一个星期了。"吕布韦脸上的表情没有丝毫变化，但他的内心恐怕已经乱成了一团。

"一个星期前，他被送进了看护病院。"吕布韦喝了一口杯子里的温水，脸色终于红润了一些，"他的精神上出现了一些问题。"

我这才明白黄兴的死亡并不是偶然，而是早就埋下了先兆。而导致他死去的最后元凶，恐怕就是我们上次在秦始皇陵里发现的那个可以改变人存在频率的未知阵法。

"什么问题？他的表现一向都像个精神病人。"我的这句话没有错，因为他天生就像是一个精神分裂者，只不过他能够控制什么时候到底该出现哪一类人格，也因为他卓越的工作能力，所以最后成为了十七局的一位领导。

联想到他原来举止轻浮然后马上变回常态的样子，我想笑，却笑不出来。

"他从一个月前接手那个东西的研究，所谓的心阵。你是从那里面走出来的人。"吕布韦看了我一眼，似乎还想说些额外的话题，但又停住了，"十七局接手了这个，并且由他带领负责研究。目的是为了找到改变空间频率的方法，你知道的，这些东西全部都是从你那里得到的信息归纳而来的。"

吕布韦的话让我不由得想到了一个月前，那时我跟他还有另外两人同时被困在了一个奇妙的阵法当中，而那个阵法似乎能够改变身处其中的人的空间频率，从而使外界的人完完全全地丧失掉所有信息，就像人间蒸发了一样，最后我在吕布韦的帮助下打破了所谓的心阵，成功从那个洞穴里走了出来，这一点我一直记忆犹深。

"实验研究的进展怎么样我一直没有关心，毕竟这不是我主攻的方向，那是物理学量子论方面的问题了。黄兴是这方面的专家，我认为这件事情交给他会很靠谱，可是，一个星期前……"吕布韦慢慢讲述着他听到的那个事实。

一个星期前，一些事情毫无预兆地发作了。

十七局基地的巡逻人员例行在傍晚时工作人员下班前进行检查，可是却发现黄兴和他的组员研究室的电子大门被锁，而里面的人却根本没有离开过基地。巡逻警卫队呼叫无效后企图用特权卡启动防卫门，却被告知已经启动了紧急防御机制，特权无效。

此刻，警卫队才意识到里面出了状况，向上申请暴力破门得到批准，用小型炸药炸毁了研究室的大门，最后发现里面原本应该存在的其他六个人全部不见踪影，只剩下坐在电脑旁边的黄兴。

而那时的黄兴，正在删除他们这一个月以来的研究数据的备份。

最后的结果是，六位物理学家和工作者失踪，所有研究数据资料全部丢失，连备份都没有留下。

唯一还停留在现场意识清醒的黄兴立刻被逮捕羁押。

"怎么会这样？"我听到吕布韦讲到这里有些慌了，虽然黄兴有时候会有些不靠谱的行为，但那大部分都是生活中的小事，无伤大雅。在大事上，我相信他不是一个喜欢胡来的人，为什么会突然发生这样的事情？

"他的两个人格，好像融合了。"吕布韦解释道。

"融合了？"我更加难以理解。

黄兴原本就是一个不在正常范围内的人，他的大脑皮层的异样让他拥有了两个人格，但是这两个人格并不能同时存在，黄兴可以根据他的喜好来选择出现哪一个。但是吕布韦告诉我，自从那件事情以后，黄兴的思维整个混乱了，也许是他再也没有办法控制他的两个人格，也许是他受到了什么东西的影响，他的思维不再像以前那样泾渭分明，反而成为了一种喜怒无常的状态。

他的精神世界，崩溃了。

吕布韦在得到了这个消息后的第一时间赶去见到了黄兴，他已经被押送到了看护病院，交由军方二十四小时监护，同时会有医学专家帮他确认现在的精神状况。

吕布韦见到黄兴是在看护院的黄兴的卧室，当时的黄兴已经开始变得有些神神叨叨，胡言乱语，询问他当天发生的情况也只会得到没有丝毫价值的无意义回答，他已经跟一个普通的疯子一样，彻底变成了一个没有正常理智的怪人了。

两天后，医检报告出来，证实黄兴的大脑皮层再一次发生了不可预知的变化，他的两种人格仿佛经历了强硬的融合，最后成为了一个奇怪的扭曲产物，也就是现在如同精神病人一般的黄兴了。

"要知道，疯子和天才本来就只相差了一线。"吕布韦解释道，"黄兴之前是个天才，可是在那近半个月的时间里一定发生了什么，让他经历了不可思议的改变，最后导致了这样的结果。"

"他的脑子可能遭受了损伤，或许，跟心魔有关。"吕布韦接着说道。我也知道了他为什么要找到我了，因为我曾经克服过我的心魔，最后才使几人成功走出了心阵。

"你是说，黄兴妄图破解心阵失败了，所以才导致了那么多人的失踪和他精神上的问题？"我细细一想吕布韦的推论，觉得真的有理，就比如我当日在洞穴里丢失了吕布韦三人，如果我没有走出那个心阵，恐怕也会陷入黄兴那种疯狂的状态。而黄兴，恰好属于破阵失败的情况。

"差不多吧，我对那个东西一直不怎么了解，而且事情发生以后，SPIN 迅速把所有的现场全部封锁保存，连我都没有调查权限，后面的情况就不得而知了。"

"那后面的事情是怎样发生的？如果仅仅只是精神出现问题恐怕事态还不至于那么严重吧？"黄兴死了，只是这死亡有些莫名其妙，这时候的他明明应该是 SPIN 照顾的重点，此刻突然死亡怎么都有些奇怪。

"由于医检报告的出台，上面判断这事的责任并不在黄兴，所以也算是给予了他特殊照顾，他的二十四小时监控解除，但是将继续留在看护病院接受照顾，同时会有摄像头监控他的异常情况。所以黄兴被杀时的情景被完完整整地记录了下来，只是，那场景……我想你一定不想看到。"吕布韦继续解释了接下来的情况，他的脸色说到这里又白了几分，看样子似乎还心有余悸。

黄兴因为思维混乱在看护院的隔离病房单独居住，他所在的房间有一个黑白的监控摄像头，所以外人能够看到他的一举一动。那晚从8点吃过晚饭以后，黄兴一直待在他的房间里，坐在他的软椅上，一动不动，只是静静地凝望着对着他的那个摄像头发呆。

吕布韦拿出了U盘，递给我，他让我自己去看当时案发现场的情况。

打开U盘里的文件，播放器慢慢地打开，画面先是一闪，镜头前出现了一个男人，虽然距离有点远，大概跟房间顶部角落的摄像头隔着六七米的距离。

摄像头的像素很高，我能够清楚地看见黄兴的样子，他的脸上露出疑惑的表情，紧紧盯着摄像头不放。而这个场景，到了看视频的我这里，就变成了黄兴若有所思地盯着我了。

他的表情有些复杂，我不知道该说是没有情绪，还是情绪太多以至于不知道该流露出哪一种。我迎面对上他的眼睛，却有些不敢跟屏幕里的他对视。视频上的时间显示他从8点多就坐在那里，保持着这个姿势，一直保持了三个小时，黄兴就好像一尊一动不动的雕像，没有任何动作，嘴巴都没有张开过一次。

如果不是他胸口轻微的起伏和他不时眨动的眼睛，我甚至都怀疑他是不是已经睡着了。

可是他没有，他只是出神地打量着这个对准了他的摄像头。

时间一直快进着，跳到了夜里的23点28分。

这个时间，夜已经深了，看护病院的所在区域因为安全因素会限时供电，所以会在23点30分的时候断开电源，也就是说，黄兴的这个小房间里的灯会在那个时候熄灭。

可是黄兴却好像知道会发生这样的事情一般，他在快要熄灯之前，拿出了两只不知道从哪里得到的手电，照亮了他自己。他仍保持着那个奇怪的姿势和行为，直到停电。但我觉得黄兴并不是单纯的疯了，他似乎还有神智，知道该怎么继续他那不正常的行为。

因为光源充足，黄兴的表情原本在摄像头内很清楚，可在熄灯之后，因为光照力度不够，他的脸在手电光下有些扭曲，给人一种毛骨悚然的感觉。

四周皆是一片黑暗，只有两只手电照亮了黄兴靠着的软椅。我隐约觉得，似乎会有些不好的东西，将从那未知的黑暗里爬出来。

"就是现在了。"吕布韦看了一眼视频上的时间，提醒道。

与此同时，我也集中了精神，想知道吕布韦嘴里的被杀到底是怎样的一回事。我也想知道为何吕布韦会如此惊慌。

"看他的肩膀。"吕布韦突然喊道。我下意识去看视频里黄兴的左边肩膀，却没发现什么异常，正要询问，一直在一边沉默不语的郑青芸却是直接叫了出来："啊！有鬼！"

我立刻把目光移到了黄兴的右肩，这一看，顿时让我汗毛倒立，冷汗直流。只见黄兴的右肩之上，从他软椅背后的黑暗里，突然伸出了一只手，一只惨白的手！

而那只手里，还紧紧地攥着一把小刀！

这一切被摄像头清晰地捕捉到了，但我却越发觉得内心慌乱，黄兴为什么要拿这两只手电仅仅照亮他自己，他早知道会发生这样的事情吗？还是说他知道有人会来杀他，所以故意留下了这一段录像？

容不得我细想，因为那只手已经有了新的动作。

那是一只白皙到可怕的手，从摄像头上判断不出这到底是属于男人还是女人的手，但是这样的一只手，我却总觉得不是普通人类应该具备的肤色。要我说，我更觉得它像是一只死人的手。

它没有直接刺下那把小刀，反而是从黄兴的肩膀开始，顺着黄兴的身子游走起来，而黄兴似乎对此毫不知情，连胳膊都没抬一下，他的目光仍然在看摄像头，只是此刻他的脸上，露出了一丝痛苦的表情。他的嘴角紧紧地抿着，眉头皱到了一起，脸上的肌肉不自然地抽搐，仿佛在经历什么痛苦的考验一样。

"等一等。"吕布韦突然暂停了视频，用手在屏幕上画出了两个圆圈。

"这两个地方，"他说道，"一是这只奇怪的手。首先，黄兴的房子里不可能出现其他人，这是隔离的看护病房；第二，哪怕精神出现了问题，黄兴也不可能没发现这只贴近了他胸口的手，更何况……算了，后面你自己看。"

吕布韦说到这里，我几乎是下意识地低头看了一眼自己的右肩，这是一种很奇怪的反应，我看到了黄兴这种情况，就会联想到自己会不会也碰上这种情况。不过

造物者Ⅲ│Vol.1 双生黑白

幸运的是，我的肩膀上并没有出现那只惨白的手臂。

"还有一个地方很奇怪，你仔细看看黄兴的表情——"吕布韦指引着我去看黄兴的脸。

他的脸被屏幕定格在了一瞬，画面有些扭曲，而且因为光照的原因，效果不是很好，我只能看得见他的嘴角和还仿佛在发光的眼神。

"你觉得，他像不像是——在笑？"吕布韦犹犹豫豫地说出了自己的答案。

我也终于明白了他吞吞吐吐的原因，但就在明白他想法的此刻，我的心脏猛地停顿了一秒，之前我一直都觉得黄兴的表情是有些痛苦，因为考虑到放在他右肩上的那只手臂，所以我本能地以为他是因为这只手的出现而痛苦。

但是听到了吕布韦的解释以后，我将他的想法带入，却发现无比贴切，他好像真的在笑，只不过，是那种憋到不行的笑。

表情的确是痛苦的表情，却是那种忍住喜悦不敢笑出来的痛苦，我心慌意乱地把视频倒了回去，重新看了一遍，目的就是为了确认这到底是什么样的表情。

这一次，我确信了。

他的确在笑，而且是憋着笑意的笑，这笑容，在那黑暗的背景衬托下带上了一丝诡异的味道，他到底是为什么要笑？因为肩膀上那只看不清主人的手臂？

我的脑子此刻轰然炸开，一股寒意直奔心里而去。这到底是怎么回事？

"还没完呢。"吕布韦继续将视频播放下去。

屏幕上的画面隐约有些闪动，似乎还出现了雪花图案，就像摄像头出现了什么故障，我看了看吕布韦，他对我点点头，示意我继续看下去。

黄兴还在保持那个艰难的笑容，但是那只手却已经开始了行动，它在黄兴的身上游走了一阵，最后在他心脏附近停了下来。

一边的郑青芸有些看不下去，几次都要发声惊叫，我内心也异常不安，虽然已经知道黄兴因为这件事情死去了，可是到现在我仍然无法接受这种诡异的死亡，他到底怎么了？

那只手臂背后的主人仍然没有出现在画面里，黄兴的背后依旧是那片黑暗，而那只手臂就仿佛是一只完整的个体，根本不存在背后操控它的幕后主人，却无疑更加诡异了。

那只手停在了黄兴的胸口,开始在他的胸口画出一个虚无的图案。我的目光跟随着它的轨迹,在脑海里描绘出了它画出的那个东西。

那是一颗爱心,在一颗跳动的心脏处。

那只手,在黄兴的胸口,用小刀的刀尖,在虚空中画出了一颗原本应该浪漫美好的爱心。

接下来,那只手上的青筋却猛地爆胀,鼓了起来,就像是一个发怒的醉鬼引爆了他躁动不安的心脏,让他迫不及待地想要挥出那充满暴虐力量的一拳。

手掌握住了刀柄,迅猛地扎下,直接扎透进去,我只看见还残留在黄兴胸膛外面的刀柄,刀锋大约十厘米的刃口,已经全部进入黄兴的胸口。

吕布韦已经不忍再看,低头不语。

郑青芸更是闭上了眼睛,差点哭出声来。

血液,慢慢地从黄兴的胸口溢出,而他的脸上,那个诡异的笑容,却一直没有变过。

对手和先手

屏幕上的一切都只是过去发生的事情,可是此刻看来却依旧让人有些愕然,我仿佛正在亲眼见证一位好友的死亡,这种感觉,让人呼吸困难。

黄兴自然不会逃脱吕布韦口中既定的命运,我只不过再一次见证了那个过程。

血液缓缓地流出,很快染红了他整片的衣服。一刀扎入心脏是瞬间死亡的方式,黄兴甚至没有出现任何挣扎,他所有的力气在一瞬间消失殆尽,眼里的灼人光芒也在此刻慢慢暗淡。

我深吸了一口气,想摆脱此刻屋内压抑的气氛,但是黄兴离奇死亡的场景却真实地在我的眼前重现,而背后的凶手,却是一只连主人都看不到的惨白手臂。

"还没完,你继续看。"吕布韦提醒道。他端起茶杯走到一边,似乎不想继续这让他恐怕永远难以忘怀的回忆。

　　黄兴的死亡几乎是在一瞬间完成的，这个过程没有挣扎，没有打斗，就像是一个蓄谋已久的狙击手在远处隔空开了一枪，正好命中了目标的脑袋。只是那只惨白的手臂似乎不愿就此离开，它抓住了黄兴已经开始软倒的胳膊，将他从死前靠着的软椅上拉扯下来，然后慢慢拖回到了黑暗当中。

　　我只看见在手电光的照射下，黄兴的身体被黑暗一点一点吞噬，然后消失不见，再之后，画面又一次出现了雪花图案，开始有些模糊不清，只看见已经端坐在那的软椅和地上触目惊心的血渍，血迹从软椅上蔓延，最后消失在看不见的黑暗尽头。而那里，就是那条手臂出现的地方。再之后，视频结束了。

　　"他带走了黄兴？"我关掉播放器，看了一眼沉默的吕布韦。

　　"嗯，带走了他的尸体。"吕布韦答道。

　　"说不定,说不定他还没死呢！"我虽然亲眼看到了黄兴被小刀从胸口扎了个透，却依然不愿意相信他已经死去的说法，"万一他还有救呢？"

　　"黄兴已经死了。"吕布韦叹了一口气，"邓龙，我很确定。"

　　"现场残留了他近两升从胸口溢出的鲜血，你知道这意味着什么吗？"他问道。

　　两升？我愣住了。

　　一个正常成年男子的血液体积总量为四到五升，在医学上一次性丢失五百毫升的血液就算是大出血，而短时间内失血一升以上会直接威胁到生命，两升以上，必死无疑。

　　黄兴的心脏已经破裂，他心房里的血液顺着那把小刀穿透出的孔洞往外涌出，染红了整片地板，他体内一半的血液，已经留在了他的病房里，所以吕布韦会说他已经死了，至少现在的医疗技术，没有人能够把他从鬼门关救回来。

　　"很奇怪，是吗？为什么杀掉黄兴以后还要带走他的尸体？邓龙，我来找你的原因，并不是来让你告诉我他还没有死。我想知道这到底是怎么一回事，我想请你帮我调查这件事情。"吕布韦放下杯子，又开始狼吞虎咽地吃起了郑青芸端过来的面条，看样子他是饿了很久了。

　　"你们 SPIN 自己没有调查这件案子吗？"我也觉得有些奇怪，按理说这么大的事情，他们的领导不可能无动于衷。

"他们有自己的行动调查组，但是跟我们没有丝毫关系。"吕布韦听到这里眉头皱了一下，像是有些厌烦的样子，"而且他们的负责人——我不太相信。"

"看来好像还有内部矛盾啊，可是我能帮你做什么？我没有你们 SPIN 的任何身份，就算我想调查，这方面的行动也根本无从开展啊，我没有情报来源和调查的权限，你真的觉得我会比他们知道得更多？"我觉得吕布韦这次的决定似乎有些武断，应该是有什么原因才会令他找上我，不然 SPIN 内部的事情交给我去调查，绝对是班门弄斧，事倍功半。

"噔噔噔。"门铃在此刻再次响起，我有些怀疑地看了吕布韦一眼，按理说这种天气打死都不会有人来找我的，今天是奇了怪了，暴风雨的天气，竟然来了两拨找到我家的人。可是吕布韦没有说什么，只是吃面条的速度更快了。

"谁啊？"郑青芸走去开门，我跟在她的后面，门外站着一个梳着鸡冠头的——男子。原谅我在这里犹豫了一下，因为门外的这个男人的外貌有些特殊，他的皮肤很白，跟郑青芸比毫不逊色，五官精致，有些轻微方形的大眼睛，高挺的鼻梁，颇有些不食人间烟火的味道。这样的仙子一般都是女人，所以我犹豫了。

他梳着一个微微翘起的鸡冠头，可惜他的发型似乎在这场暴雨里遭受到了严重的破坏，有些被雨淋湿了，不然我想一定会更加劲爆刺激的。

他穿着一身黑色的冲锋衣，这衣服我有些熟悉，总觉得在哪儿见过，再仔细一想，似乎在之前黄兴的身上也见到过类似的衣服，想到这里，我也顿时明白过来，他应该也是 SPIN 的人，跟黄兴吕布韦是同事。

"你好，邓龙先生。"他很是优雅地伸出手跟我打了个招呼，念的还是我的本名。我看到他露出在衣服外面惨白的手臂，微微有一些愣神，一种诡异的感觉在心里升起。这手，真的没问题吗？

"你好，"我突然意识到自己走了神，赶紧跟他握手，"你是？"

"我是 SPIN 十七局的昊天，您可能没有听说过我，但是我可是听说过您呢。"昊天的语气很诚恳，但我总觉得有一丝勉强的味道在里面。

"哦，你是黄兴的同事？"我明知故问，想知道他为什么会来到这里。

"嗯，可以这么说。不过，黄兴曾经是我的对手呢，他现在死了，让我也有些难受得不知所措。"他嘴上说着这样的话，脸上却没有表现出丝毫的悲伤表情，反而一直保持着之前轻轻微笑的样子，跟他的言语迥然不同。

这男人，不是一个善茬。

我在心里得出了这样的结论。

在对付敌人的时候，一般人往往会用表情动作来掩盖自己的真实想法，因为他们需要内敛来积蓄实力，然后准备排山倒海一般的报复。可是还有一种人，他们完全不会有这样虚伪的态度，他们该微笑还是会微笑，该发怒还是会发怒，这种人又分为两种，一种是天才，一种是白痴。天才丝毫不会在意对手对自己的想法，他只会无情地打击对方，白痴也不会在意对手的想法，他只是傻子一般做自己想做的事情。

对于昊天，我不认为他是后者。

"对了，今天来到这里是有些公事，所以就不能跟邓先生多加寒暄了。"昊天接着说道，"其实我对于突破了心魔的您一直很感兴趣，有空我再回来拜访您。冒昧地问一句，吕布韦在这里，对吗？"

原来他的公事是为了寻找吕布韦。

这样说来，吕布韦讨厌的那个家伙，应该就是昊天了。吕布韦说过，上面对这个事件看管得异常严密，黄兴死后更是成立了行动调查组，只不过他不太信任那个调查组的负责人，听起来，更像是跟这人有矛盾一样。此刻见到了冒着暴雨来找寻吕布韦的 SPIN 负责人，我也了解了现在的情况。

昊天是来调查黄兴的案子的，他就是那个被讨厌的调查组负责人。而现在，他恐怕要带走吕布韦了。

还没等我回答，昊天却是直接走了进来，他脚上的皮鞋沾满了水渍污泥，直接踏上了我家干净的地板，我微微一愣，心里顿时有了一股火气，也难怪吕布韦会讨厌这个男人了，这真的是个骄傲到了极致的家伙，而且，他似乎也有着值得骄傲的资本，不然也不会这么年轻就担起这么大的案子。

"你来了。"吕布韦不急不缓地答道，似乎早就料到了会有这一出。

"吕组长，可是让我好找呢。"昊天没有正视吕布韦，他绕着屋子转了一圈，似乎在打量屋子的构造，可在他这样的做法下，原本干净的屋子里到处都是污泥了。

郑青芸咬着牙没有发怒，我摸了摸她的头，让她稍微忍耐一下。我知道，今天的这场交锋，我注定失败，吕布韦选择了我作为对抗昊天调查组的负责人，那是因为他不可能再卷入到这个案子里来，他早就有被封锁起来的觉悟了。

"等我吃完这碗面，就跟你走吧。"吕布韦的面条只剩下了小半碗，他似乎丝毫不担心接下来自己的下场如何。但我知道，这个案子，如果没有意外的话，很长一段时间内，他已经被强制出局了。

因为昊天不会让他随心所欲做出逾越的行为。

昊天听到吕布韦的回答，微微一笑，点点头，整个人很随意地靠着沙发坐了下来，他是侧着躺在沙发上的，占去了臃肿的沙发的绝大部分面积，很享受的样子。

此刻，暴雨还在继续，我家大门也没有关合，风从楼道呼呼地灌进屋子，席卷了整个房间，而就在这屋子的中心，一场看不见的暴风雨却俨然已经形成了。

昊天梳理了一下他的鸡冠头，但是潮湿的头发很难立起来，他拨弄了几次无奈地放弃，脸上浮现出一股浮躁的表情，只是这表情似乎不仅仅因为头发，更像是为了一边的吕布韦。

"走吧。"吕布韦放下碗，站起身来。

郑青芸想要说些什么，可是咬了咬牙忍住了。我在一边静静地看着他们两人宁静当中不露声色的交锋，只感觉手心里一阵发汗。

"对了，您这次违反的条例恐怕不少。"昊天特意在离开前说出来，我知道他是说给我听的。吕布韦自然知道他到底违反了 SPIN 的哪些条条款款，昊天说出来的目的，只是为了警告我而已。

"保密条令您就违反了不下三条，如果不是我的案子，我恐怕也就放任不管了，但是嘛，恐怕回去之后您要关禁闭了。同时，我也希望，您没有真正说出去什么。"他最后的一句明显是针对我而说的，他不希望我跟着吕布韦继续参与到这件事情当中。

"昊天。"吕布韦的脸上不愠不火，我不知道他心里到底在如何考虑。

"嗯？"昊天笑着答道。

"你今天来得有点慢呢。"吕布韦说完，深深地看了我一眼，然后转身走出了屋子。

昊天紧跟在他的背后，没有答话。只见他走出两步，又重新转了回来，拔下了还插在我电脑上的U盘："差点忘了这个。"

说罢又是一个潇洒的转身，跟吕布韦一起离开了。

我知道他其实根本没有忘掉这个U盘的存在，他只是找个借口多在我家的地板上踩几脚而已。

"这人怎么那么讨厌啊！"郑青芸气鼓鼓地关上门，准备把房间重新打扫一次，地上到处都是黑色的污渍，让人非常难受。

"所以吕布韦才会把这件事交给我。"我站在窗台，看着他们俩一起上了一辆黑色的卡宴，在暴雨中绝尘而去。

"可是吕布韦都被他带走了，听他的意思，好像吕布韦最近都会被关起来了。"郑青芸担心道。

"嗯，我知道，但是……"我转过身，拿起吕布韦吃完的那个碗，从碗底抠出了被双面胶黏在碗底的一样东西——

被纸条包裹的一枚钥匙。

钥匙上刻了一串数字：4027。

纸条上也留下了一个人的名字：安然。

昊天很聪明，我不否认。但是吕布韦同样也不笨，他早就知道自己来这里不久就会被昊天找到，所以特意给我留下了一条线索，一条只有我和他知道的线索，那也就是他临走前看我一眼的原因。

"吕布韦早就替我们拿到了先手的机会。"我微微一笑，拿出了手机，拨出了一串号码。

四
最后的宁静

电话拨通之前，先让我们来梳理一下这次事件的起因和经过，我们需要弄清楚整个事件到底是怎样发生的，这些有利于以后发现不经意间的线索。

现在我们就从吕布韦讲述的情况开始入手，这起非常事件的起因是一个月前我们在始皇陵墓里发现的一个布置在山洞里的阵法。

说是阵法，但其实我却连见都没有见过，我就是那样从那个阵法里安全走出来了，连它是什么构造都不知道。这件事情被吕布韦上报给了SPIN，他们派黄兴来接手了那个地方，成了这次事件的开端。

我和吕布韦也不清楚他们到底是怎么得到那个阵法的，所谓的阵法又是个怎样的东西，我们都对此不甚了解，而且因身份所限，所有的工作都交给了黄兴和他十七局的工作人员，其中的情况也无从得知。

平安无事的迹象一直持续到了一周前，一周前的傍晚，十七局研究室发生混乱，七名在研究室里的人员均受到了不同程度的影响，其中六人离奇失踪，唯一没有失踪的黄兴也出现了精神问题，无法对当天的情况作出解释。这就是我需要知道的真相之一：那天的实验室里到底发生了什么，那六位失踪的工作人员到底去了哪里？

结合我之前对心阵的了解，我估计他们很有可能是和那天困在山洞中的吕布韦、吴教授他们一样，被某种东西影响了他们存在的空间频率，进入了一个我们看不到摸不着的世界。当然这些仅仅只是猜想，我需要更多的证据来证明我的观点。

而黄兴的情况却没有就此完结，事故已经发生，因为他也受到了极大影响，上面并没有给他划归责任，只是将他送至看护病院进行监控疗养，他在看护病院也确实表现得很不正常，与普通精神病人无异。

难以理解的举动，无法言明的表情，这些黄兴都有了，我很难想象这是那个嘻嘻哈哈的年轻小伙子，他就这样在看护病院待了大约快一个星期的时间，直到昨晚事发以前。

因为监控录像的存在，给我们对当时情况的了解提供了很大的便利，他在晚上熄灯之后做出了一些我们根本不明所以的举动，并且像是为后来发生的事情留下了探寻的线索。

借由他自己提前放置的手电，我们看到了他被杀害的真正原因———一只惨白的手臂出现在屏幕当中，可是我们始终没有见到它所属身体的其余部分。也就是说，光从那只手，我们没有办法判断它到底属于谁，更何况那样的看护病院，想要进去就是一件很难的事情，又是什么人能够偷偷地潜入不被发现，最后用小刀杀掉了神情呆滞的黄兴？

录像提供的现场情况虽然具体，但是远远不够，我们只能通过固定角度的摄像头找到线索，我们甚至都没有看到那只手的背后到底有没有那个我们预想之中的人。我需要抵达现场，而且必须是被保护好的现场，只有去了现场以后我才能得到更重要的线索和提示，这却是一个难题。

最后，在黄兴死后，那只手竟然诡异地将他的尸体拖回到了黑暗当中，最后消失不见了！他为什么要那么做？黄兴的尸体对他很重要吗？本来潜入看护病院杀人就不是一件简单的事，为何还要将尸体一起带走？

这里出现了许多关于这只手臂主人的疑问。

他是谁？他为什么要杀掉黄兴？他带走黄兴尸体的原因又是什么？他是怎么完美地做到这些事情成功逃走的？

除此之外，还有一些可疑的细节让我觉得很在意。

首先是黄兴的行为和做法，他为何会挑那个晚上呆坐在软椅上，又是怎么想到用手电照明的？这些行为你可以用"不正常人的思维正常人无法理解"来解释，但在我看来，这多多少少带了一丝离奇的意味。

之后他一直保持着一个诡异的笑容，那种一直憋着嘴角忍住强笑的笑容。他到底是看到了什么，还是感觉到了什么，让他不由自主地想要笑出来？这笑甚至持续到了他的死亡瞬间，视频里的内容至今让我不寒而栗。

然后是那只手臂的行为，它想要杀掉黄兴，一开始却没有急于下手，反而是在他的身上滑动着，最后移动到了他的胸口。我清楚地记得，在它行凶之前，它用刀尖在黄兴的胸口比划出了一个爱心的图案，似乎在做着标记。然后它一刀刺下，黄兴也真正成为了它刀下的亡魂。

那个图案，到底是无意义的，还是在暗示着什么？我不知道，但我需要弄清楚。

案件到这里结束，我需要弄清的事情有两件，一是一个星期前实验室发生的事件，还有就是昨天晚上看护病院发生的案件。这两个事件都是疑点重重，需要我找到更多的线索去梳理，只是，这条路似乎也不怎么好走。

另外，我出现了一个难缠的对手：昊天。

说是对手，其实只是一个隐藏着的会干扰到我调查的人，他是 SPIN 上面指派负责调查这次案件的人，按照他那要命的骄傲来看，他一定不希望别人插手到他的案子里。吕布韦因为不相信他的缘故，把调查事件的任务交到了我的手上，一方面是知道自己会受到昊天的限制，另一方面我有着比他更多的自由和充沛的时间。

只是他不知道这样做究竟给我带来了多少麻烦，至少昊天这个人恐怕不会轻易放过我了。

不过对我而言，探求真相的过程本就是一个艰难的取证道路，昊天的存在只是这路上的一块石头。他可能会绊倒我，但如果运用得当，他也会助我一臂之力，我需要连他一起考虑到这次的事件当中去。

而现在，吕布韦已经没有办法对我提供更多的帮助，他被昊天带回 SPIN 后估计短时间内都不可能出来了，不过他在临走前给我留下了一个先手的机会。

我需要在最短的时间内拿下这个机会。

暴雨天气还要出门实在是一件很悲哀的事情，可是此刻我的脚步已经不再由我选择。郑青芸也想跟出来，但我觉得台风将至的晚上有些不太安全，叮嘱她安心在家里等着我回来就好。她虽然坚持，但抵不住我坚定的眼神，只好叹了口气待在家里。

外面的雨很大，我撑着的伞被雨滴撞击得摇摇晃晃，不时刮来的狂风还会有将我整个人掀翻的危险。街上很冷清，这样的瓢泼大雨下，只有偶尔一两辆汽车疾驶而过，我为了躲避它们带起的积水差点撞上了马路边的大树。我试图伸手拦下一辆计程车，可是此刻空着的计程车却似乎已经成为了供不应求的热销品，一连走过去七八辆，里面都已经装满了人，连拼车的可能都没有了。

该死的。我恶狠狠地咒骂了一下这恼人的天气，黑压压的天，潮湿的空气，倾泻的雨，呼呼抓狂的北风，哪一样都是我讨厌的。

此刻，距离我的目的地还有大约两公里的路程，但是我估计等我走到那个咖啡馆时天就黑了。我不知道为什么这么大的暴雨，安然会约我在一个咖啡厅见面，她没让我多问，只是让我尽快赶来。我很想告诉她现在外面狂风暴雨，哪还有心情喝咖啡，可她已经挂机了。

"吱——"背后传来汽车急刹的声音,我赶紧朝一边跳出两步,躲避可能会迎面扑来的积水。预期的积水没有到来,我只看见有一层看不见的透明物体似乎帮我挡住了所有飞溅起来的水滴。水滴飞到我的面前,像是撞上了什么透明的屏障,全部直线滑落到地上,没有一滴打在我的身上。

这场景有些熟悉,但我没有害怕,因为我想起来了一个人,他叫什么名字来着?

"邓先生,我们又见面了。不对,其实你根本没有看见我,所以也不算是又见面了,哎——"我听见有声音在我耳边絮絮叨叨说个不停,却没有看见任何人的存在。

"你是——"我马上就要想到他的名字了,我记得云南冷月的事件里我曾经见过他一面,他叫什么来着——

"乔帮。我叫乔帮。海底人。"他主动说了出来。

我像一颗泄了气的皮球一般没气了,因为我已经没有继续回忆的理由。

"上车吧,邓先生,安小姐已经在等你了。我是过来接你的。"车门不知道什么时候已经被打开,我这才注意到了身后停着的那辆白色陆地巡洋舰,外观虽然不是那么令人满意,但是在这样的雨天里却是最为靠谱的出行工具。

我点点头,坐进了副驾驶座,而驾驶座上竟然没有人。我尽量让自己适应这个特殊人类的存在,就好像他坐在那个地方一样。

"走吧。"我关上了车门,隔绝掉了外面的雨幕。

"啊,真舒服。"他竟然独自一人感叹起来,我看见了诡异的一幕,手刹自动松开,油门也被无形的东西踩下,这其实很正常,因为他是隐形人。

汽车发动了,我却不知该如何接话,他虽然不存在我的视野当中,自言自语的声音却一直不绝于耳,活生生地证明着他的存在。

"这雨里有大海的味道,哈哈,那是我的家哦。"他说道。

"不过看起来台风也要来了,夜薇,专家们别的事不会做,取的这个名字倒是挺文艺的。"他继续说道。

"哎呀,对不起,我是不是又说了太多的话了,安小姐总会责怪我话痨,虽然我觉得我本身一点也不擅长言辞,您说对吗?"他接着说道。

我在一边答话也不是,不答话也不是。好在他说话的空当里完全没有给我留下让我回答的时间，尽管他不停地在问我各种各样的问题。

"您还有见过上次那个用蛊的女人吗？她的蛊术很厉害哦。"

"您会不会觉得我的存在有些怪，明明什么都看不见，却实实在在地存在着一个人，您可以摸一摸哦，我真的是存在的。不过可能您会将我的手臂拽下来，不疼的，我还可以再长出来的。啊，对不起，不该说这么多可怕的东西，吓到您了吗？我果然是个很奇怪的人，异类，是这样形容的吗？"

他还在喋喋不休，我却有些崩溃，这货上辈子是哑巴吗？这么能说？难道他的战斗方式就是跟唐僧一样唧唧歪歪？我干脆闭起眼睛不再言语，脑子里还在考虑之前所有可能的线索。

"邓先生，醒醒。我们到了。"我还在一种奇怪的神游状态里发呆，就被乔帮的这句话惊醒了，抬起头，发现车子已经停在了一家咖啡厅门口。左右环视一下，却发现这里不是我印象当中的那个地址，有些奇怪，刚要询问，空气里又飘来一句话："安小姐今天把咖啡厅空出来了，不会有人打扰的，我还要在这里守门，就在车里待着，您顺着楼道上去吧。"

我下了车，再次打量了一下四周，发现地方虽然没错，但似乎总有种跟平常不太一样的感觉，难道是因为没人的缘故？

这里是市中心商业街，这间咖啡馆也是颇为火暴，此刻人迹全无，没有半点声响，给我一种走进了恐怖片片场里的感觉。

"梆梆梆。"有人在敲车窗玻璃，我看过去却没有看见里面的人影，当然我根本不可能看见。

"快去吧。"他还在玻璃上写下了这样的字样，只不过我一时没有反应过来，因为从我这边看去他是倒着写的。

楼道有些黑暗，不知道为什么没有开灯，咖啡厅没有以往灯火通明、烛光点点的样子，我的心脏不争气地打起了小鼓。

"嘎，嘎，嘎。"每踏上一级木质台阶，它就会"吱呀"一声，虽然我知道是错觉，可还是给了我年久失修的感觉。

走到了二楼，我听见了清脆的汤匙撞击杯壁的声音。未见其人，先闻其声，下一秒，我走过二楼的转角，见到了坐在窗台边手里转着汤匙的安然。

她静静地看着窗外的雨滴，手里的汤匙慢慢搅动着那杯热气扑腾的咖啡。听见我上楼的声音，她缓缓地转过头来，对我轻轻一笑："你来了。"

"嗯。"我被这严肃的气氛吓得有些不知所措。

"喝点什么？"她问我，却低头摆弄着她面前的糖块。

"啊？咖啡，不、不必了。"我哪有心情喝什么咖啡，此刻来找她全是因为吕布韦的提示。

"不喝？说不定你会后悔的。"她用纤细的手指夹起一块方糖，慢慢丢入咖啡当中。

"因为，这可是暴风雨前最后的宁静了。"她的话，再一次将略微放松的我惊醒，我再次回到了紧绷的状态当中。

一种混沌感仿佛随着她云淡风轻的话语缓缓袭来，我只看见了成片的黑暗迷雾。

催眠

最后，我坐在了安然的对面，面前摆着一杯外观颇为好看的焦糖玛奇朵。但是说实话，我的心思丝毫没有落在这杯咖啡上面。我只是想从安然这得到吕布韦留在她这里的线索。还有，她是否知道这把钥匙到底是打开那一扇门锁的。

4027，像是门牌号码，我手里紧紧地攥着那把钥匙，想从她嘴里获得一些消息。

"乔帮是不是特别话痨？"她没有跟我讨论关于吕布韦的问题，反而谈论起了那个我不甚了解的所谓海底人。我完全不能理解他为什么可以以一种透明的形式出现在我的面前，他似乎跟水也有着一定的联系。因为对他了解得太少，我也不知道应该发表什么看法。

"他是海底人，今年大约快七百岁了。"安然淡淡道。

"什么，七百岁？"我的咖啡杯差点歪倒。

"我说过的吧，他基本已经不算人类了。海底人生活在海底，数量稀少，整个世界恐怕剩下不到一百个，他还是那种偶然间来到地面的海底人。他已经在海底生活了七百年,他没有与人打交道的经验,不擅长跟人打交道,不太会说话,喜欢自言自语。"安然喝下一口咖啡,看了一眼底下的丰田车。

"就像一个孩子一样单纯。不是吗?"她又加了一句。

"鬼知道你们 SPIN 是怎么找到这样的人类的。孩子?我怎么觉得你们有虐待这个孩子的倾向。"我却知道这个所谓孩子的战斗能力恐怕不像他表面看起来那么无害,能够活过七百年光阴的家伙岂会是什么普通妖孽?

"不是我找到的,是 K 先生发现的,我也有说过的吧。好像在之前的案子里,那个交易我还没给你报酬呢。"安然笑道,"抱歉,最近有些很忙,尤其是昨天出事以后。我肩上的责任更重些了。"

她嘴里的 K 先生是一个被称为黑暗新人类的 B.H 组织的领袖,我听吕布韦讲述过关于这个组织的一点事情,这个组织所有的成员通通都不是所谓的正常人类,他们与常人相比或多或少都有些不同寻常的变化,让他们拥有了比常人恐怖得多的力量。这个组织没有所谓的正义邪恶之分,它只是一直躲藏在世界的阴影里,每个国家都会对它保持适当的尊重和警备,可以这么说,它是唯一一个超脱于世俗之外世界的。

其实这个组织有多诡异,看看那个完全捕捉不到身影的乔帮你就能明白了,里面基本都是这样的特殊人才,也不知道这个所谓的 K 先生又是怎样的一个角色,竟然能够担当起整个非正常人类组织的领袖。上一次在云南的案子里,安然曾经说过,如果替他们解决掉那个案子可以让我和 K 先生见上一面,而现在,那个案子早就已经解决了,只是因为安然个人比较忙,这事一直拖了下来。

"没事,我早就不对这个抱希望了。我这次来找你的目的是为了打听吕布韦给我留下的线索,他没找过你吗?"我虽然对 K 先生的身份好奇,但也知道此刻最重要的是目前手里的这个案子。

"吕布韦?他可没有在我这里留下什么线索。"安然脸上有些微怒,"简直就是没有打招呼就把你这个麻烦给送过来了。还得让我头疼。"

我吃了一惊:"可是,他留给我的纸条上的确是写有你的名字啊。他如果没有给你留下线索,我来这里又能得到什么?"

"我当然知道这个家伙打着什么算盘，"安然道，"他是想让我完成之前的那个承诺。有了K先生的帮助，你做起事情来简直可以说如有神助，那家伙的算盘打得不错。"

"K先生？他在国内？"我忙问道，如果吕布韦的目的真的是让我见到那个K先生，那么我一定能够从K先生那里得到我想要的线索了。

"不在，他最近在新国。"安然很是不客气地打碎了我的想法。

"那我们要怎么去找到他，飞机吗？可是这么大的雨，机场一定全部封闭了，我怎么去新加坡？"我急忙说道。

"我有答应你要送你去见他吗？"安然微微一笑，露出一个我不解的笑容，"不过K先生对你倒是一直很感兴趣，我相信这场大雨停下以后，说不定他会亲自来这里见你。"

"等雨停？怎么可能！"我顿时慌了，因为这场暴雨绝不会是一两天内就能够过去的，外加台风开始逐渐登陆，雨势反而会更大，远在新加坡的K先生怕是三两天内都不可能来这里了。

"我没有时间可以浪费。"我咬了咬牙，"你应该知道，我是有对手的。我需要更快地掌握到比他更多的情报，这样才能够确保在以后可能发生的信息交换中占到主动地位。我的时间不多了。"

安然皱了皱眉头，似乎想到了某个人："昊天吗？他那个人一向是一不做二不休的性子。跟他作对你恐怕会吃很多亏。"

"这不是我需要担心的问题，我只要把吕布韦交给我的任务完成就好，请帮助我。不管是为了帮我，还是为了帮助吕布韦，又或者是为了帮助死去的黄兴，请你一定要帮助我。"

安然微眯着眼睛没有言语，她似乎在衡量着什么，我被她灼人的目光盯得有些不自在，仿佛我变成了一件在她眼中颇为宝贵的交易品，她在决定到底是将我保下，或者舍弃我获得更大的利益。

"罢了。我也挺讨厌那个自大的家伙的。"安然轻笑一声，我也终于松了一口气。

"你知道这把钥匙吗？我想知道它到底是从哪得来的。吕布韦交给我这个东西，他一定是希望我去发现些什么。"我拿出那把钥匙，放在桌上。安然接过，拿起来只看了一眼，就远远地扔了回来。

"收好吧，那是一把有些不太干净的钥匙。"她的话吓了我一大跳，"或许，它真的是恶魔之门的钥匙也说不定。"

"不要这样吓唬人好吗？"我无奈道，"如果知道什么就请以正常人能够理解的方式告诉我，你这样说估计只有楼下那个家伙能听懂。"我指的是乔帮。

"我没有说错啊，它的确是一把通向地狱之门的钥匙，因为，黄兴可是死在了那个房间里。4027。我记得很清楚。"安然的眉头不自然地跳动了一下，她说完这句话直接站起身来。

"怎么了？"我有些奇怪，似乎发生了什么我不知道的事。

"赶紧离开这里，有人找过来了。"安然指了指自己的右耳，我这才注意到她右耳戴着一个小型的耳麦，"乔帮能够帮助我们拖延一下时间，我们先离开这里吧。"

我听见楼下传来乔帮的问话声："你们不能上去，安小姐今天禁止其他人出入。"

没有人回答他的话，我只听到一声枪响。

她带着我往咖啡厅的深处跑去，虽然她穿着一双跟很高的高跟鞋，但是跑步的速度依旧不慢，难道这也是训练出来的？

"那是什么人？"我吓得大气都不敢喘，虽然不是第一次看见真刀真枪，只是这次对方的目标竟然是我自己，的确有些让人紧张。

"他们为什么要找我？"我一边跑一边小声喊道。

"吕布韦没有告诉你吗，这次的事情远远没有你想象得那么简单，我本来一直想让我们十一局置身事外，可是现在看起来好像有些不可能了，B.H的人恐怕也不得不加入进来了，真是一场混战。"安然领着我走到一个漆黑的房间，她打开门，示意我先进去。

"嗯？"我疑惑了一下，但还是没有任何怀疑地往里面走去，我相信她总不会做出什么伤害我的行为。

"乔帮不会有事吧？"我最后问了一句。

"你还有空担心别人？管好你自己再说吧。他是海底人，没那么容易死的。"安然不耐烦地推了我一步。

眼前的一切处于黑暗当中，我根本适应不了这突如其来的黑暗，眼里什么都看不见，只有一种压抑的感觉不断地从里面传来，那种很久都没出现的感觉又来了，里面有一个危险的东西，那个感觉告诉我。

"你！"我刚要说话，却被安然一把推了进去，然后她将大门狠狠地关上了。我跌倒在地，爬起身来想要打开房门，却发现房门已经被锁住了，我就这样被她锁在了这个黑暗的小房间当中。

"加油，祝你好运。"安然在门外小声说道，然后再无声息。

而就在我身后不到两米的地方，站着一个我用膝盖想都知道颇为可怕的人物。我已经感觉到他的存在了。

"为什么你要那么做？"我不停地用手拍门，可我知道这一切不过是徒劳。

"呵呵，这个问题我倒是可以替她回答。"背后传来了一个女人的轻笑，那声音很是酥软，让人一听就感觉会是一个媚到了骨子里的女人。只是我知道，越是这样的女人，反而越是可怕。

我回头，眼睛终于缓慢地适应了这房子里的阴暗。没有灯光，没有烛火，我就站在这伸手不见五指的房间里，静静盯着前面的那团黑暗。

"我们的时间可不多，那些人的动作不比昊天慢多少。"女人轻笑道，一股温暖的感觉将我整个人包裹起来，我的脑子开始昏沉，仿佛不自觉地陷入一种毫无防备的状态，我好像完全相信她说的每一句话了。

就在这时，一丝冰凉的感觉却从心脏处缓缓喷薄而出，随着血液流遍全身，让我原本有些昏沉的脑子终于夺回了属于自己的一些神智。

"哦？"女人似乎看得到我目光里神色的变化，小小地惊呼了一声，"度过了心魔的人果然对于催眠的抵抗性要强得多。幸亏今天设置了不少强制性暗示，不然恐怕计划就要失败了。"

我尽力抵抗着周围环境和她话语里源源不断输送给我的安全感，我知道那只是虚假的安慰，只是为了让我心理出现空缺，她才好趁机钻入我的大脑，至于做什么我就完全不知道了，但我知道一定对我不太有利。

"你是谁？"我扶着墙，咬牙问道。

"我是 K 先生的下属，也是安然的朋友，你可以叫我莫心。你果然还是有些本事的，能够在我的催眠下支撑那么长时间，哼哼。"她还在笑，我仿佛能够看到她轻笑得花枝乱颤的样子，颇为魅惑，就像她有倾国倾城之貌。

我知道这些统统不是真的，应该是她暗示中附加的一种她自己的潜意识，哪怕她是个美女，但在我的眼中，也一定比她原本的样子更加好看。

"为什么要这么做，是安然的意思，又或是所谓的 K 先生的意思？"我现在对这两个人已经好感全无，吕布韦已经失守，现在唯一能够依靠的安然却做出了这些我完全无法理解的事，我真的不知道这个世界怎么了。

我又要怎么把这件事情继续下去？

"这可是吕布韦提前找到的 K 先生，所以归根到底应该是你们那位吕组长的意思了，K 先生因为赶不过来，只能派遣恰好在这里旅游的我来帮你们一把了，你可不要不识好人心啊。"她笑了笑，打开了房间里灯的开关。

一瞬间，房间里灯火通明，刺得我眼睛有些痛，与此同时，我也第一次真正见到了这个名叫莫心的女人。

她果然是个绝美的女子，一头棕色卷发，眼睛很大，而且是那种不正常的绿色，但是看样子又像是黄种人的面孔，小巧精致，可能是个混血儿。此刻的她穿着一件低胸黑色的长裙，她的身材很棒，此刻正端坐在一把藏蓝色皮质椅子上，摆出一个撩人的姿势，似乎想让我产生不正常的异动。

"再玩就过火了，安然他们还在外面，到底有什么计划能够直接说出来吗，我不想被你这样耍来耍去的。"我怒声道，真不是我硬撑英雄，她的能力仿佛是催眠一样，如果不是因为先前曾经走出心阵度过了心魔，恐怕我都难以撑到现在了。

"OK。"她不再对此纠缠，打了一个响指，我顿时觉得浑身一松，那种包围我的温暖情绪顷刻间全部收缩了回去，仿佛凝成了一团云状，环绕在了莫心的身边，而云雾里的莫心，更加有了一种夺人心魄的美丽感觉，只是此刻我的心脏却没有之前强加的那些负担了。

"我的能力是催眠，你已经见到了。"莫心不再废话，可能她也已经听到了外面逐渐靠近的嘈杂声。

"现在，放松你自己，我需要对你进行催眠，你的情绪不要有任何的反抗，相信我就好，我需要先种下一条暗示到你的脑海里。"莫心轻轻地弹了一下她椅子上的皮质包裹层，我感觉她又要有什么动作了。

"等一下，你还没有解释你到底要干什么呢！"我忙喊道。

可是我的最后挣扎似乎没有起到作用，因为我已经感觉到了一股液体一样的信息飞进了我的脑海，我知道那是她所谓的暗示。"你不需要知道，你只需要记得你该记得的。"她缓缓地说道，那声音像文字一样飞进我的脑海里。

这就是催眠的可怕力量。

她给我种下的那种暗示像条件反射暗示，就像平时正常生活的时候，我完全不会记得它的存在，只有当遇到某种特定情况时，满足了这条暗示的触发条件，她埋在我脑子里的预定信息就会在我的脑子里涌现出来，我甚至有可能因为她设定的信息是自杀而亲手将自己捅死。

事实上现实生活中有很多类似的情况，只不过那些催眠师催眠的程度太浅，他们设下的暗示也无法影响干涉被催眠者的正常生活，记得我曾经看过一个电视节目，介绍催眠师做的一些简单的暗示实验，比如听到"香蕉"这个单词就会想笑，没有理由的想笑，这样的催眠暗示很容易就种下并且实现了。被催眠者也很奇怪，但就是控制不住自己听到"香蕉"这个词就想笑的感觉。

只是这样的暗示太过低级，因为它不违背被催眠者的主观意志，大脑对这样的催眠没有抵抗力。但是一旦下达如同吃饭时看见土豆就把土豆倒掉不吃这样的暗示就会比较困难完成，因为这样的暗示已经开始跟大脑的意志相违背。大脑会简单地认为土豆好好的，为什么要扔掉这样的想法，这与种下的暗示相矛盾，所以大脑不会去执行这一暗示。

继续往后当然更难，比如听到某个单词或者见到哪个人你就去自杀，这种情况根本不可能实现。因为这样的暗示实在太过高级，没有人能够种下与人体生存本能相抗衡的高级暗示，大脑会驳回这一暗示造成的想法。

以上都是对于普通催眠师而言，他们真实存在于正常人的生活里，但是基本无害，因为他们不可能使被催眠者做出违背自己意愿的事情来，他们没有这样的能力。

可是我知道，这个莫心绝不是普通催眠师，从刚刚的情况和我自己的感觉就能明白。她能够种下的，绝不可能只是低级的心理暗示，如果她告诉我她现在打个响指我就会自杀我都不敢不信。

我有一种自己凶多吉少的感觉，谁知道她给我种下了什么暗示！只是不满足暗示的条件，我也根本没法知道她到底对我的大脑说了什么。

"现在，你就好好地睡一觉，我还有大量的心理催眠需要对你做。对了，有一点，你要提前记住。"莫心让我坐在一边的椅子上，我竟然不自觉地乖乖照做了。

"你面对的敌人，可不是只有一个。好了，闭上你的眼睛，想象一下，你在一所……"

我没有听到她后面的声音，因为她的话语已经不单纯是简单的催眠了，更带有一种强制性的力量。我已经完全陷入她给我编织的精神世界了。

我也不知道这一觉到底睡了多久，我也不知道我睡着以后又发生了什么，我只知道自己睡得很香，脑海里仿佛多出了什么，仿佛又少了什么。

当我从混沌中醒过来时，我揉了揉鼻子呼吸了一口潮湿的空气，我好像已经沉睡了很久了。周围是洁白的墙壁，洁白的天花板，我正躺在一张洁白的床单上，盖着一床洁白的被子。我穿着白色的病号服，衣服上清楚地写着我的编号：47。而我的手上，还死死地攥着一把黑色的钥匙，钥匙上刻着一串数字：4027。这都是什么？

这钥匙是怎么回事？这里是哪儿？我怎么来到这里的？还有，还有，我到底是谁？

该死，该死，我是谁？我是干什么的？为什么我连这些都想不起来？大脑此刻空空如也，就好像一间空旷的房子一目了然，连角落都看得一清二楚。我根本没有了任何记忆！

我的脑袋昏沉欲裂，而此刻我竟然连自己的名字都想不起来。

"有人吗？"我大叫道。

片刻后，我听到女人的叫声："医生，病人醒了！"

谋划

"邓先生，不要紧张，您可能是最近一段时间内精神遭受到了极大的刺激，所以很多事情没有办法回忆起来，这是很正常的，还请您不要灰心，配合我们的治疗，我们会用最快的时间让您回到正常状态的。"大腹便便的白衣中年医生如是说道，在我原本就空白一片的脑海里再次烙下了一个略带伤痛的印记——我失忆了？

"我叫，邓尨？"我定定看着那份检验报告，勉强将这份信息艰难地划入自己的脑海里，此刻的我不得不接受了一个既定的现实：我现在是一个失忆的精神病患者。与此同时，之前的一些记忆也慢慢地回到了我的脑子，我叫邓尨，没错，我是一名作者，写着不靠谱的小说为生。然后呢，我试图往下回忆，可是接下来的片段似乎卡住了，我的记忆就像是被挤尽的牙膏一般挤出来了一些，可是再也没有后续。

"你的大脑没有受到任何创伤，这一点我们已经检查过了，之所以对于之前的事情记不起来，很有可能是受到了某些事情或者东西的影响，你就好好在这里修养吧，等你康复了，我们就会让你出院的。"医生抛下这句话不再多说，直接走出了房间，接着便走进来了一位穿着白色大褂的护士小姐。她见到我先是警惕地看了两眼，看我似乎不像是有暴力倾向的人，这让她的表情稍微放松了些："四十七号，你跟我走吧，我带你去你的房间，以后你的起居生活都将在那里。"

"四十七号？"我这才意识到我身上的这件衣服胸口印着一个红色的数字，看起来似乎是这家医院的病人编号。

"我的精神没有问题，放我出去，我要回家！"我很奇怪为什么我会突然被送到这样的一个地方，按理说这个时间我应该在家里安逸舒适地宅着，写点小说混口饭吃，为什么我什么都不知道就被人送到了这所谓的精神病院？

"请你配合我们的工作，谢谢。"护士小姐按下了我病床旁边的一个红色按钮，片刻，从外面走进来两个彪形大汉，虎视眈眈地看着我，用膝盖想就知道他们应该是这家医院内部的安保人员，精神病院可能经常会发生病人不受控制的情况，这里一般都会有人专门值班负责对抗那些发狂的精神病人。

我一看到这两人,心里顿时就打起了退堂鼓,只是为了自己的自由,还是不得不小声地反抗道:"我要你们送我回家,我可能回到家里就能够想起来所有的事情了,我不要待在这里。"

"邓先生,您现在的情况很不稳定,我们不建议你现在出院。一个星期后我们会对您进行复检,如果到时候检测结果没有问题就会送您出院的,现在就请您乖乖地待在这里修养,这是上面指派下来的职责。"护士小姐对我的态度似乎好得出奇,虽然不知道原因,但我感觉他们似乎对我很是看重。

"可是——"我还想争辩什么,护士小姐却不耐烦地打断了我的辩解,挥了挥手,两位大汉直接一人架起我的一只胳膊,看样子就是要逼迫我就范了。

"邓先生,您的家属已经签署了协议,所以请您好好在这里休息吧,一个星期的时间过得很快的。"护士小姐走出房间,两个壮汉也夹着我跟着她一路走出,看样子好像是要把我带到什么地方去。

"家属,我什么家属?"我挣扎道。

"您妻子啊,难道您不知道吗?不过也对,您失忆了。"护士小姐回到。

"我们现在去的是您的起居室,放心,那里有着良好的生活条件,我们甚至为您准备了不少书本,您可以很轻松地度过这一个星期的时间的。"护士一边说着,一边带着我们上了楼,我只看到两边的房间里似乎都住了人,不时会有一两个同样穿着白色病号服的人伸出头来想看热闹,还有的躲在门缝后面偷瞄着我。

"这里就是您的房间了,有什么问题的话可以通过门旁边的红色按钮求助,我们会很快赶过来的。书桌上有一份医院的日常行为条例和规定,您可以看一看。没什么事情的话我就先走了。"护士小姐将我带到房间,又跟两人迅速地离开了,似乎不愿意在这里多待下去,整个房间里只剩下了我一人发呆。

"呼。"我坐在有些幽暗的房间内,望着窗外连绵的阴雨轻轻地呼出了一口浊气。记忆在我清醒以后如同雪花碎片一般飞来,从懂事起所有记得的事再一次填满我的大脑,不得不说我是一个记忆力非常棒的人,连五岁的我曾经抢过一个比我高一个头的大男孩雪糕的记忆都还能够清晰地浮现在我的脑海里。

可是这种记忆越是清晰，我却越发难受，因为已经过去了许多年的事情我都能记得一清二楚，可是为什么我进入这里之前发生的事却始终一无所知？

这种感觉就像是一部记录了你整个人生的电影，一直在你的脑海里播放着，时间持续到了一天前，却突然丢失了这时间之后的录像带，我能记得家里的郑青芸，爱给我惹麻烦的吕布韦，但怎样都没法想起这一天以来发生的任何事情，从昨天开始到今天的所有记忆，好像突然一下失踪了。

其实想到这里时，我第一个想到的人就是吕布韦，因为这种匪夷所思的事往往只会在他管辖的方面才有可能发生，我跟他在一起经历过了那么多奇怪的事，这次出现一只会吞吃人类记忆的怪物我丝毫不会觉得意外，只是，这里记忆的丢失，为什么会是从一天以前开始？

我记忆的丢失到底是以什么作为开始的标准的？

两天前的晚上，我还过着舒服悠闲的生活，只是窗外阴沉的天气让我略微不爽，为何这才一天的时间，我莫名其妙地失去了一些记忆，还被送进了这个所谓的看护病院，完全与外界失去了联系？

吕布韦是否知晓这件事情？又或者这件事情本来就是他的安排？我无法得知，因为哪怕我丢失的那段记忆里有关于这些问题的答案，恐怕我也想不起来了。

只是我总觉得我不能待在这里消磨时间，似乎还有什么事情等着我去做，那种冥冥之中注定的感觉。

我想到了手里的钥匙。

钥匙上刻着4027的字样，像是哪个房间的门牌号码。

问题是之前我从来没见到过这把钥匙，连它是怎么到我手里的都完全未知，也就是说，这应该是在最近的这一天内我才得到这把钥匙的，它跟我此刻的情况应该有着极大的联系。

如果将这些乱七八糟的线索综合到一起的话，倒是可以形成一个有根据的推理，只是这推理出来的结果让我有些不太愿意接受。

吕布韦想让我去打探这个房间内的情况，所以给了我这把钥匙。而这个所谓的房间，正是这家医院的，所以他需要一个代替者，来替他完成这项任务。只是我有些不太明白，凭借他的身份角色，调查一家看护病院的房间为何需要作出这样麻烦的行为？这完全不是他SPIN的头目应该有的风格，进一步考虑的话，可能这里面有很多我现在并不明了的原因。

但是我手里的这把钥匙一定是一个关键的突破口，它能够打开这家看护病院的某一间房，而那间房里，很有可能就有我需要去找到的东西，或许在那个房间里，我也能够想起之前到底发生了什么。

也就是说，如果我想要弄明白整件事情到底是怎样发生的，我就需要去那个所谓4027号房一探究竟。

想到这里，我的心情略微轻松了许多，因为我感觉到最近发生的一切似乎都像是刻意安排的巧合，包括我现在不明不白的失忆现象，很有可能都是吕布韦一手安排之下的结果。

既然想不明白就不要再去想，这一向都是我的行事风格，我只要继续顺着这条安排好的道路走下去，一定能够看到最后的结果。问题是这样的医院里，连正常的走动都受到了限制，我又该如何进入那个房间？

我打开房门，看见我房间门上也贴着这样的一个门牌号码，但是因为我住的地方是在二楼的缘故，所以我的门牌号码是2016。也就是说，那个房间应该在我的楼上？

我还想跨出去看个仔细，可刚一抬脚就缩了回来，我看见了不远处那个明晃晃的摄像头，这家看护病院似乎专门是为特殊的精神病人设计的，所以基本上随处都可以见到摄像头，虽然有些脑子不太正常的人可能不知道这摄像头的作用，但我心里却是清楚无比，怕是离开这里还没有两步，就会被监控录像拍得一清二楚。

那样的后果是什么我有些不敢想，虽然我不摔东西不闹腾，但还是很怕那些壮硕的安保人员和护士小姐手里那明晃晃的针头的。

去4027一看究竟的事情或许得延后了，我需要针对这件事情制定一个详细的计划。

时间基本可以定为晚上，因为白天的行动会被这该死的摄像头看得一清二楚，我需要在晚上偷偷溜出去。但是这也同样不简单，因为这家看护病院为了避免病人夜里闹事，每个人住的都是单人间，在医护人员下班之前，所有的病人房门将会被反锁，如果那时我不想点办法，恐怕夜深以后就没办打开门逃出去了。关于这点，黄兴这个家伙以前倒是教过我一招，刚好今天可以用得上，不过最近一直没见到这个喜欢小偷小摸的家伙了，也不知道他最近过得怎样。想到这里，我的心脏明显地阻顿了一下，像是发生了什么不好的事情一般。

　　我隐约觉察到了一丝记忆里的不对劲情绪，可是它还影响不了我现在的行动，为了弄清楚我到底为什么会来到这里，我必须要行动起来。

　　接着是 4027 的具体位置，我不能摸上四楼直接一个个去看，那样太盲目，我得提前知道 4027 的位置。

　　这一点相对来说比较好实现，毕竟大楼的构造还是很简单的。有了门牌号码的帮助，我很容易就可以判断 27 号房间的位置。

　　我身处的房间是 16 号，而我的对面是 15 号，所以这里应该是两个门牌相对应，我的左边斜对面房间门牌号码是 17 号，右边斜对面号码是 13 号。也就是说，27 号房间应该在我对面的房间往左六个，那个房间是 2027，我试图看清楚那个房间的位置，可是已经被遮挡住了，只好作罢。

　　找到了 2027 的位置，只用往上抬高两个楼层，那就是 4027，也是我今天晚上需要到达的目的地了。

　　我把这栋房子的大概平面图画在了纸上，这样方便我晚上更快地找到那个房间，我首先标出了我自己的位置，要上四楼，只能经过 3 号和 5 号房间之间的那条楼梯，我也将它画了出来，然后画出了一条最短的路线图。

　　初步估测，这条路线长度大约五百米，我既要保证速度还要保证安全性行进的话恐怕需要十分钟以上的时间。而且我还得注意到那些烦人的摄像头，虽然大部分看护人员会在晚上离开医院，但还是会有少部分人留守在摄像头前值班，如果被他们发现了行踪，估计也没什么好下场。

　　我用红笔在摄像头的位置重点打出了标记，并且画出了它们照射到的范围，寻找它们视线的盲点，那就是我晚上的通行之路了。

　　做到这里，我都有些佩服自己，这资质，不做特工真是可惜了。如果让我去偷什么宝物说不定才是最好的选择，我一定会为自己设计出一条严密的窃取和逃生路线。

　　需要准备的事情还有很多，我还要在我的房间里找到晚上行动需要的东西，虽然房间里没有什么尖锐的利器——估计是怕病人伤到自己——但是普通的日用品还真是应有尽有，我刚刚画平面图的纸笔都是在抽屉里找到的。

一番寻找，倒是找到了不少有用的东西。现在是下午三点，我只需要静静地等待夜晚的降临就可以了。看护病院的条例告诉我在下午五点半的时候会有人送饭来，从那以后，工作人员会陆续下班，天色渐黑，我的行动，也就要随之开始了！

七
眼睛

晚饭的营养搭配不错，应该说非常丰盛，有鸡腿、西红柿炒鸡蛋，还有豆腐和土豆丝，可是晚饭我一向推崇从简的原则，而且现在这种特殊情况，实在没有什么胃口好好吃饭，连鸡腿我都只吃了一口。

我的心思其实完全集中在了门外的动静当中，哪怕有个人从我的门口走过，恐怕他的脚步声我都能够听得一清二楚，我草草地扒了两口饭，让自己不至于晚上行动的时候饿得肚子乱叫，影响了计划。而剩下的时间，就要为晚上的计划做准备了。

我将胶带一点一点撕下来，贴在桌角下，以便一会备用。那是我今天逃出门去的关键。通过这些胶带和一根笔芯，就可以让反锁门的工作人员以为自己已经成功把门锁住了，这一点稍后细谈，我现在只是需要平复一下自己的心情，不让别人从我的表情上看出什么异样。

事实上我在这个房间里唯一能够看到的只有定时会来的工作人员，其他的病人似乎平时没有什么户外活动，都在自己的房间里待着，我根本没有机会见到他们，这样也好，不会对我的计划造成太多的影响。

晚饭吃过大约半个多小时，护士小姐再一次来到了我的房间，收餐盘是一方面，另一方面是为了检查我现在的精神状况，我当然不会表现出什么特殊的地方，只是记忆中断了一块，我还没疯。

他们一离开我就如同饿虎捕食一般从桌角下揭起我准备已久的胶带，我需要将它们全部绑在反锁的锁舌上。一会儿工作人员来反锁门的时候，这些胶带会阻挡锁舌的弹出，胶带的厚度需要精密测量，可能多出两三层就会让他觉察出锁舌的异样，让整个计划完全失败。对此我十分小心，捣鼓了半天，冷汗都快流下来了。

这种门反锁的原理很简单，无非是通过外面的钥匙孔扭动一个不受房间里面把手影响的锁舌，只要那个锁舌锁上，里面的人就无法出去了，只能够等工作人员第二天打开房门才能出去，而现在，我就是要制造这种锁舌已经被锁上的错觉。

因为这种锁的锁舌精确度太低，仅仅是在扭动钥匙的那一瞬间将锁舌弹出，但是我的胶带刚好可以卡住锁舌弹出的长度，控制它在我能够用力将它反弹回去的范围，我的计划就成功了一半了。

小心地给门锁贴完胶带，我静静地躺在沙发上，坐等夜幕降临，到时候，黑暗将会成为我的保护伞。我的伪特工行动，将会正式上演。

我在床头旁边的柜子里找到了一只小手电，还是用电池供电的那种，估计是给病人夜里起床照明用的，我窝在沙发里，把弄着手里的小手电，紧紧地盯着我面前的那扇铁门。

晚上7点多，远处脚步声逐渐靠近，我知道那是最后一个离开的工作人员，他会将所有病房的大门全部反锁，然后离开这里，我的行动时机，就是他离开这栋楼以后。

天色已经全黑了，虽然现在仍是刚刚入秋的九月天，但因为阴雨连绵的缘故，所以天黑得很早，我将屋子里的台灯打开，温黄色的光线照亮了大半个房间，我觉得眼前的情景似乎有些熟悉，可是又记不清到底在哪儿看到过这个情景，还要再想，就听见门口门锁里发出的"咔嚓"一声。

我愣了一下，然后悄悄地走到了大门边，确认了一下自己的战果。脚步声越来越远，我知道工作人员没有怀疑，他起身去锁其他病人的房门了。

我心中暗喜，将准备好的笔芯伸进门锁的缝隙，然后开始反撬门锁的锁舌。跟我预想的一样，锁舌并没有锁到底，它被胶带阻挠了，只停在了中途，稍微用力它就"咔嚓"一声弹了回去。

成功了！我兴奋地一个哆嗦，同时整个人也吓了一跳，因为锁舌弹回去的声音出乎我意料的响，我站在旁边大气都不敢喘，耳朵贴在门上听动静，我怕工作人员听到这奇怪的声音会来检查情况。

就这样趴在门上足足等了五分钟，再没有声音出现过，我这才长长地喘出一口气，活动了下已经被吓得僵硬的身子。这种感觉就像是在别人家里盗窃的小偷被发现的紧张感，让我全身每一丝肌肉都紧绷着，不敢有丝毫的松懈。

万幸的是这场小插曲并没有引起什么变故，不然又是白忙活了。门已经被打开，我只需要等到十一点熄灯以后就可以偷偷溜出去了，而现在的任务就是好好休息，养足精神应付晚上的行动。

胶带被我慢慢小心地撕了下来，卷成一团，扔进了垃圾桶。这栋楼地形的图纸我也已经画好了，除了手电这种必备物品以外，我还准备了马克杯当做武器，这真不能嘲笑我，看护病院为了防止病人闹腾，基本上所有能够伤人的东西都没见到，我只能拿这个当防卫武器了。

一切准备妥当，我给自己设下了11点的闹钟，然后爬上床闭上了眼睛，11点以后，我将用最饱满的精神迎接今晚的战斗，想想都有些刺激。我微微一笑，迷迷糊糊地睡了过去。

"吱吱吱。"我好像听到什么声音，但是我没有在意，继续闭着眼睛睡觉。

"吱吱吱。"那个声音还在继续，仿佛是从一边的墙壁上传来的。

我眯着眼睛看了一眼，没有发现异状，接着继续睡。

"咚咚咚。"这一次，声音直接变了，在这安静的夜晚吓了我一跳。我一伸手摸到了手电，对着闹钟看了看，才10点半。

闹钟还没响，可那声音是怎么回事？

我摸索着爬起床，关掉了闹钟，又摇了摇头，让自己稍微清醒了一下。慢慢地顺着声音传来的方向爬了过去，好像是从右边的墙壁传来的，这大半夜的，什么东西在闹腾呢？

声音又响了一次，"咚咚咚"，似乎有人在右边敲墙。

我觉得有些奇怪，也顺手敲了三下，结果这下，对面再无反应，居然不做回应了。

墙壁上贴着一面海报，是那种很老式的黑白海报，上面是玛丽莲·梦露的经典捂裙动作，我家里原先也有一幅，此刻看见倒是甚感亲切。只是我住着的这个地方可不是我家，而是精神病医院，右边的家伙估计也是个不太正常的精神病人，不知道为什么半夜跑来敲我的墙。

"咚咚咚。"我最后敲了一次作为试探，如果对方还没有回应，那我就直接忽略，开始我自己的计划了。

那边安静了半天，突然传来了一个女声，似乎还是一个小女孩的声音。

"是叔叔吗？"声音很甜很清脆，听起来估计只有七八岁的样子，说起话来还有些奶声奶气的。

我觉得有些好笑，贴着墙壁小声回道："你怎么知道我是叔叔？"

"叔叔你回来啦？"那边有些兴奋，她似乎认识原本住在这个房间里的人，"我还以为叔叔你死了，再也不回来了。"

我的脸顿时黑了，这小孩子怎么说话呢，我好好的没事干吗说我死了。不过想想也就释然了，这间房以前可能住过别人，后来不知道什么原因走了没回来了，小孩子不懂事，我也不好责怪什么。

"呵呵，小妹妹，你叫什么名字？"我继续问道，可奇怪的是那边居然再也没有了动静，小女孩的声音，突然不见了。

"小妹妹？"我心里有些发毛，敲了敲墙，"你还在吗？"

空气里死一般的安静，我只听得见窗外细细的雨声。

"不好，怕是出问题了！"我脑子一热，这里住的哪有什么正常人，除了我以外恐怕都有些精神问题，这小女孩说不定又做什么傻事把自己给弄伤了。

这个时候，我第一反应是去按门边的那个红色按钮，护士说过，如果出了什么问题可以按下那个应急按钮，会有值班人员来处理的，可是那样一来，我的计划就完全暴露了，值班人员一来就会发现我的大门没有反锁，我以后再想实行今晚的计划恐怕就不这么容易了。

可是这个孩子！我又敲了敲墙，想听到她的回答，可是我只听见了墙壁上传来的那阵轻微的吱吱声，就好像我刚刚醒来时候听到的声音。

那种手指甲刮擦墙壁的声音。

"小妹妹，你怎么了？"我有些急了，敲着墙喊道。如果今天不管这个小妹妹，我继续去实行我的计划，也许我的确能拿到我想要的东西，可是这个小女孩说不定会出问题。但如果告诉了值班人员，却发现只是这个小女孩的恶作剧，而我的计划也暴露了，那真的得不偿失了。

到底该怎么办？

"吱吱吱。"指甲抓挠墙壁的声音越来越急促，也越来越大，这声音直达我的心里，仿佛有一百个小猴子闹腾一样心痒。

该死，豁出去了！我最终还是决定按下那个红色按钮，报告一下这边的诡异情况。

就在我转身的一瞬间，一种丢失了什么东西的感觉突然将我包围了。

等一等，我好像错过了什么东西。

我回过头，仔细打量起了墙壁，那幅玛丽莲·梦露的海报在手电的照射下朝着我轻轻地微笑，让我有些不寒而栗。不过，我走上前，轻轻地将那幅海报撕了下来。

它被胶带固定在墙壁上，轻轻一撕就掉了下来，我看到了海报后隐藏的一个东西。

墙壁上的一个黑洞。

我愣愣地看着那个黑洞，似乎已经穿透了这堵墙壁，将我的房间跟刚才那个小女孩的房间联系了起来。但是这个洞是用来做什么的？

小洞不是很规则，看起来好像不是机械打孔打出来的。我慢慢地靠近那个小洞，发现内壁凹凸不平，似乎是被什么东西强制破坏出来的。

只是，这里为什么会出现一个小洞？还用海报遮掩着？

我慢慢地低下身子，把眼睛对准了那个小洞，想看清这个洞是不是能够通向对面那个房间，可是洞里很黑，什么都看不见。

我把眼睛靠近，慢慢地贴在那个小洞上面，想从洞里看到对面的情况，也好知道小女孩到底是不是出了什么事，可是洞里没有一丝亮光，也不知道是没有完全打通这堵墙壁，还是对面的小女孩房间里也没有灯，所以什么都看不见。一阵风突然从洞那边刮了过来，我微微闭起了眼睛，却感觉有些奇怪，有风说明这洞应该是打通了，可是为什么这风，竟然是温的？

幸好我这还有手电，我慢慢地把手电靠了过来，将光线顺着小洞照了进去，想看清里面的情况，可是我才刚刚看清洞里面的东西，就吓得差点放声大叫！

洞的那头，居然是一只红彤彤的眼睛。

那只眼睛就停在洞的那头，静静地看着我，它的眼白里全是血丝，仿佛疲惫了很久的样子，瞳孔一动不动，只是直直地盯着前方，我用手电一照，刚好让我跟它对上了瞳孔，吓得我往后大跳一步，差点叫出声来。

"呼呼呼——"我大口大口地喘着气，双腿有些发软，对刚刚看到的，我真的不知道该如何说服自己，那是不是真实的？

那只眼睛，究竟是谁的？

我捡起被我丢到一边的手电，再次走了过去，刚刚那只眼睛的骤然出现，差点将我吓个半死，就算是人也好，不用这样闹吧？

我再次将手电移过去，却发现那只眼睛已经不存在了，我的手电只照到了纸一样的东西，似乎将那边的洞口给挡住了。我这才放下了心中的石头，仔细地看了看，好像那边的房间里也有这样的一张海报，平时是可以将这个孔洞堵住的，但是一旦把两边的海报都撕下来，那么两边就可以从这个小洞里看到彼此。

可是我刚刚看到的那只眼睛是——

"你不是叔叔，雪儿不理你了，雪儿睡觉去了。"那边又传来了那个小女孩的声音，她似乎从孔洞里看到了我的样子，知道了我不是她口里的那个叔叔，也就是说，刚刚的那只眼睛是她的？

目前也只能这样理解了，可能这个小洞就是雪儿跟这边房间的人交流的通道，两人可以揭下海报，通过洞看见彼此，也就是说，以前这里有人跟她说过话？

不过这些对我来说已经不重要了，因为我已经确认了雪儿的安全，可能刚刚的闹剧，只是她的一场不太正常的行为吧，也难怪她这么小的年纪会住到这里面来。

我心有余悸地重新将海报贴了上去，只是这样仍然不能让我感觉到安全，经过刚刚的那一吓，我都有些心理阴影了，今天晚上的任务还要继续，我也正是因为那件事情才来到这里的。

关掉手电，带上我的简陋装备，我蹑手蹑脚地来到门边。

我慢慢地转动着门把手，轻轻一推，门"吱呀"一声，开了。外面的楼道里刮过来一阵冷风，我打了个哆嗦，只听见了楼道里安静的滴水声。

终于要开始了。

八 诡夜

原本因为隔壁间的小女孩恶作剧一般的异常行为折腾得心绪不宁的我，此刻也不得不继续自己的计划——我需要找到属于 4027 室里的真相。门被推开，发出"吱呀"的轻响，只是此刻安静的大楼内部，这声轻微的响动在我的耳朵里却是刺耳无比，恨不得找个地缝钻进去。

有这样一种感觉，有的东西明明平时存在着，可是你却没有注意，到了关键的时候，你才发现你的忽略是多么的致命，就比如现在推开大门发出的摩擦声。

所幸的是，监视器只能看得见图像，听不见声音。

我需要躲开它们的探照，然后走到三号和五号房间之间的楼梯口，爬上四楼。

这不是一个容易的活，因为我根本不知道这些摄像头到底能够照射到多大的范围，我唯一知道的是这些摄像头并不具备夜视功能，我可以躲在楼道灯光照不到的阴影下前进。

周围很安静，只听见窗外的雨声和滴答滴答的水滴溅落声。我走在不时飘过一阵冷风的楼道里，心里有些发毛，这毕竟不是什么正常人的医院，就比如刚刚的那个小女孩小雪，虽然声音听起来像个普通小孩一样无害，但是做出的事情却让人十分匪夷所思。

我尽量贴着墙壁行走，让自己不要暴露在灯光的照射下，从十五号房间的门边，一直躬着身子摸到了大楼右侧的楼梯口。楼梯口我曾经注意过，因为没有摄像头的缘故，所以算是以飞奔一样的速度爬上了四楼，再然后，就是那个神秘的 4027 号房间了。

五分钟以后，当我站在那个黑色的铁门门口时，我的心脏跳动速度已经远远超过了我百米赛跑以后的跳动速率，我的手已经掏出了那把钥匙，手也放在了门把手之上，我想知道这扇门的背后，到底是什么在等着我！

此刻的我是犹豫的，刚刚经历了那做贼一般的行为，此刻又要面对屋子里无法预知的真相，我真的没有办法下定决心打开这扇大门。轻轻地把钥匙插入门上的钥匙孔，往右稍微扭动一圈。

"咔嚓"，那是锁舌弹出的声音。

我的心脏，也跟着这道声音猛烈地收缩了一下。

打开吗？我咬咬牙，想要逼自己作出决定。

就在我想要将搭在门把手上的手猛地按下的时候，一股不和谐的声音，突然传入了我的耳朵，我环视了周围一眼，心中却是恐惧到了极点。

"哒哒哒。"像是什么东西敲击地面的声音。

很有节奏的响动，不大不小，却刚好能够传入我的耳朵，让我听到得一清二楚。

那是什么人？为什么会在这个时候出现？

声音是从楼梯口传来的，而且，那种声音我很熟悉，就是女人的高跟鞋踩着地面的声音。

大半夜的看护病院，连大部分工作人员都下班了，这里又怎么会出现一个女人？护士总不会半夜跑来查寝吧，更何况，还是一个穿着高跟鞋的护士。

我被这声音吓得大气都不敢喘，连忙拔下钥匙，往左边快跑几步，躲在4031的房间门前侧着身子注意着这边的情况。到底是谁，在这样的夜里来到这里？又或者，她的到来不是一个巧合，她原本就是跟着我上来的？要不然，为何会在我就要打开这扇门的时候突然出现，不就是为了阻止我吗？

难道我在这里的一举一动，都在某人的监控当中？

想到这里，我的心里突然泛起了一丝凉意，仿佛即将面对一个极其可怕的恶魔。他知晓我的一切，在黑暗中窥探了我很久，可是我却从来都没有在光明中见过他。

楼道里的灯开始忽明忽暗，这让我的眼皮直跳，为何偏偏在这个时候出了问题？

等等，这个感觉有些熟悉，忽明忽暗的光？

脑子里仿佛有什么东西要跳出来，可是却被紧紧锁住，做着无谓的挣扎。

是谁，到底是谁？我紧紧地盯着27号门前右边那处楼道灯照射下的微弱光亮，

THE CREATOR

想看清到底是一个怎样的女人出现在这个诡异的夜晚。

一双脚，率先露了出来。

她穿着红色的高跟皮鞋，很鲜艳的红色，楼道的灯光有些泛黄，却丝毫掩盖不了那双鞋在我眼里的特殊，它真的很夺人心魄，甚至可以说我从来都没有见过那么显眼的红色，它就像是女人抹在唇上的色彩，将我的目光完完全全地吸引在它上面。

我往后缩了缩身子，不想让自己被这突然出现的女人看见，因为从这个女人一出现在我的视野里，我就有了很不痛快的感觉，她虽然穿着大红色的高跟鞋，却给我一种阴暗的感觉，就像隐藏在她背后的黑暗一样迷茫。

那只脚在我的眼里停留了很长时间，真的很长，我甚至怀疑我已经被发现了，那个女人似乎知道我在看她的皮鞋，她想让我一次看个够，因此不再前行，只在灯光下留下那一只鲜红的皮鞋。

气氛压抑到可怕，我屏住呼吸，手心里不停地往外冒汗，时间仿佛暂停了一样。我在这黏稠的空间里度日如年，差一点就忍不住冲出去看个究竟。

"啪。"又是一声清脆的高跟鞋鞋跟敲击地面的声音，声音很大，甚至在这空旷的楼道当中有了不小的回音，我不知道这个女人为何要如此刻意，难道她真的是这个医院的工作人员，所以不怕闹出动静被人发现？

这个想法只持续了一个瞬间，我看见了接下来的场景。

女人穿着红色的高跟鞋，下面更是穿着诱人的肉色丝袜，她性感的身材暴露无遗，一双腿很是修长诱人，不该有肉的地方一丝没有，小腿圆润，给人一种光滑到可怕的感觉。再往上看，她穿着一件棕色的皮裙，暗灰色的牛仔外套，一身绝妙的搭配，显示出了这位妙龄女子的曼妙身材。她静静地站在灯光之下，对着我这边，一动不动，好像在想些什么。

我一边自我安慰她没有发现我的存在，一边紧紧地盯着她的脸，总觉得似乎见过这个女人。从她完全暴露在灯光下开始，我就有了一种熟悉而又陌生的感觉，我以前一定见过她，但是并不熟悉，就好比见过面说过两句话，有一点印象，却完全没有深交。

她到底是谁？来这里又是为了什么？为什么偏偏会挑这个诡异的时间段？现在

可是夜里11点多了啊！她来这里的目的是不是跟我一样，同样是4027号房间里的东西？

我想从她的脸上得到所有答案，可是我失望了。

因为她的脸上，戴着一副诡异的黑白面具。

面具上的图案我很熟悉，因为以前我就曾经用过这个牌子的钢笔，那是著名的法国抽象派画家毕加索的家族创造的钢笔品牌。

我对那个图案印象深刻，因为那实在是一个很有趣的图案，代表了简单的抽象派的意思。从大体来看，那是一张人脸，中间有一条当作鼻子的划线。但是从另外一个角度来看，你又会发现这个人脸其实是两个人侧面的脸面对面组成的图案，那道原本被当作鼻子的划线，此刻成为了两张脸的分界线。那幅图案充斥着矛盾和融合，有着对立和统一的通性，可以说是哲理重重。我有过毕加索钢笔，所以特别留意了这个有趣的图案，却没想到居然能够在这里以这种诡异的方式重新见到。

只是，为什么这个突然出现的女人，要戴上这样一个诡异的面具？她想干什么？

女人的头发扎成一团，绑在脑后，我根本看不出她原来的发型，只是从她整体给我的样子感觉，我是见过这个人的，只是此刻去想，却根本回忆不起来这个女人到底是谁了。

女人没有说话，她转过身，也看向了那个神秘的4027室。

我心中暗道一声"完蛋了"，这门刚刚被我打开了，逃跑的时候没来得及锁上，这次怕是要坏事了。

如果她是这家医院的工作人员，4027室的门被人打开了，我的罪行很明显败露了，被抓估计是早晚的事；如果她不是这家医院的工作人员，那她一定也是为了这个房间当中的某样东西而来，我却是晚了一步，没想到开了门，却是为他人做了嫁衣。搞不好我会在这里弄丢重要的线索。

不管是哪种情况，都不是我想要看到的，但此刻我却不知道为何，没有任何胆量冲出去，跟那个光亮中的女人对质，我感觉她身上有种可怕的气场，我绝对不可能战胜她！

我贴在4031的门前，就像一尊藏在角落的雕像，没有一丝动弹的力气，我只希

望她不要发现我，我要远离这个人，她身上有着一股危险的味道。

她站在门口等待了很久，在我的感觉里是很久。因为我已经完全感觉不到时间的概念，她静静地站在门口，用手按下了房间大门的把手，我的心也在这一刻收紧了。

门应声而开，她的身影逐渐被挡在了开启的门背后，我看不到她的表情，因为那幅面具遮住了她的脸。

"你来了。"房间里传出来一个男人的声音。我听着很是耳熟，是谁？

等等，这个房间里间竟然有人！

我顿时又吓出了一身冷汗。

一直以来，我都把 4027 号房间当成一座没人的空屋，想从里面找到一些线索，却从没想过里面居然会住着人。现在看来，里面似乎不仅有人住，还是一个我异常熟悉的人，不然我也不会第一反应觉得是熟人的声音。想到这里，我又是一阵后怕，不知道刚刚我打开门锁的声音是否已经惊动了那个住在屋里的人，为何他此时没有睡觉，反而像是在等什么人？

他在等我，还是在等这个女人？

难道这个钥匙存在的目的就是让我去见他？可是现在那个女人却走在了我的前面！

我用耳朵贴住墙面，想听到更多的对话，我需要确认那个男人到底是谁，那样我才能够猜到这个眼熟的女人又是谁。

今天晚上发生的一切都太过诡异，先是我莫名其妙地失忆，然后被送进了这家医院。我拿到了这个房间的钥匙，将要进入这个房间时却被另外一个女人吓跑被她捷足先登。房间里住着一个我熟悉的男人，这到底是怎么回事？

我要弄清楚这一切！

风在耳边轻刮着，我感到后背有一丝发凉。

女人没有答话,又或者声音太小我没有听到。我只听到男人接下来的一句话："早就安排好了，不是吗？"

又是良久的沉默。

只是这次，沉默的时间太过漫长，连我都觉得有些奇怪。

那两个人，怎么突然玩消失了？

我微微探出头，想看清一点里面的情况，可是却被地上的东西吓得脸色惨白，作势欲呕。

就在我探出头的那一瞬间，一股腥味借由刮过来的寒风轻轻地吹到了我的鼻孔里，让我条件反射般皱了皱眉头。哪来的血腥味？

与此同时，我的眼睛也瞪得滚圆，瞳孔猛地放大，对着地上那一摊深红色的液体差点呕吐出来。

那是血液，无法计数的血液，从那个诡异的4027房间的大门里流了出来，一直流到了我的面前，我的脚下。

我往后退出两步，捂住自己的嘴巴不让自己吐出来，可是那刺鼻的血腥味却仿佛格外浓厚，让我的脑子都有了一丝昏沉的感觉。

哪来的这么多血？

那个男人的？又或者，是那个女人的？

血迹从4027的大门，一直蔓延到了4031的大门，拖出一条长长的鲜红色轨迹，触目惊心地展现在我的眼前。我低着头，拍打着自己的胸口，不住地咳嗽，想要让自己猛然骤停的心脏恢复过来。

此刻，我已经顾不得会不会被人发现，因为这里已经出现了命案，我已经无法再将我的计划偷偷地进行下去，必须要报警！我需要警察来维持这里的安全秩序！

可是，我真的有这个机会吗？我默默地吞了一口口水，寒意已经让我整个人开始发抖，不能自已。

因为我的面前，已经出现了一双脚。

准确地说，是一双红色高跟皮鞋。

它那么鲜艳地出现在血堆里，仿佛显示着它格外高贵的身份。它的鲜红，是连漂浮着腥味的血液都无法比拟的。这一刻，在我的眼中，它好像已经成为了残忍的代名词，我似乎已经预感到了我接下来的下场。

缓缓地抬起头，我望向了那双鞋的主人。尽管已经做好了心理准备，但我还是被她脸上的那张诡异面具吓了一跳。面具上只留出了两个眼睛的小洞，我能够看见洞里那双眼睛无神的目光。她似乎很兴奋，可是又担忧，就像是一个夫君为国出战的留守妇女。她的眼睛，似乎能够告诉我什么。

我定定地看着她的眼睛，想知道这双面具下隐藏的到底是谁的俏颜，可是她没有给我机会。

她的手上，提着一把还在滴血的小刀。小刀的刀尖上，闪着耀眼的寒光，那鲜红欲滴的鲜血，欢快地从上面淌下，低落到地面上的血水里，发出滴答的声响。

滴答。

她没有说话，只是挥舞着小刀在空中飞速地画出了一个图案，我的脑子又开始猛烈地剧痛起来。这个图案，这个图案我一定见过！那是一颗爱心的图案，一笔到尾，流畅连贯，我不知道我到底看到有谁这样做过，但我知道我一定看见过。

又是之前的那种感觉，我明明知道自己应该有这一段的记忆，因为我对这一切太过熟悉，可是又好像偏偏被什么人锁起了记忆，我就是什么都想不起来。这真的是糟糕透了！

她做完那个奇怪的动作，整个人却突然转身，仿佛从来没有看到过我一般，缓缓地离开了。我只能盯着她离开的脚步和鞋子带起的一连串血迹脚印，这些，全部都伴随着"啪嗒"的高跟鞋声音重新消失在了黑暗当中。

而我静立当场，浑身发抖，从始至终都没有弄明白到底发生了什么。

奇怪的房间，奇怪的女人，奇怪的男人，奇怪的案件，奇怪的结尾。

这到底是怎么一回事？

这些，都是真实的吗？

我突然脑海里冒出了一个奇怪的想法。

就在这个想法冒出的瞬间，我的周围又一次开始了变化，所有的环境开始全部扭曲改变，我有了一种什么东西灌入脑子里的感觉，再次睁开眼睛时，我仍然站在4027的房间门口，手仍搭在门把手上面。

幻觉？还是——

我的脑子此刻沉重异常，仿佛刚刚经历了某种重大的变故。我不敢相信我刚刚看到的一切都是我脑海里的幻觉，相反我更觉得它们像是原本就发生在现实当中的事情，只是——

血迹没有了。诡异的女人没有了。熟悉的男人也没有了。连最开始的高跟鞋声都没有了。

我的脑子在此刻收到了一道细微电流的刺激，这让我条件反射般地咬牙按下了房间把手并且轻轻拉开。

"吱呀"一声门响了，里面空洞的黑暗像饥饿的野兽一般猛地向我扑来。

与此同时，那个束缚在我脑子里的紧箍咒也猛烈地炸开来，所有一切丢失的记忆再次出现，我又重新获得了一天前的记忆，也突然间明白了到目前为止发生的部分事情。

原来如此啊。

4027

我站在4027号房间的门口，闭起眼睛，开始联系我现在得到的所有线索。

这个房间是黄兴的房间，两天以前，黄兴住在这里。前天的夜晚，他一个人做出了令人费解的动作，并且最后在监控录像的拍摄下被杀害。

钥匙是吕布韦弄来的，这个房间的信息是安然告诉我的，这个地方应该是莫心将我送进来的。他们三人为我来到这里铺出了一条通路，我最后还是站在了这里。

之前莫心对我的脑子下达了一个条件暗示，我将遗忘这两天发生的所有事情，直到我打开4027这扇门才算是暗示结束，记忆恢复。

失去记忆的我莫名其妙地被送到了黄兴的那家看护病院，并且成为了里面的一员。我手里的钥匙帮助了我，它让我最后还是找到了这里。我的暗示也终于在此刻被打开。

可是我现在仍然不清楚他们为什么要这么做，如果仅仅只是将我送进这里，那不是很简单的事情吗？为何又要暂时封锁上我对于这件事的记忆？

我觉得似乎跟我刚刚看到的景象有些关联。

那个女人，那个戴着毕加索面具穿着红色高跟鞋的神秘女人，我觉得她似乎不只是我幻想里的那个人物，她一定是真实存在的，至少与这次黄兴的死亡脱离不了干系，只是我没有办法再次确认她的身份，因为她不曾以那种姿态出现在我的面前，我又该如何去确认她的真正面目？

但是我现在至少不是一无所获，我知道有另外一个我曾经见过的女人掺和到了这件奇怪的死亡案件里，找到她，我就可能找到黄兴真正的死因。

屋子里很暗，因为此刻屋子内部已经停电，我没有办法开灯看清屋内的情况，即使能打开，恐怕也会引起值班人员的怀疑。我默默地走进房间，关上房门，打开了手里的小手电，似乎跟黄兴死前找到的手电是一个类型的，我此刻才想起来。

"啪！"我扭开了手电，第一眼就看到了地上残留着的暗红色血迹。血迹早已干涸，甚至有人专门来清理了这摊血迹，血块的范围已经少之又少，根本不像吕布韦说的近乎两升的血量那么多。

看来有人已经打扫过了这里，是谁？SPIN 的昊天？我想应该是这个男人吧。他早就明白吕布韦不会轻易放弃，所以早就来这里搜寻过线索，并且破坏了最后的现场。

我有些遗憾，恐怕不能从这里得到太多我想要的信息了，昊天不会那么好心地把线索留给我。他的速度和特权已经让他有了领先我的优势。

只是我现在还不能放弃这里，因为我已经比昊天知道的要多得多，那些幻想绝对不是幻觉，它们更像是几天前发生的事情，只是不知道为何会在这里时空错位，在我面前重演了一回。

那个房间里的男人，正是黄兴没错了。我现在已经能够清楚地确定那个在房间里等待着的男人的声音，而听他的话语，似乎他早就认识这个戴着面具的女人。

整个过程安静而且迅速，我只听清了他的两句话。

"你来了。"

这句话只有三个字，却告诉了我太多信息。

第一，黄兴早就知道会有人夜里突至。

第二，他的情况似乎并不像录像里和吕布韦所说的那么糟糕，这句简短的话明显带有了太多的意味。

第三，他认识这个女人，所以连对方的姓名身份都不问。

我没有听见女人的声音，只听见他接着说道："早就安排好了，不是吗？"

又是一句简短的话语，却包含了整个事件最最关键的部分。

他跟那个女人是什么关系？他所谓的安排又是什么？那个女人似乎跟他之间达成了某种协议，再然后，他死掉了，那个女人消失了。

是黄兴自己安排的谋杀？

可是他完全没有这个必要啊，想死的话远有比这简单得多的方式，为何还偏偏要借助别人的帮忙？

情况急转直下，因为我的兴趣已经从黄兴的死上剥离了，完完全全转移到了另外一个陌生的女人身上。

她是谁？为什么会在深夜来到这里，目的是什么？跟黄兴达成了什么协议，又是怎样以某种方式杀掉黄兴的，她的出现跟之前研究所的事件到底有没有关联？

我想找出黄兴的死因，却没想到在这里收获了更多不可言明的疑问，我的问题中心，也开始有了质的变化。

只有找到那个女人，我才能够得到黄兴真正的死因！

可是我又该如何去找那个女人？

她身上的特征让我根本无法辨认出她，更何况她一句话都未曾说过，就算我再次在现实中见到这个人，只要她不是那天的装束，我恐怕也没有办法认出她来。

毕加索面具，红色高跟鞋，熟悉而又陌生，跟黄兴有联系。我将这几个关键词在一张纸写了下来，以免自己遗漏掉什么线索。

然后，就是这个千辛万苦才得以进入的房间了。

我拿着小手电环视了一圈，这个屋子两天前就是案发现场，现在却已经被彻底还原成了原样。我想从这假意的安详环境中找到昊天遗留下的些许重要线索，不过看起来有些不太可能了。

最好不要和他成为对手，因为他把一切都做得很完美。

这个房间，除了地上那点点血迹没有被擦除，证明着两天前的那个案子存在。其他地方，再无任何可疑。

沙发换成新的，床铺换了新的，如果不是地板没有办法也换成新的，这里早已经是物是人非，没有一样东西和两天前相同了。我走在房间里，闻着沙发上那种新鲜皮革发出来的味道，皱了皱眉头。

所有的东西，全部都被人给换掉了。这个昊天的速度还真是快到惊人。他不想让除了他以外的人知道太多不该知道的东西，哪怕破坏了连他都忽略掉了的线索。

我闭上眼睛，没有继续寻找下去，而是默默地躺在了一边的大床上。

被褥是新换的，因为最近几天都没有阳光的缘故，带着点点潮湿的气息，我将鼻子贴在上面重重地吸了一口气，然后仰头躺倒，目光落在了身后墙壁上的一幅海报上面。

这幅海报！

我突然间想起了什么。

卡片惊魂

4027 房间里的一切都变了样，我无法再看到两天前这里到底发生了什么，这让我感觉有些挫败，因为我试图在这里找到一点点可以了解真相的线索，可是却什么都没有找到。我的计划，甚至可以说是吕布韦的计划，已经完全失败了。

因为这里已经被另外一个青年捷足先登了，他破坏了现场，没有给我留下任何线索，他或许得到了很多我不可能知道的线索，而我只能凭借我拥有的那种未知的不稳定能力在他的面前占到一点点便宜。而现在，我努力将自己放松，让自己慢慢融入到这个屋子当中。

我感觉我在不知不觉中变化了很多，更多依赖起了类似于感性的判断，是从什么时候开始的呢？从我慢慢意识到自己的这种能力开始？又或是走出了心阵打破了心魔开始？

房间是有呼吸的，我是这么认为的。

所以我想保持跟它一样的呼吸频率，这可以让我了解它，了解这个房子。

这个想法其实有些荒诞不经，普通人知道了一定会把我当成疯子看待。

如果对象是有生命的动物甚至植物，这个想法都可以理解，就好比你想了解一个人的性格，你就可以代入他的身份去想问题。但是对于这些没有生命的物件来说呢，那些石头，沙粒，金属，我们又该如何了解这些东西？

但我还是那么做了，躺在那张崭新的小床上，闭起眼睛，慢速呼吸，仿佛要将整座屋子里的想法融入到我的脑子当中，我都开始怀疑自己是不是疯掉了。

睁开眼睛时，我的目光顺着直线，落在了床头的那幅海报上。那是一幅很漂亮的海报，蓝紫色的天空下，繁星闪烁，能够让人轻易沉浸进去。星空下的草地上，躺着一个小男孩和一个小女孩，他们相互嬉闹着，在这浩瀚的星空下成为了别样的风景。

只是，我总觉得这幅海报有些不对劲，那星空似乎有些不太对劲。

我拿起笔，在最顶上的一颗星上点下了红点。

再然后，我按照星星的亮度大小分类，将与这颗星亮度大小相同的的星星全部点了出来，最后只要用笔一串，我想要的东西，已经浮出水面了。

一个不规则的心形印记，它又一次出现了。

第一次，它出现在黄兴死前的录像里；第二次，它出现在了我刚刚的幻觉里；而这第三次，它又出现在了黄兴房间床头的海报上。

这个符号印记，到底是怎么回事？

我仔细地打量着这幅海报，脑子里不断思考着这三次印记出现的意义，将海报小心翼翼地从墙上揭下来，我看到了隐藏在它背后的真相。

只是这情景有些熟悉，让我有些心有余悸。因为不到一个小时前，我也曾经被这样东西吓到过，那个景象，都已经刻成恐怖电影进入我的记忆里了，我担心我会引起相应的条件反射。

海报的后面，仍然是个小洞，跟我在自己的房间看到的一模一样。

只是这次，洞的那边不会再有眼睛了吧？我的房间隔壁是个精神有些异常的小女孩雪儿，这个房间呢？

我深深地吸了一口气，低下头，用手电照亮了洞内的情况。

光线像一条细长的虫子爬入那条狭窄的小洞，我看清了里面的情况。这次，洞的那边不再是那只血红的眼睛，我透过小洞直接看到了对面的大床，床上空空的，那个房间应该是没有人居住的。

松了一口气，我可不想再被那惊悚的眼睛吓到一次，哪怕已经有过心理准备，但是在这寂静的夜晚还是会被那东西吓得够呛。

我起身想要重新盖上那幅海报，却又觉得仿佛忽略掉了一点什么。

那个心形的印记仅仅只是在提示我这个洞的存在吗，还是说——有什么更重要的东西，躲在那幅海报的后面？

我急忙重新掀起海报，用手电仔细打量着背后的每一块地方。洁白的墙壁光洁如新，怎么隐藏线索？唯一可能的地方还是那个小洞。

手电的光线重新汇集在了小洞内部，我这才发现了其中的蹊跷，这小洞里，似乎有一张卡片，卷成了桶状，被塞在了小洞里，由于形状刚好跟洞壁吻合，如果不仔细去看，还真是容易就这么错过了。

是什么东西，卡在了里面？

我伸出手，想把卡片从里面拿出来，可是由于卡片陷在里面太深，结果我这一拉扯，反而直接把卡片给弄折了。

我吓了一跳，生怕上面有什么重要线索被破坏了，这卡片正好卡在这小洞里，我手指太粗，伸进去就不方便转动了，这卡片根本拿不出来，如果硬抽倒是可以取出来，就怕到时候拿出来的已经是碎成几片的卡片尸体了。

我正对着这卡片犯难，却突然听到房间的那边传来了小小的摩擦声。这声音让我条件反射般浑身打了一个冷战，心脏却是剧烈地跳动起来，身子不由自主地后退了两步。

对面的房间有人！而且……

卡片被什么东西抓住了，轻轻地推了出来，一只洁白的手指也随之暴露在我的目光之下，那只手指很细很白，更像是小孩的手指，想到这里，我已经忍不住有了一个不好的猜想。

这个洞是不是——

还没等我想清楚,从洞里突然飘出了犹如鬼魅一般的童音:"叔叔,是你吗?"

这个声音,我在一个小时前就听到过一次,现在想来,依旧绕梁三日余音不绝,可是,我从没想到,在这里居然也能再听见一次!

这怎么可能!雪儿不是在二楼吗?我清楚地记得当时我在二楼自己的房间里,她就在我旁边的房间里待着,一开始就问了我一句没头没脑的话:"是叔叔吗?"当时我并没有太在意这个小女孩的话,以为她通过那个房间墙壁上的小洞跟原先住在我房间里的一个男人交谈。可是现在,我从 2016 逃到了 4027,为何她也如影随形一般到来了?

用的还是一模一样的语气!

我望着那根洁白的玉指,整个人直接愣在了当场,就连掉在地上的卡片都忘了捡起来,空气在这一刻,有些凝固了,我感觉到了从那手指上传来的冰凉气息。

真正的敌人

我以为我发现了 4027 房间内残留的真相,却没想到我只找到了更加骇人听闻的事实,原本应该待在二楼我房间隔壁的小女孩,此刻却不知道如何随着我一起来到了黄兴的案发现场。如果说我是靠钥匙打开门进入 4027 的,那么雪儿又是怎么进入隔壁的房间的?

"雪,雪儿?"我有些惊慌,试探性地问了一句。

"叔叔?"那边传来略带疑惑的声音,"你不是叔叔,你是另外一个叔叔啊!"这个声音在午夜里颤抖了几下,重新传到了我的耳朵里。

"你见过我?"为了确认隔壁的女孩,我不得不小心地远离那个让我遍体生寒的小洞,躲在她看不见的范围。同时,我也没忘记捡起地上那张被她的小手推过来的卡片,虽然已经被折出了一条印记,不过并没有什么太大的损伤。

"你不是楼下的叔叔吗?叔叔你怎么上来啦?"雪儿的回答带着童音,却让我有些不寒而栗,她想问我的问题,却也是我想要问她的问题,她一直在底下待着,又是如何来到四楼的？

　　我将手中的卡片展开，发现那竟然只是一张普通的扑克牌，扑克牌上画着一只仿佛正在舞蹈的小丑，小丑的两只手上各抓着一把匕首，手舞足蹈，好像很欢快的样子，而他布满浓妆的脸上，露出的，是一种似笑非笑的表情，就像是那种想笑出声来，可是却不得不憋着的感觉。

　　这表情，倒是跟之前在录像里看到的黄兴那诡异的表情颇为相似。

　　那是一张扑克牌里很常见的鬼牌，黑白相间的鬼牌在平时可能不会引起我的注意，但是现在的情况，却让整个事件变得更加扑朔迷离了。首先是黄兴死前的表情，为何他会露出那种类似舞动的小丑一般的表情来？

　　然后是那个戴着面具的女人，她的那副面具跟小丑的伪装有着异曲同工之处，那副毕加索的面具，到底是为何而画？

　　我默默地将手里的卡牌收好，敲了敲墙壁，问道："雪儿，你能不能告诉我你是怎么上来四楼的？"

　　雪儿那边一直小声地说着些什么，我没有听清，此刻她听见我问她话，倒像是猛然醒悟，小声惊呼了一声对我说道："雪儿一直就在这里啊，叔叔，你是怎么上来的啊？"

　　我心里暗道不对，雪儿如果一直待在这里，那底下 2014 号房间里的那个小女孩又是谁？那个小女孩我可是亲眼见过，还被她吓得不清，现在她居然告诉我她一直就待在四楼没有动过，这怎么可能？

　　"叔叔，还有叔叔去哪儿了？雪儿以前总能看见他的，但是后来他就不见了。"雪儿也不多说，直接把话题引到了她自己感兴趣的地方。

　　"哪个叔叔？"我隐约觉得有些奇怪，她一直在叫叔叔，叔叔什么的，说的到底是谁？如果她真的一直待在这里，那么她说的叔叔就应该是之前住在这里的黄兴了，可是她明明是住在 2014 的啊。

　　"我也不知道那个叔叔的名字，但是那个叔叔很喜欢雪儿呢，他能够跟雪儿一起玩，可是雪儿很久没有见到他了，自从那个阿姨来了以后，雪儿就再也没见过叔叔了，是不是那个阿姨把叔叔给带走啦？你知道那个叔叔去哪了吗？"雪儿的话再一

造物者 Ⅲ ｜ Vol.1　双生黑白

次让我的大脑陷入了卡机当中，照这么说的话，她嘴里的叔叔就应该是黄兴没错了，因为她说的情况都是跟黄兴的状况相吻合的，甚至，连她都提到了那个女人的存在，这绝对是发生过的事情！

雪儿如果真的一直在这个房间的隔壁待着，她是可以透过墙上的小洞看到黄兴这边的情况的，说不定，在事发当晚，她就看到了隐藏在摄像头背后的真相！她一定知道那只诡异的白手的真正主人是谁！

我顿时明白了点什么，继续问道："那你有见到那个阿姨长什么样子吗？是不是她把叔叔带走了啊？"

"阿姨，哦，阿姨。"雪儿的声音突然变得细若游丝，不知道她此刻到底是怎么样复杂的表情，但我知道她一定是看到了什么。

"阿姨好漂亮，红色的皮鞋，红色的衣服，红色的面具，哈哈！"雪儿一边说，一边自己轻笑起来。声音透过墙洞，缓缓传来，却是让我的心瞬间冷到了骨子里。

红色的皮鞋？红色的衣服？红色的面具？

可是我分明记得，那个女人在我的幻境中出现的时候，分明只有鞋子是红色的，她的衣服和面具，统统不是红色的，只是雪儿看到的情况——

那是被黄兴的血给染红的吗？

我将牙齿咬得嘎吱作响，气愤得想将那个诡异的女人从黑暗中揪出来，可是我真的不知道该如何去找寻这样一个从头到脚都没有留下任何线索的家伙。

如果凶手真的是她，那么就可以将整个案发过程梳理一次了。

两天前的晚上，有一个女人来找过黄兴，这个女人不止黄兴认识，连我也应该见过。她或许跟黄兴之间达成了什么协议，又或者根本就是黄兴的主意，他只是——

我突然想到了之前吕布韦对我说过的那些话，此刻才明白他支支吾吾对黄兴的事情不明说的原因。

黄兴的想法跟很多人都不太一样，他并不像是一个稳定的安全分子，用吕布韦的话来说，他就是 SPIN 的头号刺儿头，从之前外星植物的事件就可以看出来，他并不像吕布韦他们那样喜欢背上太多的束缚，相对的，他更喜欢按照自己的想法去做自己的事情。

所以在外星植物失控前，他叫上了我一起，哪怕违背了上面的命令，也一定要毁灭掉那些疯狂生长的植物。他不会忍受，又或者说不想忍受生活中那些纷杂的利益纠葛，所以他一直保持着一颗我行我素的心脏。

这样的不安分子，最终只会成为一颗不定时爆炸的炸弹，我现在才想明白这些，但是吕布韦却早就知道了，他不停地给过我暗示，可是我却始终没有注意到。

一直到事件发生以后的现在，我才意识到前两个事件里吕布韦那断断续续欲言又止的想法。我是目前唯一一个脱离SPIN控制的特殊人物，吕布韦希望我能够站在黄兴的角度去维持这颗炸弹的安全，可是我一直没有在意。

也就是说，黄兴是执意寻死吗？不排除有这样的可能，可是这里面的矛盾仍然存在。死亡本身是一件简单的事情，他根本没必要把这个事件变得如此复杂，一定有更深层的原因在里面。

而那个原因，我相信一定是因为他之前经历了什么，唯一的解释，就是他们最近得到的那个心阵了。

如果是这样，假设黄兴从心阵里得到了什么秘密，而后发生了一些不可思议的事情，导致了那几名人员的失踪，他也因此布下了一个牺牲自己的计划，SPIN最后却从他的举动中得到了一点关于这个秘密的蛛丝马迹，所以交给昊天来追查这个案子，将黄兴之前的所有物品全部回收。他们也想要得到一点什么东西。

如果是这样，昊天的行为也可以解释得清楚了，他们一定又在进行什么危险而又疯狂的实验，所以才要把经常保持中立态度的吕布韦软禁起来，以免到了最后出现什么不必要的差错。

如果真的是SPIN内部的矛盾，导致了吕布韦的行动受限，那么黄兴的死亡会不会其实也是他们早就安排下的？那个女人，其实是在为SPIN内部另一派卖命，她是来奉命收割掉SPIN最大刺头黄兴的性命，以免他又像上次一样破坏了SPIN的秘密计划？

就在这短短的瞬间，我的想法已经是一变再变。那个假想中的敌人，从昊天，变成了那个戴面具的女人，最后又变成了黑暗当中潜伏的黑影。

他如同那只躲在黑暗当中的手臂主人，从来不曾与我见面，但是却默默地操控着一切，收割着他们认为是妨碍者的性命，拿整个人类的未来作为自己利益的赌注！

该死，我怎么没想到这件事情会如此复杂！

改变空间存在频率的技术，这项技术如果真的能够掌握，人类完全可以诞生出一种新的无敌兵种，那是一种敌人连他们的毛都碰不到的可怕存在。再往深处想，甚至连时空穿梭都有可能依附于这种技术上逐渐发展，这里面的诱惑无疑是巨大的，绝对会有人像疯狗一样为之陶醉甚至暴走！

我突然想到了之前在安然那里受到的袭击，他们似乎对我的一举一动异常关心，因为我也是一个跟黄兴一样不受控制的存在，他们同样也会视我为他们实现计划的眼中钉、肉中刺，所有才会出现那么多持枪的人将我包围。

与此同时，我也突然明白了莫心最后那句话的意思。

"你面对的敌人，可不是只有一个！"

十二
逃离

这一切在我的眼里有了一股阴谋论的味道，如果事实真的像我推测的那样，我不知道除了吕布韦以外，还能够相信谁？此时此刻，想要阻止我的可能不只有我预料当中那泾渭分明的两派敌人，更有可能是相互勾结利益交割的一个利益团体。

而黄兴，只是其中的受害者之一。

我突然有些明白那个女人脸上的面具所代表的含义了，面对相同利益的时候，敌对的双方也是可以不分你我的，没有永远的敌人，只有永恒的利益。

只是，到底是怎样的秘密，能够让如此多的人为之疯狂？黄兴丢了性命，吕布韦被软禁，更是有专门的人来负责调查这个事件和狙击我的行动，心阵所带来的影响力，远比我想象当中要大得多。

又或者，这才是天机阁当中最重要的内容？

一切都暂时无从考据，因为我不懂也不知道怎么理解关于那个阵法的一切，现在我能做的，就是整理好现在的一切，把这个事件继续调查下去。

第一个需要知道的，就是那个戴着面具的女人是谁，她是很重要的一个存在，代表着一方我不知道的势力，或许就是她杀掉了黄兴，拿走了什么重要的东西。

还有一方势力，就是昊天所代表的SPIN，但是他的立场我并不清楚，因为他可能仅仅只是奉命行事，关于上面的想法他一概不知，他只是一条忠于主人的番犬罢了。

最后，还有一个隐藏在黑暗当中的势力，可能也是隶属于SPIN，只是他们的想法太过激进，总是想从种种人类难以控制的事物中获取控制一切的能力，这一次，我想他们也跟黄兴的死亡脱离不了关系。如果真的让他们得到了关于心阵的秘密，恐怕这个世界又要遭受一次无妄之灾。

真是有些头疼，我揉了揉太阳穴，想让自己有些疲惫的大脑稍微放松一下，吕布韦之前来找我的时候，我以为这只是一桩单纯的谋杀案，可是顺藤摸瓜出现的结果，却是让人难以想象的复杂，黑黑白白，真真假假，我恐怕是一时间难以分清了。

"你的动作倒不慢。"男声突然从房间的门口传来，将毫无心理准备的我吓了一跳，不知道身后怎么又冒出一个人来。但听见这个声音，我心中却是一喜，手电晃过去，打在那个人的脸上，灯光刺得他直皱眉头。

"吕布韦，你是怎么出来的？"我惊喜地问道。

站在门口的正是戴着眼镜斯斯文文的吕布韦，他的表情不太轻松，似乎对这里的景象有些抵触，他摆摆手示意我先离开这里："事情越来越复杂了，边走边说吧。"

"可是——"我扭头望了一眼墙上的小洞，想对洞那边的女孩说点什么，但是只张了张嘴，没有说出来。

"走吧。"我将卡片小心地放在胸前的口袋里收好，拍了拍吕布韦的肩膀。

"你是怎么跑出来的？昊天不会又来把你抓回去吧？"我跟吕布韦没有停歇，直接往楼下跑去。我示意他注意头顶的摄像头，他却是毫不犹豫，掏出一把小手枪，"噗"的一声就将顶上的那个摄像头打了个对穿。

我傻了吧唧地看了看，差点喊出来："你疯了！你把监控打坏了，医院的人很快就会赶过来了。"

"不是很快，是非常快。赶过来的人也不是医院里的人。"吕布韦说了句没头没脑的话。

"啊，"我愣了下，又迅速反应过来，"你又惹上谁了？"

"那些家伙一直跟在我后面，很快就会找过来了。"吕布韦又是甩手一枪，打爆了前面的摄像头，我在后面暗自咋舌，这家伙一直深藏不露，虽然不是第一次知道他的身手，只是每次看见他异于常人的表现总会忍不住要惊叹一阵。

"我们现在去哪？"既然已经暴露，就没必要再躲躲藏藏，趁吕布韦说的那些人赶来之前离开这里才是最重要的。

"不知道，先找个地方落脚吧，你在里面都找到了些什么？"吕布韦带着我顺着楼梯飞奔而下，直接迎面碰上了守夜值班的工作人员，两位身着黑色制服的工作人员定定地看着吕布韦手里的手枪，愣是没有胆子走过来。

"把门打开。"吕布韦拿出枪对着两人指了指。

医院的住宿大楼会在晚上锁起来，此刻钥匙当然是在这两人手里。两人对视了一眼，没有说话，相互点点头，其中一个走出来打开了大门，然后退到了一边。

外面的冷风一瞬间就灌了进来，刮进我的脖子里，刺得我浑身一哆嗦，我这才想起，外面还是大雨天，台风夜薇也恰好是在这两天登陆这座城市，现在逃出去恐怕真的要变成落汤鸡了。

可是吕布韦没有给我商量的余地，他小心地让两人靠着墙壁蹲下，然后带头往雨里冲去。我跟在他的后面也是瞎跑，因为我根本不知道我是怎么住进这家医院的，当然也不会知道出去的道路了。

雨水打在我的身上，很快将我浑身上下淋了个透，那张卡片我却不敢任由它淋雨，找了个塑料袋封住装在了口袋里。

现在的时间正是午夜，周围一片漆黑，因为医院的位置似乎有些偏僻，所以周围都没有一丝灯光，吕布韦没有说话，只是顺着一个方向不停地往前跑。

"等等，这是要去哪儿？"我有些纳闷，总觉得有些不对劲。

吕布韦没有回答我，他依旧往前继续跑着。

"这衣服都湿透了，能不能慢点？"我拉了他一把。

"你没听见吗？"吕布韦回过头，看了我一眼，示意我用耳朵去听。

我有些奇怪，这雨天里还能听出个什么东西来不成？只是吕布韦这一提醒，我还是小心地注意起了周围的情况，似乎真的有一股不和谐的声音响彻在雨地里。

有一个声音，嗡嗡作响，好像就跟在我们后面，似乎是汽车发动机的声音。

我眯着眼睛想了想，顿时反应过来："有人跟在我们后面？是那两个保安？"

"不是，我说过了，有人跟着我来了。"吕布韦擦了把头上的雨水，"那些家伙总是不肯放弃啊！"

"你说的到底是谁？"我一直对吕布韦抱有抵触情绪的人有些百思不得其解，为什么同在一个部门工作，可能仅仅只是想法的不同，就会导致如此大的矛盾。

"呵呵，等我们安定下来再说吧。"吕布韦微微一笑。

"可是，我却有些不太相信你说的话。"我皱了皱眉头，没有再走下去。

"怎么了？"吕布韦也停了下来，站在雨地里小口喘气。

"你带了电话吗？我想联系一下安然。"我没有多解释什么，只是朝他伸出了手掌。

"电话？哪有空带这东西，我能从里面逃出来就不错了。"吕布韦的裤子上已经沾上了污泥，他的脸上浮现出一丝奇怪的表情，似乎对我的反应有些惊讶。

"是吗？"我掰了掰手指，"逃出来，从哪儿？你们SPIN的禁闭室？"

他似乎意识到了什么，不再说话，脸上浮现出一丝惊疑。

"说真的，刚刚是我考虑太少，看到你的出现直接相信了你说的话，只是现在，外面的天气却提醒了我一点，你，或许根本就不是从外面进入医院的吧？

"首先是医院的大门，似乎一直都处于关闭状态，请问你是如何进来的？那扇门直到刚刚才被那个保安打开，那么这之前，你是爬窗台进来的吗？

"还有，我不知道你是怎么来到这个鸟不拉屎的地方的，如果没错的话，这里应该是郊区吧，距离市中心那么远的车程，你想说你是走来的吗？

"你没有车，没有伞，但是我看见你的时候，你浑身上下却是一点都没有淋湿过，我想问一句，你真的是从外面进来的吗？"我稍微后退了几步，心中却是已经做好了逃跑的准备。

"只是我发现得有些晚，你的蹊跷之处恐怕不只有这些吧。"我默默地叹了口气，"你们还真是无所不用其极，如果说你一开始就待在医院里的话，这些倒是都能够解释得通，可是你的目的似乎有些不太单纯，想从我这里得到什么？又或者，不想让我知道什么？"

"邓龙。"吕布韦黑着脸，想要说些什么，但我没有给他解释的机会："不用这么叫我，我知道你不是吕布韦，说吧，你是谁，属于哪个部门的？"

"哗"一道闪电，恰到好处在此刻划过，照亮了对面那个人的脸，白白净净，戴着一副斯文的眼镜，跟吕布韦简直一模一样。

"邓龙，你很聪明。"他突然变了一种语气，只是那声音，却依旧是我熟悉的吕布韦的声线，这让我对自己刚才的猜测又有了些怀疑。

"只是，你还是没有弄清楚现在的情况，不是吗？"吕布韦往前走了两步，想要靠近我，我却是不敢放松，后退了两步。

"你不是想知道我是谁吗？"他看到我的反应微微一笑，接着说道，"那我告诉你好了。看清楚。"

他拿出手电，照亮自己的脸："这张脸是谁？"

我隐约觉得气氛有些诡异，似乎他下一刻就会将自己脸上的面具撕下来。

"吕布韦的人皮面具什么时候这么廉价了？"我轻笑了一声。

"呵呵，面具。"对面的男人听到我这么说，整个人大笑了起来。因为他的声音过大，似乎引起了跟在我们身后的人的注意，汽车发动机的轰鸣声也越来越清晰。

"你倒是可以这么理解，我既是吕布韦，也不是吕布韦。关键是，你能接受我，还是能接受他？"男人大笑着，说出了一串让我匪夷所思的话来。

K先生

水滴从漆黑的天空中缓缓落下，散落在我的头发上，潮湿一片。面前的男人静静地望着我，沉默不语，眼睛里满是我无法理解的感情。

"我不是你熟悉的那个吕布韦，你同样不是我熟悉的那个邓龙，这样的对话毫无意义，不是吗？"男人对我摆了摆手，示意我朝后看去。我偏过头，就看见一辆白色的陆地巡洋舰缓缓地开了过来，我回头打量，车门也忽然打开，从里面走出了一个撑着伞的女人。

正是安然。

我还想要说些什么，可是转头看去，刚刚就站在我面前的那个吕布韦已经不见了，他就像刚刚出现的那个时候一样，突然出现，又突然消失了，留给我的，只有更加错综复杂的疑问。

"邓龙，你没事吧？"安然走过来，看了看淋成了落汤鸡似的我一眼，又打量了下周围，"你怎么跑到这里来了？"

我本想将我刚刚碰见吕布韦的事情告诉她，可是不知道为什么又将那个人的事情强压在了心头。我摇摇头，没有说什么，只是一把凑到她的雨伞底下，躲避从天而降的雨滴。

"算了，你不说我也不问了，莫心说你的暗示已经解开了，看来你一定找到了什么线索了。"她打着伞，拉着我往车上走，驾驶座上依旧空空如也，只是我习惯性地以为那里坐了一个人。

"勉强吧，的确找到了一些东西。"我坐在后座上，定定地看着安然的样子，突然想将她跟那个戴面具的女人比较一下，虽然没有看到那个女人的样子，但我知道我一定见过她。与黄兴和我都认识的人不多，基本都应该是SPIN的相关人员，安然当然也在这之中。

只是安然给我的感觉有些不同，又或许我才见过她不久，她的身上并没有那个女人带给我的陌生感，应该不是她才对。

"你被雨淋傻了？"安然摸了摸我的额头。

我这才从发愣中反应过来，问道："你知不知道一种方法，可以将一个人伪装成另外一个人？"

"伪装？"她有些奇怪。

"嗯，就是那种特工为了达到某种目的将自己化妆成为另外一个人的技术，有没有这种东西存在，比如人皮面具什么的？"我对刚才那个人的话始终没有理解，他肯定不是吕布韦，这点我清楚无比，真正的吕布韦恐怕还在禁闭室里面壁思过，刚刚见到的那个男人让我有些在意，他到底是怎么把自己伪装得如此相像的？

"你想多了,还是电影看多了?"安然笑了笑,"一般情况下,想要伪装成另一个人难度太大。一个是面貌,这一点的确是能够通过人皮面具和化妆来实现,只是需要的工序太过复杂,可能需要好几个小时才能完成一个人脸部的上妆过程,而且好几天之内恐怕都没有办法将面具再取下来,人皮面具的使用没有你想象得这么容易。更何况伪装成一个人还需模仿他的声音和性格以及小动作,这才是最难的地方,一个人的声线基本很难改变,想要彻底伪装成一个人是需要长期训练的。你怎么突然想到问这个问题,你碰到谁了?"

我似懂非懂地点了点头,没有回答,心里却更加矛盾了。那个吕布韦的伪装仅仅从外观和声音上来说绝对是没有任何问题的,问题是照安然的说法,如果他不是吕布韦,那么想要伪装成吕布韦需要花的工夫远非常人想象,他又为什么要那么做?

安然见我不再回答,轻哼了一声,坐在我的旁边不再理我,但是前面驾驶座上飘过来一个幽幽的声音:"其实我会变脸哦。"

一道水波在前面突然出现,晃动了几下,然后浮现出了一张半透明的脸,而那脸的样子,正是坐在我身边嘟着嘴不说话的安然的样子。

"还有呢,我可以变好多好多脸。"话音刚落,水波又一次晃动了几下,波澜静止的时候,那张脸又变成了我的样子,透明的瞳孔空洞洞地看着我,就好像我在照一面奇怪的镜子一般。

"我虽然可以变脸,但是我却不知道到底哪一张是我的脸,你说我到底是长什么样子的呢?"乔帮再一次发挥了他话唠的本质。

"你这个非人类乖乖闭嘴。"安然没好气地说了一句,她似乎还在为我刚刚的沉默不语有些生气。

"果然我是多余的吗?好受伤啊。"乔帮默默地念叨了最后一句,他的身影又重新消失在了空气当中。

"K先生来找过你了,只是当时你在看护病院,所以我们没有来找你,现在你不用回去了吧?"安然示意乔帮发动车子,汽车在雨中像入水的鱼儿一般离去。

"K先生?他不是在新加坡吗?"我这才想起来,在进入这家医院之前,安然就给我提出过要去见K先生的想法,只是当时因为天气的缘故,我没有办法立刻去新加坡，而现在，她竟然说 K 先生已经来找过我了。

"民用飞机自然是没法用了，K 先生开了自己的飞机过来。"安然不以为然地说了一句。

我则是默默地叹了口气，感叹一下为什么我到现在连一辆汽车都没有，身边就有人已经开得起自己的飞机了："他似乎比我们想象的要着急得多？"

安然点点头："情况有些不妙，B.H 参与到这件事情当中的的人最近都受到了不小的阻滞。"

我对此说法有些怀疑："我记得这组织里的家伙都是些强到变态的——"我愣了下，不知道后面是不是该接一句"怪物"，毕竟乔帮也是里面的一员。

"话是没错，可是不知道从哪里蹦出了很多不受控制的家伙，他们同样强得变态。"安然揉了揉脑袋，似乎一想起这些人就让她头疼不已，"所以 K 先生把这件事情的重要程度提到了最高，他亲自来国内了。"

"我们现在去见他？"我惊呼一声。

"不是我们，是你。他已经在酒店等你了。"安然看了看漆黑的窗外，低头小声地抱怨了句什么，我看见她手臂上似乎划破了一条细长的伤口。

战斗有些激烈啊。

大约半个小时后，我终于看到了我熟悉的不夜城市，看到了那永不熄灭的霓虹灯。它们似乎永远没有白天黑夜一说，只是无休无止地继续，继续，继续下去。我眯着眼睛，看着车窗外的灯红酒绿，心里有种莫名的难受。

"你自己上去吧，我们还有点事，K 先生在 8102 号房间，他等你很久了。"安然让乔帮停下车，毅然将没有带伞的我又一次抛在了雨幕中，然后绝尘而去，只留下我默默地抬起头打量了一下这栋让人看着眼晕的五星级酒店的大楼。

8102。我站在门外，犹豫了一下。

总统套房，尊贵享受。浑身湿漉漉的我是不是应该出现在这个地方？我甚至担心我踏出第一脚之后会不会就因为破坏了酒店的地毯而被拉出去罚款。

咬咬牙，按下门铃，里面传来了一个中年男人醇厚的声音："门没锁，请进吧。"

这声音无疑让我轻松了不少，至少从声音上来看这个 K 先生并不是那么不可一世的人物。

那扇华丽的镶边木门被推开，我却站在门口往里面打量了一下。

一个人影走了过来，是一个小个子的中年男人，偏分的头发，高挺的鼻子，那双眼睛尤其有神，倒是能够给他不高的身高添加了几分别样的色彩。

"您，您好。"我一时语塞。

"邓龙，还是邓龙？"小个子男人呵呵一笑，给我递过来一条毛巾和一双拖鞋，"虽然经常听到你的名字，但我还是第一次见到你呢。我就是安然她们所说的 K 先生。"

说真的，K 先生的形象在我脑子里有过无数的想象，因为我也想知道能够统领一整个地下王国的人到底应该有怎样的王霸之气。我曾经以为他是一个四肢发达、凶猛暴力的肌肉男，也曾幻想过他是一个像吕布韦那样戴着眼镜的智慧文艺中年男人，可是无论如何我都没有想到，K 先生竟然是眼前的这幅精明的小男人样子。

他的身高真的不高，估计只有一米七左右，没有眼镜，没有肌肉，只是那眼睛里忽闪忽闪的神光里充满的深沉让我相信他的确具有领导者的天赋。

"怎么，很奇怪吗？是不是跟想象中的反差有些太大？先擦一擦身上的水吧，都淋湿了。"K 先生又拿过一套白色的衬衣过来，递给我。

"穿上再说吧。"K 先生做完这些，又重新在茶几上拿出一副茶具，动手烧了一壶开水，看样子竟然要自己动手泡出一壶新茶来。

我换下那些黏在我身上难受得不行的衣服，对他点头表示了下感谢。

"来，喝杯热茶吧。"从我进门到现在，K 先生仿佛什么都没有说，但是他做出的事情，却无时无刻不在给我一种异常温暖的感觉，也难怪那个组织的领袖是他，而不是别人了。

我坐在舒适的沙发上，喝了一口碧绿色的茶水，长长地吐出了一口气。

"好了，现在来谈谈正事吧。"K 先生自己也端起一只茶杯，轻轻地抿了一口，"告诉我，你刚刚碰见了谁。"

十四
神的世界!

我终于和传说中的 K 先生见了面，可是过程却不是我想象当中那么曲折，仅仅就在我经常会抬头望见的那座五星级酒店里，我见到了一直都只是传闻的 K 先生。

他应该算是那种举手投足都会散发着一种无形魅力的人，跟他相处很轻松，我丝毫没有感受到他给我的压力，或许就是因为他的轻松随和，才能够成为那么一群难以用正常人思维去理解的人的领袖。

此刻，K 先生泡了一壶飘着淡淡香气的香茗，给我和他自己各倒了一杯。

"告诉我，你刚刚碰见了谁？"他还是保持着那种淡淡的微笑，配上他的小胡子给人一种舒缓的感觉，但我对他的这个问题却是有些震惊，因为刚刚碰见那个冒牌的吕布韦的事情我都没有对安然说过，这个一直待在酒店里的男人又是如何知道的？

"那个，我刚刚的确碰到了一个怪人，但您是怎么知道的？"我决定还是把我的问题先问出来。

"怪人？"K 先生闻言先是一笑，"他们可不是什么怪人，如果连他们都成了怪人，那我们也算不上什么正常人了。"

"这么说吧，你会觉得你自己是怪人吗？"K 先生问了这样的一个奇怪的问题。

"我自己？我当然不会觉得自己是怪人了，可是刚刚我碰见的那个人——"我不知道该如何把刚刚的情况解释给 K 先生听。

"他告诉我，他是吕布韦，他也不是吕布韦。您知道这句话的意思吗？"我想到了那个人离开前的那句话，隐约觉得这句话里包含了一些我没有理解的意思。

K 先生微微思考了一下，然后点了点头："难怪这件事情需要你的参与了，我记得你是在一个月前度过心魔的吧？"

"心魔？"我又一次听到了这个词，可是从来都没有人给我解释过它的意思。

"可能你对心魔还不太了解，换一句话说吧，心魔其实也是你，只不过他是另一个世界的你自己,那个世界不像你现在所处的世界这么美好,老实说,我也没见过那个世界,只是从一些事情上来推测,心魔的世界似乎有些不太完整。"K先生这么解释道,可是却让我更加迷糊了。

"您的意思是,每个人的心魔也是一种生命,他处在自己独有的世界里?"我问道。

K先生点点头:"可以这么理解,更通俗一点来解释,心魔只是生活在不同宇宙内的自己罢了。我们的世界有着它自己的定则,他们的世界同样有着他们的规律,彼此本来是毫不相通的,只是偶尔会出现一些特殊的情况,将两个世界重新联系在了一起。为了方便区分,你可以将我们现在所处的这个世界称之为光世界,因为这是我们用眼睛在阳光下看到的世界;相应的,还有一个我们不曾打探过的暗世界,所有的心魔,也就是另外一个自己,全部都生活在那个暗世界里。只是最近,连接两个世界的这道门似乎被打开了!"

K先生的话简直匪夷所思,让我有些反应不过来了,他的言论里似乎又涉及了多个宇宙的空间位面的猜想,也就是说这个世界上其实存在着无数的平行宇宙,每个宇宙里都有一个完全不同的自己,我们仅仅只是宇宙当中微小的一员,除了自己身处的这个宇宙之外,K先生还提到了另外一个空间,也就是他所谓的心魔所处的暗世界。

"您是说——心阵?"我突然有些反应过来。

我是在心阵中度过心魔的,同时我也在心阵中看到了完全不同于我所处的世界的另外一个模样。其实就像当时另外一个我所说的,另一个宇宙里,你以为关系铁得不行的朋友也许会跟你形同陌路,这就是无限宇宙的多元性。

没有任何一个宇宙空间是完全相同的。

"没错,心阵的核心可能你还不太清楚,因为当时这件案子已经全部交给了SPIN管辖,我通过一点私人的渠道,大概打听到了一点关于研究的进展,知道他们在心阵当中得到了一样微妙的东西,又或许可以说是不应该出现在地球上的东西。"K先生讲到这里时皱了皱眉头,似乎在担心什么。

"东西?是指像上一次外星植物之类的非人类造物?"我想起了上一次和黄兴在西北部发现的那些奇特的外星植物,那些东西的确不是以人力可以制造出来的。

"你是说那些无限繁殖的矿物能量采集器?"K先生似乎也听说过这件事情,但他却是微笑着摇了摇头,"没有可比性,因为相对心阵的核心来说,外星植物连小菜都算不上了。"

我听到这里,内心激动了一下,外星植物连小菜都算不上了,那制造心阵的家伙的科学技术水平又到了一个怎样可怕的地步?我相信这东西绝对不是秦始皇这家伙能够折腾出来的,天机阁内果然另有天机。只是我却无法想象,这样可怕的一种技术产物,到底是如何落到秦始皇手里的。

"如果真要说出一个能够跟这个技术比肩的东西,我记得你好像接触过人造人那个案子。灵体系远远不止你看到的那样简单,从灵中提取灵组成一个新的灵,这算是一个从一到二的过程。但是建立这个体系的文明,却是能够完成从无到有的存在,也就是从虚无中创造出灵的存在,这一点的技术恐怕才能勉强比得上心阵里的那样东西。"K先生稍微思索了一下,提醒道。

"您是说,玩具工厂的那件案子?"K先生的话勾起了我的回忆,那都是快一年以前的事情了,当时的我被吕布韦派去调查一件看似很普通的谋杀案,但是背后牵扯到的东西,却是我和吕布韦,甚至整个SPIN都未曾料到的。我们发现竟然有制造人类的办法,而这个办法的关键所在,就是K先生所说的灵体系,也就是灵魂转生。

但是K先生说这种转生的做法只是从一到二的转变,因为已经有了一,所以二就要容易得多。但是真正困难的技术却是实现从零到一的突破。

宇宙是如何诞生的?生命又是如何诞生的?第一个生命的出现,才是最伟大的技术。

可是如今,K先生说心阵里的技术已经可以与此相比了,我不得不再一次正视秦始皇的想法,他在天机阁里表明了他对生命的一些感悟。按照他的说法,生命是渺小的,是微弱的,真正神奇的是整个宇宙,就是一个生老病死的循环,可是这个循环,又是什么时候,在谁的手里诞生的?

那可真是上帝一样的存在了。

我现在才算明白了秦始皇真正想要表露的想法,他或许看到了,或者听到了什么事情,让他震惊于神的可怕,挥手间一整个宇宙都能够改变,这才是他真正想要诉说的秘密吗?

我还在沉思中，K先生却递给我一本杂志，那是一本连载科幻小说的杂志，封面上有一个大大的标题——《盒子世界》。这是一篇科幻小说的名字。

"小说虽然只是小说，但是小说里的故事却也不一定全部都是虚假的，对吗?"他反问我，我却不好意思地笑笑，因为他说的情况对我来说正好存在。我的小说不正是现实里发生的事情吗，只是没有人会相信它是真的罢了。

"如果将我们所在的宇宙空间看成一个盒子，我们可以想象，到底会有多少个一模一样的盒子处在这个世界上，它们彼此平行，相互之间并无交集，又或者它们本就是一个世界，只是处在了不同的时空和位置上。这样的盒子，有着成千上万数百亿个，你有没有想过，这些盒子，到底是怎么出现的?"

K先生的话涉及了太多无法解释的东西，人类恐怕一辈子都无法解释宇宙之初到底是怎么诞生的，我们知道的东西太过浅薄，就好像K先生话中的比喻一样，我们连这个盒子的墙壁都没有看到，更别说触碰和解释了。

可是宇宙是如此之大，这样几十万光年的距离，仅仅只是盒子的一小部分，说实话，如果有人想要思考人生的意义，只要让他对比自己和宇宙他就可以完全放弃了。

没有人担心这些不合实际的东西，他们只担心生活的好与坏，那些秘密哪怕再惊心动魄，也无法影响到一个正常人生活的丝毫。

"你有想过，去盒子外面看看吗?"K先生继续发问，这些问题让我冷汗直下，有一种无以形容的窒息感。

"抛开我们所处的一切繁杂，仅仅是去我们所在的盒子外面看一看，知道盒子外面到底又是怎样的世界，你敢吗?"K先生的意思很明显，这些盒子显然是只有传说中才会出现的神的产物，如果真的有盒子的边缘，那么逃出了这个盒子之后的世界，又是怎样的世界?

"你养过鱼吗?"K先生突然又换了一个问题。

"鱼？就是鱼缸里的金鱼？"我点点头，"曾经养过，不过被我家那只调皮的猫给捞出来扔在地上死了。"

K先生听完小声笑了一下："没错，它死了。其实金鱼所处的世界，又何尝不是

一个这样的盒子？盒子里有它自己，有水，有水草，有细菌，有小虫，有它生活所需的一切。可是它的命运却不能由自己掌握，因为这个盒子是有主人的。如果你不想养它了，扔掉了这只盒子，它也就死掉了。就像你刚刚说的，被猫捞出水面的鱼儿，它同样也看到了外面的世界，可是它死了，死在了外面的世界。因为外面的世界已经不是普通的世界，对鱼而言，你是它的神。对于我们而言，外面的世界，是不是同样有着冥想间就能毁灭一个宇宙的神？"

K先生的话让我有些无所适从，因为我并没有考虑过关于这方面的问题，我一直都活在自己的小小世界里，只要世界末日不到，我就不会关心宇宙到底是有多大的年纪，可是K先生此刻提出来，却让我心中对那些未知的东西充满了恐惧。

"如果我们只是神的一只鱼缸，一个玩具，当你知道这些的时候，你还有心情安心地生活下去吗？要知道，我们所处的这个盒子可能下一秒就会覆灭，这完完全全都是随机的，无法掌控的。这个宇宙的生命文明我相信不止我们人类一支，至少我就曾经见过蒂加纳星系的一位外星人，哦，你还不知道，这个以后再说。它们的科技水平大约领先我们一千年以上，可是它们仍然找不到逃出盒子的办法，但是我们在心阵中得到的那样宝贝，却已经具有了撕裂盒子的能力了！现在你能够明白为什么会有人为之疯狂了吗？"

我听完K教授的话，整个心脏也是噗噗直跳，从我明白他说的话那一刻开始，我知道，这或许将是有史以来我听闻了解的关于宇宙的最大秘密！

"邓龙。"K先生的表情突然变得有些严肃，"告诉我，如果你掌握了这样东西，你会想去利用它，去盒子外面的世界看一看吗？"

我整个人直愣在那里，盒子外面的世界，宇宙之外？我连想都没有想过。

"哪怕外面有太多的未知，甚至一旦走出盒子就会有被猫吞吃掉的危险，你仍然想要去盒子外面看一看吗？看看神所处的世界。"K先生继续说道。

"可能你不想，但是，不代表所有人都不这么想。"K先生的最后一句话终于点到了正题上面，我猛然间明白了这些天发生的事情！

有人想要看一看神的世界，是吗？

十三
宇宙立方

"神的世界?"我喃喃自语,一时间对K先生的说法依旧无法接受,虽然心阵的神奇之处我已经体验过了,但是无论如何我都没想到那个东西居然会有如此可怕的作用。连接平行世界的桥梁,打破宇宙规则的平衡,这样的东西我只在小说里看到过,如今却是想要让我相信它的存在。

"那到底是一个什么东西?"我还记得吕布韦曾经说过,之前实验室的那场事故,黄兴和六名工作人员一起在研究室里研究着他们从心阵里得到的东西,可是却被人发现其他六人失踪,只有黄兴一个人留在了实验室里还进入了一种莫名的痴呆状态。

他们在实验室里研究的东西,当然是K先生提到的那样可怕的工具,如果真的是它引发的问题,那么六名研究人员的失踪就可以解释了,可以说那个东西失控了,它将那些人同时传送到另外一个时空当中去了。同时他也对黄兴造成了一些负面的影响,让他神智不清了。

如果真的是这样,那后来出现的那个戴着面具的女人又是哪里来的?如果仅仅只是研究出了问题,也只能算作一场研究事故,接下来的事情都不会再发生,可是自从黄兴在那个夜晚死亡以后,奇怪的事情确实接二连三地发生了,不仅仅影响到了吕布韦,还影响到了跟这件事情本来没有任何关系的我。

"看过《变形金刚》吗?"K先生没有急于回答我的问题,竟然又开始询问我关于电影的事情。虽然不能理解,但我知道这一定跟他接下来要解释的东西有关。

"嗯。"我点点头。

"其实类似的还有两部电影《美国队长》和《复仇者联盟》,提示到这里结束,你可以告诉我他们三者都具有的一个共同点。"

K先生提示的这三部电影都是美国好莱坞大片,颇受欢迎,我作为科幻电影的忠实支持者必然不会错过,只是此刻他让我去寻找三者的共同点,这——

但是对于剧情熟知的缘故,K先生想要指出的那个东西其实已经呼之欲出了。

那是一个个头不大但却能够改变整个世界的东西。

那是一个浑身全部都充满着不可思议的能量的东西。

那是一个电影里所有主人公都会拼命保护争抢的东西。

宇宙立方。一块充满了不可思议能量的小方块。

《变形金刚》当中的火种源，《美国队长》当中的宇宙立方！

"你是说，心阵的核心，竟然是一块宇宙立方！"这一次震惊的人是我，"那个东西真的存在吗，不是幻想当中的？"

"谁知道呢？"K先生摆摆手，"我知道你见过很多不可思议的东西，但是对于我来说，这些年见到的东西比你要多得多，其实我个人并没有亲眼见到过宇宙立方这块东西，但是我的一位外星朋友，也就是之前我提到的那位蒂加纳星系的外星人亲眼看到过。虽然只是一小块，还没有一个抽屉大，但是他们文明的全部研究力量也没能够解开宇宙立方的工作原理。但是，它们已经通过那块宇宙立方得到了威力巨大的武器，这也是为什么会有那么多人抢夺这块东西的的原因，能量可以用来做很多事情，撕裂空间可以，撕裂物质同样可以。"

武器，工具，能量，宇宙立方，这些关键词一瞬间汇集到我的脑海里。也就是说，SPIN那些激进派的家伙已经迫不及待地想要拿完全不了解的宇宙立方做武器了吗？难怪昊天这家伙对吕布韦的行动会横加阻挠，因为吕布韦绝对不会让他们轻易得到宇宙立方去制造大规模杀伤性武器的。

"可是，照您的说法，这宇宙立方难道不只有一块？它们又是怎么被制造出来的？"现在SPIN的手里有着一块宇宙立方，同样，K先生提到的那个什么蒂加纳星系的外星人手里似乎也有着一块，也就是说，宇宙里的这种东西不只一块，而且大小可能会完全不同。

K先生点点头，露出一丝苦笑："没错，宇宙立方的确不只有一块，至少目前已经知晓的就有两块。它们的构成成分是单纯的能量，但是却比普通能量物质化的密度大了超乎寻常的倍数。你和黄兴碰到的那颗外星植物也有将能量物质化的能力，可是它们物质化能量得到的淡蓝色晶体却完全无法和宇宙立方相比，因为宇宙立方每单位体积的能量倍数是它们的一百多亿倍，你现在知道我为什么会说与宇宙立方相比，外星植物只是一叠小菜了吗？而且宇宙立方并不是单纯的能量集合，而是通过特定的组合循环制造出的特殊构造，你可以从它那里获得无穷尽的瞬间能量输出，制造武器完全没有问题，甚至连撕裂时空墙壁所需要的巨大能量都毫无压力。而且这种能量不会枯竭，周而复始，循环不止，永远不会消失。"

"至于这些神奇的宇宙立方的制造者，抱歉，我真的没有办法给你答案，蒂加纳星系的那些人同样没有办法得知，他们甚至连纳米级别的宇宙立方都仿造不出来，我说过，里面的技术已经不仅仅是文明的技术，那是神的技术！说真的，这些宇宙立方很有可能就是平行宇宙的制造者留下的产物，至于它被留下的用途嘛，"K先生摇了摇头，"虽然不太想说，但是这些神似乎想看见我们跳出盒子的情景，借助神自己的力量，跳出盒子。但是跳出盒子以后呢？是见到万能的神一眼然后被杀死，还是也会变成盒子外面的神，没有人知道。"

我默默地消化着K先生提供的全部的信息，万万没想到秦始皇竟然得到了一个这么可怕的东西，幸好两千年前的人类没有能力开发这块宇宙立方来折腾出什么能量武器，不然那个时候的秦始皇真要扫平世界了。

但是相应的，秦始皇虽然无法利用到这块宇宙立方，但是他同样也得知了这块立方的可怕和伟大，虽然有些可笑的撞车，但是他同样也认为这一定是创世神留下的产物，所以他才会大费力气地修建了天机阁。他感叹宇宙的伟大仅仅只是铺垫，真正的重头戏却是隐藏在他感悟的背后。他制造那个依靠血液循环的系统仅仅是在向这个宇宙立方致敬，因为他不可能仿造出无限能量的东西，所以他以自己的能力制造出了一个可以不断循环的生态系统，虽然这个系统简陋无比，而且容易被外力所破坏，但这的确是那个时期的人们所能够做到的极致。

一生二，二生三，三生万物，循环不止，这正是宇宙间的真理！

而现在，有些人盯上了这块立方体，他想利用这立方体做点文章。SPIN的立场肯定是用来开发武器，以增强国家的实力，这一点毋庸置疑，而且这样的武器一旦制造出来，绝对是目前地球上任何科学技术都无法抵挡的。还有一群人，他们似乎抱着另外一种想法也看上了这块立方体，我说的正是那个戴着面具的女人，他们也在找宇宙立方，只是他们的目的，似乎是K先生所说的另外一种情况，那就是跳出我们现有的这个宇宙的盒子，去看一看盒子外面的世界！

这个世界真的是疯狂如斯啊！

一切原本平静的生活，被一块不知道是谁创造出来的神级产物折腾了个七上八下，许多人心怀鬼胎，带着各自的目的，集合在了这里，全部都要拿到那块我在一个月前的偶然中发现的宇宙立方，这真的是——

我苦笑着叹了口气，这样的事件也能够让我撞上，我这辈子还真是不虚此行了。

"你能够告诉我，你刚才到底看到了谁吗？" K 先生又问了一次之前的那个问题，"这对我们很重要。"

"吕布韦，我刚刚在医院里碰见了吕布韦，虽然不知道他到底是谁，可是他真的模仿吕布韦像到了极致，如果不是他的突然出现疑点重重，我差一点就跟他一起离开了。"我点头说道。

K 先生的眉头紧紧地皱了一下，叹息道："没想到他们下手这么快，我们本来就为数不多的朋友现在又少了一个了。"

我听了这句话顿时有些心慌："什么意思？真正的吕布韦到底怎么了？"

"我跟你说过的吧，宇宙立方有撕裂空间壁垒的能力，它能够连接两个平行时空，有一群人一直在暗中使坏,他们利用宇宙立方做了一些很可怕的事情。" K 先生笑道，"知道我为什么会跟你说这些吗，邓龙？"

"等一等！"我听到这些话有些急了，"宇宙立方被别人拿走了？它不是在 SPIN 的手里吗？"

"一个星期前的那场事故里，它就不再属于 SPIN 了。" K 先生又给自己倒了一杯茶，"或许这也是黄兴死亡的原因，那些人不想有人在那场事故里活下来，说出不该说出的东西。"

原来那场事故并不是偶然的，而是有人特意为之，目的就是为了抢走宇宙立方。只是他们的计划虽然成功了，他们抢到了 SPIN 手里的宇宙立方，可是本该消失的七个人却只有六人消失了，唯独黄兴没有消失。而就因为黄兴看到了那整场事故的过程，所以才会被那些抢走宇宙立方的家伙视为最后的祸患，一定要亲手除掉。他知道太多的秘密了。

"宇宙立方现在在别人手里？那他们——"我隐约有了点眉目。

"他们在实现一项有些可怕的计划，你不是已经见到了那个计划的产物之一了吗，吕布韦。他说得一点都不错，他是吕布韦，也不是吕布韦。他只不过是，另外一个时空的吕布韦罢了。按照心魔的划分来说，他属于吕布韦处于暗世界当中的心魔，而吕布韦，恐怕已经被那个家伙给换到暗世界去了！同一个时空，只能同时存在一个人，所以既然那个吕布韦在我们所处的光世界里，真正的吕布韦，就已被他们利用宇宙立方送到暗世界里去了。"

K先生的话再一次吓坏了我。

吕布韦，我所熟悉的那个吕布韦，从我所在的世界里，消失了？

十六
交换规则

吕布韦消失了，其实说是消失也不完全准确，因为他还在我的这个世界存在着，只不过换了一种记忆，换了一种经历，换了一种性格。他还活在我的这个世界，只是他已经不是原来的他。

我所熟悉的吕布韦，现在或许正在那个暗世界里茫然无助，那是一个他完全不知道的世界。

吕布韦本来应该乖乖地待在SPIN的禁闭室里，可是他却消失了，被人利用宇宙立方与暗世界里的吕布韦调换了位置。暗世界里的吕布韦出现在了我所在的光世界，而光世界里的吕布韦去了暗世界。这不是偶然，而是蓄意制造。

只是能够做到这点并不简单，虽然那个戴着面具的女人有可能和黄兴认识，但是通过吕布韦的消失，我更加肯定了一点，SPIN里面一定有潜伏的人存在。那个人动手操控了很多事情，进入看护病院谋杀黄兴有他的帮忙，从SPIN眼皮子底下换走吕布韦同样也是他所为，如果它没有SPIN的背景，这些事情做起来恐怕相当困难，毕竟SPIN的那些家伙也不是软蛋，能任普通人揉捏的。

现在的我知晓的势力一共分为五派，第一派是我和黄兴这样对宇宙立方武器抱有强烈反对态度的人员；还有一派是吕布韦安然这种保持中立具有自己独特思想的一派；第三派，则是激进的 SPIN 组织，他们日夜想要利用宇宙立方发明点什么特殊武器出来；第四派则是那些想要利用宇宙立方逃出平行宇宙的疯子科学家；最后一派，则是一直想法未明的 K 先生代表的 B.H 新人类组织联盟。

　　这五个派别各自有着自己的立场，往往会根据事情的实际情况来判断自己的行为，而此刻，我确实已经争取到了吕布韦、安然，还有 K 先生他们的支持，否则 K 先生也不会那么随意地站在我面前跟我谈这些了，他应该也不希望那些疯子利用这块伟大的造物引发什么不可预料的混乱来。

　　所以我们面对的敌人还剩两派。

　　一个是虎视眈眈的 SPIN 激进人员，这一点明面上的代表为昊天，他一直在追寻黄兴的足迹，目的应该是想要找到丢失的宇宙立方。

　　一个是处于黑暗当中的不知名人员，以那个戴着面具的女人为代表，是他们制造了实验事故，抢走了宇宙魔方，杀死了黄兴，换走了吕布韦，完完全全开始了他们颠覆世界的计划。

　　而我最最重要的目的，就是也要找回丢失的宇宙立方，重新把这个开始崩溃的世界恢复平衡，至少无论如何，也要把吕布韦那个家伙换回来。

　　"您说的那些人的计划，到底指什么？"虽然已经有了隐隐的预感，但我还是想要听 K 先生亲口告诉我那些疯狂的科学家到底想要把这个世界改造成怎样的一个混乱模样。

　　"呵呵，"K 先生先是一笑，"他们的想法倒是比 SPIN 的家伙更加激进，我不是说过宇宙立方有突破盒子的能力吗？那些家伙的最终目的自然是为了突破盒子的束缚，至于过程，对他们而言有些漫长，因为他们需要先一步改变这个世界。他们需要把暗世界和光世界的平衡给打破。"

　　"嗯？"我示意 K 先生继续说下去。

　　"你知道为什么鸡蛋捏不碎吗？因为鸡蛋的表面是一个完整的壳，没有一丝的裂缝，所以鸡蛋的外壳可以承受大到可怕的压力，但是一旦鸡蛋上出现了一条裂缝，这个鸡蛋就会轻而易举地被捏碎。"K 先生的话很通俗，也很容易理解，我相信每个吃过水煮鸡蛋的人都能够明白他的意思。

"但是他们此刻却在那个坚硬的时空壁垒上打洞，而交换两个世界的人类就是完成这个试验的方法。如果把一个世界看成一个半圆，这两个世界组成了一个完整的大圆，而里面的人类就是一个个小点。交换了对应的人类，就将会是黑点跑到白色区域，而白点跑到黑色区域了，这样一来，整个时空壁垒的表面就会出现裂缝，交换的人越多，裂缝越大，而裂缝大到一定程度的世界，他们就能一举利用宇宙立方冲破时空壁垒了。那个时候，宇宙的大门，就被他们打开了。"

K先生描述的这个场景有些熟悉，让我觉得似乎有些太极图的模样，黑白相间的世界，彼此维系彼此的平衡，一旦一方多出了一点，这个平衡就会被打破了。

"那就是说，那群人正在不停地搅乱着两个世界的秩序？宇宙立方在他们手里看来真的不是一个明智的选择。"我点点头，表示对K先生说法的理解。

"所以我才会找到你，事实上你是少数几个比较安全的人物，因为你度过了心魔，这就是我会来见你的原因，你已经脱离了宇宙立方的控制，暗世界里的你，跟光世界里的你完全一样，你们已经同化了。"K先生赞赏般地看了我一眼，"从这一刻起，可能你需要学会孤军奋战，因为不知道什么时候起，我们都会陷入那些人的交换阴谋，你面对的将很有可能不再是你熟悉的那个我们，而是暗世界里的心魔，你懂了吗？"

"可是！"我还想说什么，但是却下意识地没有说下去。这种下意识来得太过突然，让本想拒绝的我果断闭上了自己的嘴巴。

我本不该是这样的人，不是吗？

就是因为担心一大堆需要负责的麻烦，所以我才会碰上自己的心魔，但最后我成功地离开了，因为我知道我也会有需要承担一切的时候，学会了承担，我就可以做到很多我以前从来不肯做到的东西。

路从来都是人自己走出来的，我也一定能够走出属于我自己的路来。

我说过，我不会再逃避了。

"回家吧，你的小女朋友还在等你，见她一面，然后开始最后的挣扎。为了这个日渐崩坏的世界也好，为了那些你在乎的朋友家人也好，最重要的，还是不要违背了你自己的本心。不是吗？理由都不是理由，世界不需要借口，规则这个东西，从来都是有人建立，有人打破，最后又有人去维护的。"

K先生拍了拍我的肩膀："现在，你自己决定，你要去做哪一个。"

五分钟后，我推门而出，走出了K先生的房间，刚刚走了不到两步，又想起了什么，折返回去，探了探头问道："K先生，我觉得您似乎也度过了心魔？"

"呵呵。" K先生听到这话笑了一下，眼睛似乎有些湿润，"我只是一个失败的通关者。"

十七 谈话

天空蒙蒙亮，大雨却还在继续，台风已经登陆了这座城市，树叶被狂风挂落，席卷了整片天空，我默默地撑着伞，走在回家的路上。雨水沿着伞面滑下，滴落到潮湿的地面上，打湿了我新换的皮鞋。

时间是破晓时分，只是我恐怕看不到今天新升起的太阳了，整片天空都被乌云遮盖，只有路灯边上那昏黄的灯光，静静地照亮着这有些混沌的疯狂世界。

周围没有行人，甚至连车辆都不再出现，可能是因为台风预警的缘故，很多人都选择了静静地躲在坚固的房子里，用睡眠来抗拒这即将到来的风暴，或许在他们的想法里，一觉醒来，台风也好，暴雨也好，都会过去了。

只是他们不知道这个外表平静的世界到底有多么的混乱，不能像我一样得知那些隐藏在黑暗背后的真实，有时候我觉得他们很幸运，抱着这个世界是美好的这样简单的想法，过着自己的简单日子。

我了解了太多原本不应该知道的东西，却也因此走上了一条不可能折返的道路。

这个时候，再来回忆吕布韦在始皇陵当中说过的那些话，却觉得似乎句句带血，扎入了一个普通人类柔软的心脏。很多人只想要普普通通地过完他的生活，可是生活毕竟是生活，它总能给你想要或者不想要的惊喜。不对，只有惊，没有喜。

身前的道路被逐渐照亮，一辆汽车从我的背后缓缓地开来，我感觉到了车主的刻意贴近，停下了步子，定定地看着那扇漆黑的车窗。这个时间，还能找到我的人，当然也只有——

车窗缓缓地摇下来，一副大大的墨镜映入了我的眼帘。与它一起的，还有那竖直起来高到可怕的鸡冠头。昊天顶着一副潮到不行的墨镜出现在了我的视野里，他对我招了招手，示意我先上车。

我犹豫了一下，收起伞，坐进了副驾驶座。

"去哪儿？"他没有解释自己出现的原因，先问了我的目的地。

"我家。"我摇起车窗，再一次隔绝了窗外的雨幕。

汽车发动，稳稳地在路面行驶起来，只剩下汽车里安静的两人，各自想着自己的心事。

"邓龙。"他叫出了我的真名，这让我有些不太习惯，因为我的朋友们都是直接叫我邓龙的。

"嗯？"我把头转过去一点，想看清他脸上的表情，却全部被那副墨镜挡了个严实。

"你调查的速度比我想象的要快得多，你应该已经知道了很多东西了吧。"他的眼睛紧紧地盯着方向盘前的车窗，语气轻松得似乎只是随意的聊天。

"嗯，不算太多，不过多少知道了一些你们的计划。"我面露不快，昊天应该也知道 SPIN 为什么一定要找回宇宙立方这种东西，他难道就不知道这种东西会带来的可怕后果吗？

"我们的计划，呵呵。"他听出了我嘴里讽刺的味道，轻轻地笑了一下，"仅仅是那些家伙的计划，跟我可没有一丝的关系，我只是个忠实的执行者，仅此而已。"

"番犬。"我握了握拳头。

昊天的眉头皱了皱，似乎对这个词有些敏感："没错，你可以这么形容，我的确是在无条件执行他们的计划和想法。只是，我并没有做出任何危害国家的事情，我还相信我所做的一切都会让我的国家更加强大，这里面的含义，你真的明白吗？"

"可是你有考虑过这种东西失控的后果吗？"

"那是你多虑了，目前为止我们只发现了这一块宇宙立方，只要将这种东西掌握在我们自己的手里，制造出来的武器就只有我们能够使用，到时候制霸全球的一定会是我们,这是多么伟大的蓝图,你才是最不明白的那个人。"昊天说到这里情绪有些激动,开车的手青筋有些暴起。

"只有这一块?"我还是要把我知道的消息拿出来打击一下他这极度膨胀的自信心,"地球上的宇宙立方可能真的只有这一块,但是蒂加纳星系的外星人手里同样有这样一块宇宙立方!"

"不可能!"听到我的回答,昊天似乎有些吓到了,"宇宙立方这种神奇的东西怎么可能还出现第二块,要知道那可是造物主才能制造出来的伟大产物。除非,除非——"说到这里,昊天的脸色白上了一分,"除非这东西本就是那些家伙刻意制造出来扔在宇宙里的。可是,不可能啊,该死的,难道那些家伙在戏耍所有的文明!"

昊天的情绪再一次被我的话引爆,原本的他还深陷在利用宇宙立方制造出来的超级能量武器征服一切的幻想当中,但此刻却被另外一块突然出现的宇宙立方吓了一跳。

的确,在科幻电影当中,像这种可以改变世界的造物只有一块,独一无二。但是现在,他们SPIN却无法理解为什么还会在遥远的星系里再次出现了第二块宇宙立方。

"等一等,你怎么知道第二块宇宙立方的?"昊天本来还在自言自语,此刻却突然回过神来,可是还没等我回答,却自己说了出来,"我知道了,是K先生,一定是他告诉你的,也只有他才有这样的秘密可以透露。"

我点点头,没有否认。

"这样的话,需要考虑的东西突然一下就变多了,该死的,为什么现在才发现这一点。"他的表情有些慌张,车速也陡然加快。

"抱歉,我还有些事情要去处理,今天不能陪你多聊了。"他一边解释,一边狠命地踩下油门,那飙车的速度眼看就要追上郑青芸了。在这样潮湿的雨天,我的心脏再一次悬空起来。

"谢谢你今天告诉我的情报,我不喜欢受别人恩惠,所以我也回馈你一个情报好了。"他把墨镜取了下来,扔到了一边,"吕布韦消失了。"

"可是我知道这个消息啊。"我不仅知道那个吕布韦已经消失了,我还知道暗世界的吕布韦已经在我们的世界出现了。

"别急,我还没有说完。在他消失之前,有一个女人来找过他。"

女人?

昊天的话,终于透露了一些我所不知道的秘密。

十八
保证

"在他消失以前,有一个女人来找过他,因为她也是 SPIN 的人,所以她的出现并没有引起旁人的注意,可是在她离开后不到三个小时,吕布韦就已经不在他的房间里了。"昊天的语气很轻,但却印证了我一直猜想的那句话,SPIN 里面的确有内应存在。

"是谁?"我又一次想到了那个戴着面具的女人。

"你应该见过那个女人,很早以前。"昊天从一边的包里翻了两下,摸出来一张照片,"这是当时监控录像拍到的照片。你可以看看。"

画面上是一个漂亮的女人,以一种斜向下的角度拍摄到了她的侧脸。她很年轻,不到三十岁的样子,因为角度的关系只看到了侧脸,但我依然肯定我曾经见过这个对我来说略显陌生的女人。

跟那个戴面具的女人给我的感觉一样。如果没错,这两个人应该是同一个人了。

可是,这个女人到底是谁?

我的内心清楚地告诉我,我肯定见过这个女人,不然也不至于第一眼就有一种熟悉感,可是我偏偏就是想不起来到底在哪碰见过这个女人。准确地说,我应该只见过一两次,之后再没有联系,此刻让我突然回忆起这个人实在有些困难。

"她姓何。"昊天看我眉头紧锁,提示了一句。

"何梦舒!"昊天的话让我猛然间抓到了头绪,她的名字也猛地蹦出了脑海。

"嗯,她加入 SPIN 的时间不长,一年都不到,一直都在黄兴的手下任职。"

这时,关于这个女人的点点滴滴终于出现在我的脑子里,我与她的交集真的很少，因为基本只能算是见过一次，就是在外星植物的那个案子里。当时的她还只是一名地质考察队的队员，后来才被黄兴挖掘进入了黄兴的十三局。

难怪她会和黄兴那么熟悉。

戴面具的女人是何梦舒，这样的话一切都好解释了。

实验室的事故可能是她做下的手脚，她是 SPIN 十三局内部人员，想弄出问题很容易。最后追黄兴追到医院里的那个女人也是她，杀掉黄兴的凶手很有可能也会是她。而现在，她竟然直接去找了吕布韦，把他一并弄到了暗世界里去了，我真的不知道这个疯狂的女人到底在做些什么。

她真的明白自己在做什么吗？不对，她一定不会是最后的主谋，让她这样做的一定另有其人，她仅仅只是作为 SPIN 内部的接应罢了。

真凶一定另有其人。

把吕布韦换到暗世界里的举动也很是蹊跷，她好像已经掌握了利用宇宙立方撕裂空间的能力，不然也不可能将吕布韦与另外一个吕布韦交换位置。这样的事情，绝不只是她一个人能做出来的。

她的背后，还有一整个团队。

换句话说，可能这整个团队全部都是暗世界里被调换过来的科学家。这样看来，失踪六人的去向就已经得到了解释，人不可能凭空消失，他们只是与暗世界里的自己交换了位置，然后躲到了暗处，开始全力开发宇宙立方的能力。

这群人的最终目的，似乎是要打破整个宇宙盒子的束缚，脱离盒子的世界。

这些暗世界里的人就会有着这样的执念。

"这个女人现在已经找不到了，如果你见到她，可以试着联系我们。我们会负责将她逮捕的。"昊天将车稳稳停下，"你家到了，要做什么就赶快吧，我也有自己的事情需要去做了。"

"哦？你不阻止我吗？"我撑开伞，往车外走去。

"为什么要阻止你？说实话，我也很喜欢这种无法预测结果的事情。有机会的话，来我家一起打电动游戏吧。"昊天眨了眨眼睛，手上做出了一个拿枪的姿势，"我的《使命召唤》玩得很好。"

我哑然失笑，顶着大雨往楼下跑去。

"嗯，等这些事情都完结的时候吧。"我回了一句。

钥匙扭到一半的时候，门就被人从里面打开了。郑青芸黑着她的小眼眶看着我一脸的郁闷。

"你还知道回来，也不看看都几点了？"她的埋怨有些哀怨的味道。

"哪有？挺早的啊，你看我早上七点多钟就到家了。"我打趣道。

"去死去死去死，你就知道狡辩。事情怎么样了，你这一走就是三天，也没给个回音，都不知道人家有多担心。"

我摸了摸她的头，又转身开了冰箱，想给饿了一晚上的自己找点吃的。

"知道知道，我保证，这件事情完了一定带你好好玩一趟。没办法，这次的事情有些严重。"我拿出一盒牛奶，一口灌下，却差点被呛到。

"你慢点，你还要走吗？"郑青芸听到我的回答，跑过来拉住我的衣角，"你别管这些事了好不好？说真的，每次你离开，我都不知道你到底是因为什么。虽然我也知道你走了是因为有任务，可是我也知道那都是些很危险的事情，你不要再卷入到这些事情当中去了行吗？"

"嗯，怎么突然这么想了？"我又给自己倒了一杯热水，想暖一暖身子。

"不是突然，是一直。你又不欠吕布韦什么，为什么总是要帮他办那些事情啊。"郑青芸的表情有些古怪，似乎有些不满。

我坐在沙发上，觉得情况似乎有些不对。

"我知道你担心我啦，可是有些事情真的必须有我的参与，吕布韦现在的情况也不太妙，我还得把他找回来呢。"我喝了一口热水，看了看桌上的茶几，"有人来过了？"

"啊？"郑青芸愣了一下。

"喝完了的杯子都没收好，还要我来问你吗？"三天前，我离开家里的时候，这些杯子摆放的地方我还是记得清楚的，只是此刻，它们似乎移动了位置。

"谁来了？"我头也不抬，看了看站在一边坐立不安的她。

"嗯，一个，一个朋友。"她的话显然不是那么容易让人信服。

"朋友，姓何吗？"我把茶杯轻轻地放在茶几上，想等待某位始作俑者站出来说实话。

"哎哟，看起来你知道的不少。"陌生的声音突然从背后出现，我却没有太多的意外，我只是惊讶这些人行动的速度实在是快到惊人，竟然这么快又找到了我的家里。

"你能别来玩这些把戏吗，说真的，我对从那个世界弄回来的人已经有一种天生的抗体了，我能够闻到他们身上的那种特殊味道，你知道吗？"

我笑了笑，站起身转过去："一种冰冷的味道。"

"看来度过心魔的人的确是个很不利的因素，总能给我们意外呢。"何梦舒，那个刚刚我还在和昊天谈论的女人，此刻却是光明正大地站在了我的面前，手里把玩着一块发亮的方形小石头。那块小石头散发着淡蓝色的光泽，隐隐的光晕渲染着，给人一种神秘的味道。

那个东西绝不会是宇宙立方，但一定跟宇宙立方有关。或许郑青芸的反常就和她手里的这块小石头有关。没准，吕布韦的消失也跟这块小石头有关系。

"我也想说，其实你们想要怎么做，怎么折腾这宇宙都和我没关系，但是你们一而再再而三来折腾我身边的人，这真的让我很不开心。大家明明都很开心地过着自己的生活，能不要打乱这些秩序吗？"我不耐烦地叹了口气。

黄兴，吕布韦，郑青芸，下一个又是谁？

"其实我也不太喜欢 SPIN 的一些家伙，但是相比起你们这种让人讨厌的行为来说，我更加反感你们这种强加想法的做法。谁爱去宇宙之外谁去，能不要牵扯到我的朋友和爱人吗？"

我的心里已经开始逐渐泛起隐隐的怒火："说真的，不管你背后的那位到底是谁，我都一定会将他抓到前面来的。我保证！"

十九
再见面

"我一定会把他揪出来的，一定！"我咬着牙说完这句话，等待着她的冷嘲热讽，却没想到她竟然很是认真地点了点头："我知道，我也相信你有这样的能力和机遇，只是——"

她似乎预言又止，只是无奈地摇了摇头："你真的明白这些事情背后隐藏的真相吗？算了，多说无益，今天我来到这里就已经做好了所有的准备，你还是乖乖地跟我们走好了，不要逼我们为难你。"

"我们？还有谁？"

"我。"一个黑衣男子突然从屋子角落里冒了出来。

就在他出现的一瞬间，一股压力也从他站着的位置隐隐散发了出来。这个男人，似乎不是一般人。

男人留着一撮性感的络腮胡子，穿着一件黑色风衣，口袋里还插着一副墨镜，看起来很有《黑衣人》电影里的特工风格。

他的眼睛没有看我，但我却能够感觉到他身上散发出来的那种危险，他的双手不停地摩擦着，似乎在揉捏着什么我看不见的东西。

一丝光亮从他的指尖反射而出，晃了一下我的眼睛，我这才看见他手里似乎有一条细钢线一样的东西。

男人似乎注意到了我在看他，他一只手轻轻一提，那条细钢线猛地被他掐断了一截，变成了一根细微的钢针。之后，他的右手猛地一抖，手中的那根钢针已经不见了踪影，消失在了他的手中。

但是我身前的杯子却已经被看不见的东西打碎了，茶水从杯子的裂口中流了出来，散了一地。

这种方式——我似乎有些熟悉这人的攻击方式。

两年前，短发碰到的那个人吗？

"新人类？"我有些奇怪地问道。

"你认识我？"男人十分不爽地嘟囔了一句，"可我不认识你。"

"你应该认识K先生的吧？"眼前的这个男人，我其实并没有见过。但是我却清楚地记得他的攻击模式。当时短发受的伤就是拜他所赐，因为短发自身的体质原因，能够伤到她的人实在是少得可怜。但是那次短发的背后却是被刺入了三根钢针，此刻一见到这个男人使出的这一手，我立刻就联想到了两年前吕布韦说的那两个黑衣人。

可是既然是 B.H 组织的人，为什么会出现在何梦舒这个女人的阵营里，难道 K 先生也不知道这个人出现在这里？

不对，这个男人，也只是暗世界里的人罢了。

该死的，这些人到底从暗世界换了多少人过来，照这样下去，我们的盟友只会越来越少，敌人却会越来越多。当所认识的人全部都成为敌人的时候，恐怕任何人都提不起战斗的兴趣了。

难怪 K 先生会来找我，似乎度过了心魔的人不会受到这种奇怪的能力影响，因为暗世界里的那个我也已经和我自己一样了。

"算了，当我没问。"我无奈地收拾了一下桌子上的残局，将茶水一一擦拭干净。

"邓龙！"我正收拾地上的玻璃碎片，却仿佛听到有人在叫我的名字。

而其他几人似乎并没有听到这声音，只是静静地看着我，似乎在等我收拾完这里就离开。

抬起头，瞥了一眼声音传来的方向，那是一面窗户。窗外是灰蒙蒙的天空，此刻已经是早上八点多，天色虽然没有全亮，但是却已经能够看清外面的景象了。窗外依旧是连绵的雨线，没有任何奇怪的地方，难道我听错了？

"走吧，我们的时间很紧，还有很多事情等着你去做呢，邓龙。"

听见何梦舒这样叫我的名字时，我的眉头稍微皱了皱。

有些奇怪啊，不过，最令我在意的地方还是那扇窗户。

因为窗户上已经黏上了一团黑色的物质，刚刚还没注意到，以为是天上的乌云，此刻却发现那黑色似乎是黏在窗户上的一团东西。那团黑色的糊状物质我很熟悉，因为任何一个经历过这件事情的人都很难将它忘掉，那真的是一个极度危险的小东西。

黑色的团状物质仿佛也知道了我正好注意到了它，竟然开始悄悄地扭曲，变幻出了一个形状。这让我有些惊慌，却只能压抑住心中的惊奇继续看下去。

"好久不见。"这是那个东西写出来的四个字，透过窗户进入我的视线，让我禁不住会心一笑。

我已经明白了这个人到底是谁,她说的话也确实是对的,只是我跟她已经分离了很久,没想到当时的一别,竟然能够在这个时候碰上她。

只是,这个女人可不要太乱来的好,否则,她的出现我真不知道是福还是祸。

何梦舒示意我走在中间,她和那个黑衣男人一前一后带着我准备离开我的公寓,却没想到刚一出门,就迎面撞上了一个戴着大墨镜穿着皮衣的时髦女人。

"不好意思。"何梦舒不卑不亢地道歉。

"没关系。"女人也是很有礼貌地回礼。

我却是不由得笑了笑,因为面前的这个女人实在是太能演戏了。

"你们去哪儿?"戴着墨镜的女人打了个响指,突然问道。

何梦舒有些警惕地抬起头,对着身后的那个男人暗暗做了个手势,却正好被我看了个正着。她已经开始怀疑这个突然出现的女人了。

"嗯,和朋友聚一聚。一起去喝一杯咖啡。"何梦舒拉着我的衣服想要离开,却被一只光洁无比的手拦住了去路,那个女人的一只手也搭在了我的肩膀上。

"朋友,邓龙,你不给介绍一下?你的朋友,我也可以认识一下哦。"女人摘下墨镜,冲我很是妩媚地一笑。

"阻止她!"何梦舒终于意识到了来者不善,想要给那个会使针的男人下达命令,可惜那个男人已经不能够控制自己的行动了。

我早就留意到,一团暗影顺着我的脚边爬了过去,已经黏附在了那个男人的裤子上,此刻,那个身着黑衣的男人脸色苍白,汗珠滚滚而下,双目圆瞪,想要动一动手指都是白费力气。

这种情景我自己就经历过一次,感觉实在是太过难受,此刻也是我第一次看见她对别人施放这种能力。

"看来我的朋友认为你们并不怎么友好,他还是不要跟你们走比较好。"冷月轻轻一笑,又是一记响指,何梦舒的脸色也突然沉重起来,她想说话,嘴巴却再也张不开。

蛊术,最为神秘的一种苗族秘术,此刻我再一次见到了它的神奇之处。

冷月,我在云南的那个案子里认识的使蛊女人,她在事件的最后突然消失,此刻竟然重新出现，虽然完全不知道她突然出现的理由是什么，但是我相信她应该没有多少恶意才对。

或许，她将是我接下来行动的很大战力也说不定。

"好了，邓龙，说说你的要求吧，你希望他们受到怎样的折磨？"

冷月还在微笑，但她的话却已经带上了一种冰冷到刺骨的味道。

二十
冷小姐

气氛在此刻有些凝固，连周围的雨声仿佛也因为此刻的情景开始刻意地压缩，逐渐小到人们听不见的地步。我看着面前彼此表情各不相同的三人，总觉得有一种冥冥之中的巧合。

从三天前开始，奇怪的事件一个接一个地出现，很多许久没有见到过的人物同样一个接一个地出现，这到底是巧合，还是有人的预谋？我不知道，但我想要知道。

"你怎么会突然想到来找我的？"我示意冷月不要太过紧逼那两个行动受限的人，先询问下她突然出现的原因。

"呵呵，姐姐想你了，不可以吗？"冷月的回答没有任何节操可言，幸亏她没有莫心的那种魅惑能力，但她的媚笑配合她的容貌还是具有相当大的杀伤力的。

"可以，但是不可信。"我苦笑着摇摇头，"说实话，现在正乱着呢。"

"哼，你这男人真是无趣。"她不满地撇了撇嘴，但之后好像又注意到了什么，坏笑着说道，"哦，我明白了，是不是弟妹还在房间里，你不想让她看到对不对，嘿嘿，姐姐懂的，不会影响你小两口感情的。"

我的头上顿时挂满了黑线，虽然郑青芸的确在房间里，但是她却不是那个我熟悉的女孩子，再说了，谁知道那个世界里的郑青芸会不会知道我在这受到了这个女人的调戏。

"喂，虽然我们很久不见，但我记得之前我们也没有这么亲热吧。"

"哎，男人啊——"冷月又变成了痴情怨妇一般的语气，我觉得我再不打断她，她真的会没完没了了，之前怎么没看出来这个可怕的女人有如此好的演戏天赋？

"咳咳，说正事，可以吗？我相信你来这里不是就为了向我诉苦吧？"

"好吧，是安然找到我的，她说你遇到了一点麻烦。"冷月话锋一转，简单明了地说明了她来的原因。

我脑子里顿时出现了那个喜欢轻哼的女人，之前分开的时候她说她还有事去做，原来是去找冷月了，不过，冷月也在这座城市吗？这么短的时间就赶了过来，搭飞机恐怕也飞不了多远吧。

"他们怎么知道你在哪里？SPIN的情报还是K先生的情报？"我将注意力重新转移到仍旧呆立在原地的何梦舒身上，她曾经拿出来的那个小方块石头，让我很是在意，现在当然要弄到自己手里来了。

"都有吧，这个女人比你想象的要可怕，居然能够找到我藏在这里的地址，幸好最近没有犯什么大案子，不然估计得被抓起来。"冷月叹了一口气，好像很委屈的样子。

"你一直都藏在这边？"我愣了愣，"等等，什么叫大案子？你是想说你还做了挺多的小案子？"

"差不多喽，要不然你以为这东西从哪来的？"冷月抬起她的小手，晃了晃中指，我看见上面那枚璀璨到晃眼的钻石戒指。

"你到底干了什么——"我顿时有了一种不好的预感，那么大颗钻石，估计够我五年工资了，她大概是利用她的蛊术做了些什么不敢暴露出来的事情。

"没事啦，就是帮人解决了一些小麻烦，安啦安啦，姐姐很善良的。"冷月很是痴迷地看着那颗钻石，眼里的色彩我很熟悉，是个女人看见这么大颗的钻石都一定会痴迷得挪不开步子的。

"好吧，我还是不问你了，怕问出来了被你杀了灭口。"我从何梦舒的小包里拿出那颗淡蓝色的小石头，仔细打量起来。

那颗小石头是一个规则的正方体，边长大约一厘米，发出淡淡的蓝色光芒，耀眼而又不蜇眼，最为神奇的是，立方体内部还有着类似液体似的金色光华涌动着，整个立方体内部的空间深邃而又神秘，一看就不像是普通的造物。

"这是什么？"冷月立马对我手里的东西有了兴趣，目光炽热。我这才意识到这东西似乎比所谓的钻石更加美丽，光是它里面那流动着的液态光泽就足够征服多少女人的心了。

"不知道，宇宙立方的衍生物？"我擅自做出了猜测。

宇宙立方这东西太过宝贵，何梦舒自然不可能随身携带，可她的确将吕布韦和郑青芸换到了暗世界里，凭借的恐怕就是这样的一颗小东西。

"宇宙立方又是什么，很好很强大的样子。"我这才意识到冷月似乎对这件事情一无所知，她只是单纯地听到了安然传达的消息，所以才冒着大雨赶了过来。

"嗯，一种很可怕的东西，没空解释那么多了，你能帮我把这两个人控制到车上吗？"我看了看手机，想给昊天拨个电话，但在拿起手机的那一瞬间停住了。

第一，我没有昊天的电话号码。

第二，我不能因为刚刚仅有的好感就完全相信昊天这个人，我不知道那是不是他的假象，我不能直接把这两个人直接交给 SPIN。

想来想去，还是送这两人去见 K 先生最为直接。

"控制思维？那还真不是我的专长，不过——"冷月变魔术般地拿出一个暗红色的小袋子，开始从里面往外掏东西，"事先说好，我确实能够控制他们的行为，不过他们的脑子也会被我的蛊虫给一起吃掉，这是很恶毒的蛊术，受到的诅咒你来承担。"

我冷汗直下，忙按住了她往外掏东西的手："别别，您还是把袋子收好吧，我自己搬还不行吗？他们应该没有反抗能力了吧？"

开玩笑，这俩人要是死了，我就真没办法把他们从暗世界里交换回来了，冷月实在是太过极端了，居然要吃掉整个人的脑子才能控制行动，想想就让人有些不寒而栗。

哎，如果现在莫心这个女人在就好了。利用她的催眠术套话应该很容易才对，果然 K 先生那里才是最为正确的选择。

"反抗能力？你想要怎样强度的反抗，这个我倒是可以配合你。不过我建议你还是不要将难度调得过大，那个男人基本一出手就能把你秒杀了。幸亏一开始我就将他封住了,不然即使是我对付起来也有些棘手,下次恐怕就没有这么好的运气了。"

"别废话了,你的思维跳跃能力连我都自愧不如了,冷小姐。你开车来的吧?求求你帮个忙,把这个女人背到你的车里去可以吗?"我一把抱起那个黑衣男人往楼下走去,手里还把玩着那块好玩的小石头。

"居然让我拐卖妇女,果然我还是不应该来的。对了,邓龙,有件事求你。"冷月突然媚笑着说道。

"说——"我彻底无奈了。

"如果可能的话,送一块那样的小石头给我呗。好好看呢,姐姐很喜欢哦。"

我撇了撇嘴,都懒得回答她这白痴问题了,她只知这石头的好看,却不知道,如果这颗小石头爆炸,把这座城市炸个底朝天毫无压力。

"嗯,如果可能的话。"我弱弱地回答道。

冷月的车让我见到它的第二眼开始就张成了O型。那辆很拉风的银色跑车很自然被我第一时间忽略,因为我觉得那不可能是她的车。直到我抱着那个男人走过了才被身后冷月叫住:"哎,你走过了,这辆就是我的车。"

我诧异地回头,打量了一下四周以后,指了指一边唯一一辆几乎全新的梅赛德斯奔驰敞篷跑车做出了一个询问的表情。

冷月很自然地点点头,从包里掏出车钥匙,按了一下,"啪",车门自己开了,我也石化了。她的生活跟几个月前在云南农村时简直是天上地下的区别,一个人的人生真的能够经历如此大的落差?

我现在越发对她的工作感到好奇了,这辆跑车的价值至少一百万以上,冷月家里难道是开印钞机的?杀人,放火,贩毒,买卖枪支弹药,任何可能或者不可能的可能性我都想到了。我原来怎么没看出来这女人竟然有这样的犯罪天赋?

半分钟后我得出了一个结论,奶奶的,有钱人的生活果然不是我们这帮子普通

劳动人民可以享受得了的。

四个人以一种诡异的坐姿开着车行驶在下着暴雨的城市里，我十分担心有某位尽忠职守的交警同志将我们拦下来检查驾照，如果让他看到现在两人如同木乃伊一样坐着，还有一个男人以一种极度心虚的状态躲着那个开车的女人，他一定会让我们把车开到警察局去的。

幸好有了这场大雨，警察都没出来执勤了。

车行驶到酒店时，我远远地就看见有个身影站在酒店门口徘徊，似乎在等人的样子。稍微靠近一点，发现那正是半日未见的安然。

"你们来了。"安然看了看车里的其余两人，紧接着笑了，"不错嘛，还亏你把大呆一起带来了。"

大呆？我愣了一下，马上意识到身后的那个黑衣男人似乎是K先生组织里的人员，安然认识很正常。不过，这个名字，大呆，他的人显然不像他的名字这么无害而可爱。那些细针无论扎在谁身上怕是都有些消受不了吧。

"你们把人留在车里就好，K先生带了一位客人来见你们，相信邓龙你一定很有兴趣的。这两个人就留在车里吧，我跟乔帮会处理的。"安然帮我和冷月拉开车门，已经对我接下来的行动进行了安排。

出于对她的信任，我还是没有犹豫地点了点头，侧过身看了冷月一眼，发现她的脸色似乎有些异样。

"不打不相识么，冷姑娘。"有个男声又突然在我耳边突然响起，我这才意识到乔帮其实一直都站在我们身边。

"谁要跟你不打不相识，你这个变态离我远一点，连人类都不算的家伙。"冷月的面色很不好，估计是因为她从来没有在人类身上吃过亏，碰见了比她更变态的海底人乔帮，本能地有了一种抵触。

"安小姐，我被嫌弃了吗？"乔帮幽怨地说道，"哎，我觉得我应该重回海底的，那里才是我应该待的地方，这里的每个人都不欢迎我。"

他话唠的本质再一次凸显了。

我赶忙安慰道："没有啦，冷月就是这样，你别往心里去。"这话说的连我自己都不信，我也不曾多了解冷月，此刻说出这番话完全是为了安慰乔帮这孩子般的内心。

"呵呵，大概吧。"安然还在那笑得花枝乱颤。

"能让你吃瘪的人不多吧，多个对手也好的，你不至于寂寞了，何必呢，对吧？"我附耳在冷月耳边悄悄地说道。

"对手，你都不知道，他连血液内脏都没有，算哪门子的对手，分明就是我们蛊术师的天敌，我真的是拿他一点办法都没有，你让我怎么喜欢这男人。"冷月也是悄悄地回了句。

"哈哈。"我听到这话偷偷笑了半天，没想到如此剽悍的女人竟然也有害怕的对象，不过也是，当时云南的案子乔帮基本是毫发无伤就逼走了冷月，她的蛊术对于正常人是极具杀伤力的，但是对于乔帮这种非正常人类来说就明显没有多少危险了。

"握个手吧，我虽然不怎么喜欢你，但是也不讨厌你啦。"冷月在我的视线威胁下不得不屈服，做出了表态。

"嘿嘿。"乔帮的笑声竟然给了我一种小屁孩破涕为笑的感觉，让我一阵脱线，强大的能力往往伴随的是单纯的心思，这就是上天的公平性吗？

空气中突然泛起一阵涟漪，一只人形的透明手掌伸了出来，冷月皱着眉头握了握，然后松开了，整个场面和谐而又愉快。

"对了，冷小姐，你可以好好考虑下我们的建议，对你一定没有坏处的。"在我和冷月上楼的时候，安然突然走到转角处对着冷月说道。

我心道不好，这怕是要拉拢人的意思。

要么是B.H，要么是SPIN，安然是想拉冷月入伙。

这女人自身的能力本来就如此可怕，如果真的加入了这两个组织，怕是会狂到连边都没了。到时候又不知道要惹出多少事来。

只希望到时候不要把我一起卷进去才好，我最讨厌给别人收拾烂摊子了。

来到八楼的时候，电梯门刚一打开，冷月就突然抓起了我的手臂，指甲直接嵌入了我的肉里，拽得我生疼，我吸着凉气问道："怎么了，突然就来劲啊？"

冷月没有回答，双腿一软竟然要摔倒，我忙一把揽过她的腰，扳过她的脸，才发现她的嘴唇竟然已经咬到出血了。

"冷月！"我也意识到了事情的严重性，"怎么了？哪儿难受了？"

"他们，他们有危险！"冷月抽着冷气说道，她的手开始轻微地颤抖，幅度越来越大，竟像是不自主地舞蹈。

"我的血液，在跳舞。"冷月突然冒出了这么一句。

"什么意思，你说清楚啊！"我背起她连忙往 K 先生的房间里跑，一边跑一边叫着冷月的名字。

K 先生似乎听到了这边的动静，还没等我敲门就打开了房门。他一看到我背上的冷月苍白的脸色，神情也是一变，赶忙扶着我将冷月抱到了他的床上。

"K 先生，你知道冷月是怎么了吗？"我着急地问道，一只手抓着冷月的脉搏，能够感觉到她此刻的心跳已经快到了一种可怕的速度，那种节奏仿佛有人可以在操控一样，有着固定的奇怪节拍。

"木偶师，想不到还有这种人在地球上存在。"K 先生没有接话，倒是有另外一个男声替他回答了这个问题。

"木偶师？"我又愣了，冷月突然变成这个样子跟木偶师有什么关系？

我回头看去，想找到这个声音的来源，问他有没有办法解决这个问题。

身后站着一个中年男子，他应该就是安然说到的 K 先生的客人。

"您能够给我说说详细情况吗，有办法挽救这种情况吗？"我尽量让自己不要太过慌张，让这个男人给我解释清楚这个所谓的木偶师的意思。

"其实想要解决也比较容易，可是我这次出来的时候带的能量不多，怕是没那么容易找到引线。"中年男人看了看 K 先生，似乎想征求一下他的意见，K 先生对着他没有说话，只是点了点头。

"拜托了。"我忙接着说道。

"对了，如果是需要能量的话，这东西会有帮助吗？"我忙把那块小石头从口袋里掏了出来："我从何梦舒那里得到的。"

"太好了！"中年人看到这块流光溢彩的小石头明显神色一震，笑着说道，"有了它的能量覆盖，找出引线就容易多了。"

他一把接过那块小石头，然后放在手心，一点奇怪的光亮突然从他的手心发出，逐渐穿透了那块小石头。

我看得目瞪口呆，这中年人到底是什么人，竟然能够从身体里发出光来，而且这光线恐怕也不仅仅是照明用的，怕是有什么更重要的功能在里面。

光线从他的手心发出，却没有一瞬间穿透那块小石头，反而以一种肉眼可见的速度在石头的深邃蓝色里向上攀爬着。我和K先生都是屏气凝神，静静地看着那道光线的前进，我知道，等到它击穿这块石头的时候，恐怕就是效果出现的时候了。

这个过程似乎持续了很久，明明一瞬间就可以做到的事情，我不知道为何用了这么长的时间。光的速度十分可怕，一秒钟的时间足够绕地球好几圈了，可是光是为了穿透这块直径不到几厘米的小石头竟然花费了大约好几分钟的时间，这种景象实在让人难以理解。

光线最后终于穿透了那块石头，耀眼的光华也在这一瞬间铺天盖地般从中年男人的手心袭来，一瞬间吞没了整个屋子，我也不得不闭起了眼睛，眼泪却是因为刺激已经不受控制地流了下来。

等我再睁开眼睛的时候，我才发现整个屋子已经被一种蓝色的液体充斥了，我试着挥舞了一下手臂，确实有了一股黏稠的液体阻碍着我行动的滞后感，但是此刻我却呼吸顺畅，没有任何的不适。就好像一个人没有带着呼吸工具却能够在海里自由潜水一样，唯一的区别就是我没有漂浮起来。

这蓝色的液体，是什么？

K先生似乎也是第一次见到这种情景，他抓起一团液体看了看，又松开了。

中年男人似乎对这种情景很是熟悉，他没有过多在意这些蓝色的液体，直接指了指在床上快要昏迷的冷月。

一种异象这才出现在我们的视野里。

在这蓝色的液体之中，竟然有一条长长的金色细线，连接在冷月的左手食指上，而这细线之上，竟然还密密麻麻缠绕着一圈圈黑色的细丝，那细丝仿佛是活着的丝线虫，在这液体中肆意飞舞着，看上去好像要抓住周围的一切。这细丝给我的感觉十分恶心，看了就有想吐的冲动。

"这黑色的丝线就是木偶师的引线，那个人顺着她与蛊虫的连接线装下了引线。"

中年男人解释道，又顺着那条金色的线指了指楼下，"楼下的那个海底人跟那个女人的情况恐怕也不太妙了。"

难怪冷月说到他们有危险，她知道有人给她下了套，就在一开始她对那个大呆下蛊术的时候。有人一直躲在幕后没有出现，他在黑暗里潜伏了很久很久。冷月在身体受到影响的一瞬间就反应了过来。

该死，那个时候的房间里应该不止潜伏着大呆一个人，还有一个隐藏着没有出现的人，就是那个所谓的木偶师了。

他不出现是为了操控一切局面的发展，在暗中保证他们的计划顺利进行，冷月的突然出现虽然不在他们的预料当中，但是那个木偶师却早就安排好了一切。他先是顺着我们的计划让我们把何梦舒两人带到了酒店，却在我们离开之后引爆了他设下的所有引线。

该死的，我们居然又看漏了一个人。

"不要紧的。"K先生接了一句，我不知道他的这句话是安慰我还是安慰自己，"先把她身上的引线切断再说吧。"

"嗯。"中年男人点点头，刚要有所动作，犹豫了一下，又补充道，"等下无论你看到了什么都不要惊讶，因为我的能量耗费有些严重了。"

我晕晕乎乎有些没听懂，但还是看了K先生一眼，点了点头。

K先生的目光里有些不寻常的闪动，似乎也在担心着什么事情的发生。

他有什么事没有说出来，我心里突然有了这样一种奇怪的感觉。而这件事情，应该和这个神秘的中年男人有关。

事情又开始变得诡异了，连K先生都不再可信了吗？

二十二
夏娃果

冷月的手臂青筋暴起，血管里的血液似乎以一种不正常的方式在涌动着，按照她自己的话来说，就好像正在舞动一样，这倒是跟那个中年男人提到的木偶师直接切合了。

只是，真的有人能够做到这一点吗？控制人体血液的涌动，这到底是一种怎样的特殊能力？

我从没听说过这样的能力，也没有看到过这样的情景，只是那个中年男人却仿佛对此情此景很熟悉，他已经将他说的话用实际行动证明给我看了。

我看见了冷月手指上的那根金色线条，按照K先生的说法，那应该是连接冷月外在的蛊虫的精神线，这是一种秘法做出的东西，正常情况下是无法看到的，此刻却在这片蓝色的液态物质里被我们三人用肉眼看到了。

冷月通过这个金色的线条控制着她的所有蛊虫，也难怪她有很多施法的动作都是打一个响指，这是在告诉她的那些小虫子们，该行动了。可是这一次，那条细线却是让她遭受到了未曾想过的伏击。

有木偶师顺着这条线种下了引线，最后在我们到达酒店和安然两人分开以后激活了引线上的"雷管"，冷月在一瞬间就瘫倒在地。

在这片蓝色的液体里，我不仅看到了冷月的那条金色细线，同时也看到了那个木偶师埋在冷月身体里的引线，就是那些密密麻麻的黑丝一样的东西，让冷月陷入了现在的这种危急状态。

说到这里，我对这片充斥了整个房间里的蓝色液体更加感兴趣了，这到底是什么东西，又是从哪儿来的，为何能够让我们看见很多平时根本无法看见的东西。K先生没有给我解释这些，或许因为他也是第一次看到这种情景，真正了解这一切的恐怕也只有那个突然出现的中年男人。

我到现在也不知道这个男人叫什么名字，到底是谁，但是我只知道一点，这个男人知道太多正常人不应该知道的东西。

现在的情况有些慌乱，本来以为已经占到不小优势的我们此刻被潜藏在黑暗当中的木偶师打了一个措手不及，刚刚抓到的两人恐怕还没在手里捂热乎就会被人救走，同时安然和乔帮的处境也十分危险，可我已经无暇分心去管那么多，现在冷月的情况已经足够让人担心了。

不过我相信这边的问题应该不大，虽然这个中年男人说的很多话我都无法理解，

但是我相信他一定有解决办法，光是那个从手心发出光线那一招我就知道他一定不是什么普通人了。

中年男人看了看躺在床上大口喘气的冷月一眼，对我小声地说道："这个过程可能会有些痛苦，你要帮我按住她。"

我愣了愣，立刻点了点头。

男人用手慢慢贴近那些在空中张牙舞爪一般舞动的黑色细丝，立刻就有数根丝线绕着他的手缠绕了上去，但是就在接触到他的手掌的一瞬间，一股若隐若现的火焰却随之烧起，只有很短暂的一瞬间，那火焰仿佛也只出现了那一瞬间，那些黑丝一接触到这火焰就立刻被烧成了虚无，只是这还不能算完，因为这些黑线实在太多，他需要将所有黑线全部剔除干净。

我也终于明白为何他会说这个过程可能很痛苦了，这种火焰怕是敌我不分，会烧掉所有接触的一切，所以男人只能小心控制火焰的范围，将缠绕在金色丝线外围的黑线一点一点地灼烧掉。

这个过程难免会碰到属于冷月的那根细线，所以每次只要火焰稍微停留的时间多一点，冷月就会冷汗直下，似乎受到了极大的痛苦，牙齿都快要咬碎了。

我一只手按着冷月的肩膀，让她的疼痛反抗不要打扰到中年人正在进行的工作，他是从冷月的指尖开始清除的，最后慢慢地开始往外扩散，一点一点清理掉那些恶心的黑色丝线。

那些引线因为太过密集，往往一碰就变成了飞灰，这让我看得十分惊奇，没想到竟然会有这样的东西出现，就不知道这些丝线和这可怕的火焰到底是由什么东西构成的了。

这个过程大约经历了十分钟才算完成，那些黑丝也终于全部被中年人清理干净，消失不见。他摸了摸额头上的汗珠，眉头紧皱，似乎颇为疲倦的样子。而冷月的情况则是好了很多，我摸了摸她的脉搏，终于没有那种诡异的跳动节奏了。

现在冷月的心跳已经恢复了正常，整个人的呼吸也平稳多了，脸色逐渐好转，再也没有之前那种吓人的苍白了。

太好了，冷月终于没事了。

我有些激动，一把握住中年男人的手想表示感谢，但中年男人显然没有料到我有这一出，吓了一跳，想往后躲避却没有能够躲开，被我直接握住了手掌。

就在这一瞬间，我的心情也犹如掉入了冰点，手里不正常的触感告诉了我一个很难接受的信息。我握住的似乎不是一只人手，而是类似于章鱼软肢的东西。那根本不是人类的手臂！只是样子看起来是人类的手臂，但是一旦触摸上去的时候就发现不妥，那触感明显是个布满了肉疙瘩的软肢啊！

我吓了一跳，但是因为这个中年男人的的确确帮了我们不少，所以虽然本能地因为害怕往后退了一步，但还是没有将手里的那奇怪肢体松开。

中年男人倒是没有太过激动，他只是回头看了一眼K先生，无奈地耸了耸肩，然后转过来对我说道："我告诉过你，不管看到了什么都不要太激动，但是我忘了告诉你不要碰到我了。"

"这，这到底是怎么回事？"我尽量不要让自己的语气里带有太多的负面情绪，这位中年人真的已经超过了我的想象。

"呵呵，你看到的不过都是假象罢了。"K先生笑了半天，"我给你介绍下吧，你还不知道他的名字，他是来自蒂加纳星系的地球联络员，斯库瓦罗先生。没错，外星人，你没听错。"

我直接呆在了当场，虽然一直听到了K先生提到蒂加纳这个未知的星系，也听说了那里有着别的文明存在，但是没想到眼前的这个中年人竟然是所谓的地球联络员，竟然还有着自己的地球名字。难怪安然会那么诡异地说话，介绍这个特殊的客人，原来真的是一个一辈子可能就会见到这一次的外星友人了。

"可是，为什么他的样子！"我又不知道该怎么问出自己心中的问题了。

"你看到的样子和接触到的感觉其实都是我模拟出来的，只不过现在我的能量用掉了不少，触觉模拟出现了一些故障，所以才让你接触到了我原本的实体，明白了吗？"斯库瓦罗笑着摇了摇手，他的身影一阵光影闪动，竟然有要变化的趋势，只是这闪动并没有持续太长的时间，一会儿就恢复了正常。

"算了，还是不要让你看到我真正的样子了，正常的地球人恐怕都会接受不了的吧，所以我才会提前告诉你不论看到了什么都不要惊讶，因为我担心我的能量透支得太严重连基本的视觉光影模拟都支撑不了了,幸亏你拿到了这块小东西,不然今天恐怕我真的要原形毕露了。"斯库瓦罗先生豪放地大笑了两声,又拿出了那块小石头,把它递给了我,"这个小东西虽然不是宇宙立方,却是宇宙立方施放能量的触发点,是跟宇宙立方一起诞生的东西,地球上研究这东西的那些人管它叫做夏娃果,你可要保管好了。"

我愣愣地接过那块小石头,最后感受了一把那种诡异的不协调感,明明是人类的样子,给人的感觉却是跟人类构造完全不同的外星人,从他手中接过一样东西的感觉真的很诡异。

"夏娃果?"我努力让自己的注意力转移到手里这颗不太起眼的小石头上,又看向了K先生,夏娃果应该是地球上人类的命名方法,他应该知道这个东西的底细。

"嗯,打破人类禁忌的小东西,只不过传说中的夏娃果只是让人类被上帝逐出了伊甸园,远离了神的世界,但是这颗小小的石头却是要被人利用打开神的世界大门的钥匙,他们想要重新进入神的世界,比喻很形象不是吗?"K先生帮我给冷月盖好被子,"只是从神的世界脱离出来比较容易,想要重新回到那个世界就有些太过困难了,谁知道宇宙盒子之外到底是什么东西呢。其实说到底只是更多的混乱罢了,我已经老了,不想让这个已经安稳的世界经历太多的变化,那些人热火朝天的想法虽然值得鼓励,但却不具有可行性,所以只能拜托你阻止他们了。"

"走吧,去看看下面的情况,希望不要太晚才好。"K先生打开房门,那种蓝色的液体立刻像是找到了突破口的小鱼一般游了出去。

"这蓝色的东西——"我帮冷月掖好被角,指了指那些蓝色的物质。

"交给我吧,正好补充下我这有些透支的能量,这么多,足够用上一段时间了。"斯库瓦罗发话了。

"那就麻烦您了。"我对他点了点头,尾随K先生走向了通往楼下的电梯。

安然,乔帮,你们千万不要出事才好啊!

二十三 诺亚

赶到冷月的汽车旁，汽车里已经空空如也了，本应该没有走远的四人此刻好像突然不翼而飞，直接消失了。现场没有他们曾经存在过的痕迹，也或许有过，只是已经被这连绵的大雨直接抹掉了。

"他们——"我已经有些不知道该说什么好了，只是静静地撑着伞看着K先生，希望他能够给我一个我想要听到的答案。

"没事的，乔帮的能力远非你看上去那么简单，哪怕真的撞见了那个躲在黑暗里的木偶师也不一定会落下风，而且夏娃果现在在你手里，他们的计划暂时是进行不下去了。"

K先生似乎对乔帮很是放心，并没有对两人的安危有过多的担心，此刻连两人突然诡异地被劫走也没有太多的激动。

"可是——"我还想说些什么，却发现K先生一直没有停下，静静地盯着汽车的侧面玻璃看个不停。

"你知道乔帮有一个喜好吗？"K先生突然笑着问我。

"嗯，什么喜好？"我想说我只知道他是个不折不扣的话唠。

"喜欢在玻璃上写字！"K先生拿出从冷月包里找到的钥匙，打开车门，对着驾驶座的侧面玻璃哈了一口热气，几个小字模糊地浮现了出来。

我这才想起乔帮似乎的确有这样的喜好，在他第一次送我去见安然的时候，就看见过他在车里对我画下的箭头符号和那一句简短的对话，虽然当时我完全没看懂那些以他的角度写下的那些话，但此刻K先生一提醒，我就立刻想了起来。

"我去会会他们。"字写得歪七扭八，不仔细看真的有些难以辨认，不过透过这条信息，担心的心情多少稍微放下了一些。

至少乔帮还是有能力自保的，不然他也不会写出这样的话，只能说他们可能暂时被带走了，也或许这根本就是乔帮刻意而为之，想要打入敌人内部。我很难断定这到底是他自己的深谋远虑，还是仅仅只是他的玩心大起，干脆进入对方的基地折腾个天翻地覆。

不过无论是哪一种，我都觉得这事交给他这个性格诡异的话痨儿童有些不够稳妥，不过安然也跟他一起去了，应该不会出太大的乱子。

K先生看着窗户上的水渍逐渐消散，目光有些游离，似乎陷入了思索当中，直到我叫了他好几声，他才从沉思中反应过来，想说些什么但是没有说出口。

"有什么事情您就直说吧，不用这样，其实大家都心知肚明，不是吗？"我知道K先生一定知道什么，不然他也不会一次又一次把话只说到一半或者干脆不说，因为他深刻地知晓每一件事情的利害关系。从他的角度，他的顾虑太多，不能够放手去做。

但是对于什么都不太关心的我来说，这些顾虑却几乎没有。我不在乎太多组织国家的利益关系，我只关心我身边的人的安危和对于这个世界的影响程度，我觉得正确的事情我会去做，觉得错误的事情我会去阻止，就是这样简单明了。

所以，我希望K先生能够好好地将他知道的事情告诉我，然后由我来踏上那些他不敢走出的道路。

K先生久久没有说话，不知道在考虑我的问题，还是在想别的事。他似乎没有抽烟的习惯，如果是我，面对这样的情况，一定会忍不住点燃一根烟来缓解现在这种恼人的情绪。

"有什么不能说的吗？"我实在忍受不了这种诡异的安静，两个人静静地坐在冷月的汽车里，相顾无言，明明想要让对方了解一些什么，却因为太多的顾虑无法开口，真的很讨厌。

"事实上，这件事并不好让其他人知道。"K先生终于开口，他的表情似乎下了很大决心，"我希望你听完这件事情以后也将这件事情忘掉，不然你的自由很有可能会受到某些力量的干涉，你知道我说的是谁。"

他口中的力量，无非是SPIN或者B.H组织，也只有这两者能够对我的生活产生很大的影响，但是他作为B.H组织的领袖，自然不会来干涉我的生活，他说的那个潜在力量应该是指SPIN了。

想必又是那个不安分的SPIN做出了些什么不太好摆在明面上的行为了。

我点点头，表示自己理解，希望他能够继续说下去。

K先生的脸上浮现出一丝挣扎："我也以私人的名义拜托你一次，千万不要把这件事情对任何人说出去，因为知道这件事情的人实在不多，恐怕除了我以外只有另外两个老家伙跟他们的嫡系力量知道了。"

我再一次从他的话中听出了一丝不妥，到底是什么秘密，竟然能够让K先生如此慎重？在我的印象里，K先生倒是不怎么惧怕SPIN的势力的，为何到了此刻竟然如此为SPIN着想了？

那到底是一个怎样的情况？

"这个秘密会关系到事情接下来的进展吗？"我试探性地问道。

"嗯，甚至有可能会让你直接结束掉这个事件，所以，你还要听下去吗？"K先生的话让我整个人精神为之一振。

"不用等乔帮从敌人基地里打出来？"

"不用了。"

"您说吧，我会将这件事情埋在心底，不会告诉任何人，包括我最亲密的人。"深吸一口气，我慢慢地回答道。

"包括吕布韦，他的身份让他还没有资格知道这件事情。"K先生补充了一句。

"嗯，我知道了。"我点点头。

K先生环顾了一下四周，似乎在打量周围的情况："也希望你听到这句话之后不要太过激动，毕竟这关乎到人类社会的稳定问题。"

"其实像乔帮他们这种身体里充满着巨大破坏力量的特殊非常人，他们的身体里，都种有SPIN埋下的种子。"

K先生的第一句话直点主题，将我惊得浑身发抖，忍不住环视四周，担心有人偷听到了这样的对话。

"其实不止乔帮，还有很多类似的人，冷月身上也有，所有被SPIN接触到的特殊变异人类都会被SPIN秘密地种下一颗等待发芽的坏种子。这个可能会包括你曾经的女友，我听说过你的故事，同时我也不知道她的死去到底带来的是解脱还是痛苦，抱歉我说出这样的话来。"

我的心瞬间一沉，手指抓紧了身下的真皮沙发座椅。我知道他说的是短发，的确，短发如果能够活下来，会是个极其危险的人物，轻易间就能爆发出可怕的力量，可是K先生说的坏种子到底是什么？

"SPIN当然不允许这些非正常人类肆意在自己的国度里自由生活，这些不受控制的特殊能力者就好像是一颗随时都会爆炸的不稳定炸弹。为了维持整个社会正常的稳定，他们需要对这些特殊能力者进行强硬的控制，所以他们往往会偷偷在他们的体内植入一种名叫'诺亚'的小型集成物体。你应该知道那个物体到底是因为什么而存在的吧。"

"监控和毁灭，对吗？"我咬了咬牙，手指因为愤怒而越发紧绷，座驾下的真皮发出嗤嗤的摩擦声。

"没错，他们需要掌握所有他们知道的那些特殊能力者的信息和行为，<u>一旦那些人做出一些危害到人类社会的事情，'诺亚'就会被SPIN激活，然后疯狂生长，而它成熟后的后果，就是——嘣！</u>"K先生的眼睛里闪过一丝无奈，"抱歉，我实在改变不了他们的想法和方式，甚至有的时候，我也觉得这种方式或许不错，能够在事态最坏以前把一切扼杀在摇篮里。"

"诺亚，是一枚坏种子，却是整个普通人类社会正常维持的希望。"K先生指了指不远处的酒店大楼，"恐怕除了斯库瓦罗先生这位能够豁免一切外力的外星人能够不受诺亚的干扰以外，就没有其他类似的存在了。而冷月的诺亚，在她的颈部，刚刚我在能量液体里看到了它，可能刚刚你的注意力没有集中在那里，但是我和斯库瓦罗确实都看见了那个东西。"

"混蛋，混蛋，混蛋！这是谁给他们的权利！"我狠狠地一拳打在汽车的玻璃上，激起一连串的雨花飞溅，但那面钢化玻璃却是坚硬无比，没有任何的变化。

"不是权利，是责任。我们都担负不起这样的责任，抱歉。"K先生眼睛变得有些湿润，似乎在乞求我的原谅。

"对不起，K先生，我有些失态了。"我忙揉了揉生疼的拳头，对着K先生道歉道，"我明白的，也就是说，只要这些人不作出太过分的事情，诺亚就不会被激活是吗？"

K先生点点头："是的，SPIN的做法只是为了预防未知的危险，如果这种危险并不存在，诺亚的作用也就完全消失了，连监控都不会打开。"

"也就是说，我可以找到SPIN，请求SPIN的帮忙，让他们帮助我定位乔帮的位置，然后——"我也立刻明白了K先生的想法，他是在引导我找到那个潜伏者的基地。

"没错，这样的确可以找到那些人躲藏的位置，但是这跟我们的想法是完全矛盾的。因为我们并不希望SPIN再次得到他们被夺走的宇宙立方，如果他们插手这件事情，很可能宇宙立方最后会落到那些激进派的手里。所以，到底要怎么去做，你自己决定吧，只是，你需要为你自己的行为负责。"K先生如是说道。

我眯着眼睛想了想，又问道："那如果我真的需要SPIN的帮助，我该去找谁帮我申请开启乔帮身上的'诺亚'监控的功能？这件事情知道的人并不多，我恐怕不能贸然去SPIN找人吧？"

"呵呵。"K先生笑了笑，"你不是才刚刚见过他吗？"

"谁？"我有些迷糊。

"昊天。"K先生缓缓地吐出了一个名字。

二十四
交易

诺亚计划，一个早在二十年前就开始谋划实施的世界范围内的计划，这个规模宏大的计划由世界性的SPIN组织联合实施，为了约束那少部分非正常人类不正当利用能力制造混乱，他们在那些特殊人类的体内都种下了一颗名叫诺亚的受控制的种子。

那颗种子能够在启动激活之后监控它的宿主的一举一动，包括位置，状态，还有具体的能力运用情况。在平时，这些功能是不被开启的，一直沉睡在这些人类的体内。一旦他们当中有人开始不顾后果地制造危机，那么埋藏在他体内的诺亚种子就会被激活长大，最终对这个人的行为做出限制，如果小小的警告无效，诺亚会直接引爆，结束掉它宿主的性命。

这是对那些拥有可怕破坏力的非正常人类的正常监管，因为所有的一切都是为了正常人类生活的稳定。B.H 黑暗新人类组织也因此应运而生，K 先生建立它的最初目的正是为了庇护那些被人利用诺亚时刻胁迫着的非正常人类，只是这个组织发展的速度甚至超过了 K 先生自己的预料，他没有明着表明身体内潜藏的炸弹因素，只是因为他个人的人格魅力吸引到了很多人的加入，K 先生让他们引导那些人正确地运用出现在自己身体内的特殊能力，不要让那些可怕的功能被激活，这是他能够做到的全部。

诺亚一旦种下，就会和人体组织长到一起，想要割除都成为不可能，既然无法避免，只能顺着 SPIN 的意思去做，黑暗新人类，要做的只是潜伏在人类世界的黑暗面，好好过好自己的生活，尽量不要给这个世界带来太多不利的影响。

我很能理解 K 先生的想法，因为任何人得知自己的体内被偷偷装下了一个不知道什么时候就会被引爆的炸弹，恐怕都没有办法平静，他没有将这个信息透露出去是正确无比的决定。他在引导所有超能力者正确地运用自己的能力，躲避诺亚的追踪。

B.H 组织发展成了一定气候以后，K 先生跟中国 SPIN 负责诺亚计划的两位最高领导曾经见过几次，双方会谈很久，最后终于敲定双方互不干扰的原则，也就是 SPIN 不限制 B.H 组织的发展，同样，B.H 也有责任和义务约束组织内部人员的行为和活动。这个互惠互利的准则不仅仅在中国存在，在其他任何一个国家都一样，所以导致 B.H 组织现在逐渐成为了黑暗的地下世界一支强大的势力，所幸的是 K 先生不像传统的电影里是一位暴力偏执的疯狂分子，他成功地领导着 B.H 组织的发展，尽可能地维持着正常人类和非正常人类之间的平衡。

诺亚计划就是如今世界上为数不多的几个巨大秘密之一，能够知道的人寥寥无几，就拿 SPIN 的人来说，有权限知道这件事的人恐怕不超过十个，其中还有两个是那两位曾经与 K 先生谈话过的最高领导，其余八人全是这两人的嫡系下属，属于绝对的心腹，所以才能够得知这个惊天的奥秘。

而像吕布韦这样的 SPIN 人员，虽然的确知道许多不可思议的事件，却始终不可能得知这种事情的背后真相，这种能够引发整个非正常人类世界巨大震荡的事件，真的没有必要让太多人知道。越多的人知道，不安越是浓重，到最后有人接受不了命运掌握在别人手里要奋起反抗的时候，就是秩序崩溃的时候了。

所以，这注定是一个永远无法公之于众的秘密。

而现在，知道这个秘密的人又多了一个，那就是我，被偶然搅入这次事件的我。

乔帮的身上也有着那样的一颗诺亚种子，如果找到 SPIN 负责这些种子的特殊人员，他一定能够帮我们锁定乔帮现在的位置，说不定更会一口气直接端了一直潜伏在黑暗中的那些人的老窝。

只是这并不是我和 K 先生希望看到的结果。虽然那些人妄图打破时间壁垒超脱宇宙之外看一看神的世界的想法太过疯狂，但是 SPIN 那些激进派分子想要拿到宇宙立方制造出能量武器的想法也不是我们想要看到的。

说真的，我多希望我没有发现那颗该死的宇宙立方，不然也就不会有这么多乱七八糟的事件，人物，势力。也不会有死去的黄兴，失踪的吕布韦，被调换的郑青芸了。

只是这些都已经发生了，我注定需要为自己当时的行为负责，我要找到宇宙立方，将这个世界还原回来！

至于之后宇宙立方到底要拿去干吗，那就不是我需要关心的问题了，只要它不会破坏我目前这安详的生活，我就已经谢天谢地了。

现如今，一个问题摆在了我的面前。

能够得知诺亚计划的人当中有一个竟然是我这些天碰到过好几次的昊天，这倒是让我大大地惊讶了一把，但想想也不觉得多古怪，他的性格确实可以胜任这个职责，我相信他绝不会是那种多嘴之人。

"昊天，是他，那我应该去找他吗？"我自言自语，又像是在问一边的 K 先生。

K 先生却仿佛没有听见我的问题，仍旧保持一种不说话的沉默动作，似乎不想干扰到我的想法。

"这样吧。K 先生，你能先回答我一个问题吗？"我突然想到了一些我早就应该考虑的事情。

"嗯，你问吧。"K 先生点点头，后视镜里的他看起来似乎前所未有的凝重。

"我想知道，如果最后是你得到了宇宙立方，你会怎么做？"我做了一个不太靠谱的假设，但我知道这个假设得到的回答将会影响我此后的想法。

"我吗？我会让它消失在地球上的。它只是一样太过危险的玩具，我想地球人还没有能力去摆弄这样的玩意儿。"K先生轻笑道。

"谢谢您了。"我点头表示了解，然后发动了冷月汽车。

"那我就先离开了，你需要做什么就赶紧去做吧，希望你不要让自己失望就好。"K先生很是自觉地离开了车座，给我让出了位置，"你回来以前，我会替你照顾好冷月的，她的诺亚还是刚刚植入的，我回去问一下斯库瓦罗先生，看看以他的技术有没有办法将诺亚给取出来。"

"多谢了，我终于明白为什么B.H组织能够在您的手里发展成如此庞大的帝国了。"我感叹了一句。

"可我不是国王，我只是一位快要退休的中年人了，未来还是你们年轻人的天下，不是吗？"K先生听到我的赞美哈哈大笑，冒着大雨离去，连伞都没打。

我默默地看着K先生离去的背影，低低地吸了一口凉气，然后掏出手机，拨出一串号码。

电话那边"嘟"了两声，被人接起，里面传来一个熟悉的男声。

"喂，邓龙？"男人试探性地问道。

"嗯，我没你电话，只好试试打下吕布韦的，他的手机肯定在你手里，没想到真的打通了。"我笑道。

"因为你是个聪明人，我一直都知道。"昊天也是笑了。

"嗯，希望我今天的决定真的不算愚蠢才好。"我自言自语了一句，然后提高了三分音量，"我知道你的权力和职位不止表面上看起来的那么一丁点，所以，我想请你换一个身份，然后我再跟你谈一样交易。"

"你在说什么？"昊天显然没有这么容易被我套话，诺亚计划本身就是一项绝密计划，他自然不会知道我已经知道了计划的全部，更加不会对着我把这个计划全盘托出，所以我现在就要打破他全部的心理防线，让他知道我背后代表的势力。

那可是是狐假虎威的B.H全体势力啊！

"我只提示你一个词，你就知道我在说什么，诺亚。"我的语气很轻，但我相信

造物者Ⅲ ｜ Vol.1 双生黑白

这个看起来很轻松的词语一定在昊天的心里点燃了一颗重磅炸弹。

电话那边一阵沉默，似乎在考虑什么，我知道他此刻心里一定是百感交集，不知道如何应付我突如其来的发问。

"你等下，我给你把电话打过来。"半晌之后，昊天终于不再沉默，他只说了这一句话，立刻挂断了电话。

我微微一笑，知道我的震慑似乎起到了一些作用，他现在之所以会挂掉电话恐怕是要将我跟他之间的通信频道切换到绝密频道，如果这里的通话被扩散出去，引起的蝴蝶风暴绝对不是我跟他两人可以承担的。

片刻的等待，我的电话又一次响起，我看了看来电记录，竟然没有任何号码显示，只是那熟悉的来电铃声，让我还是不得不感叹一句SPIN的能力强大。

这就是所谓的加密频道？没有留下任何线索的方式吗？

我接起电话，那边的男声似乎有些恼怒："我不管你从K先生那里听到了什么，我希望你能做一个安静的作家，一个不会偶尔爆料的好作家，否则别怪我们真的让你永远安静了。"

昊天恼怒了，他似乎对诺亚计划异常看重，因为这真的是一个不能出现半点差错的计划，一旦有人泄露了这里面的信息，一场特殊人类的暴动恐怕在所难免，没有人想要承担这样的后果。

他很聪明，他知道这件事情只可能是K先生告诉我的，因为SPIN的那几个计划负责人肯定守口如瓶，宁愿死不会轻易告诉我这些事，唯一还清楚这个事件的人也只有K先生这个特殊的例外了。

"邓龙，我还是劝你，别再插手这件事情了。如果你继续下去，我不保证你不会被这件事情吞没，据我所知，K先生似乎也在谋划着什么，你不要不明不白地成了他的枪手。"

昊天的话让我有些警醒，但很快又恢复正常："K先生的计划我自然会有留意，你放心。还有，关于那个计划的任何情况我都不会外传。但是，我只希望你能够站在这个计划的负责人之一的角度上来帮我一个忙。"

"帮忙，为什么我要帮你？"昊天冷笑一声，又恢复了他的傲气本色。

"因为，我现在说的不只是单纯的请求帮助，更是一场交易。"我叹了口气，从口袋里掏出那颗好看的蓝色小石头，握在了手心。

"你有什么资格跟我谈交易，我们——"

昊天的话还没说完就被我一把打断："我说，你能不要太着急吗，我还没有说完呢。如果说完以后你对这个交易仍旧不感兴趣的话，当我没说，你可以马上挂断电话。"

那边考虑了一下，迟疑地说道："给你一分钟。"

我哈哈大笑："不不不，不用一分钟，三秒钟足以。"

"告诉我，你想要回夏娃果吗？"我已经开始想象昊天暴跳如雷的画面了。

二十五
代价

"你怎么拿到那个东西的！"电话里原本优雅的声线有抑制不住的暴躁情绪，这效果让我很满意，如果他不着急，我的计划就没有办法继续下去了。

"你不用管那么多，我只需要你告诉我，你想不想拿回这颗小东西，我也不知道它能够在我的手里保留多久，反正对我而言它也没有什么太大的作用，不如换成对我有用的东西，你说对吗？"我不急不缓地说道，同时也要刻意让昊天感到一种我并不在乎这个东西最后落在谁手里的感觉。

"而且，我知道肯定不止你们一组人想要拿到这个东西，如果你不尽快表态的话，我就要交给别人了。"这句话对他而言几乎是赤裸裸的威胁了。这个东西对我而言其实并不重要，我只要达到自己的目的。我就是要给他这样的感觉。

那边听到我的回答沉默了很久，这段时间的等待让我自己都有些心慌，我都开始有些怀疑是不是自己太随意，让他真的放弃了对夏娃果的追求，不想与我达成交易了，如果真的是这样，反而是我弄巧成拙了。

就在我提心吊胆地等待着他给我答复时，那边却传来了一些奇怪的电子音，这种声音让我原本躁动的心情更加不安，总觉得不是什么好事情。

"让我考虑考虑吧，你不要挂断电话。"昊天迟疑地说道。

我却瞬间反应过来，他在拖延时间！这家伙在利用他的技术定位我现在的位置！

本来我的想法是利用他手下的诺亚计划找到乔帮现在的位置，却没想到已经先一步被他摆了一道，他一直都很想要得到这颗小小的夏娃果，但是显然他并不想付出什么有威胁的代价，他想直接找到我，然后从我手里拿走夏娃果。真是一出好算计呢。只可惜我也不是第一次见识SPIN的不择手段，所以此刻稍微联想就能清楚知道他在干什么了。

想通了这点，我当然不能给他继续下去的时间，果断地掐断电话，让他的计划暂时搁浅。与此同时，我也发动汽车，肆意在大街上行驶起来。

不得不提到的是，虽然我的确考过驾照，但是却没机会开到这样配置的豪车，此刻虽然情况紧急，但我却不能因为这个让昊天抓住了我的马脚，干脆趁现在好好享受一把行驶在无人的马路上的快感。

我相信他会重新给我打过来的，这颗小东西，似乎比我预料的价值要大得多。

手机铃声再次响起时，我学乖了一点，用耳机接起了电话，汽车却是丝毫没有停留，仍旧漫无目的地在城市里穿行，这样我的位置根本就无法在短时间内测定下来。

"你真的很聪明。"昊天先是淡淡地夸了我一句。

"谢谢，你们SPIN的手段我见识过不少，这种情景也不是第一次见到了，只能说你选错了目标。"我默默地回敬道。

"既然这样，看来我们这边也必须付出点什么代价才能够拿到你手里的夏娃果了，是吗？"昊天的语气有些无奈，似乎有了意志松动的迹象。

我心中暗喜，口气上却不能显露声色："这本来就是我计划中的内容，而且我相信我要求的事情不会对你们的任何计划产生影响，你们是不是该先听完我的要求？"

"说吧，需要我们帮你做到什么？"昊天正了正声音，"是替你的某位老相识取下诺亚，还是想要引爆谁体内的诺亚？"

"不不不，没有那么麻烦。"我听见那边松了一口气的声音，但我相信我接下来的这句话一定会让他怒不可遏的，"我需要去见一见你们诺亚的控制中心。"

"这不可能！"那边以闪电般的反应给了我答案，"诺亚的服务器连我都没有见到过，你现在告诉我你想见见诺亚的控制中心，你这是故意来挑衅的吗！"

昊天的话有些恼怒的味道。的确，我的要求似乎比仅仅得知乔帮现在所处的位置要高出了不少，但我没有别的选择，因为我必须成功转移这些人的注意力。一开始就提出我需要得到乔帮的位置，这显然是十分不明智的行为，昊天自然不笨，他一定也会注意到那个地址的特殊性，到时候剧情可能真的就会像我和 K 先生最不想看到的那样发展，最后被 SPIN 重新夺回宇宙立方。

所以我需要更大的交易来麻痹他们的脑子。

一个堪称极限的交易。

我相信夏娃果拥有这个价值，他们自然会有人来衡量其中利害关系，如果最后的答案是 YES，我的目的也就达到了。可是，如果答案是 NO，我又该如何把计划继续下去？

"你真的确定这个交易不可能完成吗？"其实我的内心远比昊天还要着急，但却不敢通过我颤抖的声线表示出来，那会让他以为我一定会作出让步的。

"我很确定，虽然这个交易的负责人不会是我，但是我相信将军也不会同意你的这个要求的。我只是负责转达你意愿的中间人，最后作出决定的是负责整个诺亚计划的 H 将军。不过，在替你传达这个要求之前，我只是想替你负责任地问一句，你确定不再更改你的要求了吗？记住，机会只有这一次，如果这次的谈判破裂，夏娃果我们自然会另外想办法弄到手的。"昊天的声音冰凉，带有国家机器固有的那种冷酷味道，我很熟悉，却又无可奈何。

"我知道了，但是同样我也坚持我的要求，不会更改了。"我咬了咬牙，回应道。

"呵呵。"突然听见耳机里清脆的咯咯笑声，我都差点以为自己听错，昊天怎么会突然笑了起来。

"希望我家老头子真的能够被你说动吧，刚好我也可以跟进去看一看诺亚的服务器了，这样我也不亏了。"昊天的声音有些得意。

"你——"我愣了半天。

"这句话是站在私人的角度跟你说的，工作私事要分开，你不懂吗？"昊天彻底打败我了，"我现在就去和将军汇报了，你等我的通知吧，不用急，其实我比你更加着急呢。"

"嗯，我等你的消息。"我笑着挂断了电话，然后开始期盼无法预知的未来。

登陆

等待是焦急的，这点其实根本不需要叙述，我一边担心昊天口中的将军是否会否定我的这个要求，一方面又在担心乔帮会不会已经从那个基地里大杀四方地逃出来了。

台风已经过境，逐渐离这座繁华的城市远去，而雨点也不再肆虐，打在车窗玻璃上已经没有了那种啪嗒啪嗒的声响。风欲静，雨欲止，声已绝，只是我还没有看到我身处的世界的曙光。

我在城市里转了小半圈，在路边找到了一家还在营业的咖啡馆，停好车，坐进去，点了一杯能够温暖自己冰凉身体的热巧克力咖啡。手机被我掏出来摆在桌上，每喝一口我都会忍不住对着黑暗的屏幕瞟上一眼，我在等昊天给我的结果。

窗外逐渐有了些许行人，雨一旦变小，那些蜷缩在家中的居民就再次开始在这个熟悉的城市里活动，我静静地坐在靠窗的座位边，打量着来来往往行色匆匆的他们，他们一定不知道现在这个世界正在经历怎样的变革，又或许对他们来说，我们这些人能够做出的影响只是卑微的，不足以让他们担心。

只是这一场蝴蝶风暴，无论如何都只会越演越烈直到极限才会停息，我希望我最后看到的是我想要的结果，无论是为了什么。

我尽量让自己保持一个平稳的心境，就好像我现在根本就不是处在什么宇宙立方的案件当中。我只是一个什么都不知道的小作家，写着自己小小的文字，养活着自己和自己最心爱的人。如果抱着这样的态度来注视这个城市，我觉得似乎连道上的行人都变得有些和蔼可亲了，世界原本就因为平凡而美好，从来都不会因为那个偶然的刺激而改变了整个生活的节奏。

只是这样的安心并不能持续太久，因为我手机的屏幕已经缓缓地亮了起来，铃声穿透耳膜，响起在我的脑海里，我却在此刻有些犹豫，到底要不要接起这个电话。

THE CREATOR

一边的一位顾客看着我的样子有些古怪，他是在我之前就来到这家咖啡店的，坐在我的斜前方，一直摆弄着他的白色笔记本电脑。我这一个多小时的状态被他尽收眼底，他一定知道我在等一个电话，一个很重要的电话，只是此刻当我的手机真正响起，我却有些迟疑了。他听见这边的铃声望了我两眼，见到我似乎没有接起的意思，小声地提醒了我一句："喂，你的电话。"

我这才如梦初醒，连忙抓起电话按下了接听键。

"邓龙。"电话那边刻意压抑了情绪，我没有听出来昊天到底想要传达给我一种怎样的情绪。

"嗯？"

"你真的是一个很神奇的人。"他的话似乎有了一丝良好的转机，让我心中略微一喜。

"我家老头子竟然同意了你的要求，虽然有些文字游戏的意思，不过的确确算是答应了你提出的条件，就看你是不是要接受了。"

"说来听听吧。"我心中暗喜，却不停地在思考他所谓的文字游戏到底是什么意思。

"想要看到服务器的真机是不可能的，而且那东西在军事重地的西北区，你一时半会也赶不过去，所以 H 将军给你提出了另外一种能达到你要求的方式，你可以从网上登录诺亚控制中心的服务器。"昊天的声音很是兴奋。

"网上登录，什么意思？我又能做些什么？"与我的计划有了一丁点的偏差，不过没关系，只要我最后的目的能够达到就算是成功了。

"我会给你发过来一条网址，你找到一台能够接上互联网的电脑就可以，配合我给你的密令和网址，你将会直接登录到诺亚控制中心服务器的管理页面，但是同样，我说过了，我们不可能给你更改数据的权利，所以你能够做的仅仅只是使用诺亚的查询功能，而且查询也是会有限制的，你只有五分钟的时间，查询信息的次数上限为三次。大概的内容就是这样了，我说过，我只是负责转达上面的意思，具体要不要接受，就是你的问题了。"

查询！这的确是我现在最需要的，只要能够登录诺亚的服务器，找到乔帮的信息，夏娃果再送出去我就不会觉得有多心疼了，可是要如何才能让 SPIN 不要注意到乔帮现在的异常状态，这才是我现在需要做的。我一共拥有三次查询的机会，只用留出一次，剩下的两次我需要去迷惑 SPIN 的那些人。

只是现在的情况已经容不得我想更多了，我必须马上答应下来这个条件，然后再想办法得到乔帮目前的位置。

"已经足够了。"我掏出口袋里的夏娃果，最后看了一眼这颗靓丽的小石头，对着电话里缓缓说道，"我接受你们的要求。"

"那你现在随便找到一台电脑就可以，其余的事情你不必担心，保密工作由我们来负责。"

我四下望了望，目光定格在了刚刚提醒我接电话的那个男人身上，他一直用电脑摆弄着什么，此刻刚好需要电脑，他立即成了我第一个目标。

男人其实一直在关注我的行为，大概他也觉得我的行为不太像一个正常人。一个人雨天里跑到咖啡馆来喝咖啡等电话，这件原本普通的事情不知怎么到了我身上就变得有些不太普通了。

"你，要借电脑？"男人见到我一直盯着他的电脑看个不停，脸色有些惨白，这种表情看得我有些想笑，好像我要对他的电脑图谋不轨的样子。

"嗯，公司的财务有些急事。"我随随便便扯了一个谎。

"哦，哦，哦！"他似乎理解了的样子，虽然我完全不知道他是怎么理解的。

"你拿去用吧，我不会过来看的。"末尾他还特意加上了一句。

我笑笑，慢慢接过他的电脑，A 牌的，我用着还有些不大顺手，系统跟我平时用的不太一样，只是此刻却不得不将就一下了。

"你说网址吧，我已经拿到电脑了。"

"这么快，你这行动效率放在 SPIN 还真是不错，有兴趣来帮我忙没？"电话那边感叹了一下，又开始瞎扯了。

"没兴趣，你死心吧。"我直接给了他答案。

"好吧，我要报网址了，你不要输错了。"昊天缓慢地将网址报了出来，我一个一个在浏览器地址栏敲好，回车打开，发现只是一家普通的门户网站。

"这算什么？"我看得呆了一下，"做这个虚假网页的是你们哪位愤青同学？"

"别问我,我又不负责这个东西,继续,你往下拉屏,翻到倒数第三行的新闻,念出来。"昊天继续说道。

"陕西发现外星人遗址,进一步调查仍在继续。"我点了进去,又觉得有些不对,立马反应过来,"这个新闻,是真的吧?"

昊天在那边笑道:"你觉得呢,我负责的。"

"那跟最近的这些事情有联系没?"我觉得我有些过分敏感了。

"你觉得有就有喽。"这次昊天没有直接回答我的话,给了我一个模棱两可的答案。

"哦。"我没有多问,却开始思考这些事情之间的联系,如果的确是有联系的话——

"那个,你手里有多少空账啊?"一直在一边沉默不语的男人突然问道,看他的样子倒是十分想看一眼我的屏幕,不过好在他还算有控制力,没有探过头来看我这边的内容。

"嗯?"我抬起头看他,他却在此刻不好意思的笑道:"哈哈,不好意思啦,我就是随便问问,大家都是同行,我们都懂的啦。我也有过你这样的情况,没关系,想个办法总能把空账补完的。"他似乎完全误解了我现在的行为,但我也懒得去解释什么,只是顺着他的意思点了点头,含糊地糊弄过去。

"你那边是什么声音?"昊天似乎听到这边的动静,问道。

"放心啦,这些东西我不会让别人看到的。"又抬头看了一眼那位男人,我嘴角露出一个微笑,"只是一个生活在普通世界里的普通人。"

"你什么时候这么有觉悟了,自己都不再是普通人了?"

"从什么时候开始呢?"我眯着眼睛想了想,"两年前吧,大概。"

"在验证码框内输入我给你的密令吧,然后你就正式接入诺亚的服务器管理处了,那时你的行为我们是看不到的,也不会留下任何痕迹,这是诺亚的保密机制决定的,我们也没有权利更改,所以你放心地查询你想要的东西就是。顺便说下,这条消息是我私人送给你的,上面可没有让我交代得这么清楚。"

"有时候,你也不怎么讨厌嘛。"我笑了一声。

"什么?"那边好像没有听清我的这句话。

造物者 III ｜ Vol.1 双生黑白

"没什么，没什么！"我自知失言，忙打起了哈哈。

"好了，现在你有五分钟的时间，这期间我将不再和你交谈，你自行处理吧。"那边说完这最后一句话就陷入了寂静，我也小心地敲下了回车键。

页面突然变化，变成了一个简洁的搜索引擎界面，只是这个看起来不起眼的搜索引擎却是能够找到很多根本不适合拿出来放在台面上的东西，我需要从这里面得到我想要的信息。

第一个查询的人我决定是冷月。

我首先需要知道这个页面是不是真是昊天说的诺亚服务器，如果他们只是想用一个虚假的网页从我这里获得信息的话，这第一个名字就会让他们的计划暴露。

只不过 SPIN 似乎也没有拿这样重大的事件来开玩笑的心情，冷月的资料和状态一瞬间就弹了出来。

都说女人的年龄是个秘密，只是此刻对于已经看到了确切数据的我来说，这个数字已经不再是秘密。我偷偷地在心里算了一下，这个喜欢自称姐姐的女人今年二十七岁，比我刚好大了两岁，倒是没有枉费她自称了那么多声姐姐。

资料我其实大部分都已经知晓，因为当初她进入 SPIN 视线的那个案子就是由我负责的，所以这些东西都没什么看头，我只是需要验证诺亚的定位是否真像 K 先生说的那般准确。

定位的显示则是一连串乱码，我需要将这些乱码复制到搜索引擎里的另外一个地图模块才能够看到冷月现在的位置。结果出来的时候，我悄悄地松了一口气，地图上显示的结果完全正确，冷月现在还在酒店里 K 先生的房间里休息，看来这个查询系统没有什么问题了。

然后就是乔帮了。

乔帮的资料处几乎为空白，只是对于他的能力有一些简单的形容，没有人知道他到底是怎么从几万米深的海底来到大陆上的，也没有人能够说得出乔帮到底因为他的形态具有多少种变化能力，甚至没有人能够肯定植入乔帮体内的诺亚能不能很好地遏制住乔帮的行为，他们在乔帮的资料最后注明了一点：极度危险。

只是我知道乔帮永远不可能做出他们 SPIN 担心的那种行为，因为他的心性实

在是与小孩子无异，与同类接触太少让他的心智还有些欠缺，SPIN 的这种担心实在是多余的。

我怀揣着忐忑不安的心情将那串乱码复制到地图框里时，心情有些复杂，就算我真的找到了那些人潜伏的位置，我又该如何解决这次的争端？抢回宇宙立方，在 K 先生的帮助下还原整个世界？

我的路真的是一步一步走出来的。

页面被刷新，乔帮所在的地图也显示了出来，我愣愣地看着那个地址，心里有一种说不清的情绪在蔓延。

居然会是那里。

只是此刻细细思量一下，才发现我似乎的确遗漏了不少东西，那个地方就是其中之一，明明还有很多东西没有解开，我只是将它暂时放下了，此刻，在乔帮位置的提示下，我才明白，我需要再回去重新走一次。

我从那个地方里走出来过，而现在，我需要回去，把藏在里面的最后秘密，一点一点地挖掘出来！

二十七　关键

事情的进展比我想象得要快得多，仅仅用到了第二次机会我就看到了我想要的那个地址，而且，看到那个熟悉的地址的第一眼起，我就知道，我的目的达到了，那个地址十有八九就是正确的结果了。

只是这第三次的机会却不能浪费，我利用它玩了一个有趣的游戏，结果却令我有些诧异，因为我从没想到我的身边竟然轻易地充斥着一群我从未深入了解过的人。

我默默地关掉浏览器，最后确认了一下我的浏览痕迹。但是很奇怪，那些痕迹根本没有出现在电脑里，就好像我刚刚打开的那些页面全部是另外一个世界的产物一样，它们默默地出现，最后又默默地消失了。

SPIN 的技术果然神通广大，这样我也不必担心因为借用别人电脑而让这次的行动信息泄露出去的可能了。

"谢谢你的电脑，陈先生。"我冲着那个男人微微上扬嘴角，然后将返回到桌面菜单上的电脑推了过去，他点点头接过，但又突然习惯性地答应了一声。

"你认识我？"陈先生的手有些轻微的颤抖，他的瞳孔有些控制不住的张动，我看得出他似乎在担心着什么。

"别紧张，我只是一个过路人。"抛下这句话，我顺带替他结完账，然后走出了咖啡厅。

临出门前，我最后回头望了一眼仍然有些呆滞地看着我的陈先生，觉得这个世界有些奇妙，总能有些蹊跷到不行的事情让我碰上。

陈科，复原能力者。简单来说就是身体细胞的修复速度超过常人的很多倍，往往正常人需要一个星期才能养好的伤口，到他的身上只要几分钟就连疤都不会剩下了。这种体质出现的概率实在是少得可怜，而且也因为这种体质的特殊性让拥有这种体质的人容易做出一些常人不敢做出的举动。

SPIN 对他的关注并不多，因为他虽然特殊，但是相对那些拥有恐怖破坏力的人来说，他的这种能力只能算是小菜。

这是我在刚刚的最后一个查询机会里看到的，那些文字不停地闪动在我的脑海里，让我禁不住想着那个明明应该很特殊的人类和我刚刚看见的那个年轻男人间的联系。

那个查询系统提供了一个在我看来颇为有趣的查询方式，那就是查询距离自己最近的一位标记在诺亚档案中的人，而当我看到那个人的资料照片时，心里猛地惊了一下，因为这个人正是坐在我对面的那个男人，一个看起来很普通的城市生活者。

在我看来，他仅仅只是一个普通的小市民，有着自己的工作，忙碌着自己想要的生活，他的能力不会给他带来任何的影响，甚至让他有些抵触的心理阴影，所以在我刚刚突然提到他姓氏的时候才会有那样紧张的反应。

他不需要那些能力，他只想做一个普通的人类。

这个世界上，拥有跟他一样想法的非正常人类又有多少？我不知道，但我知道他们的确时刻都在被体内的那颗炸弹威胁着，诺亚计划虽然有它自己的道理，却是

让无数无辜的人背负了本来不该属于他的命运。

我却只能在这里唏嘘感叹一番，然后面对我接下来要进行的步骤。

"好了，我们已经提供了你要的服务，现在轮到你兑现你的交易了。"电话一直没有挂断，在我提着电话走出咖啡厅的时候终于又发出了声音。

"嗯，我也知道跟你们耍小心机多半是没有好结果的，说吧，怎么把这颗小东西交给你们。"我掂了掂手里的小石头，环顾了一下四周。

"你的左手边，往前一百米，有一家精品店，你把它交给那个店主就可以了，她是我们的人。"

我无奈地叹了口气："你又找到我的位置了。"

"嗯，这很容易。"那边似乎有些得意，我却感觉有些被他打败了。

一百米，精品店。我在下一个街道口看见了昊天提到的那个精品店，我走进去，打量了一下这个小巧而充实的店，店主是一个年轻女人，正盯着收银台内的电脑屏幕看得眼睛都不眨一下。

我听得见电脑音响里传来的对白声，似乎是某部最近大火的都市偶像剧，这个女人似乎已经完全沉浸在了电视的剧情里，对我的进入似乎完全没有注意到。

我索性也不去打扰，简单地打量了一下这家精品店，里面全是一些精致小巧的小东西，大部分都是可以拿来做礼物的，只是上面标出的价格让我有些暗自咋舌，一件迷你八音盒竟然比普通人一个月的工资还要高，也不知道这家店的东西到底是从哪儿弄来的，商品这么贵店也能开下去。

不过也许这家店根本就不卖东西，昊天不是说过了吗，这是SPIN的店，多少也只是为了给平常的行动打个掩护，真正的目的倒不是为了赚钱了，也难怪这位女店主一点也不担心生意，只关注着自己的电视剧。

"咳咳。"我咳嗽了一声，想引起她的注意，只可惜电视剧那缠绵离奇的剧情似乎让她完全陷入了自己的世界，她仍旧盯着电脑的屏幕，不时往嘴里塞上一口零食，一点儿也没有注意到我的存在。

我有些汗颜，也不知道若让昊天知道这个女人竟然如此怠慢工作又会是怎样的反应了。

"那个——"我终于忍不住出声打断了,"我是——"话还没说完,我却已经被吓得说不出话来,只见那位坐在收银台后的姑娘突然愤怒地转过头来望着我,那嘴巴嘟得快要朝天了,看样子似乎对我打断她享受电视剧的做法很是不满。

"明码标价,不还价,自己看上哪个拿哪个,过来结账划卡就行。"姑娘显然仍然不知道我是来递交东西的,以为我是一位喜欢多管多问却又不买的顾客,此刻竟然瞬间说出了自己店里的购买顺序,不再搭理我了。

我僵在原地不知如何是好,连再开一次口的想法都不敢再有了。如果再打断她一次,恐怕她会直接从收银台里跳出来打我一顿了。

我看了看手里的夏娃果,哭笑不得,大家一直都在争抢的东西,为什么此刻到了我的手里,竟然成了一颗烫手的山芋,想送都送不出去了?

眼前的这位姑娘实在是剽悍,这样的态度就算是真有了顾客恐怕也是会被直接气走,不知道她待在这家店里的目的是什么,难道就是为了搞破坏?

"××,你不要离开我!"狗血的电视剧剧情似乎发展到了高潮,我听见了里面男主角哭天抢地的大吼声,与此同时,那位姑娘的情绪也一下子崩溃了,小脸惨白,双眼通红,竟像是要哭出来的样子,这种情景又一次吓得我倒退三步,生怕她把自己哭出来的原因怪在我身上。

只可惜我想要看到的场景并没有出现,因为按照狗血的剧情发展,现在已经到了这一集结束的时候了,电视喜欢在最精彩的部分结束,片尾曲开始咿呀呀地乱唱,姑娘抹了抹眼睛,也终于从座位上站起来了。

我见有机可乘,连忙一把递过手里的夏娃果:"这是你们昊组长让我交给你转交的,你保管好了,我先走了。"说完立刻转身就走,整个动作一气呵成,连贯无比,我却是再也不敢在店里多待一秒,生怕沾上什么不必要的麻烦。

"等等。"姑娘还想说什么,我却没敢回头,一口气跑出了小店,上了冷月的汽车,打开导航栏,设置了一下我的目的地。那个地方我只去过一次,而且几乎是逃出来的,此刻早就忘记了出来时的路线,只能依靠冷月汽车里的导航了。

只是在去之前,还有点线索需要找 K 先生确认一下,我决定给他打一个电话。

电话接通,K 先生先问了一句:"你去找过 SPIN 了?"

"嗯，我还是要靠他们的方式获得乔帮的位置。"

"所以，现在你要去找乔帮？"K先生的语气有些担心。

"嗯，我觉得我似乎已经有些接近真相了，所有的线索都在把我往那个地方引，只是我没有注意到罢了。也请您帮我调查一下那个地方的线索，我需要知道那家医院到底是什么时候建成的。"我缓缓地报出了那个地址，正是之前黄兴住过的那家看护病院。

诺亚控制中心给出的乔帮的位置，正是这家医院。

黄兴死在了这家医院，之后我也进去过这家医院，得到了很多奇怪的线索，只是这些线索还来不及仔细推敲，我就跟着那个假冒的吕布韦逃了出来。现在看来，那个假冒的吕布韦更像是想要将我引出那家医院，不想让我发现那家医院埋藏的真正秘密。

让我真正肯定这个想法的正是乔帮现在的位置。很不凑巧，乔帮的定位也出现在了那里，这让我有些诧异，却又感觉是在情理之中，其实所有的一切并不复杂，只是因为忽略了太多关键的东西，让散乱的碎片没法相互联系起来。

而现在，我也终于找到了联系这些事件的关键点，就是那家神秘莫测的医院。所有的秘密，恐怕都埋藏在它的阴暗里。

我想到了黄兴诡异的死亡现场，想到了医院里那个神秘出现的小女孩雪儿，想到了我在那里看到的幻境一般的东西，又想到了冒牌吕布韦突然出现的理由，而现在，乔帮也去了那里，该是让所有潜藏在黑暗中的秘密重见天日的时候了！

"请您帮我调查一下，那个医院建成的时间、缘由，还有负责人是谁，我需要知道它的所有线索。"我眯着眼睛稍微考虑了一下。

"或许这些天来发生的事件不过是多年前早就有过的预谋，只是宇宙立方成为了这些事件发生的引子罢了，有一个人，有一个从来没有出现在我面前的人，他在操控着这一切的秩序。"我看了看手表上的时间，对着电话那头的K先生缓缓说道，"而现在，我需要去见他一面。"

二十八
假设

易有太极，是生两仪。

黑白交织，二爻相加。

我们所处的世界只是这个宇宙的一种可能，更多的变化却是我们根本无法看到预料的东西。

从天机阁里的心阵牵扯出的宇宙立方，到另外一个被我们称之为暗世界的对立宇宙，最后到有人暗中想要改变整个世界的计划，所有线索全部集中到了那个我一开始就不甚了解的医院里，而此刻，我需要独自一个人走进去。

我曾经被人送进去过，得到了一点点线索后就被那个冒牌的吕布韦骗了出来，没有拿到更多线索，现在再走一趟那所谓的龙潭虎穴，总觉得有些命运安排的意思。

车窗周围的景物在不断变换着，我却有些心不在焉，只是机械般地驾驶着汽车按照导航给出的方向前进。

我叫邓龙，我只是一名小小的作家，为何总是能够卷入到这种类似于改变整个世界的事件里，我到底是为什么要做这一切？

我不是吕布韦这种 SPIN 人员，我没有任务在身；我也不是 K 先生这种想要帮助所有被威胁着的新人类的领袖，我没有义务去做；可是为什么我依然跟着所有我能够找到的线索一直追到了最后？

如果发生的这一切全部在世界的另一端，跟我的家人、朋友毫无关系，哪怕那些人真的将这个世界折腾到天翻地覆，我还会参与到这些事情当中来吗？

只是这个世界没有如果，没有不可能，或许这就是所谓的命中注定，我始终摆脱不了它的桎梏，只能按照它预定的轨迹缓缓地发展下去，这是一种面对历史长河和自己的未来有些无力的讨厌感觉，我也终于明白为什么有人想要打破这种一成不变的束缚，想要看一看自己都不确定是否存在的神的世界。

他们只是在反抗自己既定的命运，只是这手段有些太过挣扎。

说起来，他们的想法倒是跟已经死去的黄兴有些相像，明明对一切都看不惯，明明想要完全按照自己的心意去做所有的事情，可是总被一大堆条条框框所限制，搞得自己内心都麻木混乱了。

其实吕布韦也有这样的烦恼，我记得他在那个洞穴里对我说过的那些话，虽然之后他没有再提，但我还是清楚地记得他说过的每一句话。那是他平时从来不曾让我见到的软弱，他也不喜欢那种不能让所有人知晓的特工般的生活，只是他别无选择，他已经适应了那一切。

如果这个世界真的改变了，是不是有很多人能够开心起来？

如果命运真的可以被掌握，那对人类来说算不算进化？

只是我又想起了 K 先生说到的一句话："那是一个太过危险的玩具，人类现在还不适合拥有这样的玩意儿。"

的确，就像 K 先生说的那样，现在的生活虽然的确有很多不如意的地方，但是相比起那些不稳定因素，我相信还是有更多人愿意将自己这还算平静的生活好好地继续下去，因为有更多的幸福就潜藏在生活中的这些点点滴滴里。

汽车轻微地震动了一下，我听到有什么东西滚到车轮底下被碾碎的声音，这让我从自己的小世界中清醒了过来，想停下车看看是不是轧到了什么，再一抬头却发现那家医院已经出现在了我的视野尽头。那灰白色的建筑此刻显得格外扎眼。

这是我第一次好好打量这栋建筑，天空中的雨滴已经小到快要微不可见，我没有撑伞，站在汽车旁，静静地看着略显空旷的医院大门。

医院仿佛被一瞬间搬空了，连人影都没有留下，我在门口伫立了许久，却发现连看门的门卫都没有好好地在门卫室里待着。整个医院安静无比，仿佛一座被隔绝孤立的死城。

几天以前，我才从这里面走出来，为何短短两天的时间，变化却如此之大？我咬了咬牙，一只手抓上了潮湿的大门，一只脚已经跨在了门上的栏杆上。我的身手自从那次被黄兴从栏杆上推下来后似乎有了很大的进步，在这潮湿的天气居然没有任何别扭的感觉就翻过了这近乎两米多高的大门，简直有些不可思议。

从大门上落下，刚好踩在了地上的一处水坑里，发出"啪叽"的击水声，与此同时几点水花飞溅，落在不远处一个人的脚边。

我皱了皱眉头，透过地上的水渍看清了那个人藏在兜帽里的容颜。

"吕布韦。"我还在惊奇他是如何突然出现的，不过可以肯定的是我的行动显然已经被对方发现了，这里毕竟是他们的领地。

"你来了。"他的语气有些冰冷，但还是那样的熟悉。即使他变化再多，可他依旧是吕布韦，这一点我无法否认。对别人来说，他是吕布韦；可对我来说，他不是。

"你似乎对我的到来一点都不惊奇？又有哪个神棍预测到了我今天会来吗？"我努力使自己面带微笑，不让自己的肌肉过分僵硬。

"因为你也是这个故事里的主人公，怎么能够缺少了你的存在呢。"吕布韦似笑非笑，那种感觉不像是他平常的那个性格，倒像是另外一个已经不在这个世界的人。

"走吧，我带你去见一见真相。"他突然开口，透露出来的信息却是让我倍感诧异，他什么时候有这样直爽的风格了？

印象中的吕布韦一直是副能不让我知道就不让我知道的死样，收到他的正式邀请，这种事情还真是第一次，真是诡异。

我跟吕布韦并肩走向阴暗的医院内部，踏过一条无人的小径。小径两边种着不知名的白色小花，我觉得有些眼熟。

"你们还真是下了一番心血呢。"我不知道这个吕布韦能不能够听懂我说的话，但我还是照着他知晓一切答案的假设发问了。

"嗯，他很早就开始计划了。"吕布韦的回答让我心中稍微浮起了一层涟漪，一种很早之前就想到的可能性又一次划过了我的脑海。

最好，最好不要是那个结果啊。我默默地叹了口气。

"原因呢，你们真的那么想要看一看外面的世界？"一股淡淡的花香从四周飘来，我再也忍不住，从地上轻轻地摘下一朵白色的小花，放在鼻尖闻了闻。

"外面的世界真的那么重要吗？邓龙，你是写小说的，你说照这样的剧情发展下去，最后的原因应该是什么？"吕布韦没有回答我的问题，相反竟然又抛给了我两个问题，他想让我替他回答。

"按照通俗小说发展的套路？"我歪着头想了想，"你想听最狗血的结果？那就是为爱发狂了，人类逃脱不了的总是自己的感情吧。你想说那个人也会因为一个女人而想要改变世界？"

"哈哈。"吕布韦突然笑出声来，"没错，这的确是个有些狗血的结局，但却是亘古不变的好结局。它适用于任何看起来很坏的坏蛋。"

"那你呢，你又不是他控制的木偶，为何也要帮他把这件事情完成下去？"我偏过头盯着吕布韦的眼睛，想得到他的想法。

"我是一个人，所以自然不会是他的木偶。"吕布韦顿了顿，"可是我却成了别人的木偶，你能感觉得到吗，邓龙？"吕布韦扶了扶眼镜，我竟然从他的眼睛里看到了茫然和害怕。他的手开始轻微地颤抖，整个人显出一种不自然的状态。

他在担心什么，一样很可怕的东西。

只是到底有什么，能够让吕布韦这个久经沙场的家伙也害怕成这样？

"你是说，SPIN 的那些家伙？"我觉得有些奇怪，就算吕布韦再讨厌 SPIN，也不至于对 SPIN 产生如此大的恐惧感吧，他为什么现在突然如此害怕 SPIN 的人了？

"不是他们，他们又能算得上什么。我说的是一个我们可能永远都见不到的家伙。他要比 SPIN 的那些家伙可怕一千倍一万倍都不止。"吕布韦低头喘了口气，"邓龙，你有没有想过，自己只是一只被操纵的木偶，照着别人给你设定下的轨迹生活着？"

我有些不太明白吕布韦的意思，他到底在说什么："除了最近这几天的事情以外，我倒是没有太多被操纵的感觉，你在说谁呢？"

"你还不明白自己的可悲吗？"吕布韦转过身，打了个响指，"在我们右边二十米的地方，站着一个可以操控你行为的木偶师，他现在已经把引线绑在你的身上了。"

话音刚落，我就听见右边传来一个阴沉而又尖锐的男人声音："讨厌，为什么要把人家的位置说出来，我最讨厌暴露在阳光下了。"

我心中一凉，默念一句不好。

"他可以操控你的任何动作，让你往左走，你就不能往右，让你往前，你就不能往后。"伴随着他声音的响起，我的身体瞬间就开始不受自己的控制，往前机械般地跳动了几步。我知道这些恐怕都是那个阴阳怪气的男人使的坏，但就是不知道他是什么时候把线缠在我身上的。

"告诉我，你害怕这样的人吗？"吕布韦又打了个响指，那个男人对我的控制立马消失了，只留下刚刚剧烈运动了一番的我蹲在地上喘个不停。

"我——"还没等我说话，吕布韦却是示意我安静，他自己接着说了下去："但这只是最低级的操控，他只能够控制你的动作，控制不了你的行为，控制不了你的想法。如果有一个人，他早就替我们这个世界设定好了一切，我们所有的行为，说出的话，乃至私下里的想法都是这个人设定的，你会害怕这个人吗？"

我稍微有些明白了他的意思，他说的不就是被操控的命运吗？但是这个命运在他的眼里似乎有了另外一层额外的含义："你是说，我们的故事就好比只是一本小说？我们只是小说里的人物？"

"你的这个比喻很合适呢，如果我们都只是一本小说里的人物，那么我们未来的结果是不是早就已经注定好了，就好像你写过的那些小说一样，主人公的命运从一开始已经设定好了，他经历的那些奇妙冒险不过是你给他设计好的轨迹罢了！"吕布韦说着渐渐激动起来，我听见一边的那个木偶师不以为然的低哼声，他大概一辈子都没有办法理解我跟吕布韦现在交谈的话，这一点注定了他只是一枚小棋子。

不对，如果从因果论的角度来说，到底是因为他理解不了我们谈话的深层含义，所以他是一个不起眼的小角色，还是因为他注定是一个小角色，所以那个造物主不让他理解我们今天所说的话？

"你是说，某种意义上来说，一本书也可以是一个宇宙，而这个宇宙之外的神，就是这本书的作者，因为他掌控着这个宇宙内所有人的生死，控制着整个宇宙里面人物的喜怒哀乐和他们说的每一句话，发表的每一个想法？"

"没错，"吕布韦的表情有些绝望，"我现在越来越怀疑我是在一本书里，一部电影里，那个我连面都没有见过的神随意地操控着我的命运，所以我想要去见他，我想要脱离这个宇宙，我想要拿到自己的命运。只是——"

"说不定，连你现在想要离开这宇宙的想法也是他编织的命运，对吗？"我又一次想到了之前在郑青芸的那个案子里碰到的制造生命的家伙。

吕布韦曾经说过，宇宙立方的技术只有凭空制造灵能够与之相提并论，而这些科研工作者觉得神奇无比的东西，对于那个所谓的宇宙之外的神来说，其实只需要随手一笔就够了。

我想到了很久以前对吕布韦说过的那句话,看来真的对他造成了很大的影响。

"面对这种东西,我真的只感觉到了无力,连反抗的想法都不敢有了。"吕布韦自己说了出来。

二十九
地下世界

吕布韦的想法有些杞人忧天,虽然有道理,但却是没有意义的。

如果我们真的只是一本书里的主人公,但是我们仍然是单纯地活在自己的世界里,就算那个所谓的编织我们命运的神真的存在,我们也会照着自己的生活轨迹一直走下去。

我理解吕布韦的感受,但是却无法像他那样想要看一看那个宇宙之外的存在,我只是想过好现在这种安稳的生活,对我来说,这些就够了。

哪怕生活真是一出电影,我也想把它演得淋漓尽致。

"他在等你。"吕布韦没有继续说下去,我们已经进入了那栋曾经让我觉得心寒的建筑里,他却没有继续带我往楼梯上走去,而是示意我稍微等一下。

我趁机瞟了一眼各个房间,好像都已经被清空了,没有看见其他人的存在,连在门口防止病人逃跑的门卫都不在了。

吕布韦用手捂住墙壁上一处光感灯的感应器,然后敲了敲那块白色的小东西,昏暗的楼道立刻被顶上的照明灯照亮了,我静静地看着他的举动,知道这栋医院的确不像我想象中的这么简单。

吕布韦低下头,匍匐在地上,似乎在寻找着什么,我却一眼看见了在灯光照射下突现在墙面上的三个特殊的黑点。吕布韦显然也在找这个东西,他把手指伸了进去,点了一次。一阵滴滴的混乱电子音顿时响了起来,我连忙往后退了两步,怕发生什么变故,但是吕布韦镇定无比,似乎对即将发生的事情早就知晓了个清楚。

地面以一种夸张的速度张开,原本挡在地面上的地板被突然旋转收缩,露出了一片黑漆漆的圆形地道。而吕布韦此刻站着的位置，正好是圆形的中心，所以他才没有顺着地道滚下去。

我目瞪口呆，不仅仅是因为这条地道的神奇，更是因为我曾经在某个地方看到过类似的东西。

就在之前外星植物案件里那个银白色的宇宙飞船里，我看到过几乎相同的东西。一个螺旋形的阶状楼梯。记忆在此刻瞬间回到了那时，那光华渲染的阶梯恐怕我一辈子都难以忘记。

"走吧，我就不陪你下去了。"吕布韦站起身来，往门外走去，"你会在里面得到你想要看到的东西，只是那些到底是不是跟你希望的一样，等你出来的时候再告诉我吧。"

我看了看他离去的背影，又打量了半天有些昏暗的地道，下意识地拍了拍手。可是却没有反应。

我似乎有些沮丧，轻轻地迈下了第一步。

"咔嚓。"我似乎听到了什么细微的声音，与此同时通道被灯光从上到下逐渐照亮，我感觉时光仿佛不知不觉回到了之前的那个时间，我正在重复我曾经做过的事情，只是那个时候我的身边跟着一个男人，而现在，那个男人却已经不在了。

我慢慢地顺着楼梯旋转走下，眼睛死死地盯着下一秒的角落，我有一种感觉，我会在这里碰到一个人，一个我很熟悉的人。

而此刻，下面的世界也随着我的进入逐渐展现在了我的眼前，我抬眼看了看旁边一个房间上的门牌号码。

1003。跟楼上那个对应的房间一模一样，只是在这四个数字的前面，多了一道刺眼的符号。

"-1003"，地下一层吗？

我顺着楼梯继续往下，越来越多的楼层出现在我的面前，跟地上的医院形成了鲜明的反照，我甚至有种感觉，这底下的建筑，是完完全全仿照楼上的房间对称设计的。

在二楼的楼道里，我也终于见到了一对穿着白色长衣的男女，他们斜靠在房门口交谈着，脸上带着微笑，似乎在谈论什么开心的事情。

我的出现好像并没有对他们造成太多的打扰，男人只是稍微看了我一眼，又重新把目光转移到了那个女人身上。

"你的妹妹一定会回来的。"我听见女人轻轻地说了一句。

我的目光只在他们身上停留了几秒，然后继续往下前进。

地下三楼的楼道突然凭空多出了一道电子门，我无法打开它，只能透过透明的玻璃门看到里面的情况。只是这一层的房间似乎全部都大门紧闭，没有任何人出来走动。

我稍微等了一会，没有发现什么奇怪的地方，正要离开，却听见"叮当"一声脆响，那竟然是我熟悉的电梯声。

我把目光移到另一边的电梯，就看见里面走出两个带着面罩的白大褂，看起来竟像是医生模样的人。两人的身后还有一人，正推着一辆白色的担架，担架上躺着一个女孩，眼睛紧闭，昏迷不醒。

我默默地让开步子，给他们腾出位置，三人簇拥着担架走向电子门，为首的一人掏出电子卡，滴答，大门打开，几人鱼贯而入，随后行色匆匆地消失在了我的视线当中。

刚刚的那个女孩——我的心中此刻有着千万般的疑惑，却无法用语言形容出来。这里的一切看似井井有条，但他们一定在计划着什么，可是从表面我却根本看不出任何异样，这里就跟所有正常的医院一样，医生照顾着病人，没有任何不妥。

但如果真的是这样，为何又要和地上的光明隔绝开来，成为一个孤立的地下世界？

这个地下世界的所有人似乎都没有对我的出现感到惊奇，他们对我仿佛视而不见，我也没有过多打扰他们原本维持的状态，只是我需要知道，他们到底在这所有人都不知道的地下，做着什么不能让人知道的隐秘事情？

想要知道答案，恐怕只能继续往下了。

只是越是往下，我的眉头皱得越紧，越往下，受到的限制就越多了。地下二楼似乎是一个非常自由的区域，但是三楼就已经出现了电子门这样的防护措施，而四楼往下更是出现了厚厚的钢铁大门，似乎想要阻止什么东西从里面逃出来一样。

越往下，这个地方就越来越像一座监狱，只是我没有看到任何狱警，或许这里也根本不需要人来监管。

终于走到了楼梯尽头，而我现在就站在五楼的楼道口。

五楼显然是最特殊的一层，因为这一层一共只有一个房间，一个房门。

显然是为某人准备的。

某个我早就应该见到的人。

棕色的大门散发着轻微的新鲜油漆的刺鼻味道，这里似乎才刚刚被装修不久，光线从地上的门缝中投射出来，告诉我，就在现在，这个房间里有个人在等我。他已经策划了一样事情很久很久，甚至不惜在这里建造了一个如此庞大的地下世界。而此刻，我来到了这里。

"你来了。"我听到了一个熟悉的声音从门内传来，这个声音让我的心稍微揪紧了。真相已经走近，我却连打开门的勇气都没有了。

虽然已经猜到了这结果，但是这却不是我想要接受的结局啊。

"嗯。"我轻轻地回答了一句，伸手缓缓地推开了虚掩着的木门。

"吱——呀——"木门仿佛沉重得可怕，保持着一个缓慢的速度被打开，带起一阵刺耳的杂音。我吸了一口凉气，迈开步子走了进去。

门的那边亮着一盏台灯，办公桌的后面，一张长长的靠背椅背对着我，一个男人坐在上面，轻轻地对我说了一句："其实，早就安排好了。你说对吗？"

转椅缓缓地转了过来，我看清了逆光出现的那个男人的脸。

瞳孔，微微地收缩了。

三十 遇见

我定定地看着眼前的这个男人，心情有些复杂，虽然之前心中早就有了隐隐的预感，但是当真相降临时，我却依旧有些难以面对。无论如何，我都不想要坐在那个转椅上的人，是他啊。

男人盯着我的眼睛看了半天，然后露出了一种好像有些失望的表情："本来还在期待你见到我以后惊奇的样子的，不过看来你还是跟以前一样聪明，邓龙。"

"是吗？"我转过身关好门，然后走到一边的沙发上缓缓地坐下来，双手撑开，躺在上面，"可是这些全部都是你的安排不是吗？包括我今天来到这里。"

"不不不，我只是给了你一个机会，是你自己过来的。"男人似乎对我说的话有些恼怒，"我一向都只为自己考虑，不会去管那些多余的人。你觉得我是故意让你找到这里来干扰我计划吗？"

"你的确有这样的理由，不是吗？"我望向了他的那张办公桌，搜寻着我觉得一定会存在的一样东西。

很小，很不起眼，却是这座地下世界成立的根本原因。

"呵呵。"男人轻轻地笑了，只是那笑有些不自然的感觉在里面，是被我说到了心虚的地方吗？

"你倒是可以说说看，如果答对了，说不定会有奖励的。"男人似乎注意到了我目光凝聚的地方，他的手轻轻地盖住了一样东西。

"需要遮掩吗，吕布韦不是已经告诉我了，因为我们都有着相似的经历，对吧？我和你，短发和那个女孩。"

"这个家伙似乎永远都在做拆台的坏事。"黄兴苦笑着抱怨了一句，"真不知道他到底是站在哪边的。"

"他只是跟你一样，喜欢站在自己认为对的那边。"我也笑了，因为黄兴的抱怨也是我觉得很有道理的地方。

"好了，这个问题的答案我先放下不说，先来告诉我，你到底是怎么怀疑到我的头上的吧。"黄兴的样子还是那样无赖，说话谈吐间都散发着一股小痞子的味道，如果他不一直保持那种严肃性格的话，我真的不敢相信他竟然是一名优秀的科研工作者。

"你居然会怀疑一个死人，真是太不够意思了，邓龙。"他率先抛出了问题。

"你是死人？"既然到了这里，就要把所有的事情弄清楚再说吧。

"没有任何人告诉我你死了，一切都只是猜测，仅仅只是因为那卷录像和地上的血液，这些东西只能够迷惑人，却根本什么都证明不了吧，只要花点心思，伪造现场和录像应该还是非常容易的，我相信你也不至于愚蠢到这种程度。说实话，接收到这些信息的时候，我第一个反应竟然是你借机逃离 SPIN 的控制了，那才是真正符合你性格的事情。"

黄兴眯了眯眼睛，似乎在考虑着什么："你好像很了解我的样子。"

"算不上，只不过是曾经一起差点送掉性命的人罢了。"我反讽道。

"哈哈哈。"黄兴小声地笑了起来，"是啊，想想看，那都是接近一年以前的事了。外星植物，我还记得当时我们差点困在那个洞里永远出不去了。"

"可是结局似乎总是美好的，我们还是活着出来了，只是你又逼着自己走进了一条死路。"我想从他的眼睛里看出一点他该有的情绪，可是他的眼神有些空，像是干涸了很久的荒漠一般。

"看来把你卷入这次的事情是一件非常不明智的行为，你的身上似乎一直都有种很神奇的魔力存在，总能够一次又一次化险为夷，按照吕布韦那个家伙的说法这应该叫什么东西来着？"

"想起来了，这应该是叫主角光环吧？"他冲我诡异地笑了笑，"所以不论你关心与否，你一定会参与到这件事情当中的，这也是你的命运，你喜欢你的这种命运吗？"

"算了，我们还是先不要谈论这个了。"不等我回答，黄兴继续问道，"还是接着讲一讲你的冒险历程吧。你怀疑我可能只是借故消失了，然后呢？"

"然后？然后托你的福，我也住进了这家医院，在 K 先生的帮助下，目的是为了调查清楚你消失的真相，在那里我的确找到了一些我想要的东西。"我看了一眼黄兴，他没有打断我的话，反而对我的调查过程很有兴趣的样子，"你的房间是在4027，我在你的房间门口看到了一个女人，一个戴着面具的女人。"

黄兴听到这里嘴角稍微上扬了下，似乎有些得意。

"那个女人是何梦舒，对吧？虽然不知道我看到的那些景象到底是怎么出现的，但是我知道那就是那天晚上曾经发生过的事情，你的被害只是一种伪装，从那个时候我就开始怀疑了。顺便问一句，我能够看到那些景象也是你安排的内容吧，怎么做到的？"

"Bingo。"他打了个响指,"你抓到了非常关键的一点,那天你看到的景象的确是我安排的,但是你无论如何都想象不到我到底是如何实现的。你应该有听说过了宇宙立方的能力了吧,其实那天我只是在你面前小小地展示了一下它的用途。"

我顿时明白过来,这个家伙好像利用了宇宙立方撕裂空间的能力,将过去的宇宙重现了。

"同样,我看到的这些也不是关键。"我继续说道,"我在房间的墙壁上找到了一样东西。我想,应该是属于你的。"我掏了掏口袋,把那个藏在里面已经很久没有见到阳光的小卡片拿了出来。

"一张扑克牌,这能够说明什么?"黄兴面色有些戏谑,他早就知道答案了。

"有小鬼自然会有大鬼,只是,那只大鬼却躲在了一块地方。你已经给了我暗示,但是帮助我找到这个暗示的人,却是住在你旁边房间的那个小女孩。"

"哦,你是说雪儿?"

"没错,其实当时我觉得有些奇怪,为什么一开始出现在二楼的小女孩又会突然间出现在四楼,这根本是不可能的事情,后来我稍微考虑了一下,得到了一个我自己都有些惊讶的答案——两个小女孩就是两个人,只不过,这一对小女孩似乎有些很特殊的地方。"

黄兴的眼睛微微发亮,我知道我的猜测已经接近了真相。

"她们的思想能够共生吗?我记得一开始我只是跟二楼的那个小女孩接触过,跟她交谈过几句,还被她记住了我的样子,如果四楼的那个小女孩真的是另外一个女孩的话,她是不可能见过我的,但是她偏偏认出我了,所以我有了这样的一个猜想,她们两人的思想应该是共生的。就像是一个灵魂却同时拥有两具躯体一样。我说的对吗,黄兴?"

"你越来越聪明了。"黄兴笑了笑,又点头道,"没错,看来你替 SPIN 打了这么多年的零工的确让你的眼界开阔了不少,小女孩的确是两个人,她们是一对孪生姐妹。一个住在你相邻的那个房间,还有一个住在我原来的房间旁边。她们一出生就有着让人难以置信的默契度,所做的事情,喜欢吃的食物,连挂在嘴边的话全部都一样,但是后来我发现了这两个小女孩的共生性,跟其中任何一个小女孩的交流都相当于给另外一个小女孩打过了招呼，这就是她们最特殊的地方。不过，这跟我有什么关系吗？我可没有什么孪生兄弟哦。"

"可是你跟他们有些相似的地方，她们是两个人有着一个相同的思想，你却是两种思想共用着同一具身体，就好像——"我顺着破口小心翼翼地撕开手里的扑克牌，那张略显诡异的小丑牌顿时被我拉扯出了一层透明的薄膜，而这层薄膜的背后，竟然隐藏着另外一幅小丑图。

一只彩色的小丑。红黑色的小丑服下，是小丑诡异的身躯，他紧握着两把带血的利刃，脸上露出难以理解的笑容，这已经是一张大鬼牌了。

"小鬼有了，大鬼当然不会消失。只是要将大小鬼同时装在一具身体里恐怕并不容易，我知道的人里，恐怕只有你能够做到了吧。你说对吗？"

黄兴的脸色猛然间变了，一股阴沉的气息浮上了他的面容，看来他体内的另外一个性格有些坐不住了。

"继续吧，我想听完。"换了性格的他却没有多说，反而让我把自己想说的一次说完。

"接下来，就是另外一个吕布韦的登场了吧。"我稍微整理了一下事情的发展，"他的出现本身就是一招败笔，只要稍微想想就能明白，他是如何突然出现在这栋封闭式的医院里的？答案当然只有一个，那就是他本身就待在这里。现在见到了你的地下世界了以后，我更加确信了这点。他被何梦舒换到了暗世界，取代他出现的是另一个世界的他，这些从另外的世界交换过来的人应该全部生活在这看不见阳光的地下，我看到地下的一楼和二楼似乎就是你们的居住区吧。"

"我当时的脑子也有些迷糊，当然也因为自己还不知道利用宇宙立方可与暗世界的自己进行交换，所以才会无条件相信了他，跟着他一起离开了这家医院。所幸的是后来我遇到了K先生，从他那里得到了关于宇宙立方的所有信息，所以你想要拿郑青芸作为我的突破口的行动也算是失败了。只不过你的后手很漂亮，连K先生也没有预料到居然还会潜伏着一位木偶师这样的人，所以被你们带走了安然和乔帮，不过拜他所赐，我才能找到你们现在的位置。"

我看了一眼面色铁青的黄兴，感觉他好像已经把情绪压抑到了极点。

"那个蠢货，总是做些这样不靠谱的事情。"黄兴缓缓地吐词道。

"你说的是外面的那位木偶师？"我的身子不由自主地抖了一下，那个阴阳怪气的男人留给我的印象实在不太好。

"如果，我说我说的蠢货就是我自己，你相信吗？"黄兴的眼睛死死地盯在我的身上，仿佛有一股无名的怒气要发泄出来。

而我，也因为他的这句话，陷入了短暂的呆滞之中，他这句话的意思是——

三十一 女孩

"你知道的东西很多，可是，还不够多。"黄兴说话的语气仿佛陡然间换了一个人，虽然早就知道他的两种性格差距颇大，但是猛然间看见这样的情景还是让我有些轻微的心寒。

"你真的觉得我是一个会笨到让你不停地抓住我的小辫子不放的人吗？"他从转椅上站了起来，有些傲然地看了我一眼，"如果不是他的操控，恐怕你真的连这里的路都找不到。"

"你这是什么意思？"我有一种不好的预感，总觉得黄兴身上似乎发生了什么我不知道的变化，他本该和谐相处的两种性格为何在此刻产生了不小的矛盾？至少在以前的接触中我从未看到过这样的情况，我也一直以为这两个性格虽然迥异，但仍然是同一个人，不会出现这种相互埋怨的情况的。

"你还不明白吗？"他用手指了指自己的脑袋，"这里，已经不再是一个人的世界了。"

"你是说，你跟另外一个性格分离了？"我好像有些理解了他说的话。

"谈不上分离，因为我们依然共存在同一具身体里，这也是目前我最大的隐患，那个家伙，总能找机会做出一些我不知道的事情。"他从抽屉里翻出一包烟，点燃，吸了一口。

"难怪，黄兴他以前可是不吸烟的。"我望着烟雾中的那个身影，缓缓说道。

"为什么,所有人都会觉得那个我才是真正的黄兴?"他听到了这句话,脸色一下子变得有些狰狞,我意识到我不经意间说出的一句话似乎刺激到了他。

"明明大家都是相同的人,为什么你们都会觉得只有那个好好先生才是你们能够接受的黄兴,为什么我这样的性格就不会被你们接受?他是黄兴,我也是黄兴,他没有比我多出一只手,多出一分钱,可是为什么所有的人都愿意接受他,为什么他总能够比我特殊?!"

我默然无语,不知道该如何回答他的问题。

"你们总认为自己的想法是正确的,可是你们有没有考虑过别人的想法?我知道你们那个所谓的光世界和暗世界的划分,可是为何你们要把自己的世界称之为光世界,将我们的世界称之为暗世界,而暗世界里的那些人,跟你们比到底有什么不同,竟然要被你们当成自己的心魔对待?心魔到底是什么,难道你们觉得正确的想法就一定是正确的吗?!"

我错愕地看着开始有些发狂的黄兴,一瞬间想清楚了更多的问题。

比如为什么他的体内会出现两个不一样的性格。按照吕布韦原来曾经介绍过的灵体系来说,这种现象其实就是一具身体内充斥着两个不一样的灵,也就是说,黄兴的身体内其实是有两个灵的存在。有些特殊的是,这两个灵其实都是他自己,一个是他在这个世界里的灵,还有一个,就是他在另外一个世界里的灵了。这里有一些说不通的地方,因为同一个时空,只能有一个黄兴同时存在,我不知道对于灵体系来说这条规律是否存在,但是黄兴的体内的确以一种特殊的方式同时存在着两个完全不同的灵。

对于他自己来说,这两种性格,无论哪一个都是他,但是对于我们来说,却更加容易接受那个有些无赖气息的小痞子,对于来自另外一个空间的黄兴来说,这或许是他很难接受的一点吧。

但是,从他的话里我也得到了一个以前从未考虑过的结论,他身体内的另外一个灵,居然来自正好相对的那个暗世界。想到这里,我也终于明白他为什么会想要颠覆整个世界的规律和秩序了,因为他其实一直都想摆正自己的位置吧。

光世界,暗世界,其实只是我们自己的称呼。或许对于另外一个世界的人来说,

他们的世界才是自己的光世界，而我们才是所谓的暗世界。

"抱歉，我们只是——"我不知道该怎么面对他的问题，此刻的他是孤独的，就好像身处光亮之中的影子一样，他只是一片影子，连自己的存在都感觉有些薄弱。

只是——

这样的理由并不足以让他变成今天的这个样子，他策划这些事件的时间不会太长，至少从这栋医院的新旧程度就能看得出来，医院外围洁白的墙壁告诉我这家医院建起的时间不会太长久，也就是说在之前一定是有什么变故产生，才会有了这些荒诞的计划。

他一定还有什么东西没有说出来。

有一个改变了黄兴原本生活轨迹的东西出现了，我需要从黄兴嘴里把那样东西找出来。

我从舒服的沙发上慢慢地站了起来，往黄兴那边慢慢地移动，目光重新汇集到了他一直用手压着的一样东西上。

"很精致的相框，不是吗？"其实这也完全都是我自己的猜测，因为我根本没有看清他压着的那样东西，只不过吕布韦说的东西已经足够让我猜到一些内情了。我都有些佩服自己，是怎么装出这种好像已经知晓了一切的淡定表情的。

"他一直很看重这个东西，但是对我来说，我却不觉得这样东西有多么重要。"我似乎猜对了答案，他的手慢慢地移开，我看见了一面被盖住的迷你相框，黄兴把相框慢慢地翻过来，我看见了跟这个小相框一样精致的女孩。

我注意到黄兴的行为似乎跟他嘴里的那般不在乎不太相符，他的眼神在接触到这个女孩的一瞬间开始变得柔和而又安静，没有了之前给我的那种压迫感，我知道那就是吕布韦嘴里的狗血剧情的开端了。

"她很平凡。"

"平凡得好像一场电影里的路人甲。"

"命运从来都不会在她的身上留下太多的印记。"

"你的身边也一定有很多这样的朋友吧。他们不出彩，没有特殊的地方，只是一个简单而又单纯的普通人。"

"或许这样的人生很好，也或许这样的人生很枯燥。"

"可是他们一直都是这么生活着。"

"只是作为另外的配角的我们，有时候也会不能避免的爱上这样可爱的路人甲。"

"她的死只是一场谁都没有想到的意外，车祸。我当时走在离她十米远的马路对面，手里握着冰凉的冰激凌，微笑着想要走过去拥抱她……"

"那是一场永远无法实现的诀别。"

"你没有了解过以前的黄兴，没有听说过他以前的故事。那么现在呢，你知道，为什么他会一次又一次地帮助你，给你留下那些可笑的线索了吗？我的主角。"

"同样，从另外一个方面来说，如果这个女孩不存在，另一个我也不会同意今天的计划，所以我只能说是有得有失了。你因为这个女孩的存在而受到另一个我的垂怜逐渐贴近了事实的真相，可是世界却也要因为这个女孩而狠狠地变革一场。"

"这就是这个女孩的故事，你还有什么想问的吗？"

黄兴抬起头，眼睛里的温柔一闪而过，视线离开了那张照片以后，他的情绪也迅速地恢复了过来，只是我还能清晰地看见，他眼角划过的泪痕。

三十二
耳语者再现

这个从黄兴嘴里说出的女孩我从未听说过，不过吕布韦作为他的同事似乎一直都知道这件事，所以他才会对黄兴的事情那么关心，只是作为反应有些迟钝的我来说，却是第一次听说黄兴的故事。

按照这个黄兴的说法，变革整个世界只不过是他自己的想法，而那个豁达乐观的黄兴显然不会在这件事情上花工夫，但这个女孩的存在让他改变了主意，并且最终同意了这个密谋妄图颠覆这两个世界的计划。

但是那个女孩明明已经死掉了，再怎么做也都是不可能再挽救回来了。况且听他的说法，那都是好几年以前的事情，为什么黄兴会突然把注意力转移到了这个事情的上面？

暗世界虽然与我们所处的世界对立，但是同样我们这个世界已经不存在那个女孩了，那么黄兴就没有办法将暗世界的那个女孩给调换过来，因为交换必须是等价的。而且这还是建立在那个世界里女孩还活着的前提条件下，如果那个世界的女孩也已经死去了，那么黄兴现在所做的一切全部都是没有意义的。

他不是一个笨蛋，为什么他还会同意这个疯狂的计划？

他难道真的决定打倒神，然后自己成为神复活那个女孩吗？

这绝对是痴人说梦，我觉得他自己都不会相信自己能够在某天拥有什么特殊的神力来复活一个已经死去多年的人，到底是因为什么，导致了他居然能够放手去拼？他，或者我眼前的这个黄兴，一定还有我不知道的底牌。

一个能够改变一个死去的人命运的底牌。

"我发现我说的似乎已经够多了，我一直不太喜欢过多透露我的计划，只是因为他的存在，做出了很多我自己都控制不了的事情。你既然来了，就不要走了，安安心心地等在这里，看看这个世界是怎么悄无声息变化的吧。"黄兴将手里的相框放入自己的办公桌抽屉内，然后转身准备离开，"我还有一个人要去见，就先走了，希望到时候你也会爱上这个原本不属于你的新世界。"

我没有搭理他，一直都在思考一个问题，到底是什么能够让那个黄兴答应了这次的计划，他自身有着丰富的科学知识，自然不会受到什么伪科学体系的欺骗，能够让他下定决心的自然是让他见到过的已知事实，他为了复活那个女孩，做出来的牺牲足以证明他对那张底牌的自信程度。我要知道他到底依靠了什么！

黄兴已经走到了房间门口，他的身子已经迈了出去，手正往回轻拉。他想要在整个事件结束以前将我关在这里，想要把唯一贴近真相的人的嘴巴堵上。如果我真的被这道门封闭在了世界之外，我自己都不敢确信当我再回到上面的世界时，世界是否还会是原来的模样。

"等一等。"我隐约想到了一些东西，虽然时间有些远了，但是那件事情却深深地印刻在我的脑海里，久久不可能忘掉，毕竟那是我见过的最恐怖的一次事件。

"什么？"黄兴转头问道，他脸上的表情似乎有些不耐烦，我知道，这个地下世界还有着太多的东西需要他去操心。

造物者Ⅲ｜Vol.1 双生黑白

"你现在，是要去见一个女人吗？"我咬了咬牙，决定还是赌上这一次的机会。

"呵呵，这个世界女人那么多，你的这招拖延时间的计策在我这里可不怎么管用，邓作家。"黄兴说完关门欲走，却被我接下来的一句话生生卡住了脚步。

"只是这个女人有些特殊，她是一个没有名字的女人。"

黄兴的脚步僵硬了，他的脸没有面对着我，我却知道他的脸色一定不太好看。

"我想我曾经见过这个女人，吕布韦也见过，那好像是一年以前的事情了，你说是吗？"我知道我恐怕已经猜到了七八分的答案，此刻已经有了隐隐的激动。

"这张底牌虽然很可怕，但是，我却觉得她恐怕未必像你想象当中那么靠谱吧。"我知道他不会着急离开了。

"你想说什么？"黄兴阴着脸问道。

"我只是在阐述一个事实，一个你我都知道的事实。以前就有人曾经被她玩弄过，你再一次走上那个已经死去的男人的道路，你不觉得你也离死亡不太远了吗？"我的思绪也随着自己的问题，慢慢回到了一年多以前的那次案子。

也就是我第一次碰见郑青芸的那个案子。

那个在玩具工厂地下找到的那个女人，瘦弱的身子，翻白的眼睛，古怪巨大的力气，还有那浑身是血的狰狞模样，我想我一辈子都不会忘记那个可怕的女人。

就是那个不知道来历，不知道身份的神秘女人。当时的她躺在另外一具冰凉的尸体旁边，微微在地上颤动着，身边尽是各种各样让人觉得恶心的灵蛊的躯体。

那个女人最后逃走了，在 SPIN 的手里逃之夭夭。所有人都以为她只是一个不完整的半成品，思想混乱，没有任何的思考能力。没有人在一开始看出潜藏在她身体里的另外一个灵魂。

那是一个来自未知世界的灵魂，早前寄居在郑华身体里的耳语者。那是未知的东西放在他身体内的一个监控者，它观察着郑华的一切，帮助着郑华造人实验的进展。

只是这种违反常理的事件结局注定是一个悲剧，在郑华发现连自己都是被那个未知的东西制造出来的生命时，他毅然决定将制造灵的方法和他这个进行了很多年的地下实验室一起销毁封存。

但是那个所谓的耳语者的灵却不甘心就此被埋藏在地下，它导演了一场让人觉得恐惧的噩梦，最后由于SPIN的松懈，躲藏在那个半成品的体内逃出了SPIN的控制。

当时的我是再也不想和这个案子以及它背后的那个东西牵扯上一丝关联，所以也没有向吕布韦打听后续情况，现在看来，吕布韦他们后续的搜捕似乎并没有起到太大的效果，她现在似乎依旧自由着，黄兴此刻要去见的人，恐怕就是那个当初赤身裸体逃走的女人。

我也终于理清了大部分的线索，知道了为何黄兴会把自己的希望寄托在了这张最后的底牌上。他是完全了解这件事的起因和经过的，而他也亲眼见到过那个复活的女人，所以对他而言，那个耳语者的话完全有十足的说服力。

他是想借助那个耳语者所知道的东西来复活那个女孩。

只不过他的这种想法被另外一个黄兴所利用了，而耳语者与这个黄兴之间似乎也达成了什么未知的协议，他们许诺黄兴可以将那个女孩重新制造出来的同时，也要求黄兴答应他们的计划开展。

这就是我目前能够推测出来的情况。

只是，黄兴他又是如何找到那个耳语者的，耳语者帮助黄兴的目的又是为了什么，我可不相信它是好心地想要助人为乐，那种恐怕连心都没有的灵，只会为了自己的目的而存在，它与黄兴之间，一定还有更多的秘密。

只是此刻，我的目的不仅仅是要挖出黄兴和这个突然出现的灵之间的协议，更是要想办法改变他们原定的进程，阻止他们接下来的行动。

只是究竟要怎么做，对我来说，这就是一项有些头疼的难题了。

"你真的很聪明，居然能够联想到它的存在。我原本以为SPIN和你们这些家伙会在这些疑点上折腾半天的。"黄兴皱了皱眉头，"所以我更加不能够放任你出去乱说话了。它给我提供的帮助远非你能够想象的，很快你就会见到。"

"但是你真的相信那个东西的话吗？"我从他的眼睛里看到了一丝丝的闪烁，我知道那代表着什么，我需要将他现在心里的不安逐渐放大出来。

"为什么不能相信，至少对于愚蠢的人类来说，它说的话大部分都是真理。虽然这句话有连我自己都一块骂进去的嫌疑，但是它所知道的，确实是现在的科学技术无法达到的高度，我没有不相信它的理由。"黄兴的话看起来很是坚定，但我却清楚无比地知道，他不可能完全相信那个耳语者，更何况它有过欺骗自己主人的前科。

它早在制造灵上面就曾经对郑华进行过欺骗，导致郑华制造出了一个不会衰老的妻子，也因此惹出来了后面的各种麻烦。它的帮忙绝不会是天上掉下的馅饼，相反，目的性更强的它很有可能会在技术的关键点设下关卡来达到自己的目的，这些我相信黄兴比我知道得更加清楚，他虽然相信它给出的理论技术支持，但从没放心过那个耳语者。

我需要从他这里找到突破口，让他彻底怀疑那个耳语者的目的性。

"你有想过它为什么会选择帮助你吗，又或者你能够给予它怎样的帮助？"我拨弄了下办公桌上的钢笔，"你们之间的交易真的是平衡的吗，如果不是，你不担心它在你不知道的地方做些手脚，让你的实验付之一炬吗？"

黄兴咬咬牙，脸上有些挣扎，他的确有着这样的担心。

"我承诺帮助它安全离开那座山林，并且不再受SPIN的追踪。它负责帮那个家伙来复活他的女人，帮助我完成打破时间壁垒的方式。这就是我们之间的交换，你还有什么问题吗？"

"是吗？"我冷冷一笑，"你可别忘了它一开始出现时候的目的，它可是由那个东西派来这个世界捣乱的，它的功能我想吕布韦已经说过：辅导人完成它的实验并且进行监控。你真的觉得它会就这样简单地帮助你吗？我发现你比我想象的还要天真呢！"

执念

黄兴的面色一片阴沉，就犹如近几日的天气一般，他与那个耳语者的关系仅仅只是建立在合作之上，可是这种合作却是一种几乎完全不对等的合作，因为他无法知道那个耳语者提供的东西是不是完整的技术，耳语者自身有没有保留。

上一个与耳语者合作过的男人已经死掉了，黄兴比我更清楚他是怎么死掉的。所以他开始有些犹豫，也或许是我的暗示让他重新担心起了那个耳语者的真正目的。

"你好好想一想，从你们的计划开始实施直到现在，你到底做了些什么事情，相对来说谁的获益更大，我想这些细节你比我知道的更多，我已经不用提示你了吧。"我嘴角露出一丝微笑，仿佛洞察了小孩子阴谋的大人一般，中气十足地说道。

之所以我敢这么说，完全是因为我在这地下世界看到的那些人和事物而猜想出来的，虽然我不了解事实到底有几分像我想象的这样，可是我确确实实知道了被埋藏在这座医院底下的秘密。

那个所谓的耳语者，虽然近乎全知全能，只是它似乎对这个黄兴妄图颠覆世界的计划一点也不关心，这与它的任务有关，因为它只是为了完成那个东西派给它的造人实验；同样，也与黄兴将要去做的事情有关，黄兴想要打破这个宇宙的法则，对那个东西来说确是已经威胁到了它至高的存在，它怎么会让这个耳语者真正地去帮助黄兴来实现他的想法，唯一的解释就是其实它也在游戏，游戏这个已经有些疯狂的男人，它想知道这个男人最疯狂的状态下到底能够做到哪一步罢了。

所以耳语者的工作重心绝对不可能放在黄兴利用宇宙立方打破盒子的实验上，它只是借助着黄兴的手段和力量在外界无法进入的地方继续着它的实验，上面的那些人就是很好的证明。

其实只要稍微考虑一下，二楼出现的那对男女的交谈内容，还有在三楼看到的那个昏迷不醒的女孩，以及四楼被完完全全强制隔离的密闭楼层，它们的存在显然都是有着某种联系的，而这种联系的关键，就是耳语者所谓的那个实验。

我记得我听到了那个女人对男人说过的那句话："你的妹妹一定会回来的。"原本这只是一句普通的安慰，但是一旦到了这个地下的实验室内，这句话就被附上了额外的含义。

这个回来恐怕指的不单是从某个地方回来了，联系上耳语者一直在做的事情，这个女人嘴里的"回来"恐怕指的就是更加可怕的复活实验了。

被黄兴从暗世界内交换回来的人们心中都会有一种残留的执念，吕布韦的执念是对他自己所处世界的怀疑，这其实也与他的工作和经历有关。黄兴的执念则是对于那个女孩离开的一种不愿表露出来的压抑，他想掌控自己的命运。

这样想来的话，同样的执念还在很多人的心中存在着。

我的执念就是我一直都想逃避那些能够逃避的事物，那些责任，那些人。如果可以，我不希望任何拯救世界、拯救别人的事情降临到我的头上，我会觉得麻烦，担忧，受挫。只是这些执念，却是在心阵中被打碎，或许再也不会回来了。

而相比起来，郑青芸的执念却是简单得多，只不过我一直都忽略了，她不曾自己提起过，我没想到原来一直都存在。

在我认识她的一年里，参与的SPIN的事情一直都没有断过，我因为一直忙于吕布韦让我参与的各种事务而无暇顾及她，她也从来没有对我抱怨过。只是现在想来，她其实也在家里承受了比我更多的担心和压力，或许她不会和我一样身处险境，可是我知道她比我更加着急我的情况。这种情绪一直都在积累，她在无形之中承担了太多原本不该她承担的东西，而我每次的不辞而别都会让她一个人落寞地在房间里期待我的回来。

所以才会出现这次的情况，如果不是这个被调换的郑青芸，或许我会一直将这点忽略下去。只是现在，我不会再忽略她的心情了。

所有人都会有与他自身密切相关的一种情绪，这种执念成为了暗世界里的人们生存的最为紧要的东西，或许那个男人的执念就是他已经死去的妹妹，他想要将他的妹妹复活，所以他也加入了这个疯狂的计划，他不再关心其他可能造成的影响，他只需要他的妹妹"回来"。

我在三楼看到的那个女孩，那个躺在担架推床上的女孩，她就是这些实验的实验品之一，复活实验必然会出现无数的试验品，那些家伙在三楼把郑华以前曾经荒废下去的实验继续进行了。只不过相比起原来郑华的孤军奋战，黄兴找到的支持者明显更多，而且条件配置更好。我甚至怀疑，那所谓的六位消失的科研工作人员根本不是消失了，而是被黄兴与暗世界里的他们交换以后带到了这座地下世界。

目的，当然是为了进行他自己的计划了。

也就是说，这座地下世界里同时进行着两个不为人知的实验，一个是早就被SPIN发现却欲得之而不得的制造灵的实验。这是作为那个黄兴答应后一个实验的要求，他需要复活他的那个女孩。

而另一个，就是这个略显疯狂的黄兴的试验了，他要靠宇宙立方的存在打破宇宙盒子的束缚。

如果我的推测没有错,整个二楼应该都是这座地下世界人们的居住区,而三楼则是制造灵的实验室区,四楼那个密闭的楼道不让任何人接近的地方,则是黄兴研究宇宙立方的地方。

"哪怕你说得再有道理,我跟它的合作却不能暂停下去。"黄兴的表情似乎有些不爽,"宇宙立方的神奇已经远远超过了我的想象,如果没有它的帮助我的实验根本没有办法继续下去,所以不管它是不是在利用我,我都只能将这个计划走下去。"

"你还不明白吗,你做的事已经威胁到了它背后的那个东西,它是不会让你成功的,你的这些话只不过是无聊的自我安慰罢了。它的确是在把你当成棋子,一颗利用完后就会扔掉的棋子。"我往前踏出一步,缓缓地注视着黄兴那有些不甘的眼神。

"黄兴。"没等黄兴表态,一个女人的声音突然冒了出来,我抬头一看,发现何梦舒不知道什么时候竟然出现在了门口,她依旧穿着裙子,在有些昏暗的房间里耀眼得有如一朵花一般。她站在黄兴的身边,眉头皱起,似乎发生了些什么不受控制的事情。

女人想说什么,可似乎因为我在场而欲言又止,黄兴则已经不在乎我是否会获得更多的消息,直接点了点头示意她接着说下去。

"SPIN 的人找上来了,现在已经开始武力突破我们的封锁。他们还没有发现那条通道,但是被发现是迟早的事,我们可能需要撤离了。"何梦舒的话让我的心又紧了一下。

SPIN 又是怎么找到这里的?

AT 能力场

黄兴本来还处在自己的矛盾之中,此刻却是又被何梦舒告知了一个更加不好的消息,SPIN 此刻竟然已经找上门来了。

昊天之前对我说过的,他们 SPIN 是没有能力调用诺亚系统查询我的记录的,按理说他们应该不可能这么快赶到这里。

也许是昊天骗了我,也许是 SPIN 从其他地方得到了情报,但无论是哪个原因,对我来说都算不上坏事。

如果 SPIN 真的找到了这里,最坏的结果不过是他们拿到了宇宙立方,那个时候我还有能力尽可能去阻止他们制造能量武器的计划,现在让黄兴停止和那个不知深浅的家伙合作才是最重要的事情。

"来就来吧,让他们看看,我们也不是束手就擒的可悲虫儿。"黄兴的脸色从所未有的凝重,只是他的表情似乎并不像我想象的那么严肃,在那微眯着的眼睛中我分明还看到了一丝戏虐,他似乎对 SPIN 的这些人早有准备了。

"AT 能力场开启吧,让他们尝尝困在迷宫里挣扎求生的感觉。"

"可是,AT 能力场需要宇宙立方能量的持续输送,现在夏娃果……"何梦舒似乎对我拿走了她的那颗小石头记恨得紧啊。不过他们说到的 AT 能力场到底是什么东西?听起来似乎很厉害的样子。

"没关系,没有宇宙立方的持续供给,能力场也能够维持十个小时左右,在那之前,我会让那个女人给出最后的步骤的。夏娃果就让那些家伙保管一段时间吧,我的目标,可是这个世界。"

何梦舒点点头,领命而去,只留下目光狂热的黄兴和我在房间里沉默无语。

"那个……AT 能力场是什么东西?"我果然还是禁不住好奇心发问了。

"一种武器,很厉害的武器。"黄兴听到我的发问微微一笑,似乎早就预料到会有这么一出,"虽然比不上宇宙立方制造出来的能量武器威力的千分之一,但是足以打翻一切地球上的现有武器,那个女人说过,这似乎是领先地球科技大约五百年的好东西呢。"

五百年?我愣了愣,眉头微微皱起,看来 SPIN 的那些人怕是有好果子吃了。

"这是我让那个女人割下来的一块肉,我也不像你想象得那么笨,如果没有什么实质性的东西,我也不会轻易答应它的要求。这也是如果它欺骗我以后我自保的一样凭依。"黄兴又点起了一根烟,"现在,它的制造实验已经有一具实验体进入了尾声阶段。按照当时的约定来说,今天就是它给出能量交换公式和提供压缩制式的时间了,只要拿到那些东西,我的计划就不再是痴人说梦。"

"你是一个幸运的人儿，能够见到这个世界上很多不可思议的东西。只是今天，你恐怕会见到你这辈子最不可思议的一样东西。"黄兴对我摆摆手，示意我跟他一起离开。地下四层的房间旁边就有着一架通向楼上的电梯，我跟随黄兴走进电梯，他直接按下了 -1 楼的数字。

电梯门打开，门外竟然已经站了好几个身着黑衣的男人，他们见到黄兴俱是微微点头，让开了道路。何梦舒也从一边的房间里走了出来："AT 能力场已经开启，潜伏进这里的八位特工已经被困住了。"黄兴的嘴角笑意更浓，指了指房间，示意我自己进去看。

我慢慢挪动脚步，走进房间，发现里面是类似保安室一样的地方，只不过这里的监视器屏幕多到可怕，不仅仅是地下的情况，更是连地面上的楼层的情况都看的一清二楚。我甚至看到了我之前待过的那个房间内的监视器。其实我所有的动向都被人知道得一清二楚，他们早就在角落里放置了不容易被人注意到的微型摄像头。

"8 号，15 号，31 号，42 号，75 号，82 号，109 号。"黄兴瞥了一眼屏幕，报出了以下数字，对应着显示器的编号。这些屏幕的内部，都拍摄着一到两个男人，他们似乎遇到了什么麻烦，不停地用手拍向自己的四周，可是明明是什么都没有的虚无，愣是将他们的身躯给阻挡了在一个狭小的空间当中，仿佛有一层看不见的物质极其坚硬的阻碍了他们的行动。我甚至看见他们掏枪妄图击碎那看不见的玻璃层，但是却始终徒劳无功。

"按动一下这里。"黄兴又指了指一块屏幕下方的一个红色的小按钮。

"什么？"我有些没有听懂他的意思。

"按下去，红色按钮。"他重复了一遍。

"我没有选择对吗？"我慢慢地伸手，眼睛紧紧地盯着屏幕，也不知道这枚红色的按钮到底是什么作用，但我知道这按钮按下去后一定不会出现什么好东西。

小心翼翼地按下红色按钮，屏幕上却没有任何变化，只是那个困在里面的人……

原本在敲打这扇墙壁的那个男人猛然间碰触到了阻碍他的无形障碍物以后猛然发现自己的手臂突然冒出了一阵火花，因为屏幕是黑白的，所以我也无法清楚地知道到底发生了什么，但我知道那个男人一定受到了巨大的伤害。

他一下子瘫倒在地，握着自己受伤的手臂大声哀号。只是因为这里没有监控声音的器材，否则我想那些惨号声一定会响彻整个监控室。

"这就是 AT 能力场！"黄兴见到男人瘫倒在地，猛然间大笑起来，"他很幸运，如果能力场有着宇宙立方的能量供应的话，他将会任何痛苦都没有就化成飞灰。为了节省能量，AT 能力场只用到了大概千分之一都不到的攻击效果。否则，可不仅仅是断手断脚这么简单的事情了。"

我紧咬着嘴唇站在黄兴身边，有一种想要对着他的脸揍出一拳的冲动。只是此刻的我还是需要压抑自己的情绪，我知道我的冲动改变不了这些人的任何命运，反而更有可能让他一次性开启所有能量场的攻击性。我还有更重要的事情要做！

"想要打我吗？"黄兴转过身来盯着我，他的眼睛冒着挑衅的光芒，犹如看见猎物的巨蟒。只是它们看见食物的时候却不是一次直接吞进肚子里，而是用自己的身子将它一层一层地缠绕，一点一点地收紧，勒至窒息。

我感觉他想要将我逼疯一般。

"好了，我还有五分钟的空闲时间，就让我们最后一起俯视一下我们的城堡吧。你会为这座艺术品感到惊奇的，在你还在惊叹科技的伟大时，我会拿到属于这个旧世界的最伟大的艺术品。"黄兴转身对着何梦舒问道，"实验体贝塔七号的情况还稳定吗？她可是这次成败的关键了。"

"嗯，很稳定，没有异常。按照约定，那个人的要求我们已经达到了，可以找她索取最后的关键了。你的想法就要实现了，黄——兴。"何梦舒指了指一边的一块屏幕，然后退到一边，不再说话。

我却是注意到了她脸上的绯红，她明显在掩盖自己的失态。这个女人——

还有她最后的那句话，黄兴，黄兴？

我耐人寻味地看了看何梦舒一眼，总觉得这个女人看向黄兴的眼神不太寻常，她应该是——

我叹了口气，转头看向她指出的那块显示屏，一个女孩正躺在医疗仪器的监护舱里。她就是目前最接近成功的试验品，也就是他们口中的实验体贝塔七号了。

这个女孩我十分面熟，在刚刚进入这座地下世界的时候，我就在三楼见到过她了,她就是那个躺在推床上昏迷不醒的女孩啊!

黄兴没有理会我的惊奇,往外走去,又一次进入了电梯,我赶忙快步跟上,我想知道他到底还有什么需要展示给我看的地方。

电梯里最高的楼层显示的是九楼,可是我分明记得这栋医院地上最高不过八层,为何又会多出一层?

黄兴却是此刻径直按下了地上九层的那个按钮,轰隆隆的电梯轻微作响,向上慢慢爬去。一瞬间的加重状态让我有了轻微的眩晕感,就仿佛这个不太真实的世界一般。

电梯一直往上攀爬着,那个红色的小数字也在不停地跳跃着,我屏住呼吸想知道九层到底会是怎样的光景,却冷不防被电梯门突然地打开吓了一大跳。

电梯门外刮着嗖嗖的冷风,这也是我自从进入了这医院以后第一次享受到外面的味道。电梯门外竟然什么都没有,只要稍微往外踏出一步,就会顺着医院外壁直接掉下去摔个粉身碎骨,这所谓的九楼完全就是悬挂在八楼之上的楼顶罢了。

只是黄兴是为何要建造这样的一个特殊的地方?

黄兴又在电梯上按下一个按钮。我猛地吓了一大跳,头顶的电梯顶盖猛然翻开折叠起来,然后脚下的钢板也急速地向下降去,电梯在不到两秒的时间脱离了我们两人直接下降离开了,只留下我和他孤零零地站在虚空之中。

我还在头晕目眩的恐惧当中,却瞬间反应过来,这电梯内也被包裹上了那个所谓的AT能力场!

我们现在其实踩在了AT能力场的那层虚无的墙壁上了!我试着用手拍了拍四周,果然敲到了一层透明的玻璃状东西,但是我却知道,这层透明的玻璃状物体却是坚硬无比,那个拿手枪妄图打碎这层物质的人已经给我证明了。

"好好看看这座城堡吧。"黄兴大笑道。

我这才意识到因为透明的AT能力场,我已经能够将整座医院和周围的环境尽收眼底,我就好像站在一块悬浮于至高处的魔毯上的造物主一般,慢慢打量着脚下的世界。

"看到了吗,这就是我们的城堡!这座城堡周边已经全部布上了AT能力场,哪怕用导弹都没办法打穿能力场的墙壁,这是——谁都无法击碎的绝对城堡!"

"你喜欢这种感觉吗，邓龙？"黄兴大声地问道。

不知道为何，这AT能力场居然没有隔绝外围的冷空气，我呼吸着冰凉的空气，环顾着周围的一切，沉默无语。我有些理解黄兴此刻的感觉了。

"只有在最高处，你才能看到一切，只有这样，你才能够掌握自己命运，不要受事物的变化影响，你才能保护你想要保护的人，做到自己想要做到的选择。邓龙，你告诉我！你想成为这样的存在吗？"黄兴的声音大吼出去，随着冷风消失在冰凉的空气当中。

"只是这样，你再也没有办法体会人类的快乐与伤悲了吧。"我默默地叹息了一声，"这世界本身就是伟大的，容不得任何人操纵，哪怕你是万人之上的皇帝都不行。连秦始皇都已经明白的道理，为何你却还不明白？"

"可是我不喜欢被屈服的自己！我不喜欢强颜欢笑的自己。邓龙，你告诉我，你想念短发吗？"他突然问到了一个触动我心跳的问题。

"想念，可是然后呢？"我默默地坐在了那片什么都看不见的墙壁之上。

"如果你有能力保护她，她还会那样死去吗？"黄兴似乎对我的事情知道得很清楚，他之前说过，好像就是因为短发，另一个黄兴才会给我留下这么多线索来让我贴近真相。

"这种事情需要多说吗？"我心中有一种莫名的情绪在不停地发芽滋长着。

"如果你能够改变她的体质，她还会那样寻死吗？"黄兴没有理会我的反问，继续说道。

可是她已经死去了，不是吗？我咬紧牙关，尽量不要让自己提前将那种冲动爆发出来。

"如果你现在能够复活她，你愿意吗？"黄兴最后终于抛出了一颗重磅炸弹，狠狠地炸在了我的心里。

"你——"我抬起头，盯住黄兴的眼睛，慢慢地站起身，然后突然发难，一拳狠狠地打在了黄兴的脸上。

黄兴被我突然的痛击打乱了平衡，往后一退摔倒在了地上，他揉了揉被我打肿的左脸，吐出一口血沫。如果不是有那层AT能力场笼罩着这里，恐怕他这一下就会被我打得飞出去。

"你到底,把人类的生命当成什么?"我瞪着他,一字一句地说道。

不远处,一只乌鸦模样的鸟儿急速地飞近,似乎想停靠在医院的顶楼休息一会。可就在它想要靠近医院时,却猛然间撞到了一层看不见的墙壁,还没来得及惊叫一声,就化成一团火焰直直地掉了下去。

三十五
诡异

"你到底把人类的生命当成什么?"我盯着黄兴,一字一句地说道,"复活别人?你有什么资格这样做?"

黄兴从地上缓缓爬起,似乎对我的举动很不满,他的目光里充满了不屑,我知道他可不是想简简单单地掌握自己的命运,他是要连别人的生命也一起掌控了,这样的人,和那些在黑暗里操控人类命运的东西又有什么区别?

"只要她们活过来不就可以了,只要她一直陪着我不就可以了,我复活出来的她们和原来的那个人不会有任何区别,她们有着相同的外貌,相同的思想,相同的性格,她们本就是完全相同的人啊!"黄兴整理了一下有些变形的制服,重新从眼里放出了一种近似狂热的光芒,"你知道这意味着什么吗,这意味着我实现了人类的永生,只要有肉体的存在,人类的灵魂可以一直转生下去,灵不灭,人类就不会消失,这是多少人梦寐以求的想法,你真的不懂吗?"

是啊,如果他的实验真的这样继续下去,他的确有可能得到人类永生不死的方法,这也就是秦始皇一直在追求的一种能够长生不老的方法,利用灵的转生,废弃腐败衰老的肉体,不停地在这个宇宙中生存下去,秦始皇虽然的确得到了宇宙立方这样东西,只是那个时候的他没有足够的技术来支持他做黄兴他们现在的实验,他同样没有耳语者提供的参考,所以他只能留下那样神奇的东西,同时修建了那样庞大的一座地下宫殿。

而现在,黄兴做到了,他真的找到了能够让人长生不老的方法,只是——

这样制造出来的人类，真的还能够叫做人类吗？

因为有了生命的诞生，所以有了生命的终结，因为生命有限，才赋予了让人类体会喜怒哀乐的能力。人类的生活也因为这些东西的存在才变得具有意义，试想，一个人若能够千万年永存地活着，没有伤痛，没有别离，当然就更不会有与之相对的快乐和开心。

这样的人，或许再也不能够体会有限的生命带来的存在感了。

"我不懂。"

"我真的不懂。"

"你真的觉得，你复活出来的那个女孩，就是你心里一直思念着的女孩吗？"

"生命就是因为脆弱而愈发珍贵，当它也变得廉价的时候，你确定你的世界和你想要的那个人，它们真的从来没有变过？"

黄兴一直都在听我说话，因为我就站在他的对面，看着他，慢慢说完全部我想说的。他的目光有些游离，似乎在考虑什么。我只看见他脸上时不时泛起的一阵白色，似乎经历了不小的挣扎。

"就算你这样说。"黄兴似乎是咬着牙说出了这些话，他的脸上又浮现出那种似笑非笑的表情，难看得可怕，这个表情我印象太深了，因为吕布韦就曾经给我看过那段这样的录像。

只是现在看来，这种矛盾更像是那种两个灵魂为了争夺身体的表现。

"我早就没有后路可走。"黄兴抬起头，冲我勉强上扬了一下嘴角，"其实从我开始答应这个计划开始，我就知道会有这样的一天。邓龙，最后，我依然还是要把自己的未来交给命运。"

"我还是要把这个计划继续下去。"

"抱歉。"

我也忍不住轻轻扬了扬嘴角："何必说这些，我也懂你的想法，但是我根本无法认同。"

那种可怕的表情并没有持续太久，黄兴很快又恢复了那个冷漠的样子，我知道那个我一直都很熟悉的黄兴可能又一次陷入了沉睡。

"走吧，我们去找那个女人，然后改变整个世界。我们的时间真的不多了。"他指了指远处的天空，我只看见两颗小小的黑点，似乎是两架直升机，正在急速地朝着这里飞来。

"他们又来操控我们的命运了，我不会给他们机会的。"黄兴再次在看不见的墙壁上按下了几个按键，电梯很快回到了原位，将我们重新带到了地下四层。那本是一个有着严密防守措施的楼层，我感觉可能只有极少数人才能打开那道厚厚的大铁门，黄兴显然就是其中之一，他用眼睛贴上了门上的虹膜锁，电子门自动打开，那道厚重的铁门也缓缓地开启，发出沉重的声响。

黄兴此刻有些激动，对着我喃喃道："你很幸运，你真的很幸运，能够看到新世界的诞生。哈哈，新世界，我最自由的新世界。"

我没有回应他，脑子里却是火热一片，不知道如何是好。

这层的房间内部全部都是半透明的玻璃墙，我能够看见密密麻麻的仪器摆在玻璃墙的后面，三三两两的白大褂站在仪器前，不知道在鼓捣着什么。一个女人站在楼道的尽头静静地等着我们，我走近几步，看见了她的脸，心中顿时冒出了一股凉气。

果然是那个逃跑的女人。

黄兴几步快走过去，站在女人面前急促地说道："你的要求我已经做到了，贝塔七号的实验已经接近完成，现在轮到你兑现你的承诺了。"

女人没有急着回答他的话，好像她对黄兴的事情并不怎么关心，反倒饶有趣味地看了我几眼，让我浑身一阵发冷。

"我们又见面了。"女人开口了，却是那种诡异的男声。这个场面在我的眼中极度不和谐，一个肤色白皙的女人，一开口却是带有沉重音调的男音，我一时间没有反应过来。

"是吗？"我稍微想了想，当时的我就站在吕布韦的旁边，还帮助他压制住了那个女人的反抗，她的确记得我。

"不是吗？"女人裂开嘴笑了，笑容却将我吓得不轻，她的嘴里竟然不是正常人类的牙齿，她的牙齿全部都很尖锐，倒像是天生的食肉动物一般，这种类型的牙齿，我只在食人鱼身上见到过。

黄兴似乎对女人的反应很是不满，他咳嗽了一下，妄图引起女人的注意力，女人却毫不在意地递给他一份早已准备好的文件，然后不再理会，转身离开了四楼。

"我去三楼看看我的宝贝。"女人诡异的声调让我鸡皮疙瘩掉了一地，她的宝贝，是说那个接近成功的贝塔七号实验品吗？

黄兴对那个女人却兴趣全无，他全部的精力已经集中在手里的那份文件上，他看了几秒，然后急匆匆地迈入了一边的实验室，竟然不再管我。

我愣在原地，不知如何是好，同时，刚才的那个女人，也给了我一种很奇怪的感觉——她在离开的时候好像撞了我一下。

这个举动很轻微，如果是黄兴，他不可能没有发现。因为他的注意力当时已经完全集中在手里的那份文件上，对于这一次的小插曲并没有太过在意。

只是我自己却清楚地意识到，我的口袋里，沉甸甸的，多出了一样东西。

一样我已经能够隐约猜到的东西！

夏娃果，该死！那个女人怎么会有这东西，还把它放在了我的衣服口袋里！

她到底要做什么？

三十六 反刍公式

我愣愣地从口袋里掏出那块小石头，然后放在手心里打量起来。

蓝色的小立方体，内部充满着散发淡蓝色光泽的液体类的物质，我摇了摇手里的这颗小石头，试图看到里面的液体随着我的摇动四处流动。可是它没有，里面的液体依旧保持着它原有的流动速度，在这块封闭的小石头里缓缓地滚动着，闪过一阵阵淡淡的蓝光。

一切的一切都告诉我，这的的确确是夏娃果无疑了。

可是，这颗夏娃果是哪来的？我记得我的那颗明明交给了 SPIN 的那个店主，为什么会突然出现在这个女人的手里？难道那个喜欢看偶像剧的女孩竟然是这个女人的内应，在拿到了夏娃果的第一时间就把这颗夏娃果送给了这个女人？

可是这同样解释不通，因为那个女人实在没有必要将夏娃果重新交还到我的手上，因为她如果想继续她的实验，直接可以把夏娃果交给黄兴就可以了，又何必通过我？

那个女人到底在干什么？

我没有时间多想，因为此刻我手里的这颗小石头开始变得有些滚烫，光芒也逐渐刺眼，我一开始还没注意，可是当我的手实在受不了它的温度时才从思考中反应过来，惊叫一声，差点把手里的这颗小东西甩了出去。

黄兴此刻也从实验室里跑了出来，见到我还舍不得放手的夏娃果，还有我狼狈地躲避着滚烫的小石头依旧不愿意松手的场景，他大声地笑了起来，叫出两位白大褂，用仪器从我手里拿走了夏娃果。

我这才意识到实验室里面也发生了一些我没有注意到的情况。

黄兴在看到我手里夏娃果的瞬间心情大好，他示意我可以跟紧这两个人一起进入实验室看个究竟，我咬了咬牙，跟在了他们的后面。

一进实验室，我就被刺眼的光芒逼得闭起了眼睛，黄兴拍了拍我的肩膀，递过来一副眼镜，我赶紧戴上，这才抵消了那灼人的光线，看清了这刺眼光线的源头，竟然是一颗模糊不清的混沌状的物质。

可以说它是一个球形，也可以说它是一个立方体，它的样子竟然不停地发生着变化，从一种样子变成另外的一种样子。它本来像是类似气体存在的东西，漂浮在空气当中，但是给我的感觉却是十分厚重，似乎蕴含着无穷的物质。

用膝盖想都能明白，这大概就是所谓的宇宙立方了。

此刻，在那特殊眼镜的作用下，我看清了连在宇宙立方和那块小小的夏娃果之间的那些线，千丝万缕，我甚至没有办法数清它们之间到底有多少根能量连线，我唯一知道的是，似乎这两个东西被连接了起来，所以才会让夏娃果和宇宙立方同时产生了异象。

"很及时啊。"黄兴大笑着说道，"本来我已经迫不及待地想要完成我的计划了，只是夏娃果却是必不可少的东西之一，我本来以为你会保不住这东西的，想不到你竟然还没有把它送出去。"

我心里默默地叹息了一声："你是不是聪明得过头了。"

我没有解释什么，因为我也想要知道那个女人到底为什么这么做。有种感觉总是潜伏在我的心里，似乎这一切都是有人在预谋，只是那个策划这些的那个人，到底是——

"输入能量转换公式，"一位白大褂拿着从黄兴那里得到的文件，不停地在电脑上敲敲打打，一边的显示屏幕上不断的有各种各样的符号飞过，我知道他们恐怕在进行所谓的最后一步了。是那个女人给他们的那份文件！

"接上能量源，空间转换就要开始了，到时候就不只是能够逆转不同时空中的部分个体了，我们甚至可以逆转整个时空了！"

黄兴的表情前所未有的庄重，他接过那颗小小的靓丽石头，轻轻地将它卡在了一个透明的玻璃凹槽之内。

"咔"的一声，大小刚刚好。与此同时，我看到了大片的蓝色物质从宇宙立方的连接处散发出来，顺着连线不断地向夏娃果中涌去，那块盛放夏娃果的凹槽也开始不断地吸收那些蓝色的物质，一边屏幕上的一根柱状条纹也在随着不断增高，逐渐就要跨过一条预订的红线。

"能量收集达到最低逆转标准，逆转过程可以开始了！"一个男声兴奋地喊道。

黄兴飞速地在键盘上敲下几个按键，屏幕上开始闪动一个执行任务的条框。

"辐射器支路开启，扩散板张开，逆转开始！"黄兴下令指挥着，只是从他的语气来看，即使是淡定如他，恐怕也无法从这种情况下冷静下来，他的语气就好像饿了三天的人见到了热气腾腾的白面馒头一般。

"开始了，终于开始了！"黄兴兴奋地拍了拍我的肩膀，"看着吧，不用太长时间，半个小时，半个小时足矣！你会看到我们的新世界的。"我却没有想象中那么焦急，甚至一点都不担心，因为我知道，黄兴的计划注定是要失败的。那个女人的行为已经很能够说明一些东西了。

而他失败的原因，恐怕——

实验室里的七八个人都在忙碌着，他们都屏气凝神地盯着电脑旁的屏幕，观察着上面的每一个数值，生怕出了什么差错，黄兴嘴里轻轻地念叨着："只要那个家

伙给我的公式没错,这次一定可以成功的!"

我已经预感到接下来会发生什么,只是他还不知道现在的状况罢了。

"不好了,三号反应堆负载超重,将要损坏了。"其中一个白大褂指着屏幕上一处闪烁着红光的地方小声吼道。

"没关系,反应堆一共有八个,只要还有五个保持完好,逆转过程就能够继续下去。"黄兴脸上滑下了一丝冷汗,但他还是稳住了。

"可是,可是……"那个男人还想说什么,却没有继续说下去,他沮丧地垂下了头,不再看向屏幕。

黄兴的表情比在场的任何一个人都要紧张,他不停地扫视着这里的所有屏幕,脸上的表情越发难看。

"五号反应堆负载超重,即将损坏。三号反应堆彻底报废!"另外一名女研究员报告道。

"怎么会,怎么会?"黄兴这个时候有些抑制不住慌张,"明明按照最大的额定限度计算过了负载度,怎么会负载超重,谁设计的反应堆,给我站出来!"

"是我。"刚刚那个萎靡不振的男人默默地叹息道。

"你到底怎么设计的反应堆强度,竟然连预估内的负载都接受不了!这是你平时的风格吗?"说到这里,黄兴自己愣了一下,他似乎明白了点什么。

"设计的核定负载没有问题,有问题的是……"男人无力地挥了挥手里的文件,"这份文件上的公式出了问题,从第一个反应堆超过负载我就知道了,这份文件,有问题啊!"

他越说越大声,最后直接将手里的文件狠狠地掷在了地上。

"不可能的,它怎么可能欺骗我,我为它做了那么多的事情,它怎么可能到最后关头才这样做!而且,而且我明明跟它……不可能的!"黄兴似乎仍然无法相信眼前的情况。

"五号反应堆彻底损坏,情况有些不对,能量回路的走向有问题啊!"那个女人此刻也发现了不妥,她不停地用电脑找寻着数据,然后飞速地浏览了起来,"这,这,这不是逆转过程的公式啊!这是反刍公式!"

"反刍公式！"黄兴听到这里整个人差点晕倒，但他还是坚持着走到那个女人身边，看向了女人身边的电脑。

　　"反刍公式，反刍公式，怎么会是这个！"黄兴突然大吼了一声，整个人无力地跪倒在了地上，与此同时我感觉楼顶上似乎有什么东西扫射下来了。还没等我习惯性地躲开，一种奇怪的感觉顿时将我包围，一些淡蓝色的能量粉末轻轻地将我整个人包裹了起来，我在这粉末的包围里感觉异常舒适，就仿佛身体内的杂质被清除一空的那种纯净的感觉。

　　我也看到，被这种粉末包围的不只有我一个人，所有人都被这种能量粉末包裹了，它们无孔不入，甚至能够穿透墙壁，充斥在任何一个角落。这种状态持续了大约十多分钟，那些能量粉末终于逐渐暗淡，我重新看清了从能量粉末里走出来的几个研究员。

　　他们还是那个样子，只是表情和语气却已经大变，他们似乎完全弄不懂自己身上到底发生了什么，他们唯一知道的事情就是抱着头往外乱窜。

　　整个雾气迷茫的实验室，现在只剩下了我和瘫坐在地上的黄兴。

　　他大口大口地喘着粗气，似乎还没有从这突然的变故中反应过来。

　　"反刍公式。"他又念了一次那个名字，然后哈哈大笑起来，只是这次的笑，颇有些绝望的味道。

　　"你早就知道了,对吗？"黄兴抬起头，他似乎很疲惫,用手撑着脑袋看着我问道。

　　"不知道，我只是有这种感觉。"我静静地走过去，陪着他坐了下来。

　　"那个家伙不可能背叛我的，因为它利用规则保证过，它不会跟上次一样，给予它帮助的人错误的公式，为什么这次我仍然失败了，你能够告诉我吗？"

　　"让我来告诉你好了。"一个男声突然响起，实验室的门口不知道什么时候竟然出现了一个男人的影子。

　　"因为，是我给你的反刍公式！"

三十六 三个交易

就在黄兴以为自己的计划即将实现时，异况却突然出现，他期待的对立世界时空交换的情景不仅没有出现，相反却按他预料之外的情况发展了。

按照他的说法，就是所谓的反刍。

反刍本身是指生物的一种特殊行为，比如牛，往往会在把食物吃下去一段时间后，把未消化的食物经过逆呕重新回到口腔，再一次咀嚼进食，这就是字面意义上的反刍。

但是这个词一旦到了这里，又拥有了不同的含义。

他想要逆转整个世界的计划不仅没有进行下去，相反的，甚至直接被强制结束逆推了回来，不仅没有办法继续逆转时空，更是将以前调换的人全部送了回来。也就是说，现在的吕布韦和郑青芸他们已经全部恢复了正常。

这就是所谓的反刍了，只是这样的反刍公式却不是轻易能够得到的，因为涉及很多我根本无法理解的地方，我都不知道这份虚假的公式到底是从哪里得来的。

但现在，有人站了出来，让黄兴明白了他失败的原因，这个人，我却再熟悉不过了。

"我说过了，我们又见面了。邓龙先生。"来者嘿嘿一笑，语气里带着一丝调侃，刚刚的那个女人，似乎也是用这种语气来跟我说话的，这不过到了此刻，才露出了他的本来面目。

黄兴愣愣地看向那个突然出现在门口的男人，眼里满是难以置信的表情。

我确实在听到他声音的瞬间想明白了全部，不由得想说一句"原来如此"，难怪那个女人会做出这么多的小动作。

站在门口的那个男人，正是原本应该待在酒店里的斯库瓦罗先生，而他出现在这里的原因——

"你是谁？又是怎么进来这里的？"黄兴明显不认识眼前的这个男人，所以根本无法理解这个男人是如何闯入他引以为豪的地下城堡中的。

"不可能的，我已经将AT能力场开启了，没有人可以进得来的，你不是这里的人，怎么可能出现在这里？"黄兴依旧无法接受有人打破了他整个计划的事实。

只是我心里却心知肚明，斯库瓦罗先生能够出现在这里的原因，其实K先生早就告诉过我了。

斯库瓦罗先生并不是地球人，他是一个藏匿于地球之上的外星人啊！K先生曾经说过，斯库瓦罗的真实身份是位于蒂加纳星系的外星地球联络员，他们的科技水平可是远超地球一千年以上，要不然他们也不可能在不被发现的情况下就将人员送到地球上来，所以对于现代科技算是无解的AT能力场，在斯库瓦罗先生面前真的只能算是小儿科的东西了，怎么可能阻挡得了他的进入？

"你是说阻力场？也是，你们管那个东西叫AT能力场，不过这个东西在我们的那颗星球几百年前就可以破解了，你觉得它能够对我造成什么阻碍？"斯库瓦罗把手轻轻地抬起，手心冒出一阵红光，这光束打在头顶的墙壁上，立马将墙壁融化了一块。

"你——你——"黄兴不再挣扎，他恐怕也想明白了一切。

"是K先生让你来的吗？"我当然知道这些恐怕都是K先生的安排，因为我只把这里的地址告诉过K先生，除了他应该没有人能够找到这里，还有就是外面那些SPIN的家伙，他们之所以会这么快找到这里恐怕也是因为K先生的帮助，他们其实只是被K先生拿来拖延时间以及转移注意力，最后的杀招，K先生早就已经准备好了，就是依靠斯库瓦罗的出其不意。

其实这次K先生的计划能够成功的很大一点就是斯库瓦罗先生的特殊性，他实际的样子并不像他表面上看起来的地球人的样子，我曾经碰触过没有模拟触感的他的手臂，那是一种章鱼似的软体。但相应的，一旦让他利用他自己的模拟技术，他完完全全可以变成地球上任何一个人的样子，只要给他时间调整视觉听觉触觉的模拟，一般人恐怕根本没有办法分辨他伪装之后的样子，刚刚我看到的那个女人，分明就是他利用模拟技术制造出来的假象！

只是那假象不只欺骗了黄兴，也差点欺骗了我。

"呵呵，差不多吧。我只是与 K 先生达成了一个交易，才连忙赶到这里。"斯库瓦罗说着就把目光转向了放在一边的玻璃槽里的那颗小石头和虚幻中飘浮着的宇宙立方，他的目的恐怕其实是为了带走地球上仅存的这一颗宇宙立方了！

"说起来还真是有些麻烦，我为了切割开阻力场还不得不申请从母星传输了电磁链锯切割器过来，不过收入也不算微薄，至少足够令人满意了，这样东西，我就收下了。"

斯库瓦罗慢慢地走过去，他从口袋里掏出了一块小布，然后缓缓地打开，竟然变成了一个大口袋，他小心地拿起仍在散发着暗淡光芒的宇宙立方和夏娃果，然后慢慢塞进了那个大口袋内，一瞬间，整个实验室内的光芒全部消失不见，连照明用的灯光都消失了，似乎是因为能量的来源被拿走了的缘故。这现象并没有持续太长时间，应急灯很快就再一次亮了起来，只是明显比刚才暗淡了许多。

"您说的交易是指——"黄兴没有阻止斯库瓦罗，他也阻止不了斯库瓦罗。我却只能轻轻地发问，验证下自己猜测的东西。

"哦，这个啊。很简单，我只需要打破这里的阻力场，然后带他安全地过来见一见那个耳语者，我就可以拿走这块宇宙立方了。我们文明对宇宙立方的研究也很多，如果多出一块宇宙立方倒是一个不错的收获，所以我才会插手你们的事情，不然依照我们文明的法律我可是会受到惩罚的。"斯库瓦罗小心地将口袋又一次折叠起来，越折越小，最后竟然直接折叠成了一块手帕大小，那口袋里的东西，竟仿佛消失不见。

他看了看我吃惊的表情，不好意思地笑道："空间折叠技术，你们人类慢慢就会做到的。"说罢直接把那块小布塞进了自己的衣服口袋里。

"K 先生的人呢？"我倒是有些欣慰，宇宙立方这种东西或许真的不是人类现在就能够掌握的东西，与其将它留在地球上，倒不如将它送给这个斯库瓦罗先生，他们或许可以更好地利用宇宙立方这种东西。我突然想起了我很早以前问过的 K 先生的一句话。

我说如果他得到了宇宙立方，他会怎么做？是会像 SPIN 一样想要开发出能量武器，亦或者想要跟黄兴一样，利用手里不成熟的技术改变整个世界。

他告诉我，他会让宇宙立方消失在地球上，因为不受控制的玩具，其实只是一件危险的杀人工具。

造物者 III ｜ Vol.1 双生黑白

交易不交易什么的暂且不说，而现在，他的确以一种另类的方式做到了他当时说过的话。

"K 先生？他已经回去了，跟那个女人完成交易以后他就先一步离开了，只留下我在这里完成逆转的最后一步！"斯库瓦罗慢慢地走了过来，站在我的面前。

他很高，大约一米九的样子，是那种典型的欧美人样貌，此刻站在我的面前只有人高马大可以形容。

"他与那个耳语者也达成了一样交易，具体是什么我也不太清楚，反正之后那个女人拿出了这份反刍公式的文件，让我转交到这位小伙子手里。他说这样就不算违反了不可欺骗的原则，因为欺骗这个小伙子，拿出错误的公式的人是我，让我给背了这次的黑锅，还真是——"斯库瓦罗耸耸肩膀，抱怨了两声。

黄兴听到这里再次面如死灰，他恐怕再也不会相信那个该死的耳语者了。

但是在我看来，这却是极为正常的结果，耳语者当然不可能把真正的公式交给黄兴，一旦让黄兴真正地突破了盒子的障碍，那么就会对耳语者背后的那样东西造成影响，这是那个东西所不愿意看到的情况，耳语者当然不会如此愚蠢，K 先生与它的交易其实早就在它的计划当中了吧。

"还有你们那个什么 SPIN，实在是贪得无厌啊，就为了一小颗夏娃果，竟然整整敲诈了三份能量反应堆建设图纸，我们蒂加纳星系的人实在不是很会跟你们地球人打交道，这次的交易怕是亏大了，不过也算是双方都有利润可得，没有什么损失了。"

我这才想起斯库瓦罗模拟成那个女人的时候，他扔在我口袋里的夏娃果，原来是他早就跟 SPIN 的那些人沟通好了，拿代价将夏娃果给交换了过来。想不到昊天那个家伙竟然如此会做生意，听起来似乎敲诈了斯库瓦罗这边一大笔可以利用的技术，最后才将如此重要的东西给交了出去。

"好了，我还得赶回去向我的上级复命，就不在地球做过多停留了。"斯库瓦罗伸出手，似乎是想要跟我告别。

"再见了，邓龙先生，也不知道还能不能再在地球上见到你。"

我又想起了上次握住他手时那种诡异的触感，犹豫了一下。

没想到我的犹豫却是被他尽收眼底,他嘿嘿大笑道:"上次是因为能量的准备不足以支撑模拟系统的工作了,这次可不会了,你可以试试哦。"

"呵呵。"我也忍不住笑了起来,轻轻地握了上去。

温暖,顺滑,跟普通人类手掌一样的感觉。只是没有多少人能够知道,这个看起来普通的中年男人身上,到底背负了多少的秘密!

三十七 结局

斯库瓦罗离开了,带着那颗宇宙立方和夏娃果慢慢地消失在我的视线里。

而此刻,这场妄图改变整个世界的事件,已经接近了尾声。没有了耳语者的帮助,没有了宇宙立方的物质支持,黄兴的想法最终只能变成空谈。

这是早就注定好的结果。

黄兴跌跌撞撞地起身,他没有阻止刚刚带着他最重要的东西离开的斯库瓦罗,或许因为知道他根本阻止不了,他只是静静地看着他面前的一切,看着仿佛什么都知道了的我。

"邓龙。"他轻轻地抬了抬手,对着我挥了挥,"离开吧,这里已经结束了。"他的表情有些疲惫,就像一名大病初愈的病人。

"我失败了。"

"走到了最后一步,依旧失败了。"

"其实这也并非是不可预料的结果,从我实行这个计划开始,我就不停地在想象自己失败时的场景,而如今,想象终究还是成为了现实,我本来不应该如此心慌的。"

黄兴慢慢走了两步,坐在了一边的靠椅上:"可是,在得知所有的可能都已经消失时,我还是有些慌乱,慌乱到不知如何是好。我没能复活她,也没能拯救自己。"

"这真是一种非常糟糕的感觉,就好像我的一切都已经注定好了,就如同小说当中的坏主角一样,最后一定是失败的结局。你知道吗,邓龙,自从吕布韦告诉我他的那个主角是你的猜想以后,我就知道,我一定会失败了。"

"只是我还是有些不甘心，为什么我永远掌握不了自己的命运。"黄兴此刻轻微挪动了下身子，将自己转过去，面对电脑飞速敲起了代码。

"不过现在再说这么多，已经没有意义了，我是失败者，而你，是胜利者。失败者要接受应有的惩罚，而你一定会笑到最后。我就这样相信着，哪怕以自己的死亡为结果，相信着。"

"晓薇是个很可爱的女孩子，我是在大学的时候认识她的。"黄兴停下了手里的敲打，仰面躺在了椅子上，像是自言自语。

"那个时候的我，还不属于这个不通人情的组织。我还不会有那么多的顾虑去爱人，所以只是很简单地在一起。"

"只是我不是主角，没有那么好的命运，生活只会不停地给我开一些让我不知如何面对的玩笑。"

"邓龙，你说，我该如何面对她的离开？"

我的心隐隐地刺痛了一下，就好像他在重复我的过去。

"你说疯狂便是疯狂吧，我只是想要静静地拯救自己一次，哪怕真的粉身碎骨。"

"听完了我这个失败者的那么多废话，就赶紧离开吧，我累了，需要休息一下。"他闭上眼睛，不知道在想些什么，我却有些难以释怀，他真的还能够好好地休息下去吗？

接下来事情的发展有些超出了我的预料，头顶的灯光在此刻突然闪出了红色的灯光，一个声音突然从一边的音响中响起："自毁程序启动，一分钟后开始引爆，请所有人员迅速撤离。"

我不可置信地看了黄兴一眼，这才明白他话里的意思。

他是想要永远地睡下去！

"起来，黄兴。"这家伙不知道什么时候竟然悄悄地设定好了自毁程序，这个他一手建造的地下王国，将会在一分钟后彻底摧毁了。

"快走吧，笨蛋，就让我留在这里好了，说不定，真的有天国存在，我还能再看到她一次呢。"黄兴没有动弹，只是对我扬了扬手，他还给我留下了逃生的时间。

"你这个混蛋！"我上去一把抓住他的衣服，差点将他从椅子上掀下来，"看来我的那一拳真是白打了，你还不明白生命的意义吗！"

"生命从来都不是简单地制造，简单地毁灭。你这样看待所有生命的意义才是真的愚蠢啊！"我想把他从椅子上提起来带走，可是却被他缓缓地推开，"走吧，再不走就真的来不及了，你只有四十五秒了。"

此刻我却连看手表的时间都没有，只能先一步拽起他就往外面跑去，就在这一个恍惚间，我又有了回到从前的错觉，那个从外星植物的飞船里逃离的情景，和此刻竟然是如此相似。

一个人影突然从门口蹿了进来，我以为是刚刚离去的斯库瓦罗先生突然折返，心中刚刚一喜，却被眼前的人吓得愣住了。

"何梦舒？"她的突然出现让我有些吃惊，与此同时，我也注意到了黄兴原本已经暗淡的眼里多出了一丝亮光。

"你怎么还在这里，你不是在楼上的吗？怎么跑到这里来了！"我急急地吼道，也来不及对她解释太多，只能让她跟着我一起往楼上逃。

不对啊，她应该也是被刚刚的反刍程序给还原了才对，为什么还待在这里没有离开？刚刚那些科学家可是立马急匆匆地离开了这里，她为什么没有离开？

"给你。"她从口袋里突然掏出一样东西，递给我旁边的黄兴，我瞥了一眼，竟然是那个女孩的相框！

"我怕你忘了带这个东西，所以特意从你的办公室给你找过来了。"何梦舒定定地看着黄兴，眼里散发着一股我熟悉的味道。

原来，她不是被调换的人啊。

她一直都跟在他的身边，原因只是因为——

"黄兴，我喜欢你。"何梦舒，这个我并不怎么熟悉的女人，此刻终于说出了她一直埋在心底的想法，这却是我在之前没有留意到的。

"哪怕你一直没有办法忘掉她，哪怕你一直想要复活她，哪怕你为了这个计划把你自己都折腾了进去，我也愿意陪着你一起。"何梦舒的手还悬在半空之中，黄兴没有立刻接过那块相框。

"我一直不知道该怎么让自己融入到你的生活当中，尤其是看到了你为她做的一切以后。"何梦舒似乎对耳边的倒计时充耳不闻，缓缓地吐露着自己的心声。但我却是焦急无比,有什么话不能出去了再好好说吗?

"只是我知道,我喜欢你。所以我相信,你也一定有一天会喜欢上我,喜欢上我这个一直陪着你的人。我就是这么简单地相信着,然后一直到了今天。或许我们两个都见不到明天的太阳,但是我却还是要跟你说清楚,黄兴,我不想一直做你的配角,我要成为你的主角啊!"

"晓薇。"黄兴的表情有些茫然,他还在挣扎着什么,只是他已经接过她递过来的那幅相框,小心翼翼地擦拭了几下。

"何梦舒。"黄兴小心地叫了一声。

与此同时,何梦舒的眼泪大颗大颗地掉了下来。

"嗯?"

"帮我送邓龙离开,然后,我会陪你死在这里。好吗?"他的眼里突然发出闪亮的光芒,他将手里的相框装进口袋,然后掏出了一把造型古怪的东西。

我对那样东西再熟悉不过,因为我已经不是第一次见到。

心里暗叫一声不好,刚要躲避,但下一秒我却已经中了黄兴一枪。

麻醉枪,黄兴一直不曾离手的东西。此刻竟然用在了我的身上。

何梦舒和他的配合默契无比,就在我身体软倒的一瞬间迅速接住了我的身子。不得不说这把枪的麻醉效果十分惊人,我还是第一次挨了这东西一枪,瞬间就控制不住自己的身体软倒下来。

只是麻醉枪似乎无法麻醉意识,我还能够模糊地看见周围的一切,想要发声,却连嘴巴都无法打开。

"你们这些自以为是的家伙!"我想要大吼,却只能叫出细弱蚊蝇的声音。

何梦舒对黄兴点了点头,然后和黄兴架着我飞速地往楼上跑。只是此刻,倒计时已经到零,连已经被麻醉了的我都感觉到了周围的一阵晃动。

而此刻,我们三人的位置却还在地下二层。

楼梯开始剧烈地晃动,黄兴他们的速度减慢,他们需要分出更多的精力来保持自己的平衡,不停地有各种爆炸的震动传来,一次又一次差点将我们三人掀翻在地。我心里着急无比,心底把黄兴这家伙骂了十万八千遍,关键时刻竟然给我来了一枪,而且，他妈的好疼啊！

脚下的楼梯此刻已经承受不住震动出现了裂缝，开始挤压扭曲，我还在担心会不会突然一脚踩空然后就卡死在里面，却听见一边的黄兴大吼了一声"小心"。

头顶的楼梯此刻已经顶不住压力直接崩塌，大大的一块碎石直接压了下来，黄兴提前发现，直接将我们两人扑倒，堪堪闪过了这块石头，但通往上面的道路已经崩塌，没路往上走了。这栋大楼已经开始崩溃，不出十秒就会将我们三人埋在这里，如果再不想办法出去，我们都要死在这里了！

现在我们离地面还有三四米的距离，手脚并用都不一定爬得上去，更何况是已经手脚无力的我？

这次真到了绝境了。

我却没有多余的心情来担心自己，因为黄兴受伤了，就在他刚刚扑倒我和何梦舒的瞬间，他的额头已经撞上了一边的墙壁，血液从伤口处不停地涌了出来。

他仿佛毫不知情一般，反过来安慰我道："邓龙，我知道你听得到我说话。我相信你是主角，你一定不会死的，你放心，我一定会送你出去的！"他的脸已经被鲜血染红，看上去很吓人，连何梦舒都看得担心无比，从自己的衣服上撕下一块布来，擦了擦他的伤口。

"邓龙先生，我来得不算太晚吧。"一个声音从上面突然传来，我心中顿时一喜，知道命不该绝，想大声回话，却浑身无力，那麻醉剂的作用力实在太大。

"哎，你也不说话，果然还是我来晚了，不过，你不会有事的。"说话的正是乔帮那个话唠。他好像一直都被关在这里，没想到最后竟然还是要靠他来救场。

"乔帮是吗？我知道你。"黄兴抬头看了看上面，他当然也知道乔帮这个隐形人，"把邓龙接上去吧，他中了我的麻醉弹，动不了了。"

"嗯，你是黄先生吧？安小姐倒是经常提起你呢。算了，你们上来再说。"

黄兴和何梦舒将我举了起来，然后我就被一片潮湿的东西给抓住，然后拽了上去，一路上不停地有水滴溅落在我的脸上，是乔帮用他的能力挡开了所有从我头上落下的碎石。

"请你们两位快些上来，我的能力持续不了多久了。"我已经被乔帮重新接回到了地面,说出的低语也终于能够被乔帮听到了。

"快把他们两个弄上来!"我还要细说,却听见黄兴在底下大吼:"邓龙,虽然我知道说这个有些太晚,但是不说我心里实在有些过意不去!"

"说那么多干吗!你们快给老子滚上来!"我再也忍不住大吼,只是那声音说出口却微弱无比。

"抱歉给你添了这么多麻烦,不过,还是要谢谢你。"

"邓先生,他们……"乔帮想要说什么,却知趣地没有说下去。

"我会明白的,或许就在我离开这个世界的前一秒,你说的,所谓的生命的意义。喜怒哀乐,才是生命的真谛吗?"说完,黄兴自己直接大笑起来,我看不到他的样子,只听见他在下面爽朗的大笑声。

"你们!"我的眼泪不停地涌出,不知道该怎么接下去。

"如果可能,我们下辈子见吧。邓龙,再见了。"伴随着他这句话,一直阻挡着巨石下落的水幕再也支撑不住,散成水花坠落下去,与其一起坠落的,还有那滚滚而下的巨石。

"对不起。"我听见了他最后的低语。

"危险。"就在这时,乔帮也抱着我猛地向后退去,这里已经不能再待下去,脚下的土地也开始出现裂缝,他必须带着我离开了。

冷风依旧,我的脸麻木地感受着冷风的肆意切割,被乔帮夹在手臂里仰着头看着从乌云里慢慢爬出的太阳,那微弱的秋日阳光,让身边的空气中带有了一丝丝的温暖味道,仿佛给了我最后一针让我眩晕的药剂。

"结束了?"我却不想再想,一头睡了过去。

尾声

醒来的时候,入眼的是明晃晃的阳光,我从床上缓慢地爬起,抬了抬自己酸痛的身子。

这里是我家。

吕布韦在一边闭着眼睛假寐,此刻听到了我的动静,直接睁开了眼睛,望向了我。

"你醒了。"他的脸上看不出喜怒哀乐,反倒像从前的黄兴一样,有些僵硬。

这时我才又一次想到了黄兴,那个体内寄居着两个完全不同性格的黄兴。就在那最后的关头,他还是没能和何梦舒一起爬出那层地下建筑,被倒塌的墙块直接压在了里面。

他大概已经死了吧。

吕布韦的神色一如既往的云淡风轻,因为这次的事件到了这里已经有了一个结果,一个大家都能够接受的结果。只是对于我来说,这个结果却有些太过混乱,让人不忍回忆。

我定定地看着他,想等他说些什么,他仿佛知道我是怎么想的,开口说道:"结束了,这个世界依旧和原来一样正常。"他倒了一杯水给我,我胡乱喝下,然后开口回道:"只是,有些人恐怕永远都回不来了。"

声音有些颤抖,仿佛我现在仍然没有习惯自己声带的发音,麻醉剂的效果似乎仍然存在我的体内。

"是吗?"吕布韦轻轻地微笑,眼里却是抑制不住的苦涩,他早就应该知晓了背后隐藏的一切,包括他不在这个世界时发生的所有。

"郑青芸呢?"我转身环顾了下四周,没有发现她的娇小身影。

吕布韦指了指屋外:"我告诉她你今天可能会醒过来,她去买菜给你做饭去了。"

我也是忍不住轻笑了一声:"你还真是会把我往绝路上逼啊,我才刚刚好起来就让我吃那些。"

现在的我虽然饥肠辘辘,却依然保持着理智,不要吃到郑青芸的食物中毒才好呢。

"至少大家都没事,你偶尔也该照顾下你小女朋友的情绪了。"吕布韦笑了起来,又拿起一边床头柜上摆着的一堆苹果,"我吃了一个,你不会有意见吧?"

我无奈,白了他一眼:"少废话,说说最后的结果吧,我想知道他们有没有事。"

"他们?你说的是谁?"吕布韦又是自顾自地拿起一颗翠绿的苹果,也不洗,直接往嘴里塞进去，啃了一口，"他们，还是她们？"

我听出了他话里的额外含义，对他的鄙视更深了："都有，我可不像你，是个无情无义的家伙。"

"OK，我不跟你争论。"吕布韦扶了扶眼镜，"嗯，安然和乔帮都没事，他们从那座医院里逃了出来，还有，乔帮成了你的救命恩人，你得请人家吃顿饭，不过，那个家伙好像不用吃饭的。"

"继续！"我瞪了他一眼。

"继续？好吧，关于K先生那边我只有小道消息了，他带着冷月一起离开了，他俩都没事，而且冷月似乎也答应了K先生的一些要求，看来B.H里面又要多出一位颇具威胁力的干将了。"

"那——昊天呢？"我试探性地问道，我知道吕布韦可能不清楚昊天背后的真实身份，除了SPIN十七局的工作人员以外，昊天的诺亚计划主持人的身份恐怕会一直隐藏下去。

"他？那个家伙升官了，也不知道是从哪儿弄来了些好东西，似乎被上面很看重，直接爬到了十七局副局长的位置，现在可是比我的职位还要高了。哎，人比人，气死人，同样都是天才，为啥差距那么大呢？"我丝毫不想理会他此刻的吐槽，昊天从斯库瓦罗那里交易得到的东西的确很可怕，足够让SPIN十分重视了，升官理所当然，我才不会把吕布韦这酸酸的抱怨给听进去呢。

"那家医院已经被查封，确定是黄兴以前私自建造更改的，时间大约为三年前。我还记得上次那个家伙嘲笑我手下办事不利的时候……你说如果没有我这种办事不利的手下，他的那秘密基地哪能建得起来啊！"

"所以说，这次的结果还算是不错了，除了……"我还在自言自语，吕布韦却是没有接话，他走过来，帮我将半开的窗帘整个拉开，大片的阳光直接照射进来，让我的精神为之一振。

"除了我。"他嘀嘀咕咕地往外走，看样子似乎是要离开，"郑青芸快要回来了，我还是赶紧逃离这个是非之地为好。对了，你绝对不知道我在另外一个世界看到了什么，那简直就是非人般的折磨啊——这个，下次再说啊。"

他一边说一边将手里的苹果两口吃光，只留下一颗小巧的苹果核，顺手扔进了垃圾筐里。

"谢谢了，邓龙。"吕布韦回头冲我一笑，转身走掉，关紧了房门。

我长长地舒出一口气，望着窗外漫天的阳光发呆。连绵的阴雨天气，在持续了近一个星期后终于过去，阳光终究会出现，一如这美好的世界，从来都不曾让人隔绝温暖。

"还有。"门外传来吕布韦逐渐远去的声音，"我们对医院的废墟进行了挖掘，不过没有找到他们两个人的尸体啊。这两个人，怎么死了都找不到了呢？"然后，门外再无声息。

听到这里，我不禁悄然一笑，嘴角上的弧度，愈发的明显。

那两个人，他们——

现在还好吗？

VOL.2
黄河诡沼

一
日记本

"每一个好莱坞影星,都可能是吸血鬼转世。"

屏幕上的标题鲜艳夺目,在临近傍晚的昏暗中熠熠生辉,我不屑地笑了笑,感叹道:"现在的这些编辑跟记者啊,都成了标题党了。为了吸引点击量和关注度,对新闻的标题实在是下了大番工夫,真是要做到语不惊死人不休。"

其实这也不能怪那些可怜的编辑和记者同志,现在人们的想法一直都在不停地变化,只有弄出一些跟当下热点贴近的标题来,才有可能吸引到众多上网者的注意。就比如前不久大火的吸血鬼系列《吸血鬼日记》《暮光之城》等等,说什么好莱坞影星与吸血鬼有关,其实不过是想借着吸血鬼的名头火一把罢了。

就比如我,此刻虽然对这个标题嗤之以鼻,但还是忍不住动手点了进去。

文章不长,但是贴出了很多照片,都是以对比的形式成双成对地出现,第一对就是我很熟悉的尼古拉斯·凯奇的一张照片,旁边摆上了一张看似有些古老的黑白照片,照片上的人留着小胡子,模样和尼古拉斯·凯奇颇为相像,照片的底下还进行了注解:

这张黑白照片是美国内战时期的一张老照片了,古董商发现后将其挂到网上拍卖,定价一百万美元,也因此开始怀疑尼古拉斯·凯奇其实是不是一只百年老鬼,从那个时候到现在一直容颜未老。

无独有偶的是，好莱坞的另外一名大腕约翰·屈伏塔，也被从1860年左右的一张老照片中找到了身影！照片的收藏家表示，这张照片就是屈伏塔年轻时候的样子，虽然时间跨越了一百五十年，但是他却青春依旧。

类似的例子不止这两人，还有杰里奥康，马修·麦康纳，保罗·纽曼，金·哈克曼，约瑟夫·高登莱维特，杰瑞米·雷纳……这些人竟然统统都存在于美国内战时期的黑白照片上。

于是有好事者提出了这样一个搞笑的说法，美国内战爆发之时，一颗炸弹让这几位好哥们一块被送到了现在，也就是我们常说的穿越了。

我笑着关掉网页，脑子里回味了一下刚刚网上提到的东西，暗道：这记者怕是没东西可写了，竟然在这里找什么照片证明吸血鬼的存在。吸血鬼的存在一直都只是人们一厢情愿，至少我从没有听说过有这种东西，甚至连在SPIN工作的吕布韦都没有跟我提起过。不过我相信那位编辑的目的达到了，因为哪怕我对他的想法再嗤之以鼻，却也看完了他的文章。

今天天气不错，刚刚吃过晚饭的我正好想要活动一下，于是我关掉电脑，准备出去转转，没想到接到了父亲打来的电话。

他竟然让我过去帮他收拾一下屋子。

我听了只能嘿嘿一笑，他倒是挺会推卸责任的。

父母最近要搬家，但是母亲刚好前几天回了趟老家，只剩下父亲一个人在家中收拾房子，明天母亲就要回来了，他这是赶不及怕挨骂，所以让我今晚过去帮个忙把东西整理好。

我无奈地叹了口气，心想虽然这也算饭后的锻炼，可是这锻炼强度是不是有些过大了。

但这是父命，没有不去的道理，稍微收拾了一下，我就拿上外套上路了。

现在外面的气候有些变化莫测，往往上午还晴天高照，下午就风雨交加，我伸手拦下一辆计程车，趁着未泯灭的天色朝父亲家里去了。

一进门，就看见父亲正哼哧哼哧地从客厅的书架上往地上抱书。我心里有些触动，因为这样的场景我已经不是第一次看到，小时候的我不太爱往家外面跑，就喜欢自己一个人躲在客厅里抱着一本厚书看上一下午。虽然那时我身高有限，只能眼巴巴地看着父亲给我拿书。

"不是这本，不是这本，我要画了花猴子的那本。"

我仿佛还记得十多年前自己的喊声。

"你来啦。"父亲转过头，看了我一眼，把地上的书整理了一下。我赶紧快步过去，帮他把书从书架上一本一本地抱下来。

"您说您买这么多书又没有时间看，搬家的时候真成了累赘了。有句话怎么说来着，孔夫子搬家——尽是书。您是没有孔夫子的命，却得了孔夫子的病啊。"我从高处抽出一本《人生兵法》，瞅了两眼，然后放在了地上。

"去去去，有你这么打趣你老子的吗？"父亲显然对独自一人干这种体力活十分不满，"你妈就要回来了，赶紧整理好了我好交差。小时候你也没少看这些书，现在倒来嘀咕了。"

我无奈，只能笑笑，踮起脚去拿最上面的厚书，这些多是平常不会看的东西，一直摆在最顶端，现在的我也需要踮脚才能勉强够着。

"小心点，别被砸着了。"父亲小声提醒了一句。

"没事的啦。"我慢慢地拿下一本，只感觉手里捏上了一层薄灰，这就是这些书被摆放在这里多年没有翻阅过的证据，犹如大树的年轮一般证明着时光的存在。

这些书页数大都超过了五六百页，光是厚度就足以让每个想拜读的人咋舌，所以它们被冷落也不是没有原因的，不过很多年后的今天，它们终于熬到了它们的春天，哪怕依旧如此短暂。

"接着。"我将它们一本一本从高处取下，递给父亲，不到一分钟就将上面的书拿了个干净。

"最后一本了。"我一边说着，一边用手拨弄着那本黑色封皮的薄书，想要弄起一个小角方便拿起，可是这本书仿佛格外的重，我用手挪了半天竟然纹丝未动。

"怎么了？"父亲的手悬空着，没有接到我递过去的这最后一本，目光里有疑问。

"这书——有点问题。"我隐约觉得蹊跷，用手使劲去拔这本书，却发现了一个奇怪的地方，这书竟像是黏在书柜里面了。而且，这最顶上的书原本全都是那种厚厚的名著和论文，怎么突然出现了这么薄的一本书？

之前，我只听说过什么物质的相互渗透，比如铅块放在地面久了地面也会渗入铅粉进去，这是物质的原子性和扩散运动决定的。虽然书也存在这种现象，可是无论如何都不会卡在书柜里拿不出来吧，那样的话得是多少年前的书了？

书柜不新，甚至可以说是很旧，在我印象里我有记忆开始它就一直摆在这里了，那个时候我的爷爷还在世，似乎从他那时起就已经在用了。但无论如何，这书柜也不会是什么古董的，更不可能有书腐化在了里面拿不出来的情况。

我使了浑身的力气去抱这本书，看得父亲眉头直皱，却愣是没将那本书给取下来，就好像它已经牢牢地卡死在了书柜里，跟书柜合成了一体。我用力过大，手一滑，竟然差点摔倒。

"哎，你这孩子，办事能牢靠一点吗？"父亲看不下去了，也过来踮起脚查看这本书的情况，只是这一看就是一声轻"咦"，似乎也是充满了惊奇之意。

"怎么啦？"我探头问道。

"我好像都没见过这本书。"父亲用手抓了几下，没有什么效果，干脆看起了书的封面，却没有找到预料当中的标题。这本书只用一个黑色的封皮包裹着，封皮上没有任何文字，也没有任何记号，它只是空荡荡地卡在那里，显示出了它的与众不同。

"爸，这柜子跟这书不值钱吧？"我问道。

"啊？啊，都是老东西了，不值钱。"父亲明显没听懂我的话。

"我说，我给暴力掰下来没事吧？"我讪讪地笑了笑，然后猛然发力，直接用蛮力把这本书从书柜上扯了下来。

"嗤啦——"书柜没事，但是那本书黏着书柜层的封皮却被我给撕烂了，不然我也没法把这本书扯下来。

"咳！"父亲明显被我突然的举措吓了一跳，见这书已经被扯烂，脸色变了变，但也没说什么，敲了敲我的头，转身整理自己的书堆去了。我无奈地撇了撇嘴，然后把注意力集中到了手里这本残缺的书的内容上。

翻开第一页，我就明白这到底是什么了。

这哪是什么书啊，分明就是我爷爷年轻时候的日记本嘛，里面的纸页已经泛黄，翻开第一页我就看到了我爷爷在这本日记本里写下的自己的名字——邓涛。

"爸，这是爷爷以前的日记本，怎么会摆在这里面呢？"我翻了几页，发现里面的笔迹倒是颇为清晰，算起来也是近七八十年的老古董了，不知道为什么会压在这书堆里不见天日，一直持续到了现在。

"哦，那个东西啊。"父亲似乎对这本日记略有耳闻，"我就说整理你爷爷遗物的时候怎么一直没找到，原来被丢在这里了。你爷爷都是老军人了，写的恐怕都是那时候的军旅生活，你要不多看看？"

我配合着手里的日志想起来：爷爷早年参军，好像还混成了个国民党的干部，后来不知道怎么在战斗中受了伤，然后回到家乡不再管战事，安度了晚年，这日记本里，说不定记载的就是他当兵时候碰到的一些事情。

"那我就拿走了啊，爷爷还给自己写了个人物传记，我还是挺有兴趣看看的。"我抚摸着手里日记的黑色封皮有些爱不释手，此刻又有些后悔刚刚暴力撕破了后面的封底。

"随你随你。"父亲招招手，"好好学学你爷爷，他可是从那个艰苦的岁月一步一步走过来的，就没你这冲动的暴脾气。"

我笑笑，不置可否，干脆盯着日记看了起来。才看了不到两行，就被父亲又敲了一记脑门："回去慢慢看，东西都没收拾完呢。"

我揉了揉脑袋，把日记本收到自己裤子口袋里，然后去折腾那些厚重的杂物堆去了。

此刻的我，还没有意识到，自己接触到的，会是一个怎样惊心动魄的故事。

三个少年

我的爷爷，名字叫做邓涛。

这两个大字清楚地写在那本黑色日记本的扉页上，字迹清秀，让我诧异。

我的爷爷基本上可以算得上是军杆子出身，当年军阀混战末期时还跟着瞎胡闹过一段时间，这些我都是听父亲讲的，也未知真假。因为他去世得比较早，让我无法在懂事时向他求证其中的具体细节。现在想来，印象中的爷爷就是一个喜欢戴着老花镜坐在书桌边的小老头。

应该说他的样子倒是跟当兵的扯不上任何关系。

虽然对他的了解不多，但是这本日记我却兴趣十足，说不定还能从里面得到一些那个时候爷爷碰到的奇闻异事，对我这种求知欲和好奇心无比强烈的人来说自然是个好东西，回到家的当头我就泡了一杯茶坐在沙发上细细地看了起来。

翻开第一页，满满都是字，不过字迹还算清晰，我皱着眉头看了下去，却越读越觉得奇怪，看完第一页我停住了，有些怀疑地仔细看了看日记的黏合处，想看看到底有没有什么奇怪的痕迹。

之所以会有这样的想法，是因为他记载的事情太过突兀，就好像爷爷是临时起意才来写这本日记的。其实想想也是，那个战乱时期，自保尚且余力不足，哪有人有空来写什么日记。我拿到的这本日记，记载的却并非他当兵时碰到的事情，相反，更像是他当兵以前遇见的事情。而且，我总觉得有什么事情影响了爷爷的想法，让他不得不把这件事情记载下来。

我仔细看了看，除了日记最后面被我暴力扯掉以外，其他地方似乎都没有被撕的痕迹，也就是说，这本日记从一开头就有些突然。

我重新看了遍第一页记载的东西，想要找到促使爷爷写下这本日记的关键点，而事情的起因，似乎是一次误打误撞的见面过程，就在这个过程中，出现了三个爷爷觉得奇怪无比的人。我想，或许就是因为他们的出现，才让当时的爷爷有了记录下这一切的想法。

为了保证能够弄清日记上的每一处内容，在这里我将换用第三人称来给大家还原一下这本日记上记载的故事。事实上，这本日记里记载的每一件事都让我有些恍惚，仿佛在看一本志怪小说，可又不得不相信里面的说法。尽管爷爷的说法有夸大的嫌疑，但是我相信他不会无聊到编出一个漫长的故事来娱乐别人。

那个时候的邓涛年纪不大,大约二十岁的年纪,民国年间,军阀混乱,正是四处交战的时节,各处地方都不太平。年轻气盛的邓涛,却是做了一份在当时相当有前途的工作:山贼。

靠山吃山,靠水吃水,此话一点都不假,尤其是在战乱时期,人人自危,只要能够吃饱喝足就算是菩萨保佑了。只是那个时候邓涛却混迹在陕西渭河附近,可能你会问:穷乡僻壤的,怎么往西北跑?

其实以前就说过,穷山恶水也有养人的办法。更何况陕西曾经是多朝古都,墓葬无数,很多人就以盗墓发家,谋生糊口,日子照样过得红红火火。只是邓涛当年却没有进入这口行当,他自知没有这能力,也不往那上面下工夫,反倒是直接跟了别人一起投奔了当时落山为王的一伙山贼。

渭河平原和盆地地处关中要塞,西起宝鸡,东至潼关,南接秦岭,北到黄土高原,号称八百里秦川。关中土地肥沃,水源充足,十分适宜耕种,这里久而久之也就发展成了重要的交通中心。只可惜民国时期战乱四起,农民往往辛辛苦苦耕种一年却颗粒无收,老老实实地当个良民实在不是什么好生路,所以才有了那么多青年壮力投了军阀而去。

那个时期,有枪你就是爷,完全不用听从上面的什么号令,军阀割据,混战无数,人民流离失所,背井离乡。邓涛当年就是从家里逃荒出来,刚好在陕西境内碰见一老乡,被他劝说合计,投奔了当时占着秦岭一座山头的小山贼头子。

山贼山贼,什么叫山贼?无非就是占山为王,种树设卡拦路打劫人钱财的一路悍匪。这样的悍匪在当时的关中地区非常猖獗,专门打劫途经此地过往商旅、路人游客,心情好了只拿了你财物便回山修养,心情不好绑到山寨里勒索绑票拿了钱还给你撕票。

邓涛加入这山寨不久,没有什么说话的分量,更是连一把汉阳造都分不到手里,他只能眼红地看着别人手里宝贝似的铁疙瘩流口水。当时他的想法也算简单,好好干,混出头,拿把枪赚到钱回家取个漂亮媳妇。

这伙山贼一共二十来人,人数不多,装备却勉强过得去,大约十多把汉阳造,其中的几个头子更是人手一把王八盒子,再依赖熟知的地形已经是一股不错的战力,靠着打劫过往行人，山林野地里打些野味勉强能够度日。

山寨大头领名叫黄天豹，一位约摸四十岁的汉子，据说曾经是在江苏军阀头子齐燮元手下当过兵。至于为何会沦落到这里落草当了山贼，也是说法不一，有人说是因为抗命当了逃兵，偷了枪逃跑至此；也有人说是被他同乡暗算，诬陷贪了军饷，只得落草为寇……当然这些统统只是其他山贼聊天打屁时说出的闲话，当不得真，唯一让邓涛印象深刻的，却是黄天豹脸上那条从左边眉毛斜向下滑至下巴的大刀疤，看上去端的是吓人无比，一眼看去就让黄天豹此人蒙上了一股煞气，他也因此落下了一个外号：黄刀疤。

黄刀疤最早是跟另外一人落难至此，这点确信无疑，不过好歹两人手里有着现成的军火，这可是比当时的袁大头还要有说服力，就凭借他当时手里的这点东西，东拉西扯，也算是组齐了一支闲散的贼兵队，在这山上安顿了下来。邓涛的那位同乡刚好是认识这山上的一位说得上话的小头子，也因此被拉进了团伙。

日记本的开头，是发生在他加入这伙山贼不到一个月的一天。那天正是盛夏，邓涛躺在大树的阴凉下喘着粗气，抱怨着这狗日的天气，却不想突然听到了几声奇怪的鸟叫。

"叽咕叽咕，咕咕咕。"他马上翻身而起，轻轻一跃，提着一把长约一尺的柴刀便蹦跶着下了大树。与此同时，他的心中却是欢呼雀跃，激动得不行，因为黄刀疤前几天才曾经说过，如果再碰见过往的肥羊的，就留下一只让他写下投名状。

什么是投名状？就是确保你是忠心耿耿加入我山贼的东西。手上没动过刀，没碰过血的人不牢靠，必须要杀过人才能够算是山贼内部的一员。不然，连枪都没得发，只能领到一把小小短刀。

而黄刀疤要的投名状，就是你亲手割下的一颗项上人头。

只有在他面前杀过人，黄刀疤才能相信你，分给你一把做梦都想要的汉阳造，这也就是邓涛为何如此激动的原因了。只是这激动之中，多少带有几分恐惧，他本来只是落难逃荒至此，从没有亲手杀过一人，此时竟然要面对面取下一个人的首级，如何不让他心慌。

但是他却没得选择，因为那个时候的人，不杀人，只能被别人所杀！

刚刚那几声奇怪的鸟叫，其实是山贼们早就商量好的通报信号，意思就是有买卖接近，准备集合动手大干一场了！

邓涛拖着短刀飞奔了大约半里路，终于赶到了约定好的集合地点：一棵巨大的石榴树下。此刻石榴早已结果，却没成熟，绿油油地挂在大树上，颜色比那叶子还要翠绿上几分。

他赶到的时候，早就已经有人潜伏在了那里，还欲再往前跑上两步望着底下看个究竟，却被趴在地上的一人抬腿就是一脚踹倒："趴下别动，给老子安安静静地待着，看看再说！"

踹倒邓涛的，正是黄刀疤，他的那条刀疤早就结痂掉落，只留下明显的紫红色肉疤痕证明着曾经的往事。他一发话，所有人都不再说话，匍匐在地上，定定地看着不远处山道上的几个黑点。

邓涛却摔得不轻，只是他没有抱怨，拍了拍脸上的飞灰，慢慢地往前挪了两步。

山道上有几个人正往这边走来，邓涛眯着眼睛看了一会，发现这三人的样子实在有些奇怪。按理来说，大家都知道这一带山贼众多，往往都是逼不得已才从这经过，行色匆匆，从不多做停留。可是这三个人的样子，却是让人心中实在疑惑，他们不仅不快步离开，竟然走得比散步还慢，也不知道是在干些什么。

"大鹏，你眼力最好，你给老子看看，那几个人在干吗，怎么慢吞吞的，莫非是外地人不小心闯到了这里不知道这里的规矩？"黄刀疤此刻发问的对象是一个瘦小的矮个汉子，脸型削瘦，下巴尖细，天生一副贼眉鼠目的样子，他的眼睛黑黝黝的颇为有神，此刻正不停地打着圈圈转着，似乎在看些什么。

可就是这样的一个汉子，名字却叫做大鹏，让人啼笑皆非，不过邓涛却知道，大鹏的眼力极好，数千米外都能够分辨出人手上拿着的东西。不过他也有一个毛病，那就是不管什么东西，一旦靠近了他，他反倒看不清了。

其实这在现代就是一种常见的眼科病：所谓的远视眼，看远处的东西异常清晰，一旦到了近处却又模糊不清了。此刻，远视眼的大鹏发挥着他这不完美的长处，盯着那几人打量了半天，开口道："三个人，没有看见武器，其中一个人手里提着个什么稀奇古怪的东西，不像是赶路的商人，反倒像是在找什么东西。"

黄刀疤听到这里，双眼精光一亮，小声吼道："胆子不小啊，敢来老子的地盘找东西。从来都是老子抢人家东西，哪有别人抢我东西的，也不问问老子手里的枪答应不答应！"

邓涛心中暗自鄙夷了一声，黄刀疤之所以敢这么硬气，还不是因为这边自己人多，就这么一会儿的工夫，收到信号赶来的兄弟就有十多个了，人数上稳占了优势，再加上那三人似乎都没有带什么武器，怕真的是有来无回了。就是不知道这三人身上到底带着什么值钱的东西了，如果不能够让黄刀疤满意，怕是死了都留不下全尸啊。

他默默地叹了口气，只能悄悄地默念了一句："您几个死了可别来怪我，我这也是身不由己啊。"

远处的三人渐渐走近，十多人屏住了呼吸不再言语，只等黄刀疤一声令下，就一齐从树上跳下，把这三人团团围住，到时候是杀是剐，那就得看黄刀疤的心情了。

邓涛此时也逐渐看清了三人的样貌，三人均是黑衣黑裤，腰间缠着一抹红腰带，领头的是一个眉清目秀的少年，手里握着一块黄铜色的器具，走路也不看道，反倒是将注意力全部集中在了手中的那块黄铜色物件之上。

而他的身后，紧跟着另外两位青年，俱是二十多岁的青葱少年，他们不停地打量着周边的环境，似乎在找些什么。

邓涛心里泛起一股难受，刚才还在为能够拿到枪而激动的心情顿时荡然无存，他只是一个逃荒青年，并不是杀人不眨眼的恶魔，此刻见了这三位与自己年纪相仿、不谙世事的少年，确实不忍心再看到他们被黄刀疤一伙人围着屠戮了。

只是剧情仍旧会按照黄刀疤的想法演下去，而不是他自己的一厢情愿。

黄刀疤的目光一直都盯在领头的那个少年身上，准确地说，是在那块黄铜色的小镜子一样的东西上；直觉告诉所有人，那是个好东西，而且，说不定是什么更好东西的钥匙。

黄刀疤眼睛里的精光越来越亮，就在三人正好走到他们躲藏的这棵石榴树下时，再也按捺不住，大吼一声跳了出去。

"三个年轻后辈，不懂规矩到处乱跑，都给老子乖乖地把东西留下吧！"

黄刀疤大喝一声，身后的十数位小弟一齐跟上，手里的短刀枪支已经亮出，直直地对准了那三位还没有反应过来的少年。

邓涛心里，此刻猛然间收缩了一下。

三 惊变

这是邓涛第一次加入山贼的打劫行列，对面的过路人，却是三个跟他一样年纪的少年，这让他的心里有些颇为难受，干脆不再言语，只是愣愣地盯着那个领头的少年发呆，眼里尽是担忧之色。

黄刀疤却满脸兴奋："大爷今日心情不错，看你们三个小娃不懂规矩，也就不留你们性命在此了。不过你们身上值钱的东西可必须得交出来，不然的话，也就别怪我不客气了。"

听得黄刀疤如此说来，邓涛的心情好受了不少，虽然恐怕又没机会拿到那个什么投名状然后领枪了，不过他总是不想看到那三位少年无辜受戮。至此，他呼出一口气。不过，他也知道，黄刀疤一向喜怒无常，此刻说的话又怎能当真，得了赎金还撕票的事情干得也不少，又怎么会有什么信用可言。

想到这里，他着急地看了领头的那个少年一眼，想从眼神里透露出他表达出的信息："快走，越远越好。"

只是那领头的少年似乎并未慌张，这倒让所有人心中稍微诧异了一下。按道理来说，正常人一旦被这么多人用枪指着，且不说吓得屁滚尿流，大多数人就是脸色发白，站立不稳了。可是面前的这个少年竟然好像并未有太大的情绪波动，只是静静地打量了周围的这些山贼一眼，然后拱了拱手。

"这位大哥，实在不好意思了，我们兄弟三人也是误打误撞闯了进来，冒犯了您实属不该，我们马上就离开。"他话未说完，身后的另外一位少年似乎对他的反应有些不满，刚要打断他的话，就被领头少年觉察到了，他摆摆手，示意身后的那位少年不要说话。

黄刀疤愣了愣，见面前的少年竟然如此沉着，脑子里也不禁要多转几个圈了。

这少年，不简单啊！

光是他的谈吐来看，被这么多人执枪包围竟然面不改色，这到底需要多大的胆识？一般人家的孩子岂会有这种能耐，想到这，黄刀疤也不得不掂量下眼前的这个点子动不动得了。

"好，好，好。"黄刀疤一脸说出了三个好字，然后竟然丝毫未提打劫之意，"不知三位公子出于哪位大人府下？"他这是在试探三人的底细，如果偷鸡不成反蚀把米，乃至弄得引火烧身，那就是大大的不划算了。

"呵呵，大哥不必多问。我这儿有银元十数枚，就留给您山寨打牙祭了，还望大哥能够放我三人从此处下山离去。"领头少年却丝毫未提自己身家，倒是直接拿出一包油纸包裹的东西，拆开油纸摊开来，竟然是一沓银元。

众人皆是一愣，想必也是上山落草这么长时间，恐怕第一次碰见如此识趣的过路客，话都没说完就把钱交了出来。一边的一个山贼抬眼看了看黄刀疤，问道："怎么办，拿不拿？"

黄刀疤愣了半响，最后双眼眯起，点点头，示意去将那少年手中的银元尽数拿来。那山贼一路小跑，提防着少年的暴起发难，果断从少年手中将那些银元猛地抓过，然后就像见鬼一样躲得远远的了。

"老大，是真的！"那山贼拿起一枚银币，手指一撮，捏起银币中心，鼓起腮帮子对着银币边缘猛地大吹一口热气，迅速将银币贴近耳朵，只听见一阵清晰的纹韵之声，确是材质上好的银币无疑了。

黄刀疤眼睛滴溜溜一转，没有回话，反倒是转身对着少年一抬手："东西我们倒是满意了，只是几位后辈看样子不像是本地人，不知为何会来到这荒山之处？"

邓涛听了心里一凉，知道这黄刀疤贪得无厌，得了银币仍不肯放过这三人，怕是要对那三人手里的那面黄铜色的东西下手。连邓涛都知道，这三人来到这里恐怕是在找什么东西，而那握在领头少年手里的东西，就是他们此次找寻的关键了。

少年面色终于有了一丝凝重，看起来似乎对他们不想表明的那件东西有些忌讳："我们兄弟三人确实是有要事在身，在这里也不便于向大当家的透露，我们还需要赶路，也就不多做停留了。"说罢，对身后两位少年一摆手，竟然转身就要离开。

众山贼没有一人上前阻拦，所有的决定权都在黄刀疤的手里，他没有下令，众人都只能眼睁睁地看着三人离去。邓涛的心情却是比这默默离去的三人还要紧张，他知道黄刀疤恐怕不会如此轻易地放他们三人离开，仅仅这些银币就想打发他这头贪得无厌的老狼，怕是不容易啊。

黄刀疤看着三人离去的背影，眼睛里的色彩阴晴不定，那脸色逐渐变黑，长长的紫红色刀疤显得越发狰狞。

"站住！"黄刀疤终于忍不住了，他还是想干一把。

可那三人却仿佛充耳不闻，依旧自顾自地往前走去，脚步速度并无加快的迹象，竟然丝毫不担心身后的这些人开枪射杀的样子。

黄刀疤此刻却是愤怒无比，不仅在众小弟面前折了面子，更是在这三个看起来稚嫩得可怕的后辈面前失了场子，他双眼圆瞪，竟像是要喷出火来一般。邓涛看在眼里，着急无比，都差不多要闭起眼睛，不忍再看那三人被数十发子弹打穿身子的惨状了。

"妈了个逼的，给你们脸竟然不要脸，把我的话当作这山里的风，说放就放了！"黄刀疤的王八盒子已经准备好，只是他没有开枪，内心的愤怒已经让他冲昏了头脑，他一定要抓住这三个人，狠狠地将他们折磨致死，然后再去拿到他们手里的宝贝。

至于他们背后到底会不会有别的势力，这已经不是暴怒的黄刀疤考虑的事情了，就算有，死在这荒山野林里，谁还能够猜到是谁下的手！今天无论如何，都不能够让这三个少年完完整整地走出这片山头了！

"快，快逃！"邓涛终于忍不住喊了出来，却是气若游丝，怕连数米的距离都传不出去。但他还是希望那三个少年能够多出一份好运，不要无辜地死在黄刀疤的枪下。

黄刀疤恶狠狠地瞪了邓涛一眼，那眼神分明已经带有了一股杀意，就好像要将这临阵叛变的叛徒生吞活剥了一般，但是此刻的邓涛已经双腿发软，恐怕连逃跑都没力气了。

就在这一瞬间，那在前方不紧不慢行走的三人却回过头来，往邓涛的方向上看了一眼，仿佛听到了邓涛这无力的提醒。领头的少年竟然对着邓涛微微一笑，带上了一股让人安心的味道。

只是这味道，怎么都带有一种血腥味。

邓涛在那个时候，就已经有了一种迷茫的感觉。

黄刀疤大喝一声"兔崽子"，身后数名小弟就已经跟上，数人提着长枪短刀直奔三人而去，黄刀疤的目的最为明显，竟是要将那黄铜色的东西从那领头的少年手中抢来："老子本来今天不想杀生，可是奈何不得你们这帮小辈欺人太甚，不把老子放在眼里。"

这句话其实解释得苍白无力，杀人夺宝这种事情在那个时候天天都有发生，人为财死，鸟为食亡才是那个时候的至理名言。

领头少年却是脸色一凛，大呼道："欺人太甚的恐怕是你们才是。"只是这话说出的，却伴随着一声沉闷的枪响，有一个冲在前面的山贼已经按捺不住紧张，手一抖动，开枪走火了。

"你他妈的给我打坏了那宝贝，看老子不剥了你的皮！"黄刀疤极担心这胡乱开出的一枪打坏了领头少年手里拿着的那样东西。

这一枪本就无意瞄准，加上那山贼心情紧张，开枪的时候手抖了两下，直直地打在了领头少年右脚前方不到三寸的地方。"噗。"轻响伴随着几缕轻烟冒起，那颗子弹只在地上开了一个小坑。

按常理来说，正常人碰见这种情况恐怕要吓尿了裤子，那子弹离自己脚尖就不到十厘米的距离，稍微抬高一点就打到自己腿上了。但那少年的反应却出奇的冷静，不仅没有急得跳脚，更是把手里的东西扔给了最后的那位少年，整个人以一种奇怪的身法往这边冲了过来。

他是要干吗？难道是想一个人就对付上这些大汉？难道他疯了？

这不只是邓涛自己的想法，更是所有人的想法，只有邓涛隐约地感觉到，事情似乎并不像表面看上去这么简单。

少年的脸上还带着微笑，脚下的动作却快到让人有些眼花，本来距离近十米的路程眨眼的工夫就被他瞬间拉近，然后就是一招干脆利落的碎喉肘，直接用左臂的肘部狠狠地击打在了开枪的那个山贼的脖子上，只听见一声清脆的喉骨断裂的声音。

那人连丝毫的反抗都没有，瞬间软倒下去，眼里早已没有了之前的生机。

包括黄刀疤在内的所有人全部被吓了一跳，没有人从这惊骇的一幕中反应过来，所有人都只觉得眼前一花，那少年的速度快到可怕，竟然轻易间就取了他们这边一个人的性命，只一招，瞬间毙敌，没有丝毫犹豫。

如果这样的人是个年过四十的中年大汉，可能还能够让人接受，想来是个练家子，从年轻一直苦练到现在的一门外家功夫。可是当施暴对象仅仅是个看起来不过二十出头的少年时，所有人的思维都瞬间停滞了，他们都无法接受这样的现实。

少年一击得手，却没有丝毫的犹豫和停留，马上转向了一边的第二个人。这一次，他的攻击点是那个山贼的小腹。之前的致命一击，用到的是他左手的手肘，少年此刻借势前窜一步，然后用右脚膝盖猛地踢出，直接打在了愣在当场反应不及的山贼身上。

这一击膝撞又快又准又狠，直接将被攻击者的胃酸都给打吐了出来，那人只剩下萎靡在地上口吐白沫的分了。这白沫到了后来逐渐变成了血红色，好像是已经伤了内脏，肚内已经出血，眼看就是活不成了。

这还不算完，少年的右手又瞬间从腰间抽出了一样东西，急急地在半空中划过，银光一闪，却是将一边握着枪的另一位山贼的手臂连着枪托一起切下，血液当时就飞溅出来，被少年轻易地躲开，未曾沾到一滴血迹。

而那个山贼，过了片刻才反应过来，大声惨号起来，只是这惨号，到了最后，竟然带上了些许绝望。

就在这瞬息之间，少年一连串的动作，竟然已经让两人被直接打死，一人手臂被割下，失去了战斗力。短短时间之内，三个山贼已经彻底失去了战斗的能力。而最为可怕的是，他那犹如恶魔一般的身影，已经给在场的十数人心里，留下了深深的恐惧。

"开枪，给老子开枪！弄死他！"黄刀疤终于被前一位伤者的惨号惊醒，大声嘶吼起来，只是此刻的他，明显没了最开始的那分霸气，语气里满是不可置信和深深的恐惧，他竟然也开始害怕了。

但此刻，他再想后悔也已经来不及，梁子已经结下，血溅当场，想要善终，却发现没有那个善始！

邓涛只觉得周围的世界一片宁静，连那个被切断手臂的伤者的惨号，和黄刀疤恐惧的怒吼声都听不见了，他只看见少年那诡异的身形，和他脸上冷若冰霜的表情，那是一种看破了世间千万冷暖的冰凉，直直地投射到他的心脏里，带给他一种沧桑而又悲凉的感觉。

孤独，而又决绝。

一如那肆意收割的死神，这位少年，是为了来收割生命的存在吗？

四 万人坑

邓涛从来没有想过，会碰见这样的一种情景。从他无奈上山落草开始，他就已经考虑到自己以后会怎么死去了。

有可能是被黄刀疤拿去当炮灰，有可能是踩上硬点子跟对方火拼至死，有可能是在山中染病不治而死……可是无论如何，他都没有想到，自己和这山寨里的所有人，竟然要像臭虫一样被人碾压至死。

一直以来，他都觉得枪杆子是那个时代最可怕的武器，一发子弹就能够在瞬息间取下一个人的性命，无论怎样的强健身体，都挡不住从枪膛里发射出来的那颗小小金属。只是此刻，他的想法却完全转变了。

枪声不绝于耳，在这山谷之中回荡良久，惊起一片又一片的飞鸟。可这些子弹却没有一发能完成它应该执行的任务，那少年的身形犹如一只在夜空中肆意飞行的蝙蝠，无法捕捉，明明应该打在他身上的数发子弹却被他灵巧地躲开了，只在地面上激起一阵阵尘土。

更有甚者，有极其恐惧的山贼竟然慌不择路，一边逃跑一边往前开枪，那子弹竟然打入了自己人的体内，有两三人都被自己人的子弹直接击倒，躺在地上呻吟不止。

场面在一瞬间就发生了变化，虽然那位少年的战斗能力的确惊人，但真正改变战局的却是他那势如破竹的气势和山贼这边溃不成军的鲜明对比。这群山贼其实也就是跟黄刀疤一样欺软怕硬的主，仗着手里的家伙和人多，来欺负那些没有武器的过往商旅和路人。此刻碰见了这样一位其貌不扬的杀神，本能地就想要逃跑，此刻当然是兵败如山倒了。

只有黄刀疤知道，这逃跑却是万万不能的，奋起抵抗还有一线生机，逃跑却是给了对面那个少年各个击破的机会，让他赢得更加轻松。但此刻的他也是心如死灰，不知道怎么就看走了眼踢到了这样一块铁板。看这身手，至少练了三四十年，已经进入了外功大成境界，不知道为何这样的功夫，竟出现在了这样一位少年身上。

"不许跑，给老子顶上！"众人溃散，黄刀疤却不傻，他想让别人顶上，拖延下那位少年来给自己争取逃跑的时间。留得青山在，不怕没柴烧，更何况这些军火他都还有，只要有命在，假以时日定能卷土重来。

"跑你大爷的。"黄刀疤的盒子枪打不中那飘忽不定的少年，但是打自己人却是奇准无比，一枪打在了一个丢了枪不要命逃跑的山贼腿上，当时就让他小腿一软，跪倒在地。黄刀疤也借此震撼了逃跑的数人，大声吼道："谁他妈再跑，别怪老子的枪没长眼睛！"

逃跑是死，不逃跑也是死，众人衡量半天，竟然又冲了回来。对面只有这三个少年，再怎么厉害体力也是有限，还不如放手一搏，求一个逃出生天的机会。只是这想法，却让他们走上了葬送自己性命的歧途。

眼看短兵相交，枪械此刻再无用途，除了几乎打不到那个少年以外，更重要的是可能误伤自己人，所有的山贼都是换上了短刀，直愣愣地扑了上去。

少年手里拿着一把奇怪的武器，像是古代某些侠客所用的特殊软剑。只是他手中拿的武器，要比软剑更细上几分，舞动之中，只看得见一片银光闪闪。不仔细看，竟然看不清形状。这东西怕是先前就包裹在他的那束红腰带之中，所以才会被大鹏给看漏了。

而就是这被看漏了的东西，在片刻间竟然已经割破了两人的脖颈，带起了一阵血光，让所有人都想要离这银光闪闪的软剑远一点，更远一点。

到了现在，黄刀疤这边却已经躺倒了八人，只剩下七八个仍在戏谑般地抵抗，邓涛瘫坐在地，没有任何的动作，只是傻愣愣地看着收割人命的少年那闪动的身影。

"二弟小心！"从众人交战的身后，突然爆发出一阵惊天大吼，那声线，竟仿佛要将在场的几人耳膜震破，邓涛只听见一阵轰鸣之声，乃至于在这一声吼完之后，仍然伴随着耳鸣与头晕。

叫出这让人觉得分外惊悚的一声的，正是那两个远远地站在一旁观战中的一个，只见他皮肤黝黑，个头颇高，身上的衣衫尽数裂开，露出黑且壮的肌肉。他的脸上满是红晕，此刻正大口大口地喘气，看来刚刚那一吼，怕是费了他不少气力。

邓涛现在明白了，小时候听过说书老人讲述张翼德长板桥前喝死曹军一将，原来还真有这样的人存在。只是想要喝死人并不容易，让人头晕耳鸣却没有问题。

而导致那黑壮少年大吼出声的原因，是黄刀疤趁着几人纠缠住那少年的当头，从少年背后摸过去妄图偷袭，恰好被那黑壮少年看个正着。他估计救援时间来不及，只能出此奇招，一来提醒自己的二弟，二来更是可以阻碍对面人的想法。

黄刀疤果然被这一声大吼惊得愣了半晌，就在这半晌以内，那在人堆中的少年转身抬腿一脚正中黄刀疤的胸口，就见黄刀疤如同断了线的风筝一般飞出，带出了一条血线，正是从他口中吐出的血痕。

黄刀疤一倒，众人皆没有了再战之心，此刻也没人拿着枪威胁他们回来，全部想要丢盔卸甲而逃。少年却并没有遵循穷寇莫追的这种说法，而是踩着其中一人的身子舞出了一剑，将前方一人的双腿齐齐切断。那人应声而倒，望着自己的断腿大声呼救。

就在此时，那最后一名沉默不语的少年也突然跟上，手中几缕看不见的器件瞬间从手中发出。邓涛没有看见他到底扔出了什么，却听见了空气中沉闷的破空之音，逃跑中的两人应声而伏，背后流下了一条血线，眨眼间就不再动弹，也不知是死是昏。

三兄弟此刻才缓缓地聚到一起，打量起这惨烈的现场。就在这不到二十米长的山道上，除了他们三人以外，再无站起的人。又或者说，除了唯一没有受伤的邓涛以外，再也没有了能够动弹的山贼。

"二弟，接着。"那沉默不语的少年终于开口说了话，先前一直都是他在保管那黄铜色的物件，此刻也再次交给了那领头被称之为二弟的俊秀少年。到了此刻，邓涛才算就近看清了少年手中的古怪物件，像是一面奇怪的镜子。

就在这时，这三人却同时转过身来，齐齐看向了瘫坐在原地的邓涛，这一下却是将邓涛吓得不清，远比黄刀疤看向自己的那一眼更为可怕。虽然这三个少年眼里并无杀意，却让邓涛吓得连说话的力气都没有了。

领头的少年此刻依旧保持着他那副云淡风轻的表情，他淡淡地看向邓涛，并没有动手的意思。或许，他们真的听见了邓涛那句好心的提醒吧。

气氛在此刻有些凝固，这三人在不到一炷香的时间里，就杀光了邓涛所在山贼队伍里的所有人，这样的手段，仿佛根本就不应该在这三位少年的身上出现。邓涛知道，他们其实并不在乎要不要多杀自己一人，他们只是在考虑自己的心情罢了。

"算了，走吧。"领头少年淡淡地说了一句，然后毅然转身离开，他的软剑再一次收进了红色腰带中，只是等这样武器下次再见到阳光的时候，不知道又要收割多少人的鲜血了。

其余两人皆是深深地看了邓涛一眼，那沉默不语的少年对着邓涛笑了笑，然后一同转身离去，只留下呆滞的邓涛坐在原地，还没有从劫后余生中的喜悦感中反应过来。

"真是不知死活！"邓涛还在发愣，却突然听见前方一声轻哼，那沉默少年居然突然转身，手里再一次丢出了一枚邓涛连轨迹都看不见的东西，看那样子，竟然像是要将自己的脑袋打个穿透。

还是要死了吗？这是邓涛此刻的想法。

不过他似乎对当前的情况有些误解，因为他已经听到了身后传来的闷哼声，那枚致命的暗器没有击中呆滞的邓涛，而是直直地划过他的肩膀，打在了他身后的一人身上。

邓涛回头去看，却是黄刀疤匍匐在地上做着最后的挣扎，他的脑门上，钉着一枚黑色的铁钉，那铁钉也不知多长，估计至少打入了他的脑门一寸，鲜血已经顺着豁口留了下来，黄刀疤只蹬了蹬腿，就不再有反应，彻底死绝了。而他的身边，摊放着一把盒子枪，看起来像是黄刀疤要做最后的挣扎。只可惜，他还没有出手，就被那使铁钉的少年结果了性命。

黄刀疤双目圆睁，眼里透露着深深的恐惧还有绝望，以及更多的不甘！邓涛看着他的眼睛，一股悲凉由心而起。他慢慢地爬过去，用手抚平了黄刀疤的眼皮，这个曾经占山为王的汉子,就这样死在了三个他永远想象不到的少年手里。

这三位少年,到底是什么人?

邓涛不想知道,也不敢知道,他只想这三人赶紧离去,爱干什么都可以,只有他们离开这座山,他才有勇气从地上站起来逃跑。

可是世事往往突变得让你无法预料,就在邓涛以为这三人终于要离去的时候,那个领头的少年却猛然间回过头来,对着那黑壮的少年说了几句话。那黑壮少年点点头,对着邓涛大声吼道:"喂,那个没死的,你知道这山的附近哪儿有最近死了人的万人坑吗?"

万人坑?

邓涛知道那东西,依旧是从老先生说书当中听来,所谓的万人坑,就是当有一大群人突然死亡时为了尽快掩埋挖出的大坑,据说秦始皇焚书坑儒的时候就挖过这种大坑。而现在,这三位少年,竟然要找他打听所谓的万人坑。

而他,恰好知道这样的一处地方。

可是,他永远不想提及那个地方,那处让他感觉到深深恐惧的不祥之地!

吕布韦的麻烦

邓涛想要说谎,却完全不知道该如何说谎。

就算那三个少年距离自己将近十多米的距离,可是他仍然相信那个领头的少年能够看到他脸上每一处细微的表情,就一如他们也能够听清一开始自己那微弱的好心提醒。

所以他不敢说谎,他怕自己那闪躲的眼神和发抖的手臂被那三个少年尽收眼底,然后因为欺骗他们的缘故被那使暗器的少年用他手中的铁钉结果掉,所以他愣愣地呆坐在原地,不敢说话,心里却不停地在衡量着说与不说的后果。

他不是不想说出那个地方,只是他怕如果他说出那个地方以后,这三人如果要他在前面带路,那就真的比死更加可怕了。如果说谎让这三人发现,了不起就是铁钉入脑瞬间死去，可是如果带着他们三人进入了那个地方，却是怕连怎么死的都不知道了。

他知道的那个万人坑，其实是这里流传的一个不祥之地。虽然只是流言，却已将深深的恐惧烙印在了这里每一个人的脑子里。

邓涛听另外几个山贼晚上聊天的时候谈起过，有的说里面住着一位勾魂的女鬼，每每在夜晚看见落单的路人就诱惑他骗之与其交媾，其实却在不知不觉之中吞吃男人血肉，天亮之时，男人就只剩下一具白骨，久而久之，那里也就形成了一片天然万人坑，不小心闯入的话，怕是每走两步就能够踩到一片头骨。当时还有人打趣说牡丹花下死，做鬼也风流，也只能当作嘴硬吹牛皮了。

女鬼什么的说法当然是不靠谱的，更准确的说法却是那个地方不知道什么原因埋下了数以千百具的尸骨，也因此那处地方汇集起了深深的阴气，让人走入其中就会感觉遍体生寒，浑身发抖。更有甚者，曾经误闯入过一次的人说，看见过半截手臂的白骨诡异地在地上游走，吓得他连命都不要了就翻身外逃。

总之，在其他人的口中，那个地方就是恐怖阴森邪门的代名词，所有人包括黄刀疤在内都对此讳莫如深，宁可信其有不可信其无，都不敢轻易接近那块地方。

这也就是为什么当邓涛听说这三人找的竟然是那块禁地时，不知道如何是好的原因了，就算这三人功夫到位，有能力自保，可是自己又怎么去保证自己的生命安全？

那片地方叫做落阳岭，就在他们山头往南大约五六里地的地方。一片山谷，恰巧被卡在了两座山头中间，挡住了所有照射入山谷的阳光。也因为这，那里的花草树木全都生得一番古怪模样，树不高，枝丫却繁多杂乱。树丛里更是带有常年不散的湿气与云雾，这样的一个地方，光是从表象上来看就让人毛骨悚然，不寒而栗。

更何况，因为地理条件，那山谷中却不像它的温度那般冷清，各种稀奇古怪的蛇虫鼠蚁在林间出没，带着诡异的色彩，震慑着每一位踏入林中的路人。邓涛没有进去过，只远远地望过一眼，那黑漆漆的森林里，似乎真的带有某种说不出的邪气，让人不由自主地产生想要逃离。

可是这次，难道真的没有办法避过了吗？

那黑壮少年看邓涛半晌没有回答，心下似乎有些恼怒，大声喝道："没死的话就吱一声，到底知不知道，给个话！"

"不，不，不——"邓涛想到那片黑漆漆的山林间的可怕，想要撒谎，刚抬起头却被领头少年那锐利的目光吓了一跳，嘴里立刻改口，"知道，知道，就是落阳岭，离这四五里地的样子。"

三人听了邓涛的回答，竟露出喜不自禁的表情，就连那一直云淡风轻的领头少年，也忍不住微微一笑。三人又在那小声地交谈了几句，将不知道如何是好的邓涛晾在了一边。

邓涛想逃，他知道这三人最后肯定会让他带路。毕竟这山头现在恐怕只剩下他一个活口，想找别人却是再无可能。而他万万不敢带着这三人踏上那落阳岭找什么稀奇古怪的宝贝，只怕自己有命看见那宝贝，没命跟这三人一起逃出那所谓的万人坑了。

"那边的那个，你就陪我们三人走一趟吧，带对了地方，这地上的银币就全部都是你的！"黑壮少年又吼出一声，将还在发呆的邓涛惊回了现实，剧情现在才按照邓涛的想法开始演化，已经是他最最不想看到的局面了。

还是要去那个落阳岭吗？

但此刻的邓涛没有选择的余地，如果从他的嘴里冒出一个"不"字，这三人中的任何一人都可以在瞬息间取他的性命，还不如陪这三人往落阳岭赶去，然后带到地方就趁机逃跑。

邓涛看了看地上散落一团的银币，吞了吞口水。先前拿着这一纸袋银币的那个山贼已经暴毙，手里还紧紧地攥着一枚带着血迹的银币。如果不死的话，如果能够活下来——

这十多枚银币，足够邓涛安安稳稳地生活上好几年了。

"干了！"也许是受到了金钱的激励，也许是逼不得已的选择，总之，邓涛，他最后还是选择了陪那三个人走一趟，不管前方到底如何危险，他已经打定主意，只要带到了地方，他立马就不再停留，拿着那十多枚银币找个小村子娶个媳妇安度一生，再也不来当这什么劳什子山贼了！

邓涛缓缓地从地上爬起，对三位站在阳光下的少年点了点头，然后一点一点地捡起了地上散落的银钱，那钱上的血迹，触目惊心！

故事看到这里，我已经完完全全被这日记本中记载的内容吸引住了。我第一次知道，就在爷爷年轻的时候，竟然也能够碰见如此离奇的事情，也难怪他专门写出了一本日记，恐怕是将故事完整地记载下来了！

我一边看着日记，一边揣摩着那三位少年的身份，功夫如此之高，行为却如此怪异，他们寻找那所谓的万人坑又是为何？那领头少年手中的那面黄铜色的镜子又是什么东西？他们三人从哪儿来，到哪里去，要干什么？这一切的一切，恐怕才是刚刚开始。

我想要接下去继续看，却很不凑巧地被手机铃声给打断了。我无奈地放下日记，然后看了看亮起的手机屏幕。

"还真是想什么来什么，莫非这家伙也有预知未来的能力，知道我现在正看一篇离奇的故事？"

打电话来的人是吕布韦，我的手机屏幕上是那个家伙戴着眼镜露出无所谓表情的照片。联系一下我刚刚读到的故事，我觉得不戴眼镜的吕布韦的形象倒是挺符合爷爷日记本中记载的那个领头少年的形象，云淡风轻，处事淡定。

只是照爷爷的记载，那时的少年大约二十岁出头的年纪，到了现在，恐怕至少都是一百岁左右的老头子了，尚且不知道在不在人世，又怎么会和吕布韦扯上关系？

我暗自笑笑，接了电话。

"机票已经订好，五分钟后有人会送到你的家里，你直接过来就是了——"吕布韦这次没有用他常用的"Hello"开头，这让我有些诧异。只是他这说话的口气，无论如何都让我十分不爽，他既不是我的上级，也不是我的长辈，却总是用命令般的口吻让我直接进入到他接手的案子当中，这种事虽然已经不是第一次出现，但是每次听到这个家伙无所谓的口吻就不得不生气一阵。

"停停停，我什么时候成了你的义务组员了？"我喝了一口茶水，缓解了一下不爽的情绪，"你这什么都没说，直接就想把我拉入这个案子里，是不是太自私了？"

"自私吗？"电话那边犹豫了半响，似乎还真的在认真考虑这个问题，"不觉得。"

我就知道结果会是这样。

"我亲爱的吕布韦同志,我不是您的组员,请不要每次都以逼迫式的口吻来命令我好吗?你手下得力干将那么多,为何老要把这种事情扯到我这个非专业人士的手里?"我调笑道。

"事实上我也不想找你这个不牢靠的家伙——"那边很是不给面子地说道,"但是我这边的确出了点状况,本来以为很简单的一件事情,没想到居然在这边折了两个组员,实在是没办法抽调人手了,只能拿你过来顶一下包了。"吕布韦的声音很严肃,让我也不得不收起了无所谓的态度。

折了两个组员,什么意思?死了?

我突然有些头疼和心惊。

"什么意思?你的组员怎么了?"我觉得我还是得为自己的安全负责一下。

"嗯,就是你知道的那个意思。"吕布韦的声音含糊不清,像是刻意逃避我的问题。

"我靠,你能不能给我说清楚?那个意思到底是什么意思?"我本能地感觉到了不对劲,这个案子恐怕有些不太简单,似乎太过危险了吧。

"死了,我承认。"吕布韦那边似乎风有些大,刮得呼呼的,配合他的话语让我起了一阵鸡皮疙瘩。

"怎么死的?"

"窒息,呛毙,也就是所谓的淹死的。"吕布韦的声音冷冷的,似乎对现在的情况很是不满。

"怎么会这样?"

"这就是我让你过来的原因。"吕布韦终于说了实话,他要我跟他一起调查这个事情。

"很危险吗?"

"嗯,大概吧。"他叹了口气,"你如果不愿意的话,可以直说,我不会勉强你。"

我再次喝了口热茶,让自己发凉的身子热乎一些,我仿佛看到吕布韦皱着眉头看着尸体的样子,他大概真的陷入麻烦中了吧。

"你在哪儿?"我的门铃已经响了,我想应该是他所说的飞机票到了。

"甘州，兰市。"手机的听筒处冒出呼呼作响的风声，告诉了我吕布韦现在到底处于一个怎样的恶劣条件下。

"等着我，我马上飞过来！"

六
浮尸

吕布韦似乎真的遇到了不小的麻烦，从他已经折损了两名组员这一点就能够看得出他到底有多头疼了。我不知道是怎样的麻烦，居然能够让大名鼎鼎的SPIN也折损两名特工一样的组员，想必真的不是什么正常人能够破解的案件吧。

他告诉我，他现在在甘州兰市的一个小县城，我对那个县城略有耳闻，似乎有一座黄河流域的小型水电站就设立在那里，但是我无论如何都想不通，吕布韦是因为什么事情被引到了那里，又是什么原因使得他的两名组员悉数死在了黄河的滚滚江水里。

这也就是我此行和他一起探寻的目的了。

吕布韦在电话里再三叮嘱我，到了以后不管什么时候都不要乱跑，行动的时候必须叫上他，两位组员的折损已经让他很难过，他不想再有更多的牺牲者出现了。

临出门前，我一直都在纠结一个问题，那就是我要不要带上这本离奇的日记。里面的东西真的很吸引我，可是我也知道我不应该在和吕布韦工作的时候分心，尤其是在那个案子看起来如此危险的情况下，我更不可能疏忽大意。

可是我太想知道这件事情的结局是什么，那三位少年的身份我爷爷最后到底有没有弄清？他们寻找的那样东西是不是真的埋藏在那个恐怖的落阳岭万人坑里？

我咬咬牙，最后决定还是把这本黑色的日记本带上，有空的时候看上两眼。不会影响工作的吧，我就这样安慰自己，出门去乘坐飞往兰州的飞机。

旅途一向是我不喜欢交代的情节，因为飞机上和汽车上的时间实在是太过无聊，我本想趁着那个时间看上两眼日记本，可是却被晕机折腾得头昏脑涨而不得不放弃。

我在十个小时后，成功地看到了穿着厚厚的风衣的吕布韦。他的头发乱糟糟的，被清晨的风吹得东倒西歪，不成样子。这也是我极少几次看见邋遢的他，胡子没有

刮，几缕胡茬儿留在嘴边，眼睛暗淡无神，似乎昨夜没有休息好，或许真的是很累，也或许是因为失去了他的两位组员一直心神不宁。

"你来了。"他淡淡地说道，还是那种云淡风轻的口吻。只是这口气当中，多少带有了不可思议的沧桑感——等等，我竟然跟一个同样二十多岁的青年说到了沧桑感。

"嗯。"我捂了捂自己的领口，感觉一阵发冷。没想到这个时节的清晨竟然如此之冷，我身上只穿了一件长袖的外套，此刻在狂风阵阵的黄河岸线边冻得瑟瑟发抖。

"别冻着了。"吕布韦显然预料到我没有预备防寒衣的习惯，从他的汽车后备箱里拿出了一件大衣，我不屑地接过，套在了身上，总算有了些暖意。

"什么情况，你怎么跑到这儿来了？"我率先发问，想要先弄清楚他把我忽悠到这里的原因。

"边走边说，我在这边有一个帐篷，天亮了我们再过来吧。"吕布韦最后看了一眼灰蒙蒙的黄河，眼神出乎意料的有些深邃。风很应景地刮着，耳边响起呜呜的怪叫声，就是他给我打电话的时候我听到的那些杂音，也不知道他已经来到这里多久了。

帐篷在离这岸边不远的小村子旁，我问过他为什么不住进那小村子里，他只是苦笑着摇了摇头，没有告诉我答案。

帐篷很大，住两个人绰绰有余，而且我们也不会在里面待上太久，天一亮，他就要带我回到我们之前待过的那个地方，那就是他所谓的现场。

"怎么回事？神神秘秘的，这可不是你的风格。"我帮着他打亮帐篷里的照明灯，盘腿抱着大衣坐下。

"我也不想这样，只不过这几天被这些事情弄得头疼脑热的，对上面也没个交代。人手实在是抽调不开，你也知道，SPIN 需要注意的事情太多了，这里的事如果没有什么特别严重的情况根本不可能派出大批人手过来的。"吕布韦的手冻得有些发紫，他的帐篷里没有热水，只能就着冰凉的矿泉水喝了两口。

"都挂掉两个了，还不算严重呢？"我一直惦记的是吕布韦说的在这边折损了两位组员的事情。

"我们只找到了其中一具尸体，还有另外一个没有发现，不过他人已经失踪两天了，我只能做最坏的打算了。上面不派出增援也是有原因的，目前也没有查出第一个死者的死因,仅仅得出他是溺水呛死的,上面认为那可能只是一个意外。"

"意外?"我实在笑不出来,"就算第一个真的是意外,那第二个是怎么回事?"

"他是在第一个组员的尸体被发现时被委派来这里接手这件事情的,那是三天前的命令,直到他失去联系一整天后,我才被上面派到了这里,调查第二名组员失踪和第一名组员是否意外溺毙的情况。"吕布韦苦笑了下,"真是个苦差事。"

"到底怎么回事?你得从一开始就跟我说说。"我终于弄明白了我为什么会跟他一起坐在这里的原因,但是我还是不清楚到底是什么事情引起了 SPIN 的重视,要派出人来调查这里。

"你听说过黄河浮尸吗?"吕布韦抬起头,看了我一眼。

我被他这猛然的一句话问得有些心里发凉:"浮尸听说过,黄河有浮尸也不是什么稀奇事情吧?"

人的身体有一个奇妙的密度,它正好与水的密度差不多。也就是说,其实每个人天生都不用担心淹死,在水中的时候只要不慌神,双手双脚自然滑动,头很容易就露出水面,再不济也会在水中沉沉浮浮。

只是有些人一旦溺水就容易慌神挣扎,这样的结果却只会让自己沉得更快,离死亡更近一步。所以在溺水的时候,不要慌,保持冷静,人体就会浮在水面上的。

话题扯远了点,我们这里要说的并不是活着的人的自救方法,而是死去的人是如何浮出水面的。

前面说到了人体的密度实际上跟水是差不多的,而人一旦死亡,尸体在水中浸泡,就会逐渐腐烂肿胀,细菌微生物在人尸体内大肆繁衍,将尸体中的内脏血肉等部分全部腐蚀,它们排出的气体则充斥了整个人体,让人呈现一种诡异的巨人化,这也就是为什么打捞起来的尸体全部面目全非,惨不忍睹的原因了。在水中浸泡多时的尸体,最后会因为密度越来越小而逐渐上浮,最后飘荡到水面,也就是我们说的浮尸了。

这种现象在哪儿都有可能发生,光是来黄河自杀的人就不在少数。他们的尸体一般都会经过半个月才会被人们发现捞起,肿成一个充气娃娃的样子。当然,也不排除其他各种可怕的可能性,有可能是谋杀案,有可能是碎尸案,这些也会加入到浮尸的队列当中。

"怎么了?你什么时候变成黄河的清洁工了?黄河这么大,每年的浮尸恐怕都不在少数吧。"我为了避开这种吕布韦制造的诡异气氛,只能偷偷开了个玩笑。

"嗯,正常情况下是这样没错。只不过——"吕布韦扶了扶眼镜,"黄河兰州这一段水域向来是浮尸出现最多的地方,每年大概都会出现两百多具尸体,这些尸体会一一记录在案。"

"嗯,就是啊,这有什么好奇怪的,值得你们调查吗?"

"最近的黄河,有些不太平。"吕布韦的眉头微微皱起,似乎想到了些什么不好的事情。

"唔?"我愣了下。

"最近几个月,这里浮尸出现的频率越来越高,已经超过正常的范围值了。光是这几个月的不完全统计结果,三个月的时间,从这里漂流过去的浮尸多达一百五十多具,还不包括那些没有被发现的尸体。你知道这意味着什么吗?"

我点点头,叹道:"反常即为妖啊!"

吕布韦的解释简单明了。

事情也终于被理顺了些。

引起 SPIN 注意的原因其实很简单,就是因为最近几个月的浮尸数目突然以一种可怕的速度增长着,平时一年的浮尸增加量在这短短的三个月就达到了极限,平均下来的话,基本上每天都会出现一两具尸体,这实在有些太过不正常。

另外,按照吕布韦的说法,这些浮尸与之前出现的浮尸似乎有一种本质的不同——那就是死亡时间。

之前说过,浮尸想要从河里浮起需要一定的时间,而且这个时间还会因为河水的温度以及礁石的状况而各不相同,所以每次捞起的浮尸死亡时间都不会固定在某一个时间段。有的尸体可能腐败严重,是河底埋没了很多年的尸体,也有的尸体可能看起来比较"新鲜",从尸体的腐败程度来看就是最近几个月死去的。

但是,这几个月出现的浮尸却彻底打破了这一稳定的不确定规律,几乎所有的浮尸全部都是最近一段时间内死去的,偶尔会有一些格格不入年份明显较久的尸体出现，却连十分之一的数量都不到。

也就是说，一定有什么事情影响了这边的情况。

总不可能说是因为最近几个月想不开的人比较多，集中在一起跳河自杀吧？

因为这边的特殊情况，SPIN十三局最后决定派出一名组员过来调查一下这边有些奇怪的浮尸情况，可是却没想到，这名组员一去不复返，最后变成了一具漂零在岸边的尸体。

调查的结果是溺毙，没有发现其他受伤的痕迹。也就是说，他的确是掉入河中淹死的。SPIN不得不暂时接受意外身亡的说法，再次派出一位组员前来调查这起死亡案件，却没想到该成员来到的第一天晚上就意外失踪，从此再没有联系上。

无奈之下，吕布韦这个组长成了背黑锅的，他必须调查出这里事情的所有始末，包括两位组员的死亡和失踪的原因。只是现在看来，这件事情恐怕没有想象当中的这么简单，光是黄河浮尸的突然集中增多就让人头疼不已，不知道如何解释了。

"没事，不着急，我们一点一点来想。"吕布韦显然精神不太好，我只能担负起暂时帮他一把的角色，"也就是说，我们现在需要调查两件事情。"

"第一点，就是黄河浮尸最近为什么突然数量猛增，以及死亡时间如此接近的原因。"

"第二点，就是你的两位组员到底是因为什么原因死亡和失踪，他们的意外会不会有某种联系，又或者他们的意外到底与第一点有没有特殊的关联。"

吕布韦点点头，接着说道："情况就是这样了，我的脑子不知道怎么回事最近几天总是迷迷糊糊的，想问题老容易失神，所以才不得已将你叫来。我告诉你来了以后不要一个人到处乱跑也就是这个原因，我还没有弄清楚那么多人死亡的原因，恐怕这里面有些猫腻，你要小心。"

我点点头，阻止了他的废话："别说那么多，我既然敢来就有陪你一起刀山火海的觉悟。我们还是一起来整理一下思路和可能的原因吧，你调查了这么久，有什么发现吗？"

吕布韦想说些什么，但却欲言又止："还是你先说说你的看法吧，我打听到的情况一会儿再说。"

"嗯。先从第一点来说，黄河浮尸的猛然增多，而且死尸全部都是最近几个月的新鲜尸体……额，好恶心，新鲜这个词是谁教给你的？"我感觉胃里有些不舒服，但还是强忍着酸意说道，"从结果来看，就是最近几个月的死亡人数突然增多了。也就是说，上游发生了点什么事情。"

吕布韦点点头："继续，说完。"

"如果排除掉无法解释的不可思议事件的话，唯一的可能性就是有人在上游杀掉了大量的人，然后将尸体一具一具地推下了河，最后漂流到了这个地方，被人发现了。这个可能性似乎太小了吧，现在又不是什么悍匪时代，怎么可能突然一下死这么多人？"我一边解释一边开始怀疑自己的说法，这种情况在古代封建帝国还有可能，现在的这个和谐社会基本上是不会发生这样的情况的。

"喂喂喂，你不要告诉我这边的上游发生了屠杀惨案啊！"我盯着吕布韦的眼睛急促地说道。

这要是真的，那我估计还真有点危险了。

"没有的事，真是这样我就不会坐在这里调查了。"吕布韦白了我一眼，对我的解释不屑一顾。

"那基本上就不应该出现这么多尸体集中出现的情况，难道你想跟我说什么最近股市低迷，心理承受能力弱的都往黄河里蹦了？"我突然想到了经常说的一句俗语——黄河又没盖子，没人拦着你跳啊。

"嗯，所以，正常情况下的可能性被排除了？"吕布韦揉了揉脑袋，似乎真的很不舒服的样子，"首先，我可以告诉你的是，没有所谓的屠杀发生，这些尸体的出现纯属偶然，而且这些被发现的尸体有些已经被认走，身份记录全部调查过了，基本都是这边和上游居住的村民，没有特殊的联系，基本没有相互认识或者因为某件事情聚集到一起的可能性，甚至连自杀的可能性都不存在。"

"嗯？"我隐约觉得有些不对劲。

"我是说，被认领走的尸体当中，至少有一半的人完全没有理由自杀，没有欠债，没有情感问题，没有得绝症，他们本应该好好地活在这个世界上，可是，他们全都没来由地失踪了，最后浮肿的尸体被人发现在了这条滚滚的河道里。"吕布韦撩起帐篷的门帘，指了指外面，"他们，更像是被谋杀了一般。"

我的心里有些隐隐的不痛快，仿佛被什么东西堵住的感觉，我站起身来动弹了两下，想将这种感觉给甩掉，但是却好像完全没有作用。

吕布韦奇怪地看了我两眼，没有发问，却是在等我的回答。

我似乎也有了他说的所谓的水土不服的现象，也不知道是不是被众多浮尸影响的心理因素，"可是你也说过，这基本是不可能的情况，谋杀案不可能突然全部集中在这一带，更不可能短期内同时发生。从概率学上来说这就完全不可能，如果没有统一的组织和策划，这些事件单独出现并且连续发生的概率无限接近零，不是吗？"

"没错，概率低到可以忽略。"吕布韦点点头。

"按照你的说法，先不论是否有人能够有这么大的能量同时犯下如此多的案件，假设有人有组织有目的地策划导致这些人的死亡，那你有调查过，那些人到底为什么那么做，他们的目的又是什么，会不会是什么邪教又兴起了？你应该去附近的公安局调查一下，看有没有人因为杀人时失手而落网的，那可能就是突破口。"我突然联想到了很早以前的一些很扯的组织，只不过这些年他们早就销声匿迹，不再出现了。

"不不不，我想你没有明白我的意思。"吕布韦突然打断了我的推想，"我明白你的意思，你一直都在以人力来解释这些尸体的突然出现，觉得这一切全部都是人类所为。但是你忽略了一点，我到底是替什么部门工作的。"吕布韦提醒道。

"你——"我有些明白了吕布韦的意思，他是在说，"你是说，让我不要用常理来解释这些事情？"

"没错，因为这些事情由人去完成却完全不被发现怀疑的概率小到可怕，所以基本上我能够肯定那绝对不是正常人类本身能够完成的一连串案件。"吕布韦接着说道，"我需要你用更加大胆的方式去想象可能导致这一切的原因，不要拘束于正常人的想象力。记住你自己的身份，邓龙，你可是我旗下的幻想小说家啊。"

我这才回过神来，感觉心里被堵住的感觉稍微好了一点，似乎吕布韦的话才让我意识到我曾经跟他一起经历过了那么多不可思议的事情，这一次我同样需要用更加匪夷所思的方式来解释这里发生的一切。

"所以，你说的谋杀是指——"我有些意识到了吕布韦将要表达的意思。

"比如，水鬼引起的谋杀案！"吕布韦说出了一个我从来不会想到竟然会从他嘴里得到的答案。

第一件怪事

一直以来，我都觉得吕布韦是一个坚定的无神论者。因为他背地里的工作的特殊性，他接触到了众多别人或许一辈子都不会听说的故事。照他的话来说，其实所有不可思议的事情并没有表面上看来那么玄乎，只要细心去了解背后的真相，你会发现其实一切都能够得到合理的解释。

可就是这样的一个人，却在我的面前提出了黄河浮尸突然增多的原因是水鬼引起的谋杀案，这实在让我大跌眼镜，不知道怎么去理解他所说的水鬼，到底是一种怎样的东西？

难道真的有水鬼这一说？

其实事实我大概也能够猜到一些，恐怕是吕布韦在这里打听到了一些情况，才让他有了这样的怀疑，而且他口中的水鬼恐怕和那些恐怖小说里的水鬼有很大的区别，并不会是那种无缘无故就拉人下水的虚无存在。

对于他的说法，我觉得更大的可能性是，此水鬼是一种人类目前并不了解的生物。

"什么意思，吕布韦，你什么时候变成迷信青年了？"我看着吕布韦那张故弄玄虚的脸，觉得有些好笑。

吕布韦则摇摇头："不是迷信，是有据可循，虽然我不太清楚所谓的水鬼到底是什么，但是按照我这两天找人打听到的线索，最近这一带的确发生了很多颇为古怪的事情，这些都是有人看见的。虽然他们的说法都有些夸张，但是我想我还是无法忽略最近几个月真的有什么东西突然出现的这个事实。"

"哦？说说看，又是哪来的民间传说。"

"我在来这里的第一天就开始探访这附近的村子，尤其是那些经常在河边晃荡的村民，他们对于我的到来似乎都带有一种说不出的抗拒感，似乎刻意对我隐藏了些什么。我折腾了一天，最后却一无所获。"吕布韦在这种情况下似乎很少动用他那层背地里的身份压人，毕竟这些事情的调查过程和调查结果基本上都是严格保密的，他不可能光明正大地告诉那些人我就是来调查灵异事件的工作人员。

"然后呢，你干吗了？"我不怀好意地一笑，仿佛他做了什么见不得人的坏事。

"去去去，就是自己掏了点钱，请了村子里的一个无业游民吃了顿饭，喝了不少酒。那家伙酒品不好，喝了酒就把事情都说出来了，虽然不知道真假，但是想必喝醉之后应该编不了假话。"吕布韦扶了扶眼镜，他的表情很疲惫，眼睛里也满是血丝，似乎这两天都没有好好地休息，也难怪会头疼，我也希望他说完这些，可以趁着天亮前的最后一点时间休息一下。

"照那个人的意思，村子里这几天有不少人都在河边见到了非常奇怪的现象。"吕布韦现在的表情配合上他的话语，活脱脱像个说书的先生，再加上他故事的内容，让我精神十足，兴趣大增。

"他自己就是当事者之一，说是半个月前，他半夜从上游的采沙场回来——咳咳，至于为什么是半夜，联系下他的身份，你也应该猜到了。"

"打零工？"我苦笑道。

黄河水域自古产沙量就大，而住在黄河两面的居民更是不会浪费这大好的资源让沙白白流走，在各处都开设了不少的采沙场。采沙场的生意可谓是一本万利，不对，一本万利都说大了，简直就是无本的买卖，从黄河的河床上就地取材，利用采沙船把河床上沉淀了数百年甚至数千年之久的河沙从河水里打捞出来，然后加工卖给建材公司。这样的采沙场利益大到可怕，没有投入成本，采沙量又没有管制，一个小型的采沙场年收入千万都不是问题。

可就是这样无限制采集河沙，导致黄河的水土流失越发严重，也因此导致黄河这些年不断地出现各种各样的环境问题，下雨的时节就是洪灾涝灾，干旱的季节就是直接断流，国家也因此出台了限制采沙的法令。

可是法令阻挡不了人们赚钱的决心，你管制白天不让采沙或者限制采沙，那我就晚上偷偷开上采沙船去采沙，工作一晚上，照样赚得到钱。也就是因为这样的投机出现，那些无业游民也就有了一份不稳定的工作，采沙场老板一看风声不紧了，立刻就召集人手熬夜采沙，一晚上就是好几万的收入。

那所谓的半夜回家,只不过是熬夜工作了个通宵,然后顺着河岸回家罢了。

但是这事目前并不在吕布韦的管辖范围之内,更何况我们还有其他的事需要调查,也就只能睁只眼闭只眼将这事暂时放过了。

"嗯,他半夜顺着河岸回家,那个时候天已经蒙蒙亮,他一边走一边看着黄河里的水大骂那些黑心的老板,自己赚的钱还不够他们捞一晚上沙收益的万分之一。可就在这时,他发现了前面的河道处隐隐有些不对劲。"吕布韦说到关键处顿了顿,喝了一口水才继续。

"他听见前方竟然传来一阵'嚓嚓嚓'的摩擦声。那时正是凌晨四五点的光景,路上基本上不可能有人,他顿时被这突然出现的声音吓了一跳,还以为前面有人埋伏着,想要趁着夜色打劫。他有些心虚,不敢贸然再往前走,盯着前面看了看,也没看出个所以然来,只能趴在地上听起了那嚓嚓嚓的响动。那声音颇为轻微,只因为周围只有呜呜刮着的冷风呼啸声,才显得那么突出。他听了会,觉得像是什么东西在沙石上磨蹭的声音,而且似乎越来越近了。

"就是这样的感觉,让他更为后怕,连忙往远离河岸的地方趴着逃窜,他是一边爬一边回头看了一眼,想看看会不会有什么东西追上来,可就是这一眼,将他半个胆子都差点给吓破了!

"他只看见一个人影模样的东西,竟然在地面上诡异地快速爬动着。邓龙,你要注意,我说的爬动并不是平常的那种手脚并用四肢着地,据那个人说,那个人影模样的东西手脚丝毫未动,反而像蛇一样有着自己的鳞片,他单单靠鳞片的扭动就能够在地面上穿行,并不是靠手脚在地面上爬行,而那'嚓嚓嚓'的响声,正是他的身体与地面上的沙石不停地接触碰撞摩擦发出的响动!"

吕布韦的这番话将我吓了一跳,还真的有这样怪异的事情?人本身是由野兽进化而来,可就算是野兽也需要四肢着地才能够奔跑跳跃,手脚静止不动却能够在地面上快速地滑动穿行,那到底是一个怎样的怪物?如果这种怪物不具备人的形态,可能还比较好解释,那就是碰见了一条巨大的水蟒,顶多就是不太常见而已,可是现在,那个人分明看清了,那就是一个人影般的东西。

"他被那移动的黑影吓了一跳,想大叫却坚持死死地捂住嘴巴。那黑影虽然快速地在地面移动着,却没有向他这边游来,若是自己猛然间大叫,将这个不知道是什么的怪物给吸引了过来,那就真的是想跑都跑不掉了。他一边小心地继续跑着,一边回头看着那黑影的举动。那黑影的举动也是颇为奇怪,从河岸边上游走来,却直奔河中央而去,他只看见那个黑影一个猛子扎下水面,还以为会直接沉到河底,却没想到那黑影竟然直接漂浮在了河面之上!

"真的是漂浮。那醉汉向我信誓旦旦地保证,说有一句假话就让我给他十个大嘴巴子。他说那黑影从河岸边滑进河面上,竟没有沉下去,而是直接漂浮在了河面上。从始至终,那个黑影从未动过,按理说那么重的一个人,如果什么都不做,不可能还浮在水面上,可是他的的确确看见那人影就那样浮在水面上,逐渐往河道中心漂流而去,最后在中心停顿了片刻,才终于沉入河底,消失不见了。他趴在地上一动不敢动,生怕那可怕的东西又突然浮出水面直奔自己而来,于是就那样一直待到了天亮,然而再没有出现过其他的怪事,他碰到了清晨顺着河道跑步锻炼的人,这才壮着胆子去昨晚那黑影经过的地方看了看,却什么都没有发现,最后也只能当作见了鬼回家烧香拜佛去了。"

吕布韦的故事讲到这里算是告一段落,这里面含有的不确定因素实在太多,先不说那醉汉所说的是否属实,首先光是那黑影的描述就让人有些难以置信。

没有任何动作,却能够在地面上爬行,在水面上漂浮,光是想要做到这两点就让我想破了脑袋。

"会不会是那个人看错了,没有他说得那么诡异,根本就只是一个普通的大塑料袋之类,只是当时天色比较黑,他也是被自己吓住了,所以才产生了那么多自我催眠般的感觉,其实根本什么都没有发生过?"我提出了我的怀疑。

"我明白你的意思,因为照常理来说,那黑影根本不可能存在,更何况还是以人的特征存在,他也没有任何证据表明那个黑影存在过,一切的一切都只是他的一面之词,只不过——"吕布韦顿了顿,"传言想要流传下去,光是这一件怪事,恐怕是远远不够的。而接下来的几天,就又发生了一件很多人都亲眼看见的怪事,这一点,却是没有办法作假的了!"

"另外一件怪事?"我张了张嘴,不可置信地揉了揉自己的脑袋,"事情似乎越来越——有趣了啊。"

第二件怪事

吕布韦从附近村子里的无业游民那里打听来的故事，已经让我狠狠地大吃了一惊，先不说那个所谓的黑影到底存不存在，光是他对那个人影的描述，就让人毛骨悚然。

我对这个故事的靠谱程度颇为怀疑，吕布韦也不着急解释，又讲了一件其他人亲眼所见的另外一件怪事，而这件事，彻底让水鬼的传言传遍了附近的所有村子，连带着村民最近晚上都不敢出门了。

而吕布韦之所以住在这里，也多多少少是因为这个原因。村里人似乎对那个东西的出现极为恐惧。

"什么事情，难道是那个是人非人的东西又出现了？"我略带激动地问道。

"那倒没有，不过却出现了一样让所有人都觉得与那个所谓的水鬼有关的东西：一具尸体。"

"尸体？"我有些疑惑，"不是说过了吗，黄河上游不时就会漂下来一两具浮尸，村民应该已经对这个习以为常了，他们又怎么会害怕？"

"普普通通的尸体他们自然是见过，但是那样诡异的尸体，他们却是第一次看见，也难怪他们会觉得这里最近出现了一只水鬼。"吕布韦的眉头皱了皱，也不知道他有没有亲眼看见过那具所谓的诡异尸体。

"多诡异？三只手还是三条腿？"

"都不是。那具尸体是被魏老爹打捞上来的，魏老爹是这一带的捞尸匠，几乎所有的浮尸都是被他从河水里打捞出来的，他也因此有了一个外号，叫做——算了，这些事情明天再谈吧，反正等天亮我们也会去找他的。"吕布韦顿了顿，接着说道，"他本以为只是一具跟往常一样的尸体，他用快艇将尸体带到河谷边的大树下用绳子系住，然后跟往常一样开始检查尸体的衣服口袋，看看有没有手机钱包一类的能够证明死者身份的东西。"

"那具尸体腐化的程度不高,死亡时间显然并不是很长,因为他的体表特征明显跟那些浸泡了很久的尸体差别很大,浮肿现象并不严重,照道理来说是不会漂浮起来的。魏老爹只当是今天河水比较急,将这具尸体给冲了起来。这种情况也不是第一次发生,而且最近几个月尸体突然地增多,所以魏老爹未曾多想,还是照着从前的步骤对尸体进行处理。尸体是个老头模样的人,白色的头发仍然挂在头皮上并未脱落,干瘪的脸也因为浮肿显得越发苍老,看样子更像是得了绝症而自杀的老头。"

"可是,就在他翻开尸体的衣服,想要看看尸体的衣服内兜里有没有装着钱包时,尸体被衣服遮盖住的里面,却是将看惯了尸体的魏老爹吓了一跳。那尸体虽然外表保存较好,被河水浸泡的时间不长,可是他的躯体内脏,却统统不翼而飞,只留下了近乎空荡荡的骨架。这就好比一个暴露狂突然在你的面前掀起他的大衣,你却只看到骷髅架子一样,实在是诡异之极。"

我被吕布韦的这个故事又一次调动了紧张的情绪:"然后呢,然后呢?"

"这种情况魏老爹自己也是极少见,当时在场的有好几个人,都觉得这是不祥征兆,让魏老爹不要留着这具尸体了,尤其是还刚刚听说了那个醉汉前几日发生的事情,他们不可避免地将这两件事情联系到了一起,都劝说魏老爹松了绳子,让这尸体随着河水漂走算了。魏老爹想了想也觉得这尸体的死状颇为诡异,不是被变态死后毁尸就是碰见什么邪性的事了,哪一样都让人觉得心里不舒服,他从衣服口袋里摸到了一个钱包,于是只将钱包留下,尸体却是直接松了绑,由着它顺着绵绵不绝的河水滚滚而下,过几秒,尸体在河水中沉沉浮浮,再也看不见了。

"魏老爹看着那消失的尸体,松了口气,然后打量起了手里的这个钱包,如果能够在钱包里找到身份证一类的东西,他就有必要将这个汇报给公安局,让他们去处理失踪人口案件。可是,就在他打开钱包拿到身份证时,却又一次呆在了当场,几人凑上前去,看了看魏老爹手里的身份证,顿时大呼可怕,四散而去,只留下呆呆的魏老爹一人在那吸着闷烟。而自此之后,那有水鬼的说法便不胫而走,传得沸沸扬扬了。"

"身份证?什么身份证能够把这些人吓成这样?难道身份证上写了'我是水鬼'

四个大字？"我有些奇怪，一张身份证怎么就能推理出水鬼的存在了？

"那身份证确实是这其中的关键，因为那身份证上的人，是一个二十多岁的青年。"吕布韦的表情也是不敢相信。

"什么？二十多岁的青年？不是说尸体是个头发花白的老头子吗？"我小声惊呼道。

"所以才会出现水鬼的说法，魏老爹也不敢相信当时的情况，可是他清清楚楚地看见过那具尸体，和身份证上的到底是不是同一个人他一看便知，他这些年见过不少尸体，泡得肿成气球样子的尸体他都辨识过，更何况只是变得衰老的。他虽然不想相信，但却不得不承认，那个看起来花白头发的老头子确实是一个二十五岁的青年！只是没有人能够解释得了，为什么一个二十多岁的青年，尸体会出现如此奇怪的状况，不仅内脏躯干消失不见，整个人更是直接衰老了好几十岁，也就是因为这个原因，这里开始疯传水鬼在夜晚吸食落单的人的精气来达到长生不老的目的，而被吸食完精气的人，统统都会变成老头，更会被饿极了的水鬼吃掉血肉，这就是他们口中的怪事了！"

吕布韦的故事讲完，我陷入了深深的思索当中。之前那名无业青年看到的情景还没有来得及解释，现在竟然又冒出了一具莫名奇妙衰老的尸体，这一出接一出的离奇事件，将我彻底整了个糊涂，也难怪吕布韦在这里头疼不已了。

"前一件事的真实性虽然不能够考证了，但是第二件事却是有数人在场，基本上没有办法造假的，所以，邓龙，虽然我不知道是什么原因，但我知道一点——就在最近，这里的黄河河道里面，出现了一些变故！"吕布韦斩钉截铁地说道。但是我却开始头疼了，我跟他是为了调查黄河浮尸为什么突然增多的，但是光现在就突然冒出了两件根本没法解释的怪事，实在是让人信心受挫。

"也就是说，这一次恐怕真的是离奇事件了，是吗？"我像是在问吕布韦，又像是在喃喃自语。

"大概就是这样，我已经两天都没休息了，想起这个事情就头疼。你来了我还能稍微休息一会，离天亮还有一段时间，我先睡会，不然真的就得困死了。天亮以后我再带你去找魏老爹了解下更多的情况。"话音还未落，吕布韦就一头栽倒，躺在帐篷的睡袋里睡着了。

我被他突然的举动吓了一跳,还以为这家伙因为过度劳累昏了过去,连忙爬过去用手探了探他的鼻息,看到他呼吸平稳,面色还不算苍白,这才放下心来。

只是,我们现在面临的问题仍然没有解决,首先,我们不知道这两件被传得沸沸扬扬的事跟黄河浮尸突然增多之间有没有必然的联系,如果没有,仅仅只是偶然,那么就真的是白费工夫了。

可就算知道这些事情全部都是联系在一起的,我还是没有办法从中得到合理的解释,难道真的只能够用可以解决一切疑问的鬼神之说来解释这一切了吗?

大脑此刻一片混沌,我决定从头整理一下时间顺序和思路。

这个时候的我习惯性想要翻出笔记本,然后在上面记下我的想法,可这次走得匆忙,竟然连整理线索必备的笔记本都忘了带来。不过,我似乎带了另外一本笔记本来了。

那本黑漆漆的封皮包着的日记就在我的包里,我从后开始翻找,想从上面找出一张没有写字的空白纸,却发现那日记本连最后一页都写满了字,根本没有给我写下线索的位置。

而且,照这样看来,这本日记似乎还是一本残缺的日记,因为我的暴力拉扯,导致跟封皮粘着的最后两页似乎也留在了家里的书柜上!那上面可能记载着爷爷这个故事的最后结果啊!

该死,我现在才后悔自己当时的冲动行为了,如果回家发现父亲已经将那个旧书柜处理了,我可能永远不知道爷爷这个故事的结尾了!

哎,早知今日,何必当初呢,现在我只希望能够赶紧帮助吕布韦处理完这边的事情然后飞回去,但愿还能赶上老爸处理书柜的速度。

心里这样想着,手中依旧翻找着日记本里的空白纸张,既然决定要先处理完这边的事情,线索总要赶紧整理出来吧。

"滋啦。"从日记本里突然掉出了一样东西,它原本夹在日记本的里面,我一直都没看到,如果不是今天要找这空白纸页,恐怕也不会发现这样东西。

我慢慢地将它从地上捡了起来,细细地打量了半天,这究竟是——

九
画和落日

我因为想要整理线索而拿出那本漆黑的日记，却没想到竟然从里面掉出了一张略微发黄的白纸，着实让我诧异了一番。没想到爷爷的日记本里，竟然还藏了这样东西。

当我拿起那张纸展开来细细打量，心中的疑惑却更深了，这纸上竟然是一幅笔墨临摹的肖像画。那几笔线条很简单，却将一位少年的轮廓勾勒得淋漓尽致，从他的眼睛到嘴角，每一处都颇为真实细致。纸张有些发黄发皱，明显保存了很久，也不知道这幅画，到底是谁，什么时候放进去的。但最大的可能性，恐怕还是这本日记的主人，也就是我的爷爷自己放进去的。

但是这幅画，却让我有些不明所以，爷爷在这里保存的这张纸，画的到底是谁？

首先能够肯定的是，这个人绝对不会是我爷爷，因为我爷爷的样子我还是模糊地记得，光是脸上那开圆的眼角就有着明显的不同，所以这画上的少年自然不会是年轻时候的爷爷。

但如果不是他，又会是谁呢？我能想到的唯一解释，恐怕就只有是那三位神秘少年当中的一位了，那个时候想弄一张照片不容易，只能找一些画工扎实的人来对着人或者口述临摹。

为什么爷爷要留下这个人的画像？

画上也没有写字，我看了半天，也没能看出蹊跷，能够得到的信息只有这位少年的样子，看起来颇为清秀，也不知道是不是就是他日记中那位模样清秀的领头少年了。

日记我才开始看，尤其是三位少年的来历和为何要找到那神秘莫测的万人坑，这其中的原因恐怕都记载在这日记里面，我此刻有些心痒难耐，差点忍不住就抱着日记本读下去了。

不过现在还有正事要做，浮尸的案子我都没有头绪，还是先把这边的事情处理完比较重要。眼见实在没有可以写字的地方，我只能将那幅画像重新塞回日记本里小心保管着，然后从包里翻出一包餐巾纸，从里面抽出一张写了起来。

餐巾纸很薄，字写在上面歪歪斜斜，但也胜过我用脑子去想了。

按照时间顺序来梳理一下事情的整个经过，过程应该是这样：

首先是黄河兰市段流域最近突然出现了浮尸数量猛增的情况，原因尚不清楚，极有可能是受到了什么东西的影响。而能够证明这个想法的就是半个月来发生的两起怪事。

第一起就是那个无业村民深夜回家时在岸边看到的那个诡异人影，虽然可信度不高，但是也不容忽略。

第二件则要靠谱得多，那就是魏老爹这个职业捞尸匠打捞上来的一具诡异尸体，这是好几人同时看到的，不会作假，也就是说真有其事了。那么至此，那具尸体的诡异之处就暴露了出来，按照魏老爹的说法，那具尸体的内脏血肉均已不见，只留下空洞洞的骨架子，那到底是什么导致的？

黄河流域不可能有凶猛的食肉类淡水鱼，而且即使要吞吃尸体也不可能仅仅吃掉内脏，所以被正常的鱼类吞食不太可能造成那样的结果。还有就是他们提到的尸体外貌与身份证上的信息有着明显的不符，尽管在水中浸泡了短暂的时间，尸体也不可能直接由一个青年人变成一个头发花白的老头，从任何一个角度来说都不可能。只可惜尸体已经被冲走，想要再去验证原因怕是已经困难了。

而这怪事仅仅只是一个开端，至少没有对吕布韦所在的 SPIN 造成太大的影响，真正让吕布韦卷进这个案子里的原因则是调查浮尸增多原因的组员，一死一失踪。

第一位组员，大约一个星期以前来到这里，想要调查清楚浮尸增多的缘由，可是却被人发现溺死在了岸边，没有其他明显伤痕。我们无法肯定他的死因到底是偶然还是蓄意，想要杀一个人很简单，出现意外也很简单，我连他的尸体都没见过，自然也无法对他死亡的根本原因下结论，也许真的是在调查过程中不小心失足落水也说不定。

然后就是来接替这个死去的组员，继续调查工作的第二位组员，这位在来到这里的第一天晚上就离奇失踪了，没有汇报调查结果，没有请假，没有回家，他就像突然从这个地球上蒸发了一样。所幸的是现在我们依然没有发现他的尸体，但是吕布韦对他的情况却很不乐观，他觉得，我们或许只是没有找到他的尸体罢了。

吕布韦是最后一个接手这个案子的人，他得为他的这两位组员负责，所以他才会不休不眠地到处打听这边的情况，只是他的脑子似乎不怎么配合，一直保持着一种混沌不清的状态，所以他请了我过来，帮他分析一下这边的情况。

到目前为止，我和他都没有遇见那两位组员碰到的特殊情况，我也不知道这对于我俩来说到底算不算好事，有句话叫"不入虎穴，焉得虎子"，如果我们一直碰不到那些人遇见的诡异情况，可能我们根本无法贴近这些事件的真相。

基本情况就是这样了，我实在无法联系出以上那些事情之间的奇怪关联，且不说那水中到底藏了什么不为人知的东西，光是那些尸体的诡异现状我都没有见过，恐怕真的没有办法将我的推理继续下去。

我抬手看了看时间，现在已经是早上五点多，吕布韦还在休息，我也不忍心将他叫醒，他的确是忙得都没有好好睡过了，这次就让他睡到自然醒吧。

然后这个时间——我偷偷一乐，反正不等到天亮亲自去河边看看也没办法继续深入思考，不如趁这个时间将日记本再看上一段，也好满足一下我的好奇心。

日记本再次打开，翻回到我上次停止的地方，爷爷的故事再一次开始了。

落阳岭真的是一个非常古怪的地方。

这是邓涛第一次如此近距离地贴近那片被人称之为禁地的地方，以前的他偶尔会路过，但绝对不会有往这边踏出一步的想法，光是那幽暗漆黑的山林里散发出来的诡异味道就足以让所有想要靠近它的人内心不安。

此刻，太阳已经西斜，落日的余晖正在做最后的挣扎，试图将它最后的光热传递给地面上的每一处地方，只是这每一处，并不包括处于山脊背面的落阳岭。那里终年难得照到阳光，却依然生长着稀奇古怪的各种树木，有人说，那是因为里面埋葬了太多太多的尸体，导致地下的养分太好，那些植物根本已经不需要阳光就能够存活了。

邓涛在前面带路，他一边走一边小心地回头看上一眼，他怕那三位少年只是故意诱拐他去那个地方看上一看，说不定不知什么时候他们三人就会突然消失，留下自己一个人在这邪气的地方原地打转。

好在那三位少年的表情却是跟常人无异，一点也看不出害怕，也不知道是他们不知道关于此地的传言，还是说他们身怀绝技，所以根本就不怕所谓的妖魔鬼怪。邓涛悄悄地看了那个领头的少年一眼，觉得他的表情似乎还带有了另外一种色彩。

是兴奋？还是什么？

邓涛不知道，他也不想知道，他只想赶紧完成任务，然后拿着他手里的银钱开溜，可是那三位少年没有开口，他也不敢提出离开的请求，只能硬着头皮一步一步往落阳岭里面走去。他的手紧紧地抓着那十数枚银钱，汗水已经将银钱浸透，在他的手里变得滑腻。

那三个少年把自己的名字告诉了邓涛，邓涛知道那只是暂时的称呼，方便邓涛与他们沟通和区分，因为不会有人的名字叫做赵金，赵木，赵火。不过他们三兄弟都同姓赵这点倒是有可能，不过这也不是邓涛在意的。

领头少年的称号是赵木，倒是比较符合他那看起来什么都不在意的云淡风轻的形象，他似乎是队伍里的二哥，性格比起那个黑壮的少年赵金看起来更加随和，所以担当了这三人当中的主事者，基本上所有的决定都是由他下达，另外两人从来不会有异议，非常听从他的意见。

这三个不知来历的少年，背负着那一身好武艺，不知道为何会跑到这荒郊野岭来找这所谓的万人坑。赵木的手里始终提着那块黄铜色的小镜子，邓涛偷偷瞄过几眼，上面竟是些乱七八糟的符文一样的东西，他看不懂，但是看起来似乎很神奇的样子，而这三个人似乎根据那镜子上的一些反应在找些什么。

难道这三人是——摸金校尉？

邓涛的脑子里突然冒出了这样一个想法，可是很快他就否认了这个想法。摸金校尉就是盗墓贼，一般都流窜在各地古都墓葬聚集地循环作案。这战乱年代更是让它成了捞钱的热门职业，不少军阀组织为了凑够军饷就明目张胆地找墓穴，炸墓穴，从里面得到的宝贝统统换成现钱充作军饷。

历史上比较知名的盗墓贼头领是三国时期的曹操，他虽然不亲自动手，却组建

了一只完全用来寻龙点穴的盗墓贼队伍，而摸金校尉的称呼也由此而来，也就是他开创了盗墓补贴军饷的先例。而项羽那个倒霉蛋，却一把大火烧了整个阿房宫，估计给他秦朝的民脂民膏他都不会要。

邓涛听说过这门职业，但他深知自己没有那个身手和能力，所以也没有考虑过去做这个，只是这次碰见的这三人，那灵活的身手和手中那个神奇的小东西却跟他想象当中的摸金校尉身份很是符合。

他同样知道，摸金校尉这职业跟传统职业一样，多半都是上面几代传下来的，一般都不会派出年轻的后辈单独行动，看这三人的年纪，怕是没到那种出神入化的地步，家族里的老人恐怕不会放这三人单独出来对大墓动手，所以邓涛又觉得这三人不太可能是摸金校尉了。

"二哥，我们好像真的找到地方了。"邓涛听见背后那个三弟赵火小声说道，那声音里有着忍不住的激动。

"嗯，这次又能够有一个人完成任务了。你也别太激动，小心应付一会儿的情况，可不要出什么岔子。"赵木淡淡地回道，他似乎也注意到了邓涛在偷听他们的对话，眼睛微微眯起，将邓涛吓得够呛，忙把注意力收回到前面的山路上，不远处，那座漆黑的山林已经近在眼前，一条细小的山路蔓延进入落阳岭深处，再也看不见。

此刻的落阳岭，像一张等待猎物上门的血盆巨口，慢慢地等待着他们四人的进入。

邓涛的心又开始怦怦乱跳起来，他刚刚听到了那两个少年之间的对话，他们似乎知道这里面会发生什么事情，所有才会说——有什么情况将要发生了吗？

邓涛吞了一口口水，手脚有些发软。他不知道自己会不会被卷入那三个少年的事情当中，并且从此再也没有离开这里的机会。

"嘎嘎嘎。"林中突然传出一阵怪鸟的鸣叫声，伴随着这声响的发出，有不少奇怪的窸窣杂音从林中传来，它们很配合地让邓涛起了一身的鸡皮疙瘩。他感觉周身发冷，差点挪不动步子。

而正前方的山谷缝隙中，落日的最后一丝余晖打在他的身上，却没有给他带来丝毫的暖意，阳光，终究要消失了。

困境

前方是一颗歪脖子大树，莫名地歪倒在进入林中那条道路的中央，斜斜地阻碍了进去的路线，邓涛看了看那棵枝丫扭曲的老树，心中万般想法翻江倒海。直觉告诉他，这林子里一定有什么怪兽在等着猎物的进入，他实在不想陪着这三人一起进入到这密林当中。

可是那三位少年全都没有发话，他自然也不敢提出要走的请求，只是他的步子越来越慢，明明十数米不到的距离，却走了近一分多钟，步子近乎要停滞了。身后的那三位少年似乎没有注意到邓涛的异状，他们的注意力此刻全部集中在前方的那片阴影中，眼睛里透露出的是一种邓涛有些不能理解的表情。

是激动，是狂热，是茫然，是解脱。

这种感觉邓涛形容不来，让他觉得这三个人更像是千辛万苦才找到了父亲传下来的遗物一般的感觉，只是这阴森诡异的地方，又怎么会有前人留下的宝贝？

"小心点吧。"赵木对着另外两人小声提醒道，最后又看了一眼邓涛，没有说话。

另外两人仿佛没有听到赵木的提醒，他们缓缓地走向阴影里，带着一种决绝的味道。三个人的身影很快超过了邓涛，将他甩在了后面，率先进入了林中。邓涛想逃走，却又挪不开步子，他其实也想知道这三人到底是为何辛辛苦苦找到这里，此刻他也犹豫了。

或许我骨子里这股好奇心就是我爷爷遗传下来的，他在那样的情况下还是秉承了一个年轻人不安分的心，咬了咬牙心一横，跟着那三人走进了树林。

林子里有些暗，周围的一切都带着些许诡异凄凉的味道。

好冷，这是邓涛进入这里的第一感觉。那些传闻并非空穴来风，这里的温度真的低得有些不太正常，按照现在的说法，就好像在跨越过那条阴阳交割的边界线的同时进入到了一座冷气大开的空调房里的感觉。

或许真的有阴气这一说，要不然这里的温度也不至于低成这样，只是一想到这

所谓的阴气，可能是地下埋着的那些人阴魂所化，不禁让邓涛心里不停地打起冷战。其实进入这里，邓涛能够提供的帮助已经少之又少，他也是第一次来入这里，跟那三个少年一样对这片林子充满了未知。

"好险，我们这次进来没有碰到别人说的迷雾，不然光是找对方向就颇为不容易了。"邓涛为了打破这诡异的安静，兀自发言道。可那三人的表情却并不轻松，相反，他们对邓涛所持的乐观态度明显没有多少赞同感。

而事实恰好证明了一点……落阳岭是一个邪地儿。

邓涛的乌鸦嘴成了真。

就在他们往前又走了不到一百米的距离时，周围竟然开始飘起了淡淡的雾气，白色雾气围绕着他们，虽然没有浓到看不见周围人的地步，却已经足以让人迷失在这诡异的密林里了。

邓涛不敢说话了，他怕自己的预言再一次成真，所以他只是安安静静地跟着那三位少年，希望不要把这三人跟丢了。

他们手里没有指南针，唯一能拿来指明方向的似乎就是赵木手中拿着的那块小镜子，镜子的中心有一点红点不停地在镜面上跳动，就像一只不安分的小精灵，赵家三兄弟根本连方向都没有辨别，只是照着这颗小红点的指示一点一点前进着。

空气里的白雾带有一股酸腐的味道，邓涛用衣服捂住鼻子，想阻挡一下这难闻的气味。谁也不知道这雾气里会不会有毒虫喷出的烟雾呢！

邓涛今天的运气似乎差得很，在他感觉迷雾不会出现的时候，迷雾不知不觉就出现了。而在他担心这白色的雾气里隐藏着毒虫毒雾的时候，毒虫也出现了。

窸窸窣窣的响声骤然从前面响起，让四人全部停下了脚步，邓涛最为胆小，听见这种诡异的声音差点没直接跳上旁边的一棵大树。赵木盯着前方那片茫茫的雾气，打了一个噤声的手势。此刻，再没有人说话，连呼吸都仿佛停滞了。

"嘶嘶嘶。"鸣叫声似乎越来越大，伴随着轻微的摩擦声，一点一点地贴近了立在当场听着这些诡异声调的四人。邓涛心里泛起隐隐的恶寒，他总觉得自己的运气不至于这么差吧，难道真的是说什么来什么？

那是一种奇怪的响动，犹如树叶刮擦地面的声音，让人浑身起了一层鸡皮疙瘩，邓涛还要细听，却发现已经有一个黑红色的小点从前方的白雾低矮处中突了出来，距离他们所处的位置只有七八米的距离。

邓涛还在想那是个什么东西，却被赵木一声轻呼惊回了现实。

赵木只说了一个字："跑！"

邓涛本能地拔腿就跑，可是却不知道该往哪儿跑，脱离了这三个人还有他们手里的那个小东西，自己一个人能不能原路返回都是问题，他顿了顿，仍然看向那片白雾当中飞出来的东西，他想知道赵木到底看到了什么。

就在那个东西从白雾中显出整个影子的时候，邓涛已经吓得挪不动步子了。一条长约两米多，碗口粗细的黑黄色大蛇已经从那林后的树根处爬了出来，嘶叫着就要往这边扑。

"奶奶的，怎么会有这么大的一条毒虫！"邓涛一边哀号，一边往后面飞速地逃跑着，他没有忘记紧盯那三个少年的举动。

那黑黄色的大蛇身长粗细已经很恐怖，更何况这一身明显的警告色，更是在告诫所有看到过它的人——我是剧毒的！刚刚率先从白雾中吐出来的黑点，是它不停收缩着的分叉舌头。都说这片林子诡异，能够养出这么长一条毒虫，也确实不容易了！

邓涛还在瞎想，那三位少年却是齐齐逃到一颗大树后停了下来，只见赵火手中的两粒黑影已经对着那长蛇打了过去，那是裹满了毒汁的铁钉，而这两只铁钉取向之处，却是那黑黄大蛇的两只三角形的绿色怪眼。

打蛇打七寸，那是说蛇的软肋在腹部距离蛇头大约七寸的地方，那个地方就是蛇的心脏所在，一击就会必死，可是照目前这蛇的尺寸来说却是完全不靠谱的，这蛇身长就快七八尺，又怎么去打它的七寸。不过蛇再大，它的要害仍然在它的小腹心脏处，只是蛇不会让你轻易碰触到它的要害所在，这要害部位依旧紧紧地贴在地面上，不可能让你直接攻击到。所以眼下这巨蛇身上最脆弱的部分就是它头部那两只黄绿色的三角眼。

此刻，那蛇的眼睛露出骇人的凶光，丝毫不肯示弱，只将头轻轻一偏，那两枚铁钉就打偏了方向，只有一枚打在了它的眼帘之上，发出吭哧的撞击声，那铁钉瞬间就没入草丛中不见了。

"这蛇好硬实的皮囊!"邓涛惊叫一声,心中却急得不知道如何是好。如果这三兄弟都拿这大蛇没办法,恐怕他们四人当中还真有人得留下来喂这条大蛇了!

那大蛇的速度极快,此刻被赵火的铁钉打中了头部,速度缓了一缓,却很快调整过来,直接张开了它那包含着寒光点点的几颗黄色毒牙的大嘴。

一股腥臭之气对着邓涛迎面扑来,邓涛又一次呆立当场(按照爷爷自己的话来说,差不多就是等死的想法了)。

在这危急关头,身后却突然传来一声大吼:"蹲下!"邓涛条件反射般地去做了,却差点被头上划过去的那棵大树的躯干扫翻了。那树干越过邓涛的头顶,正好对上迎面扑来的巨蛇,直接将那蛇的大嘴打了个开花。

原来这一系列的举动,是三兄弟默契中商量好的对策,就在赵火用手中的铁钉阻挠巨蛇前进的路线时,赵木早已抽出腰间的细剑,轻轻一拉,竟然将身边一棵粗细合适的大树连干砍下,赵金立马接住了那摇摇欲坠的树干,抱着那树干迎着邓涛跑了过来,那一声蹲下正是赵金吼出的。

邓涛只看见一条新切割下来的树干直直地打在了巨蛇张开的大嘴之上,然后就听到那蛇一声嘶吼,嘴角流出了鲜血,怕是已经恼怒至极。

刚刚那猛然一下虽然给蛇造成了一定的打击,却没有打中这只巨蛇的要害,反而生生激怒了它。

它不停地嘶吼着,嘴巴大张,一股黄色腥臭的液体从它的黄牙里喷涌了出来,伴随着它嘴角的鲜血,竟然直接喷射到了邓涛四人的身上。

"该死,这蛇毒!"一直很淡然的赵木此刻却也慌了手脚,他大概也没想到这巨蛇竟然能够凭空将毒液吐出。

邓涛看得心惊无比,那黄色的液体只溅了数滴到自己的衣服上,衣服却瞬间冒烟腐化,直接被那几滴毒液腐蚀出了一块大洞。

好可怕的毒液!

另外三人明显仇恨点比邓涛更多,因为这三人就是伤害它的主谋,巨蛇的灵智不低,竟然将大部分的毒液全部洒向了那三人,此刻那三人狼狈不堪地甩着身上溅落的毒液,再无之前的从容不迫。

邓涛看到了三人的困状,刚要去帮忙,回过头来只看到一条黑影猛地朝自己的脸上扑了过来,还没有所反应眼前瞬间一黑,被重重地甩到了一边的大树枝干上,砸了个七荤八素。

原来那巨蛇见到毒液见效,直接抽着身子爬了过来,看都不看邓涛,一尾巴将邓涛整个人抽飞了出去,撞在了一边的大树树干上,差点让邓涛直接咳出一口血来。

邓涛迷迷糊糊地爬起身,咳嗽了几下,刚刚那一尾鞭直接打在了他的脸上,差点没一口气背过去,此刻站起来连忙大口呼气,以免自己被活活憋死。

再看那三个少年,还在和那只巨蛇苦苦缠斗,只是那毒液让三人全部都忌讳不已,竟然完全发挥不出他们原本应有的实力了。

邓涛此刻怒火中烧,恨不得将这只怪蛇千刀万剐,一个大胆的想法从他的脑子里蹦了出来,他决定要帮那三个人一把,以一个愤怒的复仇者的身份!

牺牲

巨蛇的出现让赵家三兄弟陷入了一种有力却使不出的困境当中,那三人虽然打起普通人来一个顶得上十个,可是碰见这凶狠无比还能够口吐毒液的巨蛇,就有些有心无力,不知道如何是好了。

邓涛此刻反倒成了被巨蛇忽略的人物,因为一开始那三人的仇恨值和威胁性明显大过他,所以这黄黑色的大蛇只是一尾巴将他抽走,之后就没再将注意力集中在他身上。

邓涛心中恼怒无比,那一下直接抽打在了他的脸上,鼻梁骨都差点被打断了,血液从鼻孔里涌出,滴落在地上,他有些窒息的感觉,咳嗽了几下才又呼吸到了新鲜空气。摇了摇不停耳鸣的脑袋,邓涛重新把目光对准了缠斗三人的那条巨蛇。

这该死的畜生!

跟着这三位少年,邓涛居然也不知不觉有了底气,仿佛自己也变成了跟他们一样能够以一敌多的汉子,他恶狠狠地从嘴里吐出一口血沫来,然后扯了扯挂烂的袖子，直接大叫着向巨蛇的尾飞奔了过去。

赵木眼观八方，第一时刻就注意到了邓涛的动向，他没有阻止，反而是向两边的兄弟各打了声招呼，三人齐齐默契地用上了狠劲，将巨蛇稳稳地拖住，让其背对着冲刺过来的邓涛。

邓涛疾跑几步，那蛇不停弹动的尾巴已经近在眼前，他也不知道哪来的勇气，直接虎扑上去抱住了巨蛇的尾巴。

入手竟然是湿滑一片，那巨蛇滑溜溜的鳞片配上这四周冰凉的温度让邓涛一阵恶心，本来就头晕的他差点就从胃里吐出几口酸水来。这时大蛇才注意到刚刚被打飞到一边的那个小人物竟然又扑了回来，嘶嘶怒鸣两声，又是吐出两口酸液，直接甩起了尾巴，想将邓涛再一次甩飞出去。

邓涛一个踉跄，站立不稳，又一次被巨蛇甩了出去，只因为这次他下手也是不轻，连带着也拔下了巨蛇的数块鳞片，滑腻腻的，让邓涛直接扔到一边去了。

这一次邓涛的反应明显比刚刚要好得多，刚才第一下是因为没有防备，直接被抽到了大树的树干上，这次知道自己会被甩出去以后，他尽量保持了一下身体的平衡，最后堪堪没有脸着地，在地上滚了几圈，又立刻站了起来。

"老子跟你没完！"见蛇的鳞片被自己拔下，大蛇吃痛在地上滚了两圈，邓涛更是杀心四起，杀人他怕，那是因为有心理负担，但是对于蛇这样的畜生，他可以毫不手软，决定要不死不休了。

此刻巨蛇尾部吃痛，不敢再放任邓涛肆掠，眼见邓涛又扑了过来，一口黄水立马翻腾而出，对着邓涛前进的身影就是喷射而去，邓涛自然知晓这毒液的厉害，不敢硬冲，步子慢了两步，下一个瞬间就被那巨蛇猛冲过来的脑袋撞在了胸口之上。

这一次真的是吐血了！

邓涛还没叫痛，但他知道自己的肋骨怕是已经断了几根，以为能够跟那三兄弟一样把这妖怪一般的巨蛇屠宰掉，还是自己想得太多了，这根本就不是一般人能够对付的东西。

只是那三兄弟此刻也是反应奇快，看到巨蛇背对着他们，立刻抽身而上，赵木手中透亮的软剑上下飞舞，竟然刺穿了巨蛇尾巴处那厚厚的鳞片。邓涛看得倒是清楚,心中也是一阵胆寒,那可是近乎有半寸厚的铁皮一般的鳞片,自己刚刚就撕下来了几片,没想到这赵木竟然能刺穿了进去。

这还不算完,见到自己的进攻有效,赵木一声怒喝,夺地而起,猛地跳起落下,将插入巨蛇尾部的软剑狠狠地往地上插去,这软剑到了他手里也似乎变成了一件可大可小、可硬可弯的神器,竟然直直地穿透了巨蛇的尾部,将蛇定在了地里。

"三弟!"赵木打了一声招呼,赵火马上明白了他的意思,立刻配合赵木扑了上去,将要挣扎开去的巨蛇尾巴一把按住,死死地压在地上,不让巨蛇将尾巴抽走,而此刻,巨蛇已经被赵木的这把软剑定在了原地,动弹不得,想要脱身只能让这软剑划到尾割开半条尾巴才行!

三人的举动无疑救了邓涛一命,巨蛇本来想要将他一口咬死,此刻却被那三人折腾得吃痛不已,只能反身进攻,想要将压住自己尾巴的两人直接掀飞,却没想到等待已久的赵金顺着它的方向迎面跑来。

"他这是要干吗?"邓涛看见赵金的举动吓了一跳,只是他看在眼里,却没有力气站起来继续跑过去,他的肋骨断了两三根,也不知道内脏有没有出血,能够活命已经是不易,哪还有力气再去帮忙。

赵金这个黑壮的少年,此刻像是个不畏死的勇士一般直直地对着巨蛇迎面扑来的巨口跑去,就在他将要与巨蛇的铁头撞到的前一个瞬间,他竟然用左拳打出了一个上钩拳!

"咔擦。"邓涛清晰地听见了骨头碎裂的声音,相比一下互撞的两者坚硬程度,他知道赵金的手骨怕是已经粉碎了,那种疼痛绝对能够让任何一个成年的汉子疼得满地打滚,但赵金却咬着牙闷声不吭,脸涨得通红,猛地跃起,继续打出了下一拳!

邓涛都看呆了。

的确,刚刚一瞬间的对决,占到优势的绝对是那条巨蛇,因为它的头骨绝对比赵金的拳头要硬得多,所以赵金的手骨骨折了,而它只是因为这一拳的冲势直直地往上飞去,这也就是赵金不惜牺牲自己的一条手臂也要达到的效果。

真正的杀招,潜伏在赵金的另外一条手臂之上。

"打蛇打三寸!"邓涛猛地又想起了一句俗语。

蛇的要害部位并不仅仅只有腹部心脏那一处，所以还有一句俗语叫做打蛇打三寸，七寸的地方是蛇的心脏，那这蛇头三寸处，就是蛇的另外一处要害了！

也就是蛇的脊柱骨中心，你也可以将它当作人类的脖颈。

人的脖颈在受到突然打击的时候，血液会瞬间无法供给到大脑而产生昏迷的现象，蛇也是一样，所以如果有人直接打中了蛇的头下三寸处，那条蛇多半也直接昏迷过去了。这个时候的蛇还没有死，只是样子看起来跟死了差不多，也因此导致了很多人放松警惕以后被苏醒过来的蛇咬死的情况。当然，三兄弟是不会放过这样的机会的。

赵金迅猛的一拳，直接打在了没有厚厚鳞片保护的脖颈之上，邓涛只听见一声悲鸣，那条巨蛇登时翻着眼睛昏倒在地，将身下的赵金压了个严实。与此同时，赵木翻身而起，抽出自己的软剑，一脚踹翻地上昏迷的蛇身，小走几步，一剑扎在了它那白色的肚皮之上，没有了鳞片的阻挡，软剑很容易就插了进去，一阵血花登时从破口处激射而出，那条巨蛇最后挣扎了一下，然后再没了声息。

邓涛知道，赵木最后的这一下，已经刺穿了巨蛇的心脏，那条蛇已经没有活路了。

这时，赵木才和赵火两人将巨蛇的身体搬开，去救被压在蛇身之下的赵金，邓涛也匍匐在地上，一点一点地挪了过去。

在看到赵金的那一瞬间，邓涛的心中一凉，默默地叹了口气。

赵金这个黑壮少年的情况似乎比邓涛预料的要坏得多，他的左手手臂已经外翻，扭曲成一个麻花的形状，手指更是以一种非正常的形状存在着，确实是凄惨无比，让人实在难以想象当时的痛感。

当然，光是这些，还不足以让邓涛叹气，因为之前邓涛没看到的是，赵金的身体在那一瞬间还是和猛冲过来的蛇头发生了碰撞，那撞击力度明显比自己受到的撞击力度要大得多，赵金的胸腔竟然已经凹下去了半边，恐怕胸腔内的内脏早已是混乱一片，他的嘴角不停地涌出血沫，眼看是活不成了。可带着这样的伤势，他还是咬着牙坚持打出了最后的一击，打昏了那条巨蛇，才让赵木有了杀死巨蛇的机会。

邓涛觉得眼睛有些红，这个沉默寡言的黑壮少年，虽然才刚刚接触不到半天的时间，更是以一种凌驾于自己态势之上的形象出现，此刻面临生死别离的关头，依旧让邓涛这个毛头小子忍不住眼眶发涩，喉咙发痒了。

相比邓涛的反应，赵木两兄弟却冷静得多，他们都没有说话，只是默默看着已经昏迷的赵金，眼里又开始流露出那种刚刚进入这片林子里的茫然表情。他们难道不知道再也见不到他们的这位兄弟了吗？

那是一种怎样的眼神，邓涛永远形容不来，他只能不断地找出一些枯涩乏味的词来表述当时自己心中的感觉，那种万般感触于一身，更像是看破凡尘超脱于世俗之外的眼神，竟然能够出现在两个跟自己年纪相仿的少年眼里，这让邓涛永远想不通到底是为什么。

"咳咳咳……"昏迷中的赵金突然咳嗽了几声，微微睁了睁眼，他惨白的脸上也终于有了一圈红晕。邓涛不停地擦着眼泪却高兴不起来，他知道这是人的回光返照，只有要死的人才会在脸上出现那种病态般的红晕，他还有跟兄弟说上最后一句话的机会。

"大哥。"赵木的眼神有些飘忽，他没有哭，甚至连眼眶发红都没有，他只是稳稳地抱着赵金的身子，定定地看着他。

"哈哈。"赵金突然笑了一声，却是连带咳出两口血来，"墨离，我要走了。"

墨离，邓涛听在了心里，觉得这才是这人应该有的名字。

"这次的任务，恐怕要交给你和三弟去完成了。"赵金嘶哑地诉说着最后的遗言，仿佛对自己的死丝毫不关心，他的语气里没有任何悲凉，相反，更有着一种解脱的味道在里面。

"我先走一步，没能见到蓝骨，其实挺遗憾的。不过，我的命，也终于到了尽头。"赵金的眼神有些涣散，邓涛知道他恐怕说不完下一句话了，"身不死，心无存，墨与石绝——"还没等他说话，却再也没有了声息。

一边的赵木和赵火却将他没有说完的话接了下去："墨与石绝，万物始生。"

邓涛默默地听着三人最后的对话，悄悄地记在了心里，他总觉得这三人的表现，跟他们的外貌颇为不符，光是这生离死别却看得云淡风轻的情况就让他大吃一惊，这哪像是感情极好的亲兄弟啊，分明就是世仇，死了还得稍微庆祝一下的样子。

但是邓涛没有说话，他知道这或许与他们三人背后的故事有关，他只是不了解他们之间到底发生了什么，或许他们真的觉得只有死亡才是一种解脱吧。

赵木慢慢放下赵金的尸体，和赵火两人一起跪在地上以一种别扭的姿势拜了两拜，然后才转过头来打量了一下瘫坐在地上的邓涛。

"你还能走得动吗？"赵木的眼神一如既往给人一种沧桑感，就好像他已经不是第一次见到这种生离死别的情景。

"我没事。"邓涛勉强从地上站了起来，活动了两步，除了胸口隐隐作痛外其余情况还算是良好，肋骨只是断裂，但值得庆幸的是并没有错位，连接骨都不用，修养一段时间就会好起来。

"那就继续吧。"赵木说完，竟然不再管地上赵金的尸体，从蛇尸上抽出他的那把亮闪闪的软剑，又从一边的地上捡起了那个黄铜色的小镜子，他竟然打算继续寻找他们的那样宝贝了。

这让邓涛有些惊奇，不仅仅赵木是这样，赵火同样没有再管地上的尸体，跟着赵金一齐往林中走去，他们似乎已经不打算将赵金的尸体埋葬起来。

"他——"邓涛还是忍不住发问了。

"就把他留在那里吧，会有动物来吃掉他的血肉的。"赵木说出了一个让邓涛觉得匪夷所思的回答，差点惊呆了。

让林子里的动物来吃掉自己兄弟的尸体，闻所未闻，这难道就是传说中的天葬？这又是哪一族的传统？

赵木大概也知道邓涛无法理解这其中的意义，加了一句："这是我们族里的传统，如果死在了找寻的路上，就留下尸体，最后净化一次这里的土地。这是我们活着的意义。"

"啥？"邓涛虽然明白了一点，但还是无法理解赵木所说的传统，尸体能够净化什么？

"还有。"赵木突然回头，瞪了一眼邓涛，却没有说出更多。邓涛却是明白，那是让自己不要多问的意思，但越是这样，他的心中越是痒痒，这三位少年身上的秘密是不是太多了些？

赵木盯着邓涛看了半天，最后吐了口气："如果你能够活着离开这里，我还会送你一样小礼物。走吧。"

"啪。"一件衣服猛地盖在了我的头上，我正看这本日记看得入迷，却没想到被人弄了个突然袭击，差点没吓得蹦起来，抬头掀开衣服一看，却是吕布韦已经起床了。

"看什么呢，看得这么入迷。"他一边穿衣服一边问道。

"一个小故事，你这么早就起来了？"我看了看时间，"你才睡了不到三个小时，不困吗？"

"哪有这闲工夫，SPIN 的领导——"吕布韦一边穿着大衣一边笑着说道，"都是很忙的啊。"

我翻了翻白眼，恋恋不舍地收起了日记本，然后递上我整理完的线索："我们现在去哪啊？"

吕布韦接过我手里的白纸，一边看一边撩开了帐篷的门帘："我带你去见一见，黄河鬼侠！走起！"

捞尸

黄河鬼侠。这是一个略带神奇色彩的称呼，只是这个职称的背后，并没有人们想象当中的那么光彩，相反，更背负了很多人可能一辈子都没有办法接受的东西。

天色才刚刚亮，我跟在吕布韦的身后裹紧大衣晃荡着，慢慢往河的下游走去，走了大约十多分钟，就看见河道尽头的一座破旧石屋，吕布韦指了指那间房子："魏老爹就住在那里面。"

石屋坐落在一处三段交叉口的边上，河水在此汇集向北流去，河上飘着三艘快艇，被铁链拴在河床上，不停地随着河水摇摇晃晃，不时撞上来一两块从上游漂下来的垃圾。

这就是捞尸匠住的地方？我起初还觉得这个职业神秘无比，但其实细细想来也没有什么可以说道的地方，干这活的人需要过人的胆量、纯熟的水性、强大的气魄，一般人还真干不来，这也就是为何这一条线上只有魏老爹一家在做这样的苦活了。

一般人可忍受不了成天和各种泡得发烂的腐尸打交道的日子。

石屋门口摆着一把躺椅，一个中年人躺在上面，正对着河岸，不知是在闭目养神，还是在看着下面那忽快忽慢的河水。我看着觉得有些不像是吕布韦口中的魏老爹，那年纪未免太轻了一些，还轮不到叫老爹的称呼。

吕布韦好像认识这人，领着我走了过去，介绍道："这个是魏老爹的儿子，魏续。"我这才细细地打量了一下这个中年人，他的肤色很深，穿着厚厚的冬衣也能够看得出里面包裹着的强健身材，双手更是粗大，一看就是那种饱经风霜的干活人的双手。

魏续见到吕布韦过来，对着他点了点头，算是打过招呼，但眼神一直没有离开过河面，似乎在等些什么。

"魏老爹从十六岁就开始以捞尸为生，到现在差不多也干了近六十年，所以才有了些名气，人送外号'黄河鬼侠'，魏续也从小跟着魏老爹耳濡目染，慢慢地也跟着做起了这门行当。"吕布韦还在解释，我却已经忍不住想要问一问这个中年人更多的问题了。

"这片地方叫做死人湾。"魏续似乎知道我想打听什么，自己开口说道，"因为这里有一片回水湾，所以尸体往往会在这里被河水冲起，被人发现打捞上来，也因为这个得了个死人湾的称号。"

"我父亲在这边做了半个多世纪，死人湾给他送了差不多上万具浮尸，每一具基本上都记录在案，他有几个小本子，上面记满了死人的名字，所以别人也管那些小本子叫阎王爷的点名簿。"

我点点头，在脑子里不停地想着自己需要打听的问题："那，你们一天平均下来能够捞到多少具尸体？"

"一天？"魏续坐直了身子，他没有回过头来看我，反而像是在往远方看着什么，"这可说不准了，有可能一天下来一具都找不到，也有可能一天能够捞到二十多具，跟天气和发水量有关，夏天的时候尸体多，还有发大水的时候。"

我默默地记下这笔，感觉这些浮尸的突然增多果然有问题，现在已经快到冬天时节，既不是夏天，更没有下雨，按道理来说浮尸数量不应该突然增多的。

"我知道你想问什么，你的同事昨天已经来问过了。我也只能重复我的那个回答，这几个月的情况的确有点特殊，我也没想到居然会突然多出这么多的尸体。每年的尸体数量虽然参差不齐，但是总数基本都稳定得很，不知道今年为什么这个时节突然多出了这么多的尸体，不过，对我来说，这却是一件好事。"他说到这里不再言语，似乎想要回避什么。

我了解他说的好处到底是什么，他和他父亲魏老爹的职业就是靠打捞尸体为生，每捞上一具尸体都会有人来认尸，如果对上号了，那么家属可以直接交钱把尸体拿走，这价格逐年提升，听说也颇为不菲。

"我知道你在想什么，"魏续看了我一眼，那眼神有些锋利，看得我心头直跳，"我们也不会漫天要价，有钱的多给点，没钱的少给点，实在穷的就随便给点意思下拉走就是，昨天有具尸体只收了五百，我们也是看人的。"

我默默地算了一笔账，这一年下来，捞尸匠的收入恐怕不低于十万块，也难怪他会说尸体多了对他只有好处了，他不会关心为何会从上游漂下那么多具尸体，只会关心这些尸体能够给他带来多少收入。

魏老爹今天不在，由他的儿子在这里接班，他告诉我其实一天之内绝大部分时间都是没活可干的，因为一天最多也就是二十具尸体，他只需要在这里等着，守株待兔，不经意间就能够看到顺流而下的死尸，只要在这个时候踏上快艇，不一会儿就能够把尸体牵回树下挂着。

这些牵回的尸体会由魏老爹把身上的东西全部翻找出来，找到手机、钱包、身份证等东西，然后通过这些线索去找到死者的家属。而那些没有任何线索的尸体将会挂在河谷的背阴处，由那些前来认尸的人一一认领，如果没人认领，尸体最多只会挂上一两个星期，然后就松了绳子让他自己漂走了。

我突然就想到要找魏续确认一下第二件怪事的真实程度，还没有来得及说完，就被魏续不耐烦地打断，他的表情似乎很不好看，没有先回答我们的问题，而是反问道："你们是从哪儿听说的这事？"

"附近的村子里不是都传开了吗？"我问道。

他摇摇头，叹口气："我早让父亲不要把这事说出去，只是当天在场的人有点多，实在是把不住这个嘴。"

我急急地说道："那就是说这事是真的了？真的有那么个奇怪的尸体？"

他摇摇头:"我不知道,当天我并不在场,要不然也不会让这件事情传出去。最近几天的生意量都少了,不知道是不是这个原因。"

魏续真的是一个彻彻底底的生意人。

"那你的父亲没有说到过么,他是不是亲眼确认过了?"

魏续点点头,又摇摇头,好像在犹豫什么:"我的父亲的确是那么说的,那具尸体很奇怪,是他见过的最不可思议的一具尸体了。"

我没有说话,只是静静地思考着他说的这些话的真假程度,我觉得我不太能够完全相信眼前这人说的这些话。

我还想要问些什么,却被突然站起的魏续吓了一跳,他摆了摆手,示意我不要说话,没有搭理我俩,直接跑向了河边停靠着的快艇,整个人直接扑上了快艇的操作杆。

我被他突然的举动吓了一跳,看了看一边的吕布韦,问道:"他要干吗?"

吕布韦也在看河面,他指了指那波涛汹涌的河水中心:"他可是一直都没有放松他的工作,你看!"

我顺着他的指向慢慢地看去,终于看见了一个黑点在河水的中央上下浮动着,似乎正从上面慢慢地漂到下游而来。

"那是尸体?"我不可置信地怀疑道。

"嗯,差不多吧,我不知道,因为我是近视眼啊。"吕布韦扶了扶眼镜。

魏续虽然不停地回答着我的问题,但是他的眼睛却从来没有离开过河岸一秒,这个在我眼里都分辨不出是什么的小黑点居然都被他发现了,也不知道他的眼睛锐利到一种怎样的程度了。

"等一等我们!"吕布韦突然朝着要拉动快艇离去的魏续招了招手,他一推我,示意我赶紧跟着跑过去。

我一边跑一边问道:"我们跟过去干吗?"

"不知道,但是总会有发现的。"吕布韦也跟着我往快艇上跑,他说感觉和预感的时候让我觉得他就是个算命的。

可是还没等我跳到快艇上,却被魏续直接拦住了,他摊着手臂,对着我们摇了摇头,似乎不让我们上去。

"我们，我们也想去看看情况。"我连忙解释道。

魏续依旧摇头，手臂撑着就像一只张开翅膀的大鹏。

"多少钱？"吕布韦干净利落地说道。

"啊？"我愣了半天。

魏续伸出了一只手掌，摊开来放在我们面前。

"五十？"我回问道。

但就在我问出的下一瞬间我就后悔了，因为我看到了吕布韦嘴角的讥笑。

"他没要五百就好不过了。"吕布韦大声地嘲笑道。

"一个人五百。"魏续发声了，吕布韦的讥笑顿时蔫了。

我此刻很想说你怎么不去抢，但还是被吕布韦一脚踹上了快艇："一千就一千吧，又不让你报销。"

快艇开得很快，同样也因为河流的涌动非常不稳，让我有些头晕想吐，这大概是我第一次晕船。

黑点还在河水中沉浮着，因为刚刚的讲价耽误了很多时间，它已经划过了我们快艇的位置，不过没关系，快艇的速度足以追上它。

靠近黑点以后，我才发现那真的是一具尸体，再次感叹了一下魏续眼光的毒辣。

只是吕布韦在看到尸体的样子以后有些隐隐的不快，脸色阴沉了许多，我也隐约意识到了什么，不再多说，静静地看着魏续的举动。

他将船开到了离尸体极近的地方，然后拿着一条绳子就"扑通"一声下了水，他游泳的本领很好，两三下划水就追上了尸体，然后将绳子绑在了尸体之上，重新游了回来。

五分钟以后，我们重新站在了岸边，而这不到十分钟的时间里，我们已经欠了这个脑子里只有钱的中年人一千块整，这让我有些愤愤不平，不过吕布韦的脸色似乎比我更加难看，我预料到接下来似乎会有些不好的事情要发生了。

魏续将尸体拉到岸边，照例去翻尸体的衣兜。

尸体是一个老头，穿着暗红色马甲，翻了半天衣兜里什么都没有，魏续接着解开了他的马甲，想看看衬衫里有没有钱包，就在他解开马甲的下一个瞬间，他的脸色也跟着吕布韦一起阴沉下来了。

我默默地看着眼前的这场哑剧，露出了"果然如此"的表情。

十三 要价

吕布韦没有说话，但我知道他想要说些什么。

魏续同样没有说话，他的手僵在那里，默默地叹了口气，剥衣的动作却没有继续下去。我也知道他在想些什么。

我先是拍了拍一边作发呆状的吕布韦："喂喂喂，打击没有这么大吧。"

"我只是有些不敢相信我看到的，没想到那个传言居然是真的。"吕布韦扶了扶眼镜，似乎更加疲惫了，他眼里的血丝还是那么清晰，昨晚三个小时的睡眠根本无法让他好好地休息，他因为这件事操了不少心。

"嗯，我大概明白你的意思了，这个人，这个老头，应该就是你的第二个组员吧？"我打量了下这具尸体，果然跟传言里的说法近乎一致。

尸体的腐烂程度不高，手臂没有泡到肿胀的地步，死亡时间应该不超过一个星期，再加上吕布韦那复杂的表情，我大概确认了这个男人的身份。

虽然早就有了心理准备，但看到这个人的样子时我还是吓了一跳。

看他的样子大概都六十多岁了，怎么看都不像是能够在 SPIN 跑腿的人物，唯一的解释就是他真的跟传言所说，尸体突然变衰老了。我听到吕布韦说到那个故事的时候还不大相信，此刻却亲眼见证了这样的事实。

原来真的有人会在死后突然衰老上好几十岁的事情发生。

"他今年只有三十一岁。"吕布韦小声地说道。

而魏续在这里呆住的原因恐怕也是因为这个，他也意识到了这具尸体的不正常，所以他不知道要不要让我们看见衣服下面潜藏的真相了。

我决定推他一把。

"掀开吧，我们就是因为这件事情而来的。"我尽量让自己的话语变得阴沉，带上不可抗拒的力量。

魏续一直在那叹气，他点点头，伸手撕开了尸体的马甲，尸体终于完整地呈现在了我们眼前，吕布韦和我的注意力同时集中到了尸体的躯干上，传言中的那种现象真的存在吗？

尸体的皮肤被河水泡得有些发白，但是他的腹部却是血肉模糊一片，只不过因为太长时间的浸泡，血迹都有些淡去，只剩下参差的肉块和若隐若现的白骨。

我觉得有些恶心，吕布韦也忍不住皱起了眉头，但他还是忍住不适蹲下身子，用手去触摸那些伤口。

虽然尸体并没有像传言所说的内脏全部被吃掉，那可能只是别人不经意间的夸大之词，但同样也不是空穴来风，尸体身上布满了伤口，有些伤口深入骨头，能够看见里面白花花的架子，虽然没有全部消失，但是好像真的出现了被什么东西破坏的迹象。

"这些伤口怎么回事，被划烂的？"我其实明明知道不太可能，但还是忍不住问道。

"不会，划烂的伤口不是这样子。"吕布韦用手轻轻地按了下伤口，比划了下大小，他手上没有戴手套，从伤口里流出的各种汁液一下子就流到了他的手上，让我一阵反胃。

"可能是被鱼虾吃掉了。"一直没有说话的魏续突然接口道，但我明白他自己都不太相信这个说法，我看了过去，他的眼神有些闪躲，似乎还有什么事情隐瞒着我们。

"真的是这样吗？首先这里是淡水河，没有什么凶猛的食肉鱼类。而且，我不知道你说的鱼，到底有多大只！"吕布韦比划着伤口，似乎得出了什么结论，"伤口的断裂面很整齐，不像是被牙齿撕咬的，更像是——螃蟹？河虾？"

吕布韦站起身，意味深长地看了一眼宽广的河水，没有再说下去，他的眼里满是止不住的担忧。

我没有他那么专业的眼光，但是想来他说的也不会错太多，倒是那个从打捞尸体上来之后就一直沉默不语的魏续在听到吕布韦的话以后也是面色发苦，似乎在纠结什么。

"说吧，我知道你肯定有什么事埋在心里。这里的情况恐怕不是你一直隐藏下去就能够解决的。"吕布韦收回目光,重新督促魏续开口,他的语气中胁迫的味道重了很多,明显比我这个不靠谱的半吊子要专业。

"我知道。"魏续点点头,"自从听说了父亲捞到那具古怪尸体以来,我就知道这件事情可能并没有想象当中那么简单。其实,尸体上的这些伤口并不是突然出现的,似乎从好几个月前就开始了,只不过那个时候我跟父亲都没有太过在意,因为当时的伤口还不像现在这么大,也没到这么吓人的地步。"

"但最近这段时间,这种情况已经越来越明显,我父亲捞到的那具尸体,被破坏的情况是最严重的,最后也被村民当成不祥的征兆传开了。"魏续说出这些,似乎松了口气,"你们不是第一件调查这件事情的人,死掉的这个男人,似乎前几天也找我父亲打听过这些事情,没想到——"

所有的事情都得到了验证,这个人的确是吕布韦的组员,而且也找魏老爹打听过这些情况,但是不知道为什么会突然也死在了河里,死因尚不清楚,因为从伤口来看并不能够断定是否溺亡,可以肯定的是,他和第一位组员都死在了调查的路上。

也就是说,这河里的确有什么未知生物吗?

想到这,我也忍不住掉转头去,看向那深褐色的河水,仿佛想从其中的黑影中看出真相来。只是那河水的深处中,黑暗依旧是黑暗,我看不到任何东西。

吕布韦没有答话,转身离开,只留下了一句"把尸体留着,会有人来处理"这样的话。

我连忙快步跟上去,发现他已经掏出手机在打电话,似乎在汇报情况。

"嗯,我找到他了,不过也只是他的尸体,我需要一个法医,来帮我鉴定死亡原因。"

"我知道,原因我会尽快查清,不过我总觉得应该不是单纯的偶然事件,可能最后还是要借助别的力量。"

"嗯,基本情况就是这样了,他的尸体你们在检查完以后就一起带走吧,我还有些事情需要去查证,有什么新情况我会再联系的。"

我见吕布韦打完了电话,这才上去问道:"怎么样,有什么发现吗?"

他摇摇头,回答道:"我不知道,这河里可能真的有什么不太妙的东西,光是尸体身上的伤口就让我有些害怕了。"

造物者Ⅲ │ Vol.2 黄河诡沼

"这里根本不可能出现那么大体积的河虾或者螃蟹才对啊。"他的眉头紧皱着,同时不停地沿着河岸向上游走去,似乎想找到什么东西。

"什么意思,你是说那些伤口是被那些水生生物撕咬出来的?"我估计是他从伤口上发现了什么。

"差不多吧,我检查过了,那些伤口的切面很平滑,不会是牙齿的直接撕咬,而且这块水域也不会出现大型的凶猛肉食鱼类,所以我真的不知道到底是什么东西造成的那些伤口。相对来说,河虾或者螃蟹的可能性更大一些,但是按照伤口的大小来推断,个头又不对。

"但是重点不只在他身上的伤口,我们更需要知道的是为什么他的身体会呈现这样一种诡异的衰老状态,伤口尚且能够得到合理的解释,可一个三十岁的人,为什么尸体会变成六十岁的老头,我根本想不出原因啊!"

"问题是我们不知道现在到底问题出在上游哪一段,所以不可能就这样一直细细地排查上去吧?"我可不想一点一点从这里盯着河面往上走。

"那怎么办?"吕布韦又揉了揉自己的脑袋,"我的脑子还是迷糊一片。"

"去找那个魏老爹不就可以了吗?"我提醒道。

"魏老爹?找他有什么用,他只是在这里守株待兔地等尸体从上游漂下来,他也不知道那些尸体到底从哪儿来。"吕布韦似乎没有理解我的意思。

"他的确是在这里捞到那些尸体的,可是你别忘了他的工作。"

"额?"吕布韦似乎明白了一点,"他似乎一直都在记录那些尸体的情况。"

"没错,那本阎王爷的点名簿似乎就很重要哦。"我笑道,"也不知道是谁想的这么个说法,不过挺形象的。"

"走吧,去找魏续。"他立马调转头往回走。

"我感觉你这样子像是个抢劫犯。"我笑道。

"亏你还能笑得出来,说这样的话,一会儿就轮到你哭了。"吕布韦提醒了我一句。

"啊?"我没懂。

不过十分钟之后,我就明白了吕布韦这句话的意思,也懂得了吕布韦到底具有多么可怕的预见性。

"一具尸体——两万？"我差点忍不住就骂粗口了。

吕布韦倒是对魏续那敲诈似的要价很淡定，或者说他早就知道会有这样的情况发生了。

"你怎么不去抢，你知道我们是替——警察办案的吗？"我忍不住吼道，我觉得我还是留了个心眼，没有直接吼出SPIN的名字，警察跟SPIN算是一家亲吧。

"警察吃饭不要钱的吗？而且，刚刚你们上船的一千块还没有给。"魏续看了我一眼，毫不在乎的样子。

"你——"我气得有些说不出话来，倒是吕布韦一直很镇定，他早就知道会这样。

"要么给钱，要么这尸体我就放走了。"魏续一点都不担心他拿不到钱的情况，的确，尸体在他的手里，他只要一解开绳子，吕布韦这位同事就真的尸骨无存了。

"钱我们答应你。"吕布韦一点都没有在这件事情上犹豫，我恨得牙痒痒，就这样把钱交给了这个家伙，实在让我不太甘心。

"不过，我们还有另外一个要求。"吕布韦终于提到了我们这次折回来的主题，"我需要你父亲的那个记录所有尸体信息的本子。"

"给钱就好说。"魏续一点都不在乎我们要看什么东西，他听到吕布韦竟然没有找他砍价已经是狂喜了。

"那么，先让我们看看货吧，我们还有一些事情急着去办呢。"吕布韦提道。

"没钱什么都免谈，刚才你们就没给钱走了。"魏续一副吊儿郎当的样子。

"这有支票。"吕布韦立刻从怀里掏出一个小本子，齐刷刷地写下了数额和自己的名字。

"不要这个东西。"魏续摇了摇头，"我只要现钱，不要支票。"

我差点要发作，给钱还挑三拣四，吕布韦还能赖账不成？另外还有让我注意到的一点，吕布韦这个家伙竟然随身带着支票簿，就是不知道这家伙的预付额度是多少，如果可能的话，能从他那敲诈一点是一点，我帮了他这么多忙，似乎就没有收到过什么物质奖励。

"没问题，我去换成现金好了。"吕布韦的车停在离这里大约十分钟路程的地方，他开车进城里的银行去取钱，来回至少得折腾上一个小时以上。

造物者Ⅲ ｜ Vol.2 黄河诡沼

"邓龙，你就在这里先待着吧，一会儿大爷拿钱来赎你。"临走之前还不忘开个玩笑。

"滚蛋！"我差点没给他一脚，把他一骨碌给踹到河里。

吕布韦离开以后，只留下了我和魏续面面相觑，似乎他也没有搭理我的意思，继续躺在椅子上打量着河水中央，他还在做他的活。

那我呢，这一个小时，总不能什么都不做吧？

嗯，我记得，我好像把那本日记本一直带在身上，现在打发无聊时光再合适不过了。

爷爷的故事，还没有完结呢！

十四 追逐

邓涛一路上都有些心不在焉，虽然他知道这样做很有可能会跟赵金一样把命都丢在这里，但是他还是忍不住在想刚刚发生的那些事。

那么长那么大的一条毒蛇，是怎么从这片林子里长出来的？

按常理来说，一种动物居住的环境决定了它的个头，它能够捕猎到的食物的多少和质量会限制它体积的无限增长，刚才那条毒蛇的体长明显就超过了一般的毒蛇。这林子果然有些古怪。

原本四人的队伍，此刻只剩下了三人，两个仍旧保持着刚刚进入这片林子里的势头，另一个却是在胡思乱想，不知道在考虑些什么。

"吧唧。"邓涛没留神，一脚踩进了一处水坑，整个人晃荡了一下。

水很凉，冷得刺骨，邓涛闪电般将脚抽了出来，但还是忍不住大口吸气。他一边暗道自己倒霉，一边在想这里怎么会有水坑。

周围的空气已经越来越潮湿，雾气也越来越大，三个人前进的速度受到了不小的阻碍。此刻地面上更是形成了一处处的水洼，稍不小心就会踩入其中，冻得人浑身难受。

"等一等。"邓涛叫住了还在前进的两人，似乎在刚刚的那处水洼里发现了什么东西。

赵木和赵火都停了下来，他们盯着邓涛看了半天，最后将目光转到了邓涛看向的水洼里。

"这水洼里，好像有什么东西。"邓涛盯着水洼不放，却没有胆量伸手去摸。倒是赵木闻言脸色微微一变，探过身子，低下头，闪电般地出手，从潮湿的水洼中捞出了一块白色的东西。

邓涛这才看到自己刚刚踩到的那块东西，竟然是一截人类的手骨，此刻只剩下了孤零零的骨头，没有半点血肉在上面。

"啊！"邓涛惊呼一声，忍住了后退的冲动。

"看来我们已经非常接近要去的地方了，不过——"赵木沉吟一声，看了看手里的小镜子，脸色有些不太好，"估计那个东西就在附近了。"

"什么东西？"邓涛却被赵木的话吓了一跳，听他的意思，似乎早就知道会有一样可怕的东西在这里等着，而且，似乎比刚刚见到的巨蛇还要可怕得多。

"赶紧走，我们不能在这里停留太久，我担心那个东西已经在附近了。"赵木扔掉了手里的骨头，开始往前面奔跑，与之前一直小心翼翼的态度有所不同，他这次丝毫没有顾忌自己发出的声响，随着他踩踏着潮湿地面的动作，不停地有哒哒哒的声音在树林里回响着。

邓涛完全没弄懂到底是怎么回事，只能抱着头跟着赵木他们一起跑，只是他的速度明显比那两人慢了一些，渐渐地就落在了后面。当他意识到自己似乎有些脱节的时候，一种强烈的不安瞬间将他包围了，日记里的说法含糊不清，但大意就是一种强烈的恶寒感，似乎有什么东西在看不见的地方追击着他们。

邓涛被这种感觉弄得有些恶心，忍不住回头望了一眼，可是后面只有一片白茫茫的雾气，除了白雾就只有黑暗，根本看不到任何东西。越是这种情况，反而越是让邓涛心慌，就像是明知道有捕猎者在附近却无法逃跑一样。

邓涛不停地在周围扫视着，接下来他就看到一块白花花的东西正在地面上快速地滑动着，跟着他们三人不停地往前跑，速度很快，竟然跟自己保持着相同的速度前进着。

到底是什么时候出现的？邓涛被这突然的发现吓了一跳，那块白花花的东西明显就是一只人类手臂的骨头，竟然能够自己在地面上移动！

骨头就在自己的右边，邓涛却连叫住前面两人的力气都没有，他看见那手臂慢慢地朝自己这边靠来，情不自禁地往左边跑了两步。

"有，有妖怪啊！"邓涛终于忍不住大喊了出来，在他眼里，这没有血肉的骨头竟然还能够动弹，本身就是一件难以理解的事，他理所当然地将其归类为妖怪。

他也终于明白，为什么传言说看到白骨自己在树林里活动，原来真有其事。

邓涛已经来不及去看那两人的反应，他只看见那森森白骨离自己是越来越近，只得不停地往左边逃去，此刻任何方向都不重要了，邓涛只想甩掉那个鬼东西。

"呼呼呼——"他不停地喘着气，不停地往后看着，只看见那个东西的速度似乎逐渐慢了下来，没有跟上自己，刚要庆幸一声，转过头却瞬间被吓了个半死！

面前的大树下，赫然摆着三颗头骨。

该死，怪不得叫万人坑，这里到处都是死尸。邓涛还没抱怨完，嘴巴立刻张成了Ｏ型，因为面前的这三颗头骨同样开始在地面上跳动起来，一瘸一拐地朝自己跳来。

邓涛觉得今天是最倒霉的一天，不仅山贼团伙死光了，自己没了去处，陪这三人到这里竟碰见各种各样的怪物，让自己只有狼狈而逃的分。

不过他根本没有时间思考，因为他不得不再次开始逃跑，这一路上各种各样的白骨层出不穷，那略显苍白的骨头不停地在他眼前晃动，翻滚着，让他一阵头晕目眩，差点连站都站不稳了。

"这他妈到底是怎么回事！"邓涛感觉自己像是被耍了一般，这些吓人的东西仿佛并不着急将自己杀死，反而更像是一步步紧逼，想将他围堵到它们预想的位置。

我掉进陷阱了吗？邓涛突然冒出了这样的一个想法，这些骨头不停地出现看起来似乎并没有什么攻击性，相反，倒是自己害怕得不停地在逃跑，最后反而迷失方向了。

这些白骨，到底在做什么？

还没等邓涛想清个大概，前面已经没路了，只露出了一个空荡荡的山洞，半边杂草茂盛地生长着，盖住了洞口的一半。

是被那些东西逼到这里了吗?

邓涛转身想要返回,却发现那些白骨已经不见了,但这并没有让邓涛轻松起来,一大片黑色的东西,呈团状扑了过来。它们将邓涛的退路全部堵死,仿佛就是要将邓涛逼进身后的洞内才肯罢休。

这些黑色的东西是——邓涛眯起了眼睛,心中却是冰凉一片。

十五
墨家和蓝骨

邓涛已经被那些黑压压的东西给逼得没了后路,此刻,他也终于看清了那些黑影的真面目。这一看,却让他吃惊得下巴差点脱臼,那成片的黑色物体,竟然是由无数蚂蚁堆积起来的。

这些蚂蚁身体黝黑,浩浩荡荡地往邓涛这里爬来,邓涛却连冲进去挣扎逃走的勇气都没有,这数量庞大的蚂蚁,恐怕在一瞬就会将自己吞噬得连骨头都剩不下。

更何况,这些蚂蚁的个头,未免也太大了吧!

蚂蚁本身是一种极小的昆虫,所以才会有"人如蝼蚁"这种比喻。意思是说跟自然相比,人类就和蚂蚁一样弱小。一般的蚂蚁体长在数毫米左右,最多不会超过两厘米,可眼前的这片黑色海洋,它们各个体长几乎都到了五厘米左右的骇人长度,光是那数厘米长的黑色巨腭,已经将邓涛惊得一阵肉痛,仿佛蚂蚁已经爬到了自己的身上大肆撕咬了一番,想想都不寒而栗。

而这些巨型蚂蚁至少有上万只,它们呈口袋状将他围住了,好像一定要将他逼进那似乎深不见底的山洞中。

邓涛这时才明白过来,起初看见的那些森森白骨,并不是真的自己在动,而是这些蚂蚁在骨头的下面抬着它们奔跑罢了,只因为太过心慌,自己根本没有时间来看清。

想清楚了这点的邓涛不仅没有松一口气,反而越发恐惧,蚂蚁这种东西是没有大脑的,它们的一切行为全部都是出于本能。捕食,群居,保护蚁后,这些都是蚂蚁与生俱来的本能,它们只会机械地重复这些动作,绝对不会聪明到靠设计陷阱来吸引猎物的注意力，让它一步步落进自己的陷阱里面。

这些蚂蚁，都成精了？

邓涛大叹一声晦气，这到底是什么地方，不仅出现了那种奇怪的巨蛇，连蚂蚁都成了这副样子，还知道利用陷阱引诱目标深入了。

那些蚂蚁越爬越近，邓涛都能够清楚地看到它们上下咬合的钳嘴，他无路可退，只能被这些黑压压的怪物逼近进山洞，只是邓涛知道，这山洞怕是万万都进不得的，这些蚂蚁都成了精，想把自己往里面逼，自然会有东西在里面等着他，别是什么特大号的蚁后才好。

就在此时，两道黑影从那些蚂蚁的后方杀了出来，领头的一人浑身血迹，看起来颇为可怖，仿佛刚从地狱里杀出来的阿修罗一样，他的脸被鲜血挡住，邓涛都差点没有认出来。

"就是这里了！"领头的黑影大叫道，那声音颇为熟悉，正是先前走失了的赵木，此刻他仿佛刚刚恶战了一场，慌忙间才赶到了这里。

见到援军到来，邓涛那犹如死灰的心里总算涌起了一丝生机，只是一看到面前这黑压压的蚁群，他却怎么都乐观不起来，就算是身手矫健，又怎么能够敌得过这些靠数量取胜的小东西？

只是，他不得不张大了嘴巴看着接下来的一幕，那些蚂蚁似乎对他们二人颇为忌讳，竟然自动远离了这两人的周围。

这是怎么回事？邓涛愣住了，虽然知道这些少年并非常人，但是也没到连蚂蚁都害怕他们的地步吧？

这两人的周围，自动空出了一块领地，所有的蚂蚁似乎都在躲避突然闯进来的这两个人，仿佛他们身上带着让自己无比害怕的东西，蚂蚁如同潮水一般退开，却并没有放弃，反而在二人身后继续围堵了起来，看样子似乎仍然没有放弃。

"你们两个身上带什么好东西了，竟然让它们这么害怕？"邓涛惊叫道，这意味着他们还是能够从这蚂蚁群的包围中逃出去的。

"你是说这个吗？"一直沉默不语的赵火突然笑着接道，然后将手臂上的血迹洒了出去，零星的几滴溅落在地上，那些蚂蚁立刻如同见了鬼一般退开了，没有一只

THE CREATOR

敢停留在血液周围。

"这血？"邓涛立马反应过来，就差扑上去也往自己身上沾上几滴血液了。

"嗯，我自己的血，它们是被蓝骨控制的东西，所以我们的血液天生会克制它们，不过这种情况并不能持续太久，因为我们——"

"墨清，闭嘴。"赵木突然喊出一句，赵火这才意识到自己似乎泄露出了什么不该说出去的秘密，这才快快地闭了嘴，但是他的话却已经完完全全印刻在了邓涛的脑子里。

蓝骨？这是个什么东西，邓涛隐约想到，之前似乎也听赵金在死前说过，他的遗憾就是没能见到蓝骨，看来这个所谓的蓝骨就是他们一直都在找寻的东西？

那是什么东西？

这并不是仅有的疑惑，因为赵木也终于叫出了赵火真正的名字——墨清。他大概能猜到，其实这三兄弟的名字应该都是姓墨，也就是所谓的墨家，赵金死前说过的那四句话此刻也还停留在邓涛的脑子里，此刻配合上赵火的真实姓名一齐涌了出来。

身不死，心无存。墨与石绝，万物始生。

他一直都在奇怪，为什么赵金在死前也要念叨这几句话，现在看来，就仿佛是寄托在他们这个家族身上的使命一般。

墨与石绝，万物始生。这其中的墨字，自然是指墨家的这些人了，而那个石字，似乎就是他们一直都有提到的蓝骨。也就是说，他们墨家的使命，就是要找到蓝骨，然后摧毁这些东西吗？

邓涛并不笨，相反，从一开始到现在，他已经想清楚了很多线索，少数几条让他无法理解的，就是这个墨家和蓝骨到底有怎样的联系。

按照他们的说法，他们此行的目的似乎是为了净化这片落阳岭，这一点是赵金死后赵火提到的，因为他们把赵金的尸体留在了那里——此刻再叫赵金恐怕已经不太合适，他大概也是墨家的一员，只是没有用真名罢了。

而为什么会来这里净化这片落阳岭，原因就是蓝骨，他们口中说的那个能够控制这些奇怪昆虫的东西，而破坏掉这里的蓝骨，让这里恢复正常，就是达到了他们所说的净化的效果。

想到这里,邓涛终于明白了这三人的行踪为何如此不按常理出牌,因为这三人的目的就不是世俗能够理解的啊!他们的血液似乎对蓝骨控制的生物有着天生的克制作用,所以这些蚂蚁暂时奈何不了他们。

邓涛还想思索更多,那些蚂蚁却已经慢慢紧逼了上来,这让邓涛又是一阵惊呼:"不是说它们会害怕你们的血液吗?它们怎么又围过来了,血都干了吗?"

"不是这样,只是那个东西感受到了威胁罢了。"赵木还是那副冷酷的样子,他的身上满是鲜血,也不知道这鲜血是他的,还是其他什么动物的,但他手臂上裂开了一块,血液不停地从伤口往外涌出,将地面浇成了红色。

"嗯?"邓涛没有明白。

"蚂蚁的确是靠本能来行动的,而它的本能里,有一项就是——保护它们身后的蚁后!"赵木一边说一边往后退。面前的蚁群似乎已经沸腾,它们不停地走走停停,一边害怕着地上的血迹,一边却又仿佛被什么督促着前行一样。

"它们的确害怕我们的血,但是如果不来阻止我们,它们背后的那个东西却是死定了,所以,一旦我们继续接近它们的首脑,我们血液的威胁性就会被它们忽略!到时候,它们就会扑上来,将我们全都吞掉!"赵木的话语带着破釜沉舟的味道,他似乎就是为了这使命而诞生的,他早就有了因为这个牺牲的觉悟了吗?

邓涛慢慢地明白了他们的特殊性,但是自己这个普通人却根本没有办法融入其中,他没有他们的那些特点,更不用背负这么稀奇古怪的使命,他只是一个意外入局的旁人罢了。

只是此刻,他却陷入了和墨家的这两位少年一样的境地。

退是死,不退,还是死!

"那我们现在要怎么办?"邓涛看了一眼身后的黑暗,不停地有冷气从里面冒出,那个所谓的蓝骨可能就在这个山洞里面了!

"等!我们要等那东西行动的瞬间。"赵木留神着眼前这些蚂蚁的动向,一边竖起耳朵倾听着从背后传来的声音。

"它一定会留一招后手在这里,我们就是要抓住这一瞬间!"赵木还在替邓涛解释着,他大概也希望邓涛能够从这场变故中活下去。

邓涛此刻正已经被一具不知道死了多久的尸体绊倒，差点吓得魂不守舍。

"咕咕咕咕咕咕。"赵木的等待似乎终于有了回音，从他们的身后，突然传出了一阵闹哄哄的叫声，一切都在赵木的预料之内，只是这"咕咕咕"的声音，却让邓涛更加心慌，因为这声音，听起来那么刺耳，快要将他的头震晕了。

"小心，有东西出来了！"赵木喊了一声，整个人弓起了身子，仿佛一只作势预扑的老虎。

"咕咕！"一只黑色东西，带着破空的响声，率先从黑暗里钻了出来！

十六
同归于尽

当那个东西突然从洞内冲出来时，邓涛第一时间并没有看清，因为黑暗，他只看见了一团模糊的黑影，扇动着翅膀从里面发出怪声对着几人袭来。

一直严阵以待的赵木此刻猛然间迎了上去，竟然直接将空中的那东西抓了下来，狠狠地掷到地上，扑腾出一阵响动。

邓涛这才看清突然出现的这只生物，竟然跟老鼠有几分相似，再加上那对黑漆的翅膀，这分明就是蝙蝠。

这只蝙蝠被赵木突然从空中拽了下来，砸到了地上，发出痛苦的嘶吼，它的叫声有些奇怪，咕咕咕个不停，倒像鸽子觅食的叫声。没等邓涛考虑更多，蝙蝠却源源不断地从黑暗的山洞中扑了出来，目标正是站在洞口的三人。

"它已经感觉到我们的到来了。"赵木沉吟一声，再一次抽出了腰间的软剑，在邓涛面前舞出了一片刀光剑影，邓涛看不见里面的情况，却能够感觉到不停地有液体溅落到自己的脸上，带着浓厚的血腥味。

"没有后路可退了，站起来！"邓涛还在发愣，被赵木怒声喝醒，这才意识到，他们前后方都被包围住了，一点进退的余地都没有。

"墨离，不好意思，看起来，这次是我先要离开了。"赵火把手中的铁钉不要钱一般往洞内甩去，伴随着"扑哧"的声响，扎入一只只蝙蝠体内，那些蝙蝠显然对铁钉上的剧毒毫无抵抗力，只要被刺中，瞬间就滚落到地上不再动弹了。

"离开？"邓涛听见赵火的叫声，心里越发吃惊，这种情况下，他还能够说出这样的话，显然就是已经做好自我牺牲的准备了。

此时的赵火仍然在笑，应该说是邓涛从未见过的那种大笑。一直以来，这位沉默寡言的少年都保持着那种皮笑肉不笑的脸色，再配合上他那招招致命的铁钉暗器，让邓涛不由自主地对他感觉到了一丝畏惧，可面前的这位少年，却开心地笑着，仿佛刚刚约到自己喜欢的女伴那样开心地笑着。

"哼，你还真是把尊老爱幼的规则忘了个干净，这个时候，不应该是由身为二哥的我去做吗？"赵木说着，从腰间抽出了一沓东西，邓涛看了看，竟然是那种极易燃烧的火折子。

"话虽这么说，不过我们不是还牵扯进了一个不应该出现的人吗，把他护送出去的这个任务，只能够交给二哥你了，毕竟你做事比我靠谱多了。"赵火的眼睛眯成了一条细缝，他的眼睛又细又长，慈眉善目的外表下潜藏的是一颗冷血的心脏。

"嚓！"赵木又掏出两颗火石，轻微地撞击了一下，一团火星立刻跳了出来，手中的火折子立刻迎了上去，碰着那火星"砰"的一下燃了，升起了冉冉随风而动的火焰，这火焰在漆黑的洞穴中非常耀眼，那些蝙蝠似乎也感受到了这里的温度，竟然全部朝火折子钻来。

"你们这是……"邓涛想说什么，但他却没有说下去，因为他知道自己没有任何话语权，他根本就不知道这两个人到底在做什么。

赵火看了他一眼，脸上的微笑更加释然："呵呵，你不需要在意那么多，有他在，你一定可以活着出去。你也不用问太多，该你知道的，自然会知道。不该你知道的，你永远都不会知道，哪怕是到死为止。"

"哎，有时候也挺羡慕你这样的人呢，可以品尝一下身处人世的快感。"赵火一边说着，一边潜入周身的黑暗当中，他紧贴在漆黑冰冷的墙壁上，躲过了那些朝着火折子扑腾而去的蝙蝠，一点点深入到洞穴的深处。

"我知道你想问什么，可这些都不是你能够阻止和改变得了的。"赵木仿佛一直都在留意邓涛的举动，他在邓涛刚要张嘴的时候就开了口，"告诉我，你想活下去吗？"

"活下去？"邓涛觉得问出这个问题的赵木很是奇怪，"难道你不想吗？谁都不想死吧，包括被你们杀掉的那些山贼。"最后一句是他考虑了很久才说出口的。

"呵呵，"赵木轻笑了一声，点点头，又摇了摇头，自顾自地叹息道，"可是，有时候，活得太长久，反而不是一件好事呢。"

"嗯？"邓涛没有反应过来。

"你听！"赵木像是有意挑开了话题，他指了指赵火消失的深处。

"身不死，心无存……"从洞穴的里面突然传出了赵火轻轻的低吟声，而此刻的赵木，虽然手里脚下的动作都没停，嘴里却也跟着轻轻地念了起来。

"墨与石绝，万物始生。"

这四句话一共念了三遍，然后再也听不见了，不知道是赵火没有再说下去，还是他走得太远，声音再也传不过来了。

"好了，回到我们刚刚交谈的内容。"赵木将手里的火折子全部点亮，一个不剩，那炽热的火焰烤得邓涛脸都有些发烫了。

"既然你想要活下去，那就陪我闹起来吧！我们要给墨清创造机会，也是给我们自己创造机会，尽我们最大的努力，就是这样了。"赵木说完，放下那些火折子，身形化作一道黑影就扑入了迎面而来的蝙蝠群中，这一次，他一个人对上了数百只蝙蝠。

"啊？"邓涛从地上捡起一只火折子，丢入已经开始疯狂的蚁群，一大团火焰顿时就从黑影的中部蔓延开来，烧成了一片。

"虽然很不想这样，但我还是只能说，我的后方就交给你了，我只能挡住这些恶心的东西。"赵木的剑从一开始就没有停过，不知道已经有多少只蝙蝠的性命结果在他的手里，只是他的情况也不怎么好，蝙蝠的数量显然太多了，他的体力也不足以支撑他完好地撑过这段时间。

"这些蚂蚁跟疯了一样啊！"邓涛大吼道，火折子虽然不停地扔向那如潮水一般涌来的蚂蚁堆，可蚂蚁竟然已经适应了这种攻击，由最开始的慌成一团，变成了有秩序的牺牲。

只要邓涛扔出一只火折子，立刻会有数百只蚂蚁对着火折子扑过去，将它紧紧地包裹在蚁球之内，往蚂蚁堆的外围送去。这样能够让受到的伤害最小化，虽然牺牲了一部分蚂蚁，却能够让绝大部分蚂蚁安全地远离这些火焰。这种景象，邓涛只在洪灾的时候看到过——大团的蚂蚁抱成一团，浮在水面上，一直到登陆为止。蚁后被蚂蚁牢牢地围在最里面，而最外面的蚂蚁基本上全部淹死了。

此时，蚂蚁竟然想出了这样的办法来对付邓涛的阻拦。

"还得要多久啊？他还要多久才能回来？是不是只要破坏掉那个什么东西就可以了？"邓涛手里的火折子越来越少，蚂蚁却已经潮水般沸腾起来，就好像马上要席卷这里，不留下一草一木。

"回来？呵呵，墨清回不来了，他会永远留在这里。"赵木笑了，只是这笑容有些苦涩，"不用为他难过，因为，这就是我们墨家的使命。"

墨与石绝，万物始生。

邓涛终于明白了这句话的意思。

同归于尽。

十七　新局面

墨清顺着漆黑的墙壁摸爬了进去，只留下了墨离和邓涛在这里替他拦住这些发狂的生物，邓涛不知道自己到底在做什么，听墨离说完以后，他整个人都懵了，连手里的动作都是机械式地重复着。

"回不来了？"邓涛喃喃自语着。

墨离没有说话，那闪着银光的软剑舞动得越发快速，在空中带起一阵空响之音。

当邓涛从痛觉中回过神来时，他才意识到自己手里已经没有任何东西了，所有的火折子都已经扔完，他已经没有了任何阻止蚂蚁前进的办法，数只巨大的蚂蚁已经爬到了他的身上，带起一阵刺痛的感觉。

"还没有完吗？"邓涛喊道，"我这里已经支撑不住了，再不结束，我就要让这些蚂蚁给活活吃掉了。"

"他不会让我们失望的。"墨离看了眼洞内的深处，只是淡淡地说了这一句。

仿佛是附和着他的这句话，墨离话音刚落，山洞里面突然传出了一阵白光，这光亮只出现了一瞬，然后立即消失了，就仿佛从未出现过一样。此刻，一阵响动从洞内传来，邓涛只觉得周围开始摇晃，他有些头晕，差点站立不稳了。

"这里要塌了，快走！"墨离仿佛也感觉到了什么，他手中的那面镜子似乎碎了一块，此刻正不停地发出清脆的撞击声。

"那他呢？我们真的不管他了吗？"邓涛还在惦记独自进去的墨清。

"我不是说过了吗，他不可能回来了！"因为周围的巨响，墨离不得不喊着对邓涛说道，"而且我们现在还要面临一个问题——眼前这些蚂蚁，它们已经失控了！"

邓涛这才反应过来，按照他们之前的说法，这些蚂蚁是受那个所谓的蓝骨影响的，如果蓝骨真的被破坏了，这些蚂蚁就会立刻恢复它们的本性了。

"赶紧离开这里！"墨离推了一把邓涛，顺便帮他把身上的蚂蚁拍下来一些，二人就这样忍受着那些发疯乱窜的蚂蚁的撕咬往外逃去，那些——

我愣愣地看着这段故事，正在紧张之处，却突然发现已经翻到了结尾，我大呼失望，没曾想关键性的结尾竟然被我留在了那个漆黑的书柜里，这种感觉就像是一个饿了很多天的人终于见到了一桌子好吃的却被告知里面下了毒一样难受。

日记本的最后两页在撕下的时候跟着背部的封皮都留在了书柜里面，它们此刻还完好地黏在书柜的面板上，只是此刻我想要拿到已经不太可能，想要知道最后的结果只能等这里的事情解决以后了。

我无奈地收好日记本，正好看见吕布韦那黑色的公务车回来，他从车上下来，提着一个公文包，塞给了一边同样伸长了脖子等着他归来的魏续，只不过我等他是为了尽早解决这里的事情回去保住那个书柜，他是为了吕布韦这只包里的钱。

"我先数数。"魏续从里面拿出一沓厚厚的钞票，看样子好像要当着我们的面点一下钞票。

"你先把那个本子给我吧，我们还有些急事。"吕布韦撇了撇嘴，似乎对现在的情况很不满。

魏续愣了愣，竟然没有任何的反对，立刻从那座石屋里找出了一个破旧的红色笔记本，递给了吕布韦，一个人悄悄地躲到房间里数钱去了。

吕布韦拿到了笔记本，翻了两页，又奇怪地看了我一眼："你这又是怎么了，我走了没两分钟你脸色就变样了。"

"我正在接近一个秘密，可是被卡住了。"我没好气地回答道。

"哦，恭喜，我们马上就要打开这个秘密了。"他用手指了指本子上最新的几个名字，"调查一下这些人的背景就可以了。"

他显然不知道我说的跟他说的并不是同一件事，不过这两件事情我相信都会有结果的，现在只不过是将注意力转移一下罢了。

我接过他手里的小本子看了看，上面记载了至少上百个名字，这大概只是那些本子当中的其中一个，其中有些名字明显是最近才写上去的，应该就是魏老爹父子两人最近才打捞到的死者。

"我们只需要调查一下这些死者的家庭信息就可以了，大概的位置也就能够确定了，走吧。"吕布韦拉开车门，跳上了车。

"去哪儿？"

"公安局。"他鄙视地看了我一眼。

拿到公安局的几名警察替我们修改过的地图后，我也终于明白了吕布韦来这里的原因，他先是找到了黄河流域的最新地图，然后将那些死者的家庭住址全部在那个地图上圈了起来，如果只有一两个死者，视觉效果可能还不太明显，可一旦数量多起来的话，地图上就形成了一幅关于点的神奇图像，我看着那些红色的小点想起了化学课上曾经学过的一些东西。

关于原子的构造。

任何物体都是由原子构成的，这种细小的微粒肉眼根本不可见。原子的中心有一个类似核心一样的原子核，那就是它的主要构造所在，而原子核的周围，不停地有电子围绕其旋转，这就是一个完整的原子构造。

关于原子，有一样东西叫做电子云，也就是电子在原子核周围出现的概率分布图，越靠近原子核，电子出现的概率越大，"云"的密度越大，相反，离原子核越远，电子出现的概率也越小。

而吕布韦正是利用了这样的原理，他想知道问题出现的中心，所以我们才能够看到面前的这幅地图。

"请问一下，这里是哪里？"吕布韦在那份地图上画了半天，最终确定了一个他自己觉得比较满意的中心，我将跟他一起从这个中心向两边排查情况。

"这里？"办公室的女警员小心地接过那张被吕布韦画得一塌糊涂的地图，上面被他标着一个红色的大叉叉。

"好像是小崔庄的一个养殖场吧，听说是养螃蟹还是龙虾什么的，具体我也不太清楚了。"女警员显然被吕布韦这张绅士又浪子般的脸弄得浑身不自在，说话都开始有些飘忽了。

"谢了，就是那里没错了。"吕布韦听见她的回答，脸上露出了满意的笑容，他朝我挤了挤眼睛，似乎是故意炫耀他猜测的准确性。我明白了他的意思，也就是说，那座养殖场里，一定发生了什么不为人知的事情。难道吕布韦真的猜对了？

虽然这么想，可我却也在此刻萌生了一种别样的感觉，这种情况似乎有些熟悉，什么时候碰见过吗？

十八
奇怪的男人

在去养殖场的路上，我从吕布韦那里拿到了这家养殖场的基本信息，它大概是在三年前，由一家住在附近的居民开办的。这户人家姓秦，兄弟俩，今年都是四十岁左右的年纪，两人一起创办了这个养殖场，借着活水在这里养起了螃蟹。听说发展得还不错，最后养殖场扩大了好几倍。

一路上吕布韦眉头不展，似乎在担心着什么问题，他的调查基本上已经从侧面验证了他的一些推断，那个养殖场，很有可能发生了一些可怕的变故。

"邓龙，你小心一些。"他突然没头没脑地说了一句。

我知道他在担心什么，点了点头："我一向命大，比这危险千百倍的事又不是没见过。"

吕布韦扶了扶眼镜，又猛地踩了一下油门。

他的车开得又快又稳，跟郑青芸完全是相反的类型，坐在里面我完全没有那种可怕的紧张感，有他在，总能够让我感觉可靠。

只是这种感觉并没有持续多久，就在我觉得他很靠谱的十分钟以内，我发现我们一直都在绕圈圈，我已经连续三次看到一棵长得像一把大伞的树了。我觉得他还真是经不住夸奖。

"停。"他慢慢地停了车，似乎也意识到了这一点，"导航仪似乎出了点问题。"

我翻了翻白眼，笑道："谁让你不把刚刚的那个女警员一起带来，我看她对你有兴趣得很，刚好还能给我们做个向导。"

他则完全无视了我赤裸裸的调戏，下了车，绕着前面的岔路口转了一圈："这条路似乎最近改过了，导航仪里面的地图没有更新，难怪找不到路了。我们要找个人问一下了。"

"这都吃饭的点了，哪会有人在这荒郊野岭出没？"这话没错，现在已经是下午六点，太阳早就下山了，天色已经渐黑，路上凄凄惨惨地刮着即将入冬的寒风，我瞄了半天没有看见一个人影。

"那是你眼睛不好。"他指了指汽车后，我顺着他指的方向，从后视镜里看到了一个穿着黑色冲锋衣的男人，不知道他什么时候出现在了我们汽车的后面，此刻正慢慢地踱着步子朝路口走来。

男人戴着帽子，可能是为了阻挡冷风的侵袭，我没能看清他的脸，不过从身材来看，应该是一个年轻男人，身材笔挺，步子很稳，走起路来虎虎生风。

"这种人怎么会出现在这里？"吕布韦突然问了一句。

"嗯？"我没听懂他的意思。

"是个练家子，身手还不弱。"吕布韦的目光从那个男人出现开始，就再也没有离开过，他的手甚至已经揣进了衣服口袋，我知道他一定随身带着什么武器，只是我不明白为什么这个男人会让他如此警惕。

"你是说会功夫？"我想起了李小龙。

"去去去，没你想得这么扯淡。"吕布韦知道我的思绪又开始以脱离地球引力的速度飘走，打断了我接下去的联想，"我是受过专门训练的，一个人到底身手好不好从他走路的姿势就能够看得出来。"

我从后视镜细细地打量了那个男人两眼，还是没有看出他走路的姿势到底哪里特殊了。

"一沉一放，双腿节奏稳健，手臂保持轻松地垂在两边，目不斜视，以进为退。跟你说这么多也没用，你就是听再多也不懂。"吕布韦的眉头皱了起来，一直都没有放松过，"打个简单的比喻，你这种小身子骨，人家可以一个打你十个。就是不知道这样的人为什么会出现在这里，有关联吗？"

"靠！"我虽知吕布韦的眼光大概不会出错，但作为一个血气方刚的男人，这样被他嘲笑还是接受不了，"喂喂喂，看看大爷的肌肉好吗？"

吕布韦没有说话，因为那个男人已经走了过来，看他的样子似乎是想找这个黑色冲锋衣的男人问路，不过，这样真的好吗？

"吕布韦，你……"我有些不太放心，虽然被他恶损了一顿，我对他的话还是坚信不疑，这种人如果能不招惹就尽量不要去招惹，免得又会出现什么麻烦。

他却自顾自地摆了摆手，示意我不要说话："确认潜在的危险并将其控制也是我们SPIN的任务，而且我们也没有别的选择了，要最快知道去那个村子养殖场的路，似乎也只有问他了。"

男人的脚步看起来很慢，速度却很快，隐藏在冲锋衣下的腿步子迈得很大，此刻已经走到了我们汽车车门旁边，吕布韦一步跨了过去，将他拦住了。

男人微微抬了抬头，我这才看到了他的脸。

好年轻！

这是我的第一个想法。

比吕布韦还要帅！

这是我的第二个想法。

就在他抬头的瞬间，我终于看清了他的长相，配合吕布韦的推论，我本来以为他会是个长相略显凶恶的中年人，却没想到竟然是这样一个翩翩青年，此刻再配上他那套修身的冲锋衣，给我的感觉竟像是个走在T台上的模特。

不仅仅我愣住了，连吕布韦在看到男人的样子时都愣了一下，不过他的反应却是无比迅速，并没有在这年轻的脸上纠结太久："你好，麻烦可以问一下路吗？"

青年没有说话，他的眼珠似乎是一种不太正常的淡蓝色，随着吕布韦的开口，他的注意力才慢慢地收拢回来，集中在吕布韦的身上，他也在打量吕布韦。

青年没有开口，只是轻轻地点了下头，表示同意。

我却觉得这个青年的行为有些古怪，似乎存在什么矛盾。我又将他从头到尾打量了一遍，却依旧没有找到让我产生这样心结的原因。

他很正常，并没有任何异于常人的地方，在普通人看来，恐怕就是一个不爱说话的冷血帅哥。只是这个人给我的感觉，却十分奇怪，到底问题出在哪儿？

吕布韦似乎没有注意到我这边的情况，他扫视了我一眼，转而继续问道："你知道红雷村怎么走吗？我们想去那边的养殖场。"

青年的脸一直冷若冰霜，他从始至终都没有说话，听到我们的问题也只是歪了下头，思考了一下，然后对着前面的路口给我们指出了一条岔路。

吕布韦的一只手还在衣服里揣着，我被这紧张的气氛弄得有些心慌，手心里不知不觉就湿了一片。

"你是要去哪儿？需要我捎你一程吗？"吕布韦竟然还对这个男人发出了邀请，似乎是想打探这个人到底想要干什么。

青年依旧没有说话，他仔细地看了吕布韦一眼，那眼神的锋利程度让我都下了一跳，但吕布韦却硬生生地对视了过去，没有丝毫示弱。

"不用了。"青年开口，我终于听见了他的声音，只是这声音和车窗外的冷风一样冰凉刺骨，很是飘忽。

吕布韦没有继续邀请，说了声谢谢，然后就带上车门，发动了汽车。

我将车窗小心地摇起："喂，情况似乎比你说的还要严重啊，现在我信了，这人眼睛还真是可怕。"

说出这句话时，我小心地看了一眼窗外的那个男人，虽然车窗已经封死，但我总有一种他还是能够听到我说话的感觉。

吕布韦用眼神示意我不要再说话，开着车缓缓地朝青年指出的岔路开去，我只能透过后视镜打量那个奇怪的男人了。

"他的眼神好像一泊湖水，里面藏了很多东西，一看就是个危险分子，我们还是离他远一点的好。"

吕布韦仿佛没有听见我说话，只是闷着头开车，隔了半天才回道："就像是一片死海呢。"

我透过后视镜，最后打量了一下那削瘦青年，发现他竟和我们走上了相同的路线，远远地跟在了我们身后。

"他好像跟我们的目的地差不多啊，为什么没有接受你的邀请？"我觉得有些奇怪，外面这么冷的天，他既然刚好顺路，接受邀请可以不用挨冻。

"他怕我们闻到他身上的味道，老实说，我们刚才的行为已经引起他的注意了。"吕布韦似乎还没从刚才的状态中回过神来，我这才注意到他握着方向盘的手有些发颤。

"你怎么了？"我觉得情况有些不对。

"我刚一靠近他，就闻到了他身上的那股味道。"吕布韦甩了甩一只手，想让那该死的颤抖停下来。

"嗯，什么味道？"我疑惑道。

"腐烂的味道。"吕布韦扶了扶眼镜，"很浓烈的腐烂味道，像刚从死人堆里爬出来一样！"

"什么？"我不知道该怎么接话了。

这个男人！

"我有一种很不好的预感，邓龙。"吕布韦侧过头看了我一眼："那个男人，好像已经死了！"

十九　吃人

吕布韦的话让原本就冷清的车内又添上了一层厚得化不开的疑云，我也不知道此刻应不应该相信吕布韦的这些预感，那个在风中显得无比消瘦的青年，怎么在他的嘴里就突然成了一个死人？

他自己都有些没回过神来，又看了看车窗后视镜上逐渐远去的男人，说道："你没注意到吗？他除了把脸露出来一截外，其他地方都被遮了个严严实实，就连手上都戴上了皮手套。"

听到吕布韦的提醒，我的脑中瞬间浮现出刚刚那个青年的样子，戴着帽子，长长的冲锋衣包裹着他，还有手上的皮手套，还真像吕布韦所说的那样。

"算了，我们现在也没时间管了，等我们赶紧调查完养殖场的情况以后，再向上面汇报这个人的情况吧，现在实在是分身乏术啊。"吕布韦打开了车内的暖气，重重地说道，"这个男人的目的地，似乎也是红雷村，说不定，我们还能够在那里碰见他。"

我点点头，没有作声，心里却已经忍不住翻起了各种不靠谱的猜想。

行尸走肉？

我摇摇头，将这种猜想甩掉。我曾经在某个地方见到过这种恐怖的东西，这辈子是再也不想见到第二次，更何况刚刚那个男人明显是有思想的，他还能回答我们的问题，也没有直接对我们发起攻击。

"别想了，马上就到了，记住我说的话，小心点。"吕布韦看起来有些焦头烂额，这边的事情还没有解决，那边又冒出来一个奇怪的男人。这些事情恐怕让他有一阵忙了，我在心里替他默哀了一下。

养殖场坐落在离村子较远的一处水边，那里的水流较缓，适合养殖虾蟹，我们早在村子里找当地的村民打听清楚了养殖场的位置，然后就看到了那个略显豪华的养殖场。

高约三米的铁门直直地拦在了我们面前，阻绝了一切。或许是养殖场的利润让人眼红，不得不修建了这么高的一座铁皮城堡，此刻，它正散发出阴森森的感觉。

我和吕布韦对视一眼，前后下了车，我看见吕布韦的手又伸进了衣服口袋，样子已经是紧张之极。我觉得这样的吕布韦有些好笑，就好像一位办公室文员硬被拉去上战场般不知所措。

吕布韦先是敲了敲唯一进出的通道——那扇朱红色的铁门，铁门有些掉漆，斑驳的铁皮露在外面，吕布韦敲了半天，没有任何人回应，仿佛里面根本没人。

"好像没人？"我透过门缝往里看了两眼，可是却空荡荡的什么都没看到。

"又或者，他们已经出事了！"吕布韦的想法比我更加悲观，他却是已经摆出了一副要暴力破门的样子。

"你要干吗，私闯民宅可是违法的！"我打趣道。

吕布韦白了我一眼："你电影看多了吗，我可是特殊政府工作部门的，这点约束不了我。"

我嘀嘀咕咕道："滥用职权就是你这样的。"

"可是很有效不是吗？"吕布韦怀里的东西终于掏了出来，是一把零六式微声手枪，这可是实实在在的真家伙，并不是他以前一直拿着的那把特殊研制的麻醉枪，我依稀记得这是我第三次看见他用枪。

他手里的这把手枪是最新研制出的 QSW06 式手枪，国内并没有广泛在相关人员中配备，不过以他的身份，倒是不奇怪，我之前专门去查过这把手枪的资料，才知道这枪是能够代表他身份的特殊性的。

"挡住我，我需要两枪打开这把锁。"吕布韦担心引发路过村民的注意，所以让我替他把风，倒像是在做什么见不得人的事情一般。我瞥了瞥外面，连个鬼影都没有，快天黑了，村子里的人都回家了，除了这家人恐怕都不会有人出现了。

"噌噌。"

吕布韦的开枪速度很快，据他自己说是受到过一段时间的严格训练，以应付突发情况，虽然我不大相信他的解释，可我还是比较畏惧他手里那把黑色的小东西的，所以我装作吹口哨想隐藏这两声轻微的枪响。

门锁应声而断，直接被打飞，落在了地上。

而在此刻，门也"吱呀"一声开了，迎面飘来一股让人难受的味道。

"我们是警察！里面有人吗？"吕布韦为了避免产生误会，先做了提醒，这样再有嫌疑人逃跑或者反抗他就可以顺理成章地开枪了。

可我想象当中的有人猛地从楼上窜下来飞奔而逃的局面并没有出现，里面空荡荡的，什么声音都没有，有一条通向房子后方的通道，似乎就是通向养殖场的小路。

吕布韦小心地端着枪走了进去，示意我跟在他的后面，我这才意识到这似乎也是我第一次跟着他持枪执行任务，心还是忍不住怦怦乱跳起来。

他两步跨了进去，一转身脸色就猛然间变了，似乎看到了些不太好的东西，面色有些发苦。

"嗯？"我注意到他的表情，也快走两步去看向门后。

那是一具尸体，一具女性的尸体。

红色的毛衣，褐色的长裤，花白的头发。

最最重要的是，她的身上到处都是血迹和伤口，还有不停从伤口和衣服袖套里爬出来的小东西。

那些东西近乎透明，颜色呈白色，不到一个手指甲盖大，但数量却非常多，不停地在死者身上爬来爬去，一会儿又顺着死者的伤口或者衣服领子和袖口爬进去。

它们的数量至少有上百只，密密麻麻地堆积在一起，相互交错着，看得我一阵眼花。

"这些东西是什么？"我有些恶心，一阵反胃，捂着嘴蹲了下来，我也终于明白了一进门的那股恶臭从哪儿来的了，这具尸体似乎一直都躺在门边，此刻被我们打开的门挤到了一边，一些脓水从她身上流了出来。

她的脸早已腐烂，又或者说，被那些恶心的小东西吃掉了，根本没法辨识出身份，但是我很确信一点，吕布韦的预感成真了。

"这是，螃蟹的幼虫？"吕布韦戴上了手套，从那恶心的地方抓下了一只白色的小东西。

那些小东西似乎很怕动静，一被碰触就四散逃走了，但还是被吕布韦逮到了一只。

"这些螃蟹，吃人？"我终于从那具尸体的惊悚中回过神来，慢慢地吐出一口凉气。

二十 大眼幼体

那座隔绝了外界与这座养殖场通道的大门后面，躺着一具让任何人见了都会恶心的女尸，尸体上密密麻麻的白色小生物，让人见了浑身发凉，吕布韦竟然还有胆量伸出手抓住一只来看个究竟。

他说那些是螃蟹的幼虫,名字叫做大眼幼虫。

螃蟹的幼虫出现在这里并不奇怪,因为这里就是螃蟹养殖场,只是当它们伴随着尸体一起出现的时候,带来的就是无尽的恐惧了,这座养殖场里到底发生了什么,为什么会有人死在了这些幼小的螃蟹堆里?

螃蟹幼虫的样子并不是螃蟹缩小版,仔细看来,倒是和缩小版的河虾有些相似,此刻似乎被吕布韦的举动惊动了,开始大片大片地从尸体往外爬了出来,一会儿就爬出来白花花的一片。

我看得心惊无比,不敢伸脚去踩这些恶心的小虫子,只能连退几步,不让这些东西靠近我,吕布韦却眉头紧皱,他知道的远比我多,此刻怕是又看出了什么端倪。

"怎么了?"吕布韦一直没有说话,只是紧紧地盯着地上那堆白色幼虫不放,让我觉得奇怪,忍不住开口问道。

他没有回答,像为了确认般再次从地上抓起了两三只乳白色的大眼幼虫,一个一个仔细看了起来,直到我实在受不了他诡异的做法以后,拍了拍他的肩膀,他才呼地喘出一口气来:"这些大眼幼虫有问题,它们的个头,太大了啊!"

"什么?"我有些没有明白他的意思,"这些东西哪里大了,还没有我一个手指甲盖大呢,怎么算大?我记得我吃的螃蟹可是够我半个手掌大的,这些小虫子明显差了很多啊。"

说到这,我却留下了一些心理阴影,或许是密集恐惧症的缘故,此刻这些小虫子成片爬动的情景在我的脑子里留下了很深的印象,以后再吃螃蟹时恐怕会忍不住想起来。

"你除了吃还能知道什么?"吕布韦白了我一眼,"大小当然不能够仅仅只看它的体长,你需要对比它的生长阶段,你说的那是成年的养殖蟹,品种一般是无齿螳臂蟹,体型当然较大,但是这些仅仅只是螃蟹的幼虫,你没看到它们都还有尾巴吗,你什么时候见过你吃的螃蟹还有尾巴的?"

"如果这些大眼幼虫长大,尾巴没有了,就算完成了一次变态发育,成了仔幼蟹,那才是你平时看到的螃蟹样子,所以你理所当然以为你看到的这些东西很小了,可是你再看看我手里的这些大眼幼虫,它们才处在大眼幼虫的中期,体重只有几毫克,根本不可能有这么大的体积，能用肉眼看到已是不易，又怎可能长成指甲盖这般大小。"吕布韦说着把手里的那个小东西给我看，我这才意识到这些白色的虫子竟然还是没有发育的螃蟹幼虫，它们的体积本来应该小到可怜的。

"我实在不敢想象，这样的大眼幼虫，如果蜕皮成长成为成年螃蟹会有多大，如果真的仅仅是体积比例保持不变的话，成年的这种螃蟹，它们大概会有——这么大！"吕布韦双手比划了一下他预料当中的大小，将我吓了一跳，那已经是一只猫狗的大小了啊！

"会有这么大的螃蟹吗！我怎么从来没见过。"我惊呼道，虽然知道他是生物和化学方面的专家，但是从他嘴中说出这样的话来，我仍旧无法相信，这结论实在是太惊人了。

"所以我才说，这里恐怕比我们想象得要可怕得多，我不知道这里有没有已经成年的螃蟹，如果有，那我们现在的处境就很危险了。虽然我很不希望有这种东西出现，但是……"吕布韦的目光停留在了那具女尸之上，"有些事情已经发生了，不是吗！"

我这才想起，重头戏似乎还不在这里，回过头看着空荡荡的弄堂，我突然觉得弄堂那边的世界里，可能会有更加可怕的事情在等着我们。

"还有一点，螃蟹是不可能吃人的，河蟹一般都是以腐肉为食，当然，我说的仅仅只是平常的那些螃蟹，但我们面前的这些东西，恐怕已经不能够按常理来看待了。"吕布韦轻轻地一脚踩在了数十只螃蟹幼虫身上，那些小虫躲避不及，被他一脚踩中，发出嘎吱嘎吱的脆响，恐怕已被踩得稀烂。

"不能够让这些螃蟹跑掉，会影响整个水域的生态平衡，再或者，更严重一点，这附近人的人身安全都会受到威胁。"吕布韦扶了扶眼镜，他掏出手机给一只幼虫拍了照片，然后把这些资料全部发送了回去，估计是将情况汇报给了上面。

"好了，或许这里的案子已经明朗了，只是还有一点我不懂。"吕布韦活动了下手脚，"到底是什么原因，让这些螃蟹变成了这样，邓龙，你想知道吗？"

我还对着地上的那些白色幼虫发愣，此刻听到他的话才猛然间回过神来："啊？什么意思？"

"我是说，你不想进去看看吗？"吕布韦镜片下的眼睛依旧那么修长有神，此刻

正发出热烈的光芒,我知道他跟黄兴其实完全是同一类型的人,那就是碰上自己感兴趣的东西一定会狂热地去追求。眼前的特殊情况正好是他这个生物学家肯定想要第一时间弄清楚的谜团,我知道自己是劝说不了他的。

"哎,舍命陪君子了,只不过一会逃跑的时候你负责殿后。"我伸出手,对着吕布韦拍了过去,吕布韦很默契地反应过来,也拍在了我的手掌上:"放心,不会有事的,早在下午去取钱的时候,我就准备了一些可能会用到的好东西呢,就在汽车的后备箱里,我们可以先进里面看一看情况了。"

我吃了一惊,没想到这个家伙的反应那么迅速,竟然早就抓紧时机做好了准备,他通过尸体上的伤口确定了一些情况,此刻却正好被他敏锐的预感抓了个正着。

"什么好东西?"我有些好奇。

"我自己调制的一种药粉,对付这种无脊椎的节肢生物效果很不错哦。"吕布韦邪邪地笑道。

"能信得过吗?我怎么觉得你做出来的东西会很不靠谱!"我觉得我似乎不应该相信这个江湖道士一般的生物学家。

"你有的选吗?"吕布韦皱了皱眉头,似乎对我的怀疑很是不爽,"你可以不用,不过被那些东西追的时候不要来找我就行。"

二十一
它

药粉呈现诡异的蓝紫色,让我在看到它的第一眼就心里发颤,担心这东西还没放倒那些连影子都没见到的大螃蟹,就先把我跟吕布韦放倒了。不过看吕布韦那么轻松的样子,我只能相信这家伙的专业能力了。

"喂喂喂,怎么说我也是生物学方面的专家,对我有一点信心好吗?"吕布韦一边将那些蓝紫色的粉末往自己身上喷洒,一边想弄到我的脸上,我却是像见了鬼一样躲开,只在衣服上涂抹了一些。

粉末带有一种像臭鸡蛋般的刺激性气味,虽然不重,但此刻却无法避开,只能无奈忍受,就当作是想要换取安全的代价好了。做完这些准备,吕布韦却没有第一时间进入屋子内部，反而把车开到了屋子的后面，然后才和我一起绕了远路走回到大门口。

我很快反应过来，他似乎对刚刚碰见的那个男人有些防备，照他刚刚行进的路线来看，很可能那个男人的最终目的地也是这里，为了不引起他的怀疑，汽车只能停靠在不容易发现的地方了。

如果是平时，我可能还会觉得吕布韦是不是太过小心了一些，但今天，我竟然也有着跟他一样的感觉，总觉得这个男人似乎跟我们现在调查的事有些说不清道不明的联系，虽然我从没有见过他，但总有一种我马上就会认识他的感觉。

而且一想到那个男人，我就觉得自己似乎漏掉了什么细节，那是一种致命的遗漏，甚至可能会影响到整个事件的结果，吕布韦才是真正接触到那个男人的人，但我却仿佛比他有着更加直接的了解。

就好像我已经认识他了一样。

在哪儿见过这个男人吗？

我想了半天，从生活中碰到的所有熟悉或者不熟悉的人全部过滤了一遍，甚至连K先生那些我只有过一面之缘的成员都考虑了，可是依旧没有刚刚那个青年的线索，他的脸只要看一眼就不可能忘记，我又怎么可能漏掉这个人的记忆？

吕布韦似乎也发现了我的异常，但在我摇头示意没事的情况下，又把目光对向了弄堂里面："先说好，我们只是尽可能地探清里面的情况，没必要因此做出什么危险的举动，一旦碰到突发状况，立刻退出来，会有专门的生物学家接手这边的。我不希望我们当中的任何一个人出事，那样我没办法对郑青芸交代的。"

我点点头，跟着吕布韦一起走进了弄堂深处，里面似乎有轻微的响动，不大，但是在这片安静得像坟墓一样的地方，却是异常突出。因为已经知晓了里面到底是怎样的东西，所以听见这种咔哒咔哒响声的时候，我已经在脑子里浮现出了里面的情景，那是很多体型巨大的螃蟹在用它们巨大的螯敲击地面。

里面的气味已经远远超出了我的想象，确切地说，比我刚刚进门口时闻到的那阵气味要强烈十倍以上，仿佛里面就是一个活脱脱的腐尸场，摆满了各种各样腐烂的尸体。

吕布韦的接受能力比我要强上许多，他只是稍微憋了口气就转过了弄堂的角落，然后愣在了那里，我知道再叫他恐怕也没用了，只能够自己亲眼去见证一下。

看到的第一眼，我径直吐了出来，虽然我已经见过很多尸体，可是从来没有一次突然面对这么多腐烂成群的尸体，他们歪七扭八地摆放着，有的浸泡在水池里，还有的就扑在池边，细细数来，怕是有数十具之多，尸体腐烂程度不一，但是都有个相同的特点，就是上面爬满了大大小小的各种螃蟹。

眼前这片不到两三百平方米的水池中，竟出现了数十具尸体和上万只的螃蟹，而这里的螃蟹，最大的那只，体长竟然已经达到成年人的手臂长短！这绝对是我这辈子见过的最大的螃蟹！

此刻，原本应该是餐桌上美味佳肴的螃蟹，已经成为了面目狰狞的怪物！

这些螃蟹不停地在各具尸体之间游走着，不时用它们的螯从尸体上撕下一块肉来，放入它们那怪异的嘴中咀嚼，这场景让见过了再多恐怖情况的我一下子没有忍住，直接吐了出来。

那些螃蟹在吃人！而且是在成片地吃人！

我连忙后退几步，胃里的东西瞬间已经倒空了，抬起头来看了那惨烈的现状一眼，又是一阵恶心，但此刻只能吐出白花花的酸水了。

吕布韦的脸色同样糟糕，虽然他知道这边的情况有些严重，却没想到竟然已经到了这样的地步，他拍了拍我的背，一只手飞快地在手机上按着什么。

"稍等一下，我拍下照片。"吕布韦似乎在把资料向上汇报，需要用照片把这边的情况记录下来。

我愣愣地看着他把手机对准了那边肆无忌惮啃噬着尸体的螃蟹群，刚要阻止，脑子里突然涌出一阵恶寒。

"不要，不要！"那种感觉又来了！

我清楚地知道吕布韦的这一动作会带来怎样的后果，但是却因脑袋和身体的感觉说不出话来，吕布韦的手指已经按下，"啪"的一声，手机的闪光灯已经亮了起来。

糟糕了。

吕布韦却还没意识到这样做的结果，依旧摆弄着他的手机，应该是在上传拍到的照片，我却是已经浑身难受得跪在了地上。我清楚地感觉到，就在他闪光灯亮起的那一瞬间，有什么东西已经注意到了我们。

说是东西，其实更像是一个虚无的存在，它就藏在我们的面前，藏在每一只大大小小的螃蟹身体里，它就像是一种意识，一种群体意识。

螃蟹的眼睛很怪，因为它们没有眼眶，眼球或者眼珠可以伸出来，此刻，虽然我已经难受得连眼睛都睁不开了，但却依旧能够感觉到此刻所有的螃蟹都已经将眼睛望向了这边，是所有的螃蟹！

"快走，它们，它们！"我从嘴里急急地吐出这几个字，脑子一黑差点晕倒，一片片情景此刻全部在我的脑子里翻滚起来，我看到了一些东西，一些别人永远没有办法看到的东西。

这是，几个月前发生的事情？

这是一种很奇怪的感受，应该说我的思维已经不再属于我的身体，它脱离了我身体的束缚，向另外的一个地方飞去，我好像在此刻突然变成了另外一样东西，我看不到自己的模样，但是却能够看到闪电般飘过的每一件事情。

那是它，那个操控着这里每一只螃蟹的意识体？

也就是，灵？

它是一只新近诞生的婴儿一样的东西，不会动，不会说话，却能够影响那些意识薄弱的生物，操控它们，改变束缚它们的生物规则，让它们以不受控制的模式长大，而这一切的最终目的，竟然是吃！

它很饿，想要吃东西来填饱自己的肚子，让自己长大，而它需要吃的东西，却不是普通的物质，而是我根本没有办法解释的一样东西——时间，亦或者说是其他的灵体内的一种物质，一种维持着整个生物平衡的东西。

而它最理想的目标，就是含灵量最大的生物——人类！

它生存下来的目的就是为了吞噬人类的时间，然后一点点地成长，最后诞生出一具完整的躯体，现在的它，仿佛是残缺的，只是一个支离破碎的个体，以前的它是完整的，可是被什么东西打碎了，分散了，只是它并没有死，却以一种特殊的方式活了下来。

我只能如此理解我看到的一切，因为这些都像是感觉一样，突然注入我的脑子，让我没有任何防备地接受，我只是被动地接收着它给我的信息。

它就诞生在这片养殖场的土壤内部，这一点信息有些莫名其妙，因为它的诞生没有任何的征兆，甚至可以说连它自己都不知道是怎么突然诞生的，它只是在几个月前突然有了自己的意识和本能。

然后它开始试图影响周边的那些小生物，当然最多的还是这养殖场里的螃蟹，因为只有这些东西最多，那些螃蟹的意识根本无法与它相比，很快就成为了它的奴仆。

它只需要让这些螃蟹不停地长大，为它们提供足够的食物就可以了，而这些螃蟹，能够精准并且直接地完成它下达的任务，它就好像群居动物里面的主宰者一样。

螃蟹的异常并没有引起这家人的注意，相反，他们还高兴自己的螃蟹竟然能够长到这么大，他们只是在盘算这些螃蟹到底能够卖多少钱，却没有料到这究竟会带来多么可怕的后果。

后面的情况不用更多赘述，等到这些螃蟹长大到吃惊的地步时，悲剧就已经注定了。在这家人被这些密密麻麻的螃蟹抬到它面前时，它开始按照它的意愿吞吃那些人的时间，或者说，寿命。

不管男女老少，只要到了它的面前，统统都会被它以一种无法想象的方式吸收走体内的某种东西，然后迅速衰老，之后就成为了它指挥的那些螃蟹的食物。

而且随着吞噬的东西越多，它的意识更加强大，对灵的渴望也随之增加，它不再满足被禁锢于这座铁皮城堡里，它派出了它的小型军队，通过水下被绞开的过滤网，直接爬到了河边的岸堤上开始寻找目标，这里的所有尸体，全部都是夜里从河岸边拖到水里溺毙后带来的。

这才是尸体聚堆的真相，也是我们真正面对的东西，一种我无法解释的意识存在体。

"邓龙，邓龙，你怎么了！"我被狠狠地拍醒，吕布韦正一脸担心地望着我。我有气无力地看了他一眼，重重地说道："赶快走，这些螃蟹，这些螃蟹是它的军队啊！你的那些药，对它们可能一点作用都没有。"

吕布韦还没理解我这句话的意思，因为他没有看到我所看到的东西，但是那边的响动已经证明了我的话,地面上响起了密密麻麻的咔哒声,那些螃蟹犹如集体搬家一般汹涌地朝我们这边涌了过来,仿佛海水一般要将我们直接淹没了!

二十二 画像再现

在我出声提醒以前,吕布韦还在摆弄他的手机,他完全没有意识到他的举动到底造成了多大的影响,直到我实在支撑不住那股恶意的袭来跪倒在地,他才猛然间反应过来,扶着我站住。

可是他没有更多的时间去考虑,里面成千上万大大小小的螃蟹已经注意到了我们的存在,此刻正如同涨潮一般向着我们席卷过来。

吕布韦慌了,他以为他配置的药粉能够起作用,可事实证明这些看起来很是瘆人的巨大螃蟹并没有他想象得那么符合螃蟹的特性,这不能怪他,因为我知道这些螃蟹其实都没有自己的思想,它们只是在单纯地服从命令罢了,这些药粉的刺激,对这些螃蟹怕是一点作用都没有。

此时我的精神已经从刚刚那阵说不出的难受中恢复了,不知道是不是那个东西透露给我的信息已经被接收完毕,所以我再一次回到了自己的世界当中,能够勉强说出话来了。

"你别说话,我们出去再说。"吕布韦知道我一定是发生了什么事情,对于我的这种能力他是最了解不过了,此刻见到我那惨白的脸色,瞬间反应过来,让我不要说话,拖着我往外面跑去。

那些螃蟹紧跟其后,速度比我跟吕布韦竟然还要快上一截,我都没敢回头,就怕自己一旦回头,就看见潮水一般的螃蟹将我跟吕布韦直接吞没,最后变得跟这里的尸骨一样的下场:变成老人然后死去,最后还会被这些螃蟹当成食物吃掉。

弄堂不长,只有七八米长,但此刻我却觉得无比漫长。吕布韦的车并没有停在门前,这让我有些沮丧,本来是为了避开那个男人而故意将车停在了养殖场的背后,想不到此刻竟然成了我们逃跑路上的绊脚石。

吕布韦从兜里掏出那瓶蓝紫色的药粉,他还是想把希望寄托于这瓶粉末上面,但是现在已经没时间让他慢慢瞄准,只能将瓶子重重地砸在了我们身后,掀起一阵蓝色的烟雾,那些跟在我们后面的螃蟹被这突然的一下吓了一跳,它们集体停滞了片刻,出现了一点点混乱,似乎螃蟹的本能还是在此刻发挥了作用。

可这种作用并没有持续多长时间,我自己也清楚地知道这一点,这些药粉只是暂缓了它们的脚步罢了。混乱的螃蟹潮在暴动了十多秒以后终于安分了下来,似乎这些药粉给予的刺激最终还是被那个东西给安抚了,它们继续执行起了抓住我们的命令。

就在这些螃蟹愣神的这十多秒,我和吕布韦已经逃出了屋子的大铁门,不要命地向汽车跑去,那些螃蟹松松散散地从屋子里追了出来,速度已经减慢了许多。

我心中一喜,暗道怕是已经安全了,吕布韦却在此刻猛然间拉住了我。

"邓龙,你看!"他似乎看到了什么让他惊讶的东西。

我转过头去,只见那些螃蟹成片成片地爬出,又成片成片地缩了回去,它们进进出出,不停地在大门口做着往复的动作,一时间诡异到了极点。

"它们在干什么?"我也吃了一惊,不知道这些螃蟹到底在搞什么名堂。

此刻的它们,就像是被一张看不见的网给绑在了大门口,想要往外走,却好像在无形当中被施加了什么魔法一般,根本没法离开,就好像被困在了那里。

"难道这些螃蟹不能离开这座养殖场?"吕布韦也明白了现在可能不会再有什么危险,干脆停下了脚步。

"不对,我刚刚收到了一些信息,你绝对想象不到那是一个怎样的东西。它们是能够离开那座养殖场的,还有那些尸体,那些失踪的人,这些情况都已经得到了解释,只是我没法理解,它们明明能够离开这里的,为什么不动?"夜下的这一幕有些搞笑,成片的螃蟹在原地做着原地踏步的行为,可当你知晓这些螃蟹是为了抓住你饱餐一顿的时候,你会了解这有多么可怕。

"你口袋里是什么东西,刚才扶着你的时候硌得我腰生疼。"吕布韦此刻居然跳转了话题,我猛然间才回过神来,那本日记本还在我的口袋里,千万不能弄丢了,要不然我连找回来的勇气都没有了。

我忙伸手在口袋里一摸,摸到了那本硬邦邦的日记,此刻我才放下心来,把日记本拿出来问道:"你说的是这个?"

吕布韦一把抢了过去,点点头:"差不多,刚才正好顶在了我的腰上,疼得我差点就想把你给扔了喂螃蟹。"

他这是好了伤疤忘了疼,刚刚逃离了虎口,又开始打趣我了。

我想起里面还有一张水墨画,怕让他给弄丢了,忙喊道:"你小心点,里面有张画,好像是我爷爷留下来的,你可别给我扔了!"

"画?什么画?"吕布韦把日记本翻了两遍,径直把那张夹在里面的画纸翻了出来,"该不会画的是哪家的漂亮姑娘吧,你就不怕我打小报告?"

"去你的,是个男人,你找谁打小报告去!"

吕布韦嘿嘿一笑,摊开了那张画,可就在他目光接触到画的那一刹那,他整个表情立马愣了下来,他拿着日记和画纸的手指开始发颤,仿佛受到了极大的震动。他定定地看着画上的那个人,嘴半张着,想说些什么,却没有说出来。

"邓龙,这!"

我有些奇怪,吕布韦这是怎么了,一看到画竟然成了这个样子,难不成这个画上的男人他认识?抱着这样的想法,我也瞄了眼画上的那个男人,一种说不出的感觉此刻突然填满了我的大脑,仿佛就要打破束缚冲出来。

我的脑子里突然出现了一个古怪的想法,与此同时,我也被自己这个疯狂的想法吓了一跳,怎么可能,不会有这种事的,那件事离现在恐怕已经有七十多年了,那个时候的人活到现在哪怕不死也已经是个老头子了,又怎么会!

"为什么会是他?!"吕布韦指了指画上的那个青年,俊秀的脸庞上有着帅气的眼眸和高挺的鼻子,那种眼光中失去了一切的淡然也在此刻活跃在了我的脑子当中。

他是画上的少年,应该就是爷爷日记本当中提到的那个墨家的少年。

他是真实的存在,因为就在不久之前,我和吕布韦才刚刚和他擦身而过!

竟然就是那位穿着黑色冲锋衣,将自己包裹得严严实实的那个青年啊!一模一样,简直是一模一样!

我的大脑在此刻短路了,也终于反应过来我为何会在第一次见到那个青年时会有那般奇怪的感觉,只是因为我完全没想到这两个人竟然会是同一个人,不同的时代，不同的服装给人的差距太大，这画上的人，竟然就是当时站在我面前的那位！

我没有反应过来，吕布韦则是没有见过这幅画，那个裹得严严实实的少年，就这样从我们眼皮子底下离开，而现在，吕布韦和我都明白了，却都不约而同地陷入了呆滞的状态。

吕布韦一定在想我怎么会有那个人的画像，而且竟然如此相像。

我却比他考虑得更多，因为我知道爷爷身上发生的那些故事——墨家的三兄弟，到这幅画像的来历。我更加想要知道的是，一个经历了数十年岁月变迁的少年，为何一直没有老去！

他们真的是同一人吗？

"邓龙，这到底是怎么回事？！"吕布韦有些着急，他似乎很想知道我手里这张画的来历，他想知道那个青年到底是怎样的身份。

我却是只能以苦笑来回答他："我怎么知道，虽然这本日记我已经看得差不多了，但是这幅画上的人，我一开始却没有反应过来，是我的失误啊。"

吕布韦瞬间对我的日记产生了兴趣，但此刻却容不得他来细看，他只能忍住冲动，一点一点地向我询问具体的情况。

我却没有给他太多答疑的机会："吕布韦，我还想起一件事情，你还记得你跟我说的那件事吗？"

"嗯？"吕布韦还看着那幅画发呆，画像上的人物轮廓又一次出现在了我的脑海里，之前他说过的那些话也浮现了出来。

"你说过，他的身上，有一股味道。"我又开始胡思乱想。

吕布韦也猛然间反应过来："嗯，我说过，一种腐烂的味道。你是想说——"

"嗯，或许，你的感觉一点都没错吧。"我心里已经有了一个大概的想法，只是这个想法，却是连我自己都吓了一跳。

墨离，墨离

就在吕布韦发现日记本里的那幅画像竟然是我们在来这的路上撞见的那个古怪青年时，我也猛然间反应了过来，一些原本早就应该被我发现的线索竟然被我忽略了，现在才想到这两件看起来毫无关系的事情之间的联系。

如果把爷爷碰到的事件跟我和吕布韦在这里碰到的事情放在一起做个对比的话，会发现这两者竟然惊人的相似，我是说从表面的现象来看。

爷爷碰到的那三个少年，是墨家的三兄弟，而他们去那个所谓的落阳岭，似乎是为了找到某种东西然后摧毁它，因为那个东西能够给当地的环境和生物带来很大的影响，用他们自己的话说，就是被污染。

而他们三人，则像是清道夫一样的角色，需要去治理那里的污染，类似于家族光荣使命一样，虽然无法理解，却又在情理之中，这是他们踏入那片山谷不惜牺牲多少人也要做到的事情。

在爷爷的日记里，记载了里面所有碰到的东西，其中那些蚂蚁的出现，让我最为在意，它们个头巨大，同时竟然懂得布下陷阱来吸引人的注意，在最后的关头竟然还产生了超脱自身本能的行为，这些事件如果单独来看显然十分古怪，但如果再来对照我们现在碰到的事件，一切就顺理成章了。

再来看一下我们这边的情况，首先是尸体数量猛然增多，到了养殖场，里面竟然已经成了一座死人堆，这跟当时那三位少年要找的地方的命名如出一辙——万人坑。这里虽然还没有达到恐怖的数目，却已经有了向万人坑发展的趋势。

然后是那些不同寻常的螃蟹，它们个头巨大，发育情况很诡异，而且竟然不再以腐肉为食，开始主动出击寻找各种各样的猎物来满足自己的需求，它们甚至可以成片沿着河岸搜寻猎物，将猎物拖回自己的基地中。而那些尸体，也就是这几个月以来堆积的成果。

我想到了我们听说的第一件怪事，四肢不动却能够在地面上爬行的那个黑影。

现在想来，跟爷爷在落阳岭里碰到的那些白骨很相似，只不过一个是被蚂蚁托起的白骨，一个是被螃蟹拖走的人类，因为天色较暗，那个人没有看到底下那些密密麻麻的小怪物罢了。

最后就是我刚刚接收到的那些信息，那些螃蟹为什么会这么做，这一切不正常现象最终的原因，还是那个突然间出现的意识体，它改变了螃蟹的生长规律，影响了那些螃蟹的思维，甚至完全操控了这些螃蟹。

蓝骨，爷爷日记里三个少年口中那个可怕的东西。

意识体，我们现在碰见这些事件的始作俑者。

这两者神奇般地联系到了一起，再加上我们今天碰见的这个诡异的青年。

我想，是时候解开这两件事情之间的联系了，而这跨越了半个多世纪的两件事，它们的连接点就在那个男人的身上。

而现在，这个男人——我抬起头看了看那座铁门的屋顶，上面站着一个黑影，那些螃蟹在他的身下进进出出，形成了一副诡异的景象，或许那些东西出不来，都是因为他的缘故。

"他在流血啊。"吕布韦紧紧地盯着那个黑影，他也早就注意到了他的存在。

我点点头："日记本里面说过了，他们这一族的人，血里面天生就有克制那个东西的力量，虽然很难理解，不过好像这就是传说中的一物克一物，这个家族的人天生就是为了对付那东西而存在的。"

吕布韦很有兴趣，但是他没有时间来细细地查看这本日记了。

血液从黑影身上一点一点地滴落，在地上画出了一个弧形的圆圈，那些螃蟹就被困在这圆圈里进退不得，仿佛那是孙猴子用金箍棒画出来的伏魔圈，出去就是死路一条。

只是我也知道这些血液有时候不那么管用，如果那个意识体自己的安全受到了威胁，恐怕就不是这些血液能够解决的了。

黑影从门上跳了下来，一点一点地朝我们走来，吕布韦有些紧张，他还是忍不住将手放进了怀里，我让他不要这么做，因为我们跟他的目的是一样的，他要解决掉那个蓝骨，我们需要还这里一个安宁，从某种意义上来说，我们是同伴。

黑影慢慢地走过来，他潜藏在黑暗中的脸也一点一点地浮现出来。与此同时，我也闻到了吕布韦所说的那股味道，一种淡淡的腐烂的味道，就是从面前这个无比俊秀的男人身上散发出来的。

他身上到底发生了什么？

"你们，为什么也会来这里？"他不清楚我们，而我却已经了解了他，而现在，站在他面前的我，还是禁不住要从头到尾好好打量一下这个男人。

尼龙帽子，黑色的冲锋衣，厚厚的皮手套，因为刚才的举动，他的手已经被割破了一截，此刻竟然往外涌着略显黑色的血液。他的脸很年轻，最多二十多岁，可是他的眼神，那仿佛总在沉默的眼神，却让我觉得眼前的他确实经历了太多不平凡的事。

"墨清，还是墨离？"我叹了口气。

他对我的突然发问吃了一惊，整个人呆立在那里，似乎在想些什么。

"你认识我？"他点了点头，"我是墨离。"

这个回答在情理之外，却又在意料之中，也就是说，站在我面前的这个年轻人，至少已经在这个世界上活过了一百年的岁月了。

除了乔帮这个特殊的海底人，这是我第二次见到这么奇特的人类。

墨离，也就是爷爷日记当中的赵木，那个处事不惊的二哥，他最后应该是跟爷爷一起活了下来，离开了落阳岭，不然也就不会有今天的日记，不会有我面前的他了。

"你还记得七十年前的落阳岭吗，那个人，正好是我的爷爷。"我知道他一定不会忘记当年的事情。

"落阳岭？"他那淡如死水的眼眸里难得激起一丝涟漪，他在很认真地想。

"是他？"他突然笑了起来，嘴角轻轻地上扬，很好看，"他怎么样了？"

"我的爷爷？他已经去世了。"

"已经去世了，嗯，是啊，我忘记了，他只是一个普通人，跟我们墨家的人完全不一样呢。"他轻笑着，诉说着一件七十年前的事情，却仿佛就在叙述昨天一样。

吕布韦在一边静静地听着，没有说话，脸上露出耐人寻味的神色，他一定无法理解为什么这个年轻的男人会像个老人一般谈论着很多年前的事。

"吕布韦，他是——负责来处理这边的事情的负责人，政府工作人员。"我替他介绍道，吕布韦也习惯性地伸出手要和那个男人相握。

倒是墨离有些抵触般地躲开了，他解释道："不好意思，我的这具身体，可能已经支撑不住时间的负荷了，你们可能已经闻到了我身上的味道。虽然我一直没有死去，可是我的躯体却已经开始从里面腐烂了，你们还是不要碰到我比较好。我是墨离，墨家的人，我们活着的意义，就是为了解决掉这里的隐患，这是我们墨家的使命。"

他看了看那边还躁动不已的螃蟹群，又回过头来看了看我们："算了，时间还早，让我来给你们讲一个故事吧，就算是我留在这个世界上，最后的痕迹好了。"

我隐约听出了他话里的意思，七十年前的故事，仿佛又要重演了。

二十四
一千年的宿命

墨离出生在东州的一个村子里，具体的时间他没有告诉我，但从他的说法来看，现在的他至少已经在这个世界上活过了一百五十多年的时光。不仅仅是他，连同那个村子里的所有人，他们都有着一具不受限于时间的身体，他们的寿命无限延长，他们也不会得任何疾病，每一个人到了二十多岁的年纪就不会再长大，如果不出意外，他可以一直活下去，以那个年轻的身体。

如果这种事发生在某一个人身上，所有人一定都会羡慕这个人，长生不老仿佛就这样轻易地在他身上实现了。可是，生活从来不会无偿给予一个人这种不合常理的能力，生在了墨家村子里，他们从降生的时候就背负上了自己家族的使命。而且，这具身体虽然不死不灭，却依旧会被时间所吞噬，从内部开始腐烂，没有解脱的办法，只能够让自己的身体留在蓝骨所在的地方，净化那片被蓝骨腐化的土地。

墨家有一个传说，说是传说不太确切，因为它真实地发生过，发生在离现在一千四百年之前，墨家一直看守的一只恶魔从牢笼里逃脱了出来。墨家的人称之为蓝魔——因为那只恶魔遍体蓝光。墨家的所有人都为了杀死这只蓝魔做出了牺牲，最终，蓝魔被墨家人合力杀死。

但那个东西并不是最终意义上的死亡，因为它只是躯体被分成了无数块，它们被分散到了各个地方，潜伏了起来，每过一段时间，都会有一块躯体从沉睡中苏醒，然后开始吸取周围的时间，因为它想要重新成长为一个完整的个体。他们家族也就是在那时被降下了诅咒，生命开始变得无限延长，却必须要不停地寻找被分散在世界各地的蓝魔躯体，用自己一族的血脉去阻止这些蓝魔躯体的复苏。

这就是蓝骨的由来，它其实只是蓝魔躯体的一个小部分，它在不断地沉睡当中，也在不停地相继苏醒当中，而墨家的使命，就是找到这些蓝骨，然后继续埋葬这些蓝骨。

而这些蓝骨的能力，我和吕布韦已经见识过了，它能够控制那些意识薄弱的生物，同时影响它们的生长规律，让它们以一种病态的方式透支生命来成长，成为它手下的军队。

蓝骨的食物是时间，很难理解，但却是事实，它不停地吞噬着每一个捕获目标的生命，然后壮大自己，越是复苏时间长的蓝骨，它的能力也就越强，思维越发接近一个完整的蓝魔。

而一旦让它真的成长起来，变成一个完整的恶魔时，那时，墨家就成了这个世界的罪人，他们需要为自己当时的错误负责。

所以一千多年以来，不会生老病死的墨家人一直都在追寻着蓝骨的下落，不停地派出村子里的人去寻找蓝骨，稳定蓝骨，这个过程已经持续了一千多年，并且也会不间断地持续下去，因为蓝骨不会死亡，它只是被暂时地冰冻起来罢了。

我爷爷碰上的墨家三兄弟，刚好是墨家寻找蓝骨的一支队伍。因为蓝骨的能力特性，生成了万人坑的地方一般都是蓝骨所在的中心，所以墨家人都会以万人坑为调查点进入那个地方，最后用自己的生命完成这个已经传承了一千多年的使命。

墨家的血液对蓝骨的能力有着天生的克制作用，所以每找到一处蓝骨的节点，在它苏醒之前，就要用墨家的血液将它包裹，让它再一次陷入沉睡，直到几十年后，下一位墨家的子弟找到这里，再次重复几十年前的事。

而现在，七十年后的现在，我碰上了唯一一个从落阳岭活着出来的那个墨家兄弟——墨离。他游荡到了这里，同样听说了黄河浮尸事件，所以来到这里做了调查。

而吕布韦的第一位组员，正好是他碰见的牺牲者。

这也就是为何他只是刚好死在了岸边，却并没有变成老头的模样或者被那些螃蟹吃掉的原因，他被墨离救了下来，却还是因为溺水死去了，墨离将他放在了岸边，然后继续顺着河岸向上调查。

他是清楚一切的人,所以自然知道这些都是蓝骨的作用,所以直接找到了这里,蓝骨最有可能出现的地方——小东西最多的养殖场。

"邓龙,是吗?"墨离抬了抬头,接过那张画像看了起来。

"嗯,嗯?"听完了墨离的故事,我却不知道该如何言语,只能对这位墨家的老人表示由衷的敬佩——尽管他只是一个少年的模样。

"你的爷爷,帮过我一次。今天,你能不能也帮我一次呢?"他突然轻轻地笑了起来,"我已经活得够久了,当时跟我一起出来的两个家伙,他们已经先一步完成了他们的使命,在那个世界等着我了呢。"

"您是要去,对付那个东西吗?"我想到了七十年前毅然走进山洞的墨清,他走过的路,似乎今天也要由他的二哥接着走下去了。

墨离似乎看出了我的纠结,他站直了身子,在黑夜中成为了一把锋利的刀刃:"不必为我们感到惋惜,因为,这就是我们注定要走的道路。而且,背负这样的躯体,实在是太累太累了啊。一个老不死的怪物,哈哈哈。"说到这里,他竟然放声大笑起来。

"你一定听过我们墨家的那句话。"他低低地唱了起来,声音沙哑而又低沉,仿佛从远处飘来的烟火。

"身不死,心无存。"

"墨与石绝,万物始生。"

"这就是我们背负的宿命,很光荣的哦。"他笑了,在有些刺骨的寒风中笑得有些凄凉。

"你和你的朋友,能够帮我拖住一会那些恶心的怪物吗?我有些事情需要去做!"

吕布韦在一边一直没有说话,只是他的眼睛,却亮了起来。

天色阴暗,寒风四起,这处寂静的村子旁,却杳无人烟。

雨滴从空中落下，浸湿了这里的每一寸土地，纯洁，亦或者污染。

吕布韦在一边打着电话，我在车里看着他撑着伞站在雨里的背影，不知道他又在和他所谓的上级汇报着什么。只是表面安稳的我，心里却是隐隐地担心，照着SPIN的性子，他们恐怕并不会就此放过墨离所说的蓝骨。

他们一向是雁过拔毛的态势，我自然清楚。

车窗开着，有雨水从外面拍了进来，带着吕布韦断断续续的答话声。

"位置我已经传递给你们了，照我说的做就可以，精度确定在一百米范围就可以，周围的村民我会负责疏散的。"

"那些条例比不上现在的事态，我不管所谓的条例不条例，如果我在一个小时之后没有看见喷洒飞机经过这里，所有的责任你来负，我的话只说到这里。"

"调查报告我回去会写的，这一点不用你操心，就这样吧，一个小时的时间，我来处理这边的问题，然后，就轮到你们了。"

他挂断电话，转过身来，脸上的表情也在一瞬间从恼怒变成了平静，我知道他不愿意把他工作上的怒气对我发泄出来，吕布韦的脸色往往比我变得要快得多。

"那些家伙，非得让我发怒了才会照做，条条款款那么多，烦得我都想辞职了。"他揉了揉脑袋，"好了，我们还有一个小时的时间离开这里，一个小时以后，这里将变成一片死地。"

我无奈地笑了："你是不是又对他们说谎了？"

"有吗，我说的可都是实话。"吕布韦装作若无其事的样子，上了汽车。

"如果真的都是实话，他们恐怕会直接派人过来取走蓝骨去做研究了吧，你肯定隐瞒了些东西，不是吗？"周围没有他人，我当然是毫不留情地戳穿了吕布韦的假面。

"哎哎哎，人知道了太多的东西，往往不是好事。而且，这谎也有你的一份，你也别把自己置身事外啊。"吕布韦指了指那本黑色的日记，"这东西我可要没收了，当作我的私人收藏了啊。"

他一把拿过日记本，细细地打量了两遍，意识到了一点点的不和谐："额，最后面的封底呢，好像还少了几页，哪儿去了？"

"被我弄散了，现在估计被我爸卖到废品厂去了。"这倒是实话，我已经给父亲打电话确认过了，那个旧书柜因为历史太久远的缘故已经腐烂了一大块，父亲直接拉到废品厂处理了，换来了十块钱。

"你这个败家子，找回来！"吕布韦的脸色顿时铁青一片，他一直不能理解墨家的事件和这次事件的联系，所以对日记本里的记载倒是颇感兴趣，此刻竟然发现日记本不完整，后面的两页还被钉在书柜里卖到了废品厂，实在是让他难以接受。

"还有，这次的调查报告，就得麻烦一下你了。"他好像又想到了什么事情，轻笑了一下。

我立刻提出反对："这不是你自己的事情吗，怎么又推给我了，自己动手，丰衣足食。"

"要不是为了把蓝骨的事情瞒下来，我会让你写？邓作家，这里就要发挥您胡编乱造的本事了，知道你不会让我失望的，对不对？给这里的情况一个合理的解释，也好让 SPIN 适当地收手吧。"

"啊！"我惊叫起来，"你的胳膊怎么那么弯啊，都往外拐了，这可不是你原来的作风啊，吕布韦！"

他倒是挺认真地思考了一下："嗯，说得也是。不过，人嘛，总是会变的。"他的眼里闪过一丝光亮，我隐约觉得他好像受到了某位无良疯子的影响，在那个事件之后，吕布韦的性子好像更加难以捉摸了。

说起来，我已经有很久没有见到那个失踪的家伙了吧，也不知道他现在怎样了。不过，有那个女人在他身边陪着他，可比我们这两个还在替 SPIN 卖命的家伙强上不少了。

"他留在这里真的没问题吗？等一下飞机喷洒的可是化学药剂，虽然说对人造成的影响不大，但是还是会有轻微的腐蚀性的。"吕布韦看了一眼依靠在一边墙上的墨离，发动了汽车。

而墨离，恰好也在此刻睁开了眼睛，看了我们一眼，轻轻地笑了。

我慢慢地点头道："嗯，就这样吧，这也算是我们最后能够帮助他的了，只要让他靠近蓝骨，这里就会平静下来了。这里就是他最终的归宿。实话说吧，他已经不可能离开这里了。"

汽车开动了,吕布韦掉转了方向,开往来时的村子,他还要去疏散那里的村民,避免药剂的侵袭。他车开得很慢,我只能够从后视镜里看清墨离的样子,而这,将是我最后一次看见他了。

墨离的嘴巴轻轻地动了动,我没有听见声音,却从他的嘴型知道了他要说的话:谢谢。

然后,他就消失在了汽车后视镜的视野里,再也不见。

一个小时以后,一种莫名其妙的感觉突然离开了我的身体,就好像依附在附近的一个灵魂慢慢地飘远,就此消失不见,他成功了,然后离开了。我知道,这就是他的结局。

三天以后。

自回家以来,吕布韦一直都没有联系我,或许是那边太忙,忙得忘了还有我这号关心那边进展的人存在。今天的报纸送过来时,我忍不住笑了,上面有一行黑色加粗字体的小标题——黄河流域再次修建了一座小型水库。而那个水库的位置,刚好是那个养殖场的所在地,那么小的一个水库,修建时间却被预估为一年,我自然知道这古怪的背后到底是什么原因了。

哎,看来事情真的顺利解决了。

不过,吕布韦那个家伙一直都喜欢给我留烂摊子,比如这次他的调查报告,我就完全还没开始动笔。看来还得花时间给他写完这东西啊。

"吃饭吃饭,邓龙,吃饭啦!"客厅里响起了郑青芸的叫声,我闻到了一阵还算是不错的菜香,虽然我对她做出来的菜的味道实在不敢苟同,但的确是有不少进步,至少色香味俱全了,暂且相信一下她未知的潜力,希望她有朝一日能够成为真正的大厨吧。

我搁下键盘,看了一眼窗外的天空,吸了一口凉气,轻笑着往客厅里走去。

故事开始,就会有结束。

谜团出现,就会有答案。

十三局的故事仍在继续,也依旧会源源不断地叨扰到我,没办法,谁让那家伙

现在成了我的铁哥们儿，只是我总觉得免费打工实在不是个事，一定得找吕布韦要到工资才行啊！我默默地念叨着。

我相信着这样的剧情，过着这样的生活，这些稀奇古怪的故事，充斥在我的生活里，邓龙的人生，或许，还有很长的一段路要走。

《造物者3》完

THE CREATOR
造物者 3

作者
微不二

总策划
朱家君

选题策划
熊 嵩

执行策划
颜 燕

特约编辑
颜 燕

流程校对
李 徽

封面绘画
Archer

封面设计
李 婕

宣传营销
张 栩

运营发行
常蓦尘

出版社
长江出版社

总出品
漫娱文化

平台支持
好漫画GOOD 小说馆

图书在版编目（CIP）数据

造物者.3／微不二 著.
—武汉：长江出版社，2016.5
ISBN 978-7-5492-4309-9

Ⅰ．①造… Ⅱ．①微… Ⅲ．①长篇小说－中国－当代 Ⅳ．①I247.5

中国版本图书馆 CIP 数据核字（2016）第 107528 号

本书由微不二委托天津漫娱文化传播有限公司正式授权长江出版社，在中国大陆地区独家出版中文简体版本，并取得其他衍生授权。未经书面同意，不得以任何形式转载和使用。

造物者3/ 微不二 著

出　　版	长江出版社
	（武汉市解放大道 1863 号　邮政编码：430010）
出　　品	漫娱文化
	（湖北省武汉市积玉桥万达写字楼 11 号楼 19 层　邮政编码：430060）
出 版 人	别道玉
选题策划	长江出版社青春动漫编辑室
市场发行	长江出版社发行部
网　　址	http://www.cjpress.com.cn
责任编辑	钟一丹
特约编辑	颜　燕
装帧设计	Yvonne
印　　刷	深圳市鹰达印刷包装有限公司
版　　次	2016 年 5 月第 1 版
印　　次	2016 年 5 月第 1 次印刷
开　　本	710mm×1120mm　1/16
印　　张	16.5
字　　数	290 千字
书　　号	ISBN 978-7-5492-4309-9
定　　价	29.80 元

版权所有，翻版必究。如有质量问题，请联系本社退换。
电话：027-82927763(总编室)　027-82926806（市场营销部）